CW00351716

MARIA VANDAMME

Né en 1930 à Dunkerque, Jacques Duquesne a commencé sa carrière de journaliste à La Croix *comme grand reporter. Après avoir dirigé* Panorama chrétien *puis* Panorama aujourd'hui, *il est devenu rédacteur en chef adjoint de* L'Express. *Il a fait partie de l'équipe fondatrice du* Point, *pour en devenir ensuite directeur-adjoint de la rédaction. Il collabore également à* Europe 1. *Il est l'auteur de quatre romans :* La Grande Triche, Une voix la nuit, La Rumeur de la ville *et* Maria Vandamme, *prix Interallié 1983.*

Voici l'histoire d'une femme et d'un amour, et aussi l'histoire d'un peuple. Au temps des crinolines, alors que surgissent les somptueux grands magasins et les immenses usines qui annoncent l'entrée de la France dans une ère nouvelle, Maria Vandamme, jeune femme du Nord, belle et ardente, qui compte pour rien, aspire à devenir quelqu'un. Habitée de la passion de comprendre le monde, d'être heureuse et d'aimer, elle sera entraînée, de Lille en 1862 à Versailles au temps de la Commune, dans un tourbillon d'aventures. Autour d'elle, Céleste et Arthur Rousset, les industriels du textile, le cocher belge Aloïs, Blaise Riboullet, maçon creusois, le pieux docteur Dehaynin, Baleine le vieux marin, et des dizaines d'autres, forment une vivante fresque, animent ce beau et grand roman où alternent scènes intimistes et tableaux de la vie collective. Un bonheur de lecture.

Paru dans Le Livre de Poche :

LA GRANDE TRICHE.
ALICE VAN MEULEN.

JACQUES DUQUESNE

Maria Vandamme

ROMAN

GRASSET

CHAPITRE I

Pour que la paille brûle plus sûrement, elle l'arrosa de trois-six. Deux litres d'un cruel alcool blanc, dont l'odeur l'enivrait.

L'idée lui en était venue à la fin de la soirée, quand M. Léonard remontait les bouteilles de la cave pour les serrer dans le buffet du cabaret. Ensuite, le dernier soldat parti, il avait ordonné aux filles de monter se coucher dare-dare parce que le lendemain, bon Dieu, serait une rude journée : pour Noël, les cinq régiments de la ville donneraient quartier libre à leurs hommes; alors, pas question de fainéanter. Ursule, la sous-maîtresse, lui avait glissé une bourse de toile : la recette de l'étage. M. Léonard avait compté les pièces une à une, avant de les faire passer dans la poche de sa redingote noire. Il regardait Maria, lui montrait sa canne, une longue torsade de bois où se nouaient des serpents.

« Demain, si tu ne te mets pas au travail, triple ration. »

Elle l'observait sans baisser les yeux. Toute haine dehors.

Il esquissa un sourire de biais.

« Tu n'es pas la première. J'en ai dressé d'autres. Demande à Ursule. Hein, Ursule? »

Il n'attendit pas de réponse, leva sa canne, l'abattit. Maria crut que sa tête allait quitter son corps, décollée. Elle chancela, à demi assommée, plia les genoux, heurtant un banc de bois. Les autres avaient reculé, silencieuses, prêtes à fuir vers l'étage. Il leur tourna le dos, haussant les épaules.

« Allez... à demain. »

Il sortit, verrouillant la porte de l'extérieur. On le vit passer devant la fenêtre et pousser les volets. On entendit les bruits des cadenas qui les fermaient, puis ses pas qui s'éloignaient. Elles restaient seules, enfermées, prisonnières, comme chaque nuit.

D'un revers de manche, Maria essuya le sang qui coulait de sa joue. Décidée. Demain, elle serait partie : morte ou libre.

Elle était entrée la veille au Vert Pinson, un des douze cabarets de la rue des Etaques, longue voie sombre et sale qui se faufilait au cœur de Saint-Sauveur, le quartier le plus pauvre de Lille. A deux pas de la majestueuse porte de Paris s'entassaient là, entre une laide église de pierre, un hôpital vétuste et une caserne, des centaines de maisons noircies par la suie des usines, alignées à la diable ou cernant des courettes fangeuses; des milliers de filtiers, de tisserands, de fripiers ou d'hommes de peine y trouvaient abri dans d'étroits logis et des caves voûtées au sol de terre battue, où des familles vivaient et mouraient. Les esprits avancés de ce temps-là, qui réalisaient des enquêtes sur la condition ouvrière, passaient tous par Lille. Ils se rendaient dans le quartier de Saint-Sauveur. Et quand ils en revenaient, ils disaient qu'ils n'avaient rien vu de pis, jamais, même à Paris, même à Londres, Manchester ou Liverpool.

Maria Vandamme ignorait ces enquêtes, mais elle connaissait la faim, le malheur et la misère. L'avant-veille de Noël 1862 elle s'était présentée au cabaret du Vert Pinson pour leur échapper.

Elle ne se méfiait guère. La rue des Etaques avait si mauvaise réputation que depuis des années on l'avait baptisée rue des attaques. Mais, comme tous les habitants de Saint-Sauveur, Maria savait que cette réputation était en partie usurpée, et que vivaient là bien des honnêtes gens, et même un filateur nommé Vaniscotte qui ne serait pas resté dans le quartier si celui-ci était devenu une vraie cour des miracles. D'ailleurs, le cabaret avait fière allure : avec sa façade de crépi blanc et ses volets verts, il jetait une tache de lumière et presque de richesse dans cette noire venelle.

Le jour où Maria lui avait avoué ne plus disposer d'un seul sou pour régler la location du galetas qu'elle partageait avec trois autres ouvrières, sa logeuse, Mme Gosselet, lui avait conseillé de s'adresser au Vert Pinson. Le tenancier de ce cabaret, croyait savoir la logeuse, cherchait des serveuses; Maria cherchait du travail; ils pourraient peut-être s'entendre.

Ils s'entendirent bien vite. M. Léonard, un ancien maréchal des logis qui avait combattu en Algérie sous Bugeaud, l'accueillit gentiment. C'était le matin, et Maria ne s'étonna pas trop de trouver le cabaret vide. Le tenancier – rougeaud, moustache cirée pointant vers le plafond, gilet bleu à collet droit, et pantalon large à plis, une allure de bourgeois cossu – trônait dans un fauteuil sous une gravure représentant l'entrée de Napoléon III et de l'impératrice Eugénie à Lille, en 1853. Il tirait d'une petite pipe de terre de grosses bouffées de fumée bleue tandis qu'elle lui débitait, afin de l'émouvoir, le petit discours qu'elle se répétait depuis le matin. Puis il l'interrogea, sembla satisfait d'entendre qu'elle avait vingt-deux ans et peut-être plus, réjoui aussi quand elle avoua ne se connaître ni parents, ni frère ni sœur. Il se leva, s'approcha, et tourna autour d'elle comme pour l'inspecter. Elle ne savait que faire : rester ainsi, mains jointes sur le ventre, en attendant qu'il eût fini? Ou tourner à mesure, pour continuer à lui faire face? Elle avait honte soudain de sa robe de coton bleue, presque blanche d'avoir été lavée et relavée, élimée aussi aux coudes et aux poignets. Elle regretta de ne pas s'être mieux vêtue pour la circonstance : ce n'était pas ici une de ces usines où il suffit d'avoir deux bons bras pour se faire embaucher; il fallait de la présentation.

Pourtant, il semblait satisfait. Si elle voulait la place, dit-il, elle l'aurait. La recommandation de Mme Gosselet valait tous les certificats de bonne conduite. Seulement voilà, il faudrait être obéissante et ne pas rechigner à la tâche. Si elle travaillait bien, et si elle se montrait gentille avec les clients – surtout des militaires, « mais pas n'importe qui; parfois, nous avons même des sous-officiers » –, il lui donnerait jusqu'à 1 franc 25 par jour. Bien des couturières et des blanchisseuses aimeraient en avoir autant; sans parler des dentellières dont les plus habiles n'arrivaient même pas à gagner la moitié. En outre, elle serait logée – condition impérative. Et nourrie bien sûr.

Logée, nourrie, prise en charge : un rêve. Elle était tombée dans le piège, sans prêter attention aux voix de femmes qui tombaient du premier étage. Elle n'en pouvait plus de lutter, de se méfier de tout et de tous. Et tout valait mieux que l'usine. Mme gosselet le lui avait seriné : « Tu verras, tu vas pouvoir changer de vie, je te le promets. Si tu étais ma fille, je n'aurais pas de meilleur conseil à te donner. »

« Quand je dois commencer, monsieur?

– Quand? Aujourd'hui. Tout de suite, si tu veux. »

Elle avait couru embrasser Mme Gosselet, la

remercier, et ramasser son bien. Peu de chose en vérité : trois châles, un manteau de drap, deux robes en coton, six chemises de toile, et des sous-vêtements. Mis à part quelques papiers qu'elle jeta dans un sac avec le reste, c'était tout son déménagement.

Mais à son retour chez M. Léonard, le refrain avait changé. Cette fois, elle comprit vite. Les six autres « serveuses », qui occupaient à l'étage de petites alcôves seulement fermées par un rideau, eurent tôt fait de l'y aider. Eh bien, oui, les activités de la maison ne se limitaient pas au cabaret. D'ailleurs, trois d'entre elles, que la police avait repérées, étaient « cartées » et soumises à la visite au dispensaire, auquel elles versaient chaque fois quarante centimes. M. Léonard les y conduisait lui-même, parce qu'il craignait toujours de voir s'échapper l'une ou l'autre, et ne faisait confiance à personne, pas même à Ursule, la sous-maîtresse. A part cela, plutôt bon bougre, expliquaient-elles, à condition qu'on soit docile. Et même distingué : un homme qui faisait tous les dimanches sa partie de trictrac dans un café de la rue Impériale avec des bureaucrates et des fonctionnaires; il vivait « en ménage » dans un quartier plus reluisant que celui-ci, et connaissait les bonnes manières depuis qu'il avait servi d'ordonnance à un certain colonel comte de Vandœuvres, vingt ans plus tôt, là-bas en Afrique, de l'autre côté de la mer, un pays de montagnes où les femmes se cachaient le visage. Parfois, le soir, quand la journée avait été bonne, il donnait à boire à sa troupe, et ne se faisait pas prier pour raconter ses aventures au pays des mahométans. Mais pour le travail : intraitable. Et la clientèle ne manquait pas, si près d'une caserne.

Maria écoutait, horrifiée. Habitée de la seule volonté de fuir. S'échapper sans attendre. La prostitution, elle la connaissait de longue date. Il était impossible de vivre plus de huit jours dans ce quartier en l'ignorant. Et plusieurs de ses compagnes, à l'usine, trouvaient là un moyen d'arrondir leur pécule : quand elles sortaient le soir pour arpenter les petites rues de Saint-Sauveur, on disait qu'elles allaient faire le cinquième quart de leur journée, le mieux payé. Maria ne s'en indignait pas : chacun, chacune devait s'organiser pour survivre. Et la clientèle de ces filles n'était pas spécialement repoussante : quelques ouvriers, des gens du quartier, surtout des soldats, des garçons venus des Flandres, qui parlaient à peine le français, d'autres encore, recrutés dans les régions des mines et qui racontaient d'étranges histoires de chevaux tirant des chariots de houille à des centaines de mètres sous terre. Quand ils n'avaient pas trop forcé sur la bière ou le trois-six, ces hommes-là n'étaient pas terribles.

Maria, pourtant, avait toujours refusé de suivre ses compagnes. Jamais. Elle s'était juré que jamais.

Elle reprit son sac, dévala l'escalier de bois et courut vers la porte. M. Léonard, occupé à nourrir de charbon un gros poêle de fonte, n'avait pas même redressé la tête. La porte était fermée, verrouillée à double tour. Maria la secouait, inquiète puis apeurée. Alors, seulement, il parut s'apercevoir de sa présence, s'avança, tenant toujours la pelle à charbon.

« Qu'est-ce que tu veux ?

– Partir... M'en aller. Tout de suite.

– Mais tu m'as donné ta parole. »

Il souriait à demi, presque bienveillant. Ou goguenard ?

« Mais j'savais pas, m'sieur. Je vous jure, j'savais pas. Vous me l'aviez pas expliqué. »

Elle n'osait pas prononcer les mots. Elle n'était pas sûre de les connaître.

« Si tu dis que je suis un menteur... »

Il levait la pelle, menaçant maintenant. Elle recula, bras levé pour se protéger.

Il souriait à nouveau, montrait un banc.

« Mets-toi là, qu'on cause. »

Il s'assit près de Maria. Elle eut un mouvement de recul, qu'il parut ne pas remarquer. Il s'engagea dans un long discours. Ici, expliquait-il, elle ne manquerait jamais de travail parce que les hommes seront toujours des hommes et qu'ils ont ça dans le ventre, c'est le cas de le dire. Tandis qu'à l'usine... Il connaissait des gens bien placés, et ceux-ci lui avaient expliqué qu'on manquerait de coton tant que les Américains se feraient la guerre entre eux pour cette histoire d'esclaves – on n'avait pas idée de se battre pour des esclaves, il devait y avoir autre chose là-dessous... – et cette guerre, qui se prolongeait depuis un an déjà, ne semblait pas près de s'interrompre. Faute du coton de Louisiane et de Georgie, les filateurs avaient donc arrêté des broches, et renvoyé des ouvriers. La crise avait commencé dans les Vosges et la Meuse. A présent, le tour du Nord était venu. Personne n'y échappait. A Roubaix, on avait dû ouvrir d'urgence des bureaux de bienfaisance pour les pauvres. Parce que, bien sûr, il y avait toujours eu des pauvres, mais cette fois les bornes étaient franchies.

Jamais un homme n'avait parlé ainsi à Maria, jamais personne n'avait pris la peine de lui expliquer pourquoi la guerre que les planteurs de coton des Etats du Sud faisaient aux Yankees – une guerre dont elle connaissait à peine l'existence – avait entraîné l'arrêt des quinze mille broches de la filature Delvalle-Souchez, qui l'employait depuis dix-huit mois. Elle écoutait M. Léonard, fascinée.

Elle fut tentée de céder. Pour la première fois, elle se sentait considérée. Un homme aussi instruit, qui prenait la peine de lui expliquer le monde, ne pouvait lui vouloir de mal. Bien sûr, le travail qu'il lui proposait ne devait pas être toujours très agréable. Mais l'usine... Elle pourrait essayer. Ensuite, on verrait.

Il eut le tort de ne pas exploiter aussitôt son avantage, de ne pas comprendre qu'elle était presque à sa merci. Il crut bon de jouer aussi d'un autre registre : la menace. Si elle n'était pas obéissante, dit-il, si elle ne respectait pas son serment, il la battrait. Elle ferait connaissance avec sa canne. Une ration : cinquante coups de canne. Deux rations : cent coups. Trois rations : cent cinquante coups – « tu ne sais même pas compter jusque-là, je parie ».

Elle s'était reprise dès qu'il avait commencé à menacer, et se levait, tambourinait à la porte, appelait à l'aide. A l'étage, où les femmes chuchotaient encore l'instant d'avant, c'était maintenant le silence : on les devinait à l'écoute, guettant la suite, du haut de l'escalier.

La première gifle ne surprit pas Maria. Elle savait qu'il la battrait puisqu'il l'avait dit. Un homme aussi instruit, qui connaissait tant de choses, ne lançait pas ses paroles en l'air. Mais elle fit face. Elle avait depuis longtemps appris à faire face, bec et ongles sortis, puisqu'elle était seule depuis toujours.

« Ne me touchez pas. Je vous défends... »

Elle courut vers le poêle, saisit le tisonnier qu'elle brandit comme une arme.

« Tu vas lâcher cela! »

Il attendait, à demi courbé, genoux pliés, ramassé, comme pour se préparer à bondir. Ses yeux – elle eut le temps de l'observer et de s'en étonner – semblaient avoir rétréci soudain : deux points noirs, tout petits, minuscules. Elle recula, et se trouva bientôt le dos au mur, juste sous l'image de Napoléon III et de l'impératrice. Elle ne savait plus que faire. Et soudain, voilà qu'il se détendait, se détournait d'elle. Il se redressait, avec une lenteur calculée, ramenait vers l'arrière ses cheveux, qu'il avait longs et gras. Haussant les épaules, comme désabusé.

« Eh bien, tant pis, dit-il, tu l'auras voulu. Tant pis... Tu n'as qu'à sortir, pour aller t'engager dans le régiment des crève-la-faim. Là, y'a des places, on embauche tous les jours... »

Il soulignait ces derniers mots d'un rire épais, tirait de son gousset une clef, se dirigeait vers la porte. Elle hésitait, attendait, méfiante encore. Mais non, il introduisait bien la clef dans la serrure, tournait une fois, deux fois. Elle laissa tomber le tisonnier.

Aussitôt, il fut sur elle... Ils roulèrent à terre. Ongles en avant, elle visait les yeux, comme elle l'avait vu faire à ses compagnes, quand elles se battaient pour un homme, à l'usine. Mais il l'écrasait de son poids. Elle fut rapidement vaincue. D'un genou posé sur la poitrine, il la maintenait étendue sur le sol, la souffletant posément, du plat et du revers de la main, une-deux, une-deux. Elle ne pouvait que crier : elle hurlait qu'on allait la tuer, la violer, qu'il fallait prévenir les gendarmes, les sergents de ville, le curé et tous les autres. Mais personne ne bougeait alentour. Et il tapait encore.

A la fin, elle renonça, vaincue, et pleura. Il s'arrêta lui aussi, ramena encore ses cheveux vers l'arrière, redressa sa moustache, contempla Maria.

« Vingt dieux, soupira-t-il, on t'a jamais dit que tu es belle? (Non, on ne le lui avait jamais dit; les garçons qu'elle avait connus à Saint-Sauveur, et, auparavant, à la ferme, ne parlaient pas ainsi.) Si tu voulais être amiteuse, on pourrait bien s'entendre, toi et moi... »

Il tendit la main vers le visage de Maria, comme pour la caresser.

Amiteuse? Elle? Avec ce vieux tyran? Elle lui cracha dans les yeux, tenta encore de se redresser, de lui échapper.

« Enragée, cria-t-il, t'es qu'une chienne enragée. »

Alors, il reprit la série de gifles. Une-deux, une-deux. Puis s'affala sur Maria, qui se tordait. Il trouvait du plaisir au contact de ce jeune corps. Mais elle réussit à libérer une main, et lui enfonça l'index dans l'œil droit. Il hurla de douleur, et son poing s'abattit sur elle. Maria crut voir le plafond se décomposer, la nuit tomber brusquement.

Quand elle reprit connaissance, elle était étendue sur une des tables du cabaret. Ursule et une autre femme lui avaient retroussé les jupes et la maintenaient allongée sur le ventre.

« Ah! dit M. Léonard, la voilà qui revient. »

Elle observa avec satisfaction que l'œil droit du tenancier hésitait entre le rouge et le bleu. Mais il serrait dans la main la fameuse canne.

« Pour aujourd'hui, gronda-t-il, ça sera seulement la double ration. Tu vas apprendre à compter jusqu'à cent. »

Elle rassembla sa salive et leva la tête pour cracher dans sa direction, mais Ursule l'avait devinée et lui colla brusquement le nez contre la table. Alors, elle se laissa aller, toucha au fond du désespoir. Personne ne viendrait à son secours, c'était clair. Si une femme appelait à l'aide et hurlait de douleur, au beau milieu de la matinée, sans qu'une seule des dizaines de personnes qui passent et vivent dans cette rue des Etaques tentât le moindre

16

geste, c'est que les gens n'étaient plus que des bêtes, ou alors que M. Léonard inspirait à ses voisins les plus grandes craintes. Elle crut son destin scellé. Elle ne sortirait pas de là. Elle deviendrait comme l'une de ces femmes qu'elle avait vues à l'étage, lasses et sales dès le matin, visages ahuris et corps épais, se disputant quelques brins de tabac à priser, puant l'alcool et mendiant à Ursule un verre de « jus d'houblon », le nom que les gens du peuple donnaient alors à la bière.

Engourdie par le désespoir, elle sentit à peine les premiers coups de canne. M. Léonard, d'ailleurs, gagné par quelque sentiment d'indulgence, ou bien soucieux de ne pas mettre hors d'usage une marchandise dont il comptait tirer rapidement profit, ne tapait pas très vigoureusement. Il n'alla même pas jusqu'au centième coup. Il la devinait brisée.

« Enferme-la dans le débarras, jeta-t-il à Ursule en se détournant : avec celle-là, on ne sait jamais. »

Les deux femmes la hissèrent jusqu'au sommet de l'escalier, silencieuses, tandis qu'il remettait un peu d'ordre dans la pièce du bas : les clients n'allaient pas tarder.

Maria passa l'après-midi et la nuit dans le débarras. Une pièce sans fenêtre, tout juste assez grande pour pouvoir s'allonger sur le sol, où traînaient quelques vieux vêtements dont elle se fit des couvertures afin de lutter contre le froid de décembre. Elle entendait des allées et venues, des rires et des cris d'hommes et de femmes; et parfois, dominant le brouhaha, la voix de M. Léonard qui criait : « Voilà de la visite, Ursule », annonçant à l'étage un client.

Le soir, Maria savait ce qu'elle voulait : elle ne resterait pas là; les pieds au sol ou en avant, vivante ou morte, elle partirait.

Le lendemain matin, elle savait comment : elle mettrait le feu au bâtiment, tout simplement. Elle ferait flamber le Vert Pinson; et si les portes brûlaient, si les fenêtres éclataient, si les pompiers et la police arrivaient, elle trouverait bien un moyen de s'échapper. Sinon, elle deviendrait cendres, comme le reste. Personne ne la pleurerait.

Durant la nuit, elle avait remarqué un rai de lumière sous la porte : une lampe à huile était donc allumée en permanence pour éclairer le couloir. Elle trouverait aisément matière à enflammer : ici comme ailleurs, les lits devaient être garnis de paille, de copeaux, ou de fanes de pommes de terre. Elle décida d'agir la nuit suivante, quand les femmes seraient couchées et leur patron parti. Pour que le Bon Dieu l'aide dans son entreprise, elle récita ses prières.

Restait à sortir du débarras et à passer la journée sans accroc.

Ce fut plus facile qu'elle ne l'escomptait. Vers le milieu de la matinée, la porte s'ouvrit. M. Léonard apparut, un quignon de pain à la main, qu'il jeta à terre devant elle. Elle ne bougea pas, bien qu'elle n'eût rien mangé depuis plus d'une journée. Il la regardait, interdit, vaguement admiratif quand même.

« Quelle tête! dit-il. D'où sors-tu, toi?... Tu n'es pas de Saint-Sauveur, c'est certain.

– Je viens de par là... Un village, près d'Haze-brouck.

– Ah! je vois. Flamande. Tête de Flamand, tête de bois. Mais ils ont de belles femmes aussi. »

Elle regardait le morceau de pain, ne répondait plus. Il fallait bien transiger, pourtant, si elle voulait sortir de là. Alors, elle laissa entendre que peut-être... Elle sentait bien qu'elle avait réussi à l'impressionner : elle pouvait donc négocier. Qu'il lui

18

laisse le temps de s'habituer : un jour, un seul jour – elle servirait au cabaret, mais ne travaillerait pas à l'étage – et ensuite on verrait bien. Il parut surpris, même un peu déçu, ergota quelques minutes, et finit par se laisser convaincre. « Mais attention, hein ? Attention ! je t'aurai à l'œil. Et ne t'avise pas de te plaindre aux clients. D'abord, ils n'aiment pas ça. Ils viennent pas ici pour avoir des histoires, tu comprends... Alors, n'essaie pas. Ça ne marcherait pas. » Elle devinait qu'il disait vrai. Elle n'essaierait pas. Elle voulait seulement gagner quelques heures.

Ces heures furent longues. Dans la matinée, il lui avait confié toutes les tâches ménagères : nettoyer le sol du cabaret, y répandre le sable fin qui recueillerait ensuite les crachats des clients, les cendres de leurs pipes et la boue qu'ils apporteraient de la rue ; laver les verres ; astiquer les pots d'étain. Il l'avait aussi amenée à la cave pour l'aider à ranger les tonneaux de bière, et envoyée enfin dans un réduit dénommé cuisine pour y préparer le ragoût de pommes de terre qui constituerait le déjeuner de toute la maisonnée. Toujours, elle le sentait derrière elle, attentif, et peut-être la désirant. Elle se retournait parfois brusquement pour le surprendre, lui signifier qu'elle était sur ses gardes, qu'il ne la tromperait pas. Alors, il clignait de l'œil, vaguement rigolard, ou bien crachait à terre – de biais, pas dans la direction de Maria, mais quand même...

De toute la matinée, il ne lui dit pas dix phrases : seulement celles qu'il fallait pour lui donner des ordres, indiquer où elle trouverait le sable, les pommes de terre et les ustensiles ménagers. Elle, muette, se répétait les gestes qu'elle accomplirait la nuit suivante, s'interrogeait aussi sur Ursule et les femmes, à l'étage, que l'on entendait à peine chu-

19

choter : que faisaient-elles? peut-être se tenaient-elles toutes aux aguets, attendant qu'un nouveau combat les dresse l'un contre l'autre?

Elle se dénoua quand il l'envoya les rejoindre, à l'heure du repas. Les femmes étaient installées autour d'une planche montée sur des tréteaux, dans le couloir entre les alcôves. Il restait seul au cabaret, et avait ajouté pour lui au ragoût un large morceau de petit salé. On l'entendit ensuite discuter avec un client, le premier de la journée, un Belge qui parlait fort et se contenta de liquider deux pintes de bière avant de repartir. Les filles avaient profité de sa présence pour parler à Maria, l'inciter à céder. Si elle savait y faire, elle ne serait pas trop mal ici, c'était quand même moins fatigant que l'usine. Mais on voyait bien qu'elle avait mauvais caractère : alors ça, il faudrait qu'elle change. M. Léonard aimait qu'on soit souple. C'était, disaient-elles, son mot préféré : souple.

Souple, elle essaya de l'être jusqu'à la nuit. Elle ne protesta même pas quand, dans l'après-midi, alors qu'elle portait la bière sur les tables, il lui passa la main sur les fesses, dans un geste de propriétaire. Tous les clients en faisaient autant. La première fois, elle avait sursauté, prête à protester. Elle s'était ravisée : c'était le genre de la maison, bien sûr. Il fallait tenir jusqu'au soir. Elle réussit même à sourire à trois soldats, trois jeunes cuirassiers, des paysans fraîchement incorporés qui fêtaient leur première sortie en ville, faisaient les farauds, et la complimentaient lourdement.

Le soir, tout faillit se gâter. Depuis la tombée de la nuit, des hommes s'étaient succédé à l'étage: des ouvriers, deux ou trois paysans endimanchés venus à la ville pour régler des affaires, et surtout des militaires. M. Léonard tenait une comptabilité exacte des entrées et des sorties. Quand les six

20

femmes étaient occupées, il faisait patienter les clients à coups de pintes de bière et de petits verres de trois-six, ou de genièvre pour les plus huppés; et quand une place était libre, il usait toujours de la même formule pour annoncer à l'étage qu'un autre mâle allait monter : « Voilà de la visite, Ursule! » La routine. En cette veille de Noël les clients ne manquaient pas.

Ursule, qui régnait là-haut, ne s'était guère montrée au cabaret que pour de brefs conciliabules avec le tenancier. Aussi Maria ne fut-elle pas surprise quand celui-ci lui confia une bouteille de trois-six avec mission de la porter à la sous-maîtresse. La soirée s'achevait. Il ne restait à l'étage que trois ou quatre hommes; et seulement deux au cabaret, qui semblaient préférer la bière aux femmes. M. Léonard, soucieux d'économie, avait déjà mouché la moitié des chandelles. Une fille, travail terminé, chantonnait un vieil air du patois lillois. Le repos et la paix de la nuit s'annonçaient. Mais voilà qu'à l'étage, la sous-maîtresse, ayant débarrassé Maria de la bouteille, la poussait vers une alcôve. « Vas-y, ma fille, ou bien il t'tuera. » Elle se trouvait aussitôt prise dans les bras d'un gradé d'artillerie, un grand rouquin qu'elle avait remarqué à son arrivée au cabaret : M. Léonard lui donnait du « Maréchal » par-ci et du « Maréchal » par-là, et ils avaient longuement discuté à voix basse, dans le coin près de l'entrée. L'homme tentait de l'attirer vers la paillasse mais elle se débattait, appelait à l'aide, essayait de lui enfoncer un doigt dans l'œil, comme elle l'avait si bien fait à M. Léonard, parvenait quand même à lui érafler la joue où perlait aussitôt le sang. Le tenancier était déjà dans son dos, l'arrachait au soldat, la souffletait, la faisait rouler dans l'escalier à grands coups de pied, criant : « Démone, démone, tu me le paieras. » Elle,

21

à demi assommée, trouvait encore la force de se redresser sur la dernière marche, pour riposter : « Menteur! Vous n'avez pas tenu votre parole. Vous m'aviez bien dit : pas aujourd'hui... » Un coup de pot d'étain sur la tête la fit taire, tandis que s'esquivaient les derniers clients, peu désireux de se trouver mêlés à une scabreuse affaire.

Elle reprenait conscience alors qu'il remontait de la cave les bouteilles de trois-six. Aussitôt, elle pensa à la belle flambée qu'elles feraient. Cet homme-là l'avait deux fois trompée. Demain, il serait ruiné. Demain, elle serait partie, morte ou libre.

A présent, l'heure d'agir était venue. Les femmes semblaient dormir. Ursule s'était retirée dans une petite chambre à la porte percée d'un judas qui lui permettait d'observer les allées et venues. Elle avait laissé Maria s'installer dans une alcôve restée libre. Et la petite lampe à huile brûlait, jetant une lumière jaunâtre sur ce monde clos et crasseux qui sentait la femme en sueur et la fumée de charbon, la bière passée, la paille pourrie.

C'était, avait calculé Maria, du côté du réduit dénommé cuisine qu'il fallait mettre le feu. Elle y avait remarqué une fenêtre étroite, assez haute cependant pour qu'on pût s'y glisser, au volet cadenassé comme les autres, mais qui semblait vermoulu. La porte d'entrée, à laquelle elle avait songé d'abord, offrait sans doute plus de résistance. Enfin, elle disposerait dans le réduit de nombreux matériaux combustibles : de vieux papiers, le petit bois qui servait à allumer les poêles à charbon, sans compter les rideaux graisseux.

Elle y amena sa paillasse, l'éventra, amassa paille et copeaux sous la fenêtre, et les arrosa largement, surprise quand même par l'odeur entêtante de l'alcool. Et maintenant, la flamme! Elle craignait d'attirer l'attention en décrochant la lampe à huile, ce qui priverait de lumière le couloir. Mieux valait y allumer une chandelle. Elle la descendit avec d'infinies précautions, souffle suspendu, glissant, légère, sur les marches. Mais les femmes avaient beaucoup bu : personne ne bougeait.

La flamme jaillit, libératrice. Quelques crépitements. Bientôt le réduit ne fut plus qu'un brasier, grondant. Mais comment le franchir pour sortir? Maria se maudit : quelle bêtise, à en mourir! Elle reprit vite espoir : la flamme, courant au long des poutres du plafond, gagnait le cabaret : elle trouverait sans doute une issue de ce côté. Alors, mais alors seulement, elle songea à donner l'alarme, à prévenir les filles et Ursule qu'elles devaient sauver leur peau, et s'étonna de n'y avoir point pensé plus tôt : était-elle devenue une bête?

Elle avança vers l'escalier, cria « au feu », redescendit aussitôt, les yeux fixés sur la flamme qui longeait maintenant le mur du cabaret, courant vers la fenêtre, donc dans la bonne direction. Si tout brûlait, les volets céderaient. Ou bien Ursule disposait-elle d'une clef qui permettrait de fuir?

Presque aussitôt, à l'étage, une femme hurla. Puis une autre. Une porte claqua. Les pensionnaires du Vert Pinson s'agitaient, couraient, appelaient. Une petite brunette, jeune encore, qu'elle avait remarquée pour la vivacité de ses yeux et son langage qui tranchait avec celui (mi-patois, mi-français) des autres femmes, était déjà dans son dos, criant : « C'est elle! C'est elle qui a mis le feu! Elle est folle! » Les autres suivaient, à demi nues, hagardes, cheveux défaits, visages bouffis de sommeil, yeux écarquillés. Et Ursule, qui s'était couverte d'une sorte de long manteau à fleurs rouges.

« C'est elle, c'est elle qui a mis le feu. »

Alors, un hourvari. Elles criaient qu'on allait tuer Maria puisqu'elle voulait leur mort. Elles appelaient au secours. Elles imploraient la Vierge et tous les saints. Elles maudissaient M. Léonard, et l'impératrice, et l'empereur, et aussi son ami le duc de Morny. Elles adjuraient Ursule de leur ouvrir portes et fenêtres, et tout ce qui pouvait permettre de fuir. Cela, dans la plus grande confusion. L'une tambourinait sur la porte du cabaret, si fort que ses poings éclataient, se maculaient de sang. L'autre remontait vers l'étage pour y rechercher peut-être un objet aimé, ou dans l'espoir d'y trouver une issue. Une vieille blonde, la plus âgée de la troupe semblait-il, ouvrait la trappe de la cave pour s'y engouffrer. Une grosse fille aux cheveux filasse, accourue à la rescousse de la brunette, tentait d'écharper Maria qu'elle avait jetée à terre. Au centre de ce tourbillon, Ursule, d'une raideur de statue, vociférait des injures sans suite et criait que, non, elle ne détenait aucune clef, que ce salaud de Léonard n'avait en elle aucune confiance, et qu'il fallait se préparer à mourir à moins que des pompiers ou des soldats n'arrivent à temps pour les sauver, si quelque voisin ou quelque passant les avait prévenus. Mais le tapage qui régnait là interdisait d'entendre ce qui se passait dans la rue des Etaques.

Le feu poursuivait son œuvre, et les aurait bientôt cernées. Déjà, quelques-unes hoquetaient, suffoquées par la fumée. Remontée de la cave, deux bouteilles de genièvre dans les bras, la plus vieille, comme folle, en aspergeait le sol, propageant la flamme. Une autre, tombée à genoux, récitait maintenant des litanies et alignait les signes de croix, implorant la Vierge de faire pour Noël un miracle. Ursule avait saisi un banc de bois et, avec une force qu'on n'eût pas soupçonnée, une fureur blême, s'en servait comme d'un bélier pour enfoncer la porte du cabaret, la heurtant de coups réguliers, à grands ahans. Maria enrageait, les mains pleines de poignées de cheveux qu'elle arrachait à ses adversaires, la gorge brûlante, les yeux voilés de sang. Elles roulaient sur le sol, telles des furies et se déchiraient à coups d'ongles, sans pardon, comme si une victoire leur eût garanti la vie sauve.

Alors qu'elle se retrouvait plaquée contre terre, les bras en croix, presque vaincue, Maria vit passer un sein, immense, débordant d'une chemise de toile. Elle redressa la tête, ouvrit toute grande la bouche, et mordit sauvagement. Un cri de bête. L'autre la lâcha. Elle se leva, vacillant, se débarrassa de la brunette qui toussait, les yeux révulsés, regarda autour d'elle, cherchant une issue. Mais il n'y avait que feu, fumée et femmes folles.

L'une d'elles pourtant lui prit la main – « par ici! » – l'entraîna vers l'escalier, que les flammes entamaient. « Par ici! » Deux ou trois autres les suivirent. Celle qui servait de guide les conduisit dans le couloir des alcôves, où roulait une fumée noire. « Par ici! » Elle amena de la chambre d'Ursule une petite table de bois, puis des paquets qu'elle entassait, y grimpa, se redressa, ouvrit au plafond une trappe que Maria n'avait pas devinée. « Par ici! » Elle se hissa à la force des poignets, comme un gymnaste, dans ce qui devait être un grenier. Maria la suivit. Puis une autre, et une autre encore qui appelait le reste de la troupe.

Une partie de la toiture, déjà, s'était embrasée, et deux poutrelles s'étaient effondrées, ouvrant un trou par lequel s'échappaient les flammes. Des tuiles éclataient. On entendait, de la rue, monter des cris. Les femmes se regardèrent. Unies désormais. A coup sûr, elles ne disposaient que d'un bref répit : le feu qui, bizarrement, avait gagné le grenier sans presque toucher l'étage, aurait bientôt raison du toit, qui s'effondrerait sur elles. « Faut passer par c'trou », dit la fille qui avait pris le commandement.

Cela signifiait traverser un rideau de flammes, qui semblait heureusement encore mince. Et que découvriraient-elles ensuite? Maria s'élança la première. Elle éprouva à peine la morsure du feu sur ses mains et sur son visage. Mais la fumée l'aveuglait, et quand elle ouvrit la bouche pour reprendre haleine, il lui sembla que ses poumons se consumaient. Elle ne voyait plus rien qu'un jaillissement d'étincelles. Elle crut mourir là.

« Par ici. » A nouveau, l'autre lui prenait la main, la hissait sur une sorte de muret qui courait au long de la maison voisine. Elles étaient maintenant adossées au mur de celle-ci, qui dominait de deux étages le cabaret du Vert Pinson. Au-dessus, le ciel de décembre, clair, sans un nuage. Devant elles, le toit où luttaient les flammes que le vent, par chance, écartait. Et dans la rue, à cinq ou six mètres sous leurs pieds, une foule qui s'assemblait, des hommes qui actionnaient une pompe à bras, se passaient des seaux d'eau dont ils arrosaient les façades des bâtiments voisins, comme s'ils avaient déjà renoncé à sauver celui-là.

Maria regarda l'autre fille, une longue rousse au visage défait, dont elle avait remarqué la veille qu'elle ne participait guère aux conversations des autres.

« Comment tu t'appelles?
– Mathilde. »
Elle l'embrassa.
L'autre se détourna, brusque :
« Le plus fort, c'est que maintenant je vais prendre froid. »
Elle ne portait qu'une mince chemise.
D'autres filles arrivaient. Et même Ursule.
De la rue, on leur criait de ne pas bouger, qu'on allait apporter des échelles pour les secourir.

« Je n'irai pas, dit Maria, je ne descendrai pas par là. »

Elle ne tenait pas à être rassemblée avec la troupe de M. Léonard.

« Moi j'suis cartée, soupira Mathilde. Alors, rien ne changera rien. »

Elle haussa les épaules, fut secouée par une quinte de toux. Maria cherchait une issue. Le muret sur lequel elles se trouvaient s'arrêtait d'un côté au-dessus de la rue, de l'autre au-dessus de ce qui était sans doute une courette. C'est par là qu'il fallait fuir. Elle embrassa Mathilde, commença d'avancer, à pas prudents. Une fille donna l'alarme : « Attention! C'est elle qui a mis le feu, et elle se sauve. » Mais son cri se perdit dans le brouhaha qui montait de la rue. Et aucune des rescapées ne fit mine de vouloir arrêter Maria, ou de la suivre.

Elle fut bientôt au-dessus de la courée. L'agitation y était égale. Craignant que l'incendie ne gagne leurs pauvres demeures, des familles se hâtaient d'en sortir meubles et hardes qu'elles entassaient dans la boue. D'autres avaient formé une chaîne et se passaient de main en main des seaux d'eau que trois hommes déversaient aux abords de la maison incendiée, dans un dérisoire effort pour arrêter la progression des flammes. Maria se trouvait donc cernée : de chaque côté, la foule, ou le feu. Ici, pourtant, on ne la confondrait pas avec les autres filles, toutes à moitié nues ou en vêtements de nuit alors qu'elle portait encore sa robe de coton bleu. Elle se pencha donc au-dessus du vide, cherchant, à droite ou à gauche, une voie pour fuir. En vain.

Elle pensa alors rebrousser chemin, revenir vers les autres. Ou se laisser tomber dans ce trou noir d'où montaient des cris. Elle n'en pouvait plus. Pourquoi tenter de forcer le destin? Et puis, elle était horrifiée par le spectacle de ces gens que son geste chassait de leur logis, engluait un peu plus dans leur misère. Son obstination faisait leur malheur. Après tout, qui était-elle pour refuser le sort de Mathilde, d'Ursule et des autres? Elle était Maria Vandamme. C'est-à-dire rien. Une pauvre fille sans famille, sans travail et sans argent. Rien. Mais pourquoi rien? Elle valait bien M. Léonard, et Mme Gosselet, cette salope de logeuse qui la pressurait depuis des mois et l'avait, pour finir, envoyée dans ce guet-apens. Elle n'était pas plus bête qu'une autre, elle l'avait vu à l'usine. Et tout le monde avait le droit de vivre, y compris Maria Vandamme.

Tout cela, toutes ces pensées, dans la plus extrême confusion. Plus tard, quand elle se remémorerait cette folle nuit, elle les rangerait dans un ordre logique, comme si là-haut, sur son bout de muret, tandis que roulaient les flammes et criait la foule, elle avait calmement raisonné. En réalité, ses idées et ses sentiments se heurtaient, se chevauchaient, et s'évanouissaient aussitôt qu'ébauchés. Mais dominait la certitude qu'elle pouvait vivre mieux, être mieux. Peut-être ce qu'on appelle l'espérance.

Une main lui saisit le bras. De surprise, elle faillit tomber. Un homme prenait pied sur le muret, un grand gaillard qui semblait venir du ciel. Levant les yeux, elle comprit : il avait accroché à la cheminée de l'immeuble voisin une corde à nœuds comme en utilisaient les maçons pour grimper sur leurs échafaudages, et il était descendu par là. Pour échapper aux flammes, il suffirait de refaire ce chemin, dans l'autre sens.

Jamais, bien sûr, elle n'a ainsi escaladé un mur. Mais en trois gestes, il lui a montré comment faire. La voici qui se hisse jusqu'à la cheminée, qui se retrouve sur le faîte d'une toiture de tuiles, à nouveau tremblant de glisser. L'homme est dans son dos et ne semble éprouver, lui, aucune difficulté à garder l'équilibre. Il lui passe le bras autour de la taille – « ayez pas peur » –, la pousse à avancer jusqu'à une fenêtre à tabatière. Elle se sent si bien, appuyée contre lui, presque fraîche, reposée. Il la dépose dans un grenier. « Attendez là, dit-il, j'dois m'occuper des autres. » Alors, elle se sent traquée, à nouveau. Il va falloir fuir. Pourtant...

« C'est comment, votre nom ? »

La question le surprend. Il la regarde.

« Blaise, répond-il. Blaise Riboullet. »

Le voilà reparti sur le toit. Elle chuchote « merci ». Et dévale l'escalier. Blaise Riboullet : c'est le nom de l'homme qui l'a sauvée. Il ne faudra pas l'oublier.

Personne dans la courette ne prête attention à cette femme aux cheveux dénoués qui court parmi d'autres femmes qui courent, tirant des marmots, traînant des paquets. Personne, dans la rue des Etaques, ne paraît remarquer cette femme qui fuit parmi d'autres femmes qui fuient. Quand même, elle se retourne pour jeter un dernier regard au Vert Pinson. Le temps d'apercevoir Ursule, toujours drapée dans son manteau à fleurs rouges, qu'un homme juché sur une échelle a jeté sur son dos pour la descendre à terre. Elle rit, elle balbutie, elle a peut-être incendié tout un quartier. Elle est libre.

LES cloches des églises l'éveillèrent qui appelaient, dès cinq heures, les âmes pieuses et les servantes à la première messe. C'était Noël. Le jour ne se lèverait pas de sitôt. Une brume glacée engourdissait la ville. Maria frissonna.

Dans la nuit, elle avait trouvé refuge sous une poterne des remparts jadis tracés par Vauban. Depuis trois ans, on avait commencé de les détruire, pour agrandir la cité, à qui l'empereur avait permis d'annexer quelques faubourgs. Mais les travaux n'avançaient guère. Les fortins et les bastions délaissés par les militaires étaient devenus, en attendant les démolisseurs, le refuge des errants.

Elle ne savait où aller. Une autre eût naturellement songé à taper aux portes de familles amies. Maria ne se connaissait pas d'amis. On l'appelait « la sauvage ». Elle en souffrait parfois. Mais le moyen d'être autrement ?

Maria Vandamme n'avait pas eu d'enfance. Un jour de 1843, la religieuse de garde au tour d'abandon de l'hospice des enfants de Saint-Omer trouve, dans un panier, une petite fille de quelques semaines, ou même un peu plus. Une blonde rieuse; et potelée, ce qui semble indiquer qu'elle vient de la campagne. Mais allez savoir : à cette époque, on fait beaucoup voyager les enfants indésirables; des femmes se chargent même, moyennant finance, d'aller les déposer aux tours d'abandon des villes lointaines, histoire de brouiller les pistes. Seule indication : ce gros bébé-là porte autour du cou une ficelle où l'on a accroché un papier marqué du nom de Vandamme. Qui? Pourquoi? Mystère. On ne cherche pas plus loin : les Vandamme sont légion dans la région. Le dimanche suivant quand on baptise le bébé dans la chapelle de l'hospice (on baptise systématiquement tous les enfants trouvés, parce que deux baptêmes valent mieux que rien), le prêtre se tourne vers la religieuse qui fait office de marraine. Prénom? Celle-ci n'hésite guère : pour elle, toutes les petites filles abandonnées doivent se prénommer Marie, ou Maria.

Maria Vandamme passe d'abord quatre années à l'orphelinat. Elle n'en gardera aucun souvenir et c'est tant mieux. Ses premières impressions ont pour décor la ferme où on l'a placée, à Meteren, un petit village proche des monts de Flandres, trois ou quatre bosses boisées qui donnent au pays plat l'illusion du relief. Le placement des enfants à la campagne se fait au petit bonheur la chance. Au petit malheur pour elle. Certains trouvent l'affection dans des familles accueillantes. Maria tire le mauvais numéro. Les fermiers qui la prennent ne cherchent qu'une main-d'œuvre d'appoint. Ce n'est pas qu'ils soient mauvais diables, les Vangraefschepe. Mais jeunes et ambitieux, aimant le progrès, ils ont décidé d'en faire deux fois plus que les autres, de tirer de la terre tout ce qu'elle peut donner. Donc, pas de répit. Et pour commencer, dès la signature de leur contrat de mariage, ils ont choisi de cultiver deux fois plus de terres que leurs voisins. Il leur faut du personnel. Ils ont pris trois valets. Et trois enfants « placés », qui ne coûtent que la nourriture. Ils auraient voulu trois garçons. Mais les garçons sont très recherchés. On ne leur en donne que deux, plus une fille : Maria. Il faudra bien qu'elle rende les services d'un garçon.

Avec les hommes, elle grandit au rythme des saisons. Elle apprend vite à soigner les chevaux, puis à les guider quand ils tirent la herse aux dents de bois, le lourd rouleau de fer, et même la charrue qui éventre la grasse terre des Flandres. Jan Vangraefschepe est l'un des premiers à abandonner l'antique araire et la charrue de bois pour le brabant, une machine légère et efficace dont le soc et l'oreille courbe sont formés d'une feuille de fer battu. L'un des premiers aussi à utiliser des engrais, qu'il va chercher à Hazebrouck. Toujours à l'affût des nouveautés, grand lecteur d'almanachs (et même seul au village, après le maire et le curé, à lire et à parler le français), il découvre l'annonce d'extraordinaires machines, dont l'idée vient d'Angleterre paraît-il, qui vont complètement transformer le travail de la terre : tirées par deux chevaux et servies par deux hommes, elles moissonnent le blé, l'avoine ou l'orge à des vitesses qui défient l'imagination. Alors, on pourra cultiver encore plus de terres.

En attendant, on coupe toujours les épis à la faux. Et c'est déjà un gros progrès car, raconte Jan Vangraefschepe en se tapant sur les cuisses, là-bas au sud, du côté de Paris, et même en Picardie, ils en sont encore à la faucille. Décidément, les Flamands ont toujours de l'avance. Plus malins.

Maria ne fauche pas. Elle suit les moissonneurs en compagnie de Marie Vangraefschepe et de quelques voisines pour rassembler les épis en javelles, grouper huit javelles en une gerbe que serrent des liens de paille, assembler douze gerbes, épis en haut, en forme de toit très pentu, et les couvrir de deux autres, dirigées vers l'ouest, là où il y a la mer, là-bas d'où viennent le vent et la pluie.

Ils vont vite. Elles vont vite. Pas question avec Jan Vangraefschepe de s'arrêter parfois, comme le font les voisins, pour boire un peu d'eau de chicorée que l'on aura gardée au frais dans une gourde de grès plate glissée à l'ombre, sous la paille. Et quand on a fini, quand on amène dans la cour de la ferme le dernier chariot chargé de bottes, pas question de faire longtemps la fête. Homme pratique, Jan Vangraefschepe sait que s'il veut, l'an prochain, recevoir un nouveau coup de main de ses voisins et voisines, il faut les honorer. Comme tout le monde, il leur offre donc un grand repas : la soupe au lard avec des haricots et des choux, qu'ailleurs on nomme potée, arrosée d'une bière que, pour l'occasion, il va acheter à Cassel (d'ordinaire, il se contente d'une petite bière que sa femme Marie fabrique elle-même à partir d'une décoction d'orge germée.) Mais on ne s'attarde pas à table. Au travail! La terre ne doit pas dormir. Les bras non plus.

Ils sont lourds le soir, les bras de Maria! En attendant la machine à battre des Anglais, on en est encore au fléau. Et tout le monde doit s'y mettre, la fille comme les garçons. Ils n'ont plus de reins, ils n'ont plus de dos, leurs visages ruissellent sous le soleil d'août, ils abattent en cadence leurs longues tiges de bois de frêne pour faire jaillir le grain que Jan Vangraefschepe amènera au moulin. Mais quand, le soir venu, il entraîne les valets et les garçons et leur explique comment le progrès va demain transformer l'agriculture, leur montre le dessin de la faucheuse Many Roberts, médaille de 1re classe à l'Exposition universelle de 1855, qui peut moissonner trois fois plus vite que la faux – oui, trois fois! – Maria n'a pas le droit de les suivre; il la chasse : elle n'est qu'une fille. La preuve, c'est qu'au temps des labours, elle ne peut pas, comme eux, chaque matin, avant d'éventrer la terre, pisser sur les versoirs de la charrue pour éviter que les mottes y adhèrent. Et puis, elle a des idées de fille : le jour où la première batteuse est enfin arrivée, une « piétineuse » pimpante, peinte en rouge vermillon, Jan Vangraefschepe rayonnait de plaisir; le progrès était livré à domicile; mais Maria a fait une scène. Parce que, pour cette étonnante machine, et en attendant la vapeur qui ne tardera guère, l'énergie est fournie par un cheval : on le fait entrer dans une sorte de cage où il doit piétiner, et piétiner sans fin pour entraîner tout le mécanisme. Quand le premier cheval est sorti de là, exténué, fumant de sueur, il a failli s'écrouler. Après seulement une heure de cage. Elle l'aimait ce cheval, Maria, c'était l'un de ses préférés. Alors, elle a craché des insultes à Jan Vangraefschepe, et hurlé que le progrès n'était pas beau à voir. Il ne s'est même pas mis en colère; il riait de cette sotte qui débitait des bêtises. Et pour la ridiculiser aux yeux de tous, il lui a mis dans les mains un fléau en disant que si elle tenait tant à épargner la peine des chevaux, elle pourrait battre le blé, elle-même. Pourquoi pas tirer la charrue aussi? Elle sentait qu'il n'avait pas tout à fait tort, et elle enrageait.

Autour d'elle, on haussait les épaules, on prenait à peine garde à l'incident : une fille! Mais un garçon pour le travail. Garçon pour guider les chevaux de labour, justement, et retourner la terre en juillet après la récolte des seigles, en août après celle du blé, en septembre après celle de l'orge. Mais fille l'hiver venu : alors que les hommes connaissent quelque répit, on l'installe à filer au rouet, en compagnie de sa patronne, du lin à l'odeur entêtante, que l'on va chercher dans la vallée de la Lys, du côté d'Armentières.

Garçon pour entasser, l'été, les bottes de paille dans la grange. Mais fille, au printemps, pour sarcler les céréales. Et fille aussi, été comme hiver, pour traire les vaches trois fois par jour, et battre la crème dans la baratte tournante dont Jan Vangraefschepe est si fier car les gens du Sud, d'au-delà de Lille, ceux d'Artois et de Picardie, n'en ont guère de pareilles : ils en sont encore à fabriquer leur beurre en agitant de haut en bas, dans une jarre de grès, un long manche prolongé d'un disque de bois troué.

Garçon pour tenir les chevaux quand on les ferre, elle est toujours fille, Maria, quand il faut réparer les hardes de la maisonnée, servir à table, laver écuelles et marmites, rester debout avec la patronne derrière les hommes attablés pour les repas, balayer la grande salle de la ferme.

Et bientôt fille pour attirer le désir des hommes. Une saison chassant l'autre, elle a grandi. La gamine anguleuse s'est formée, comme disent les commères. Un jour d'été, elle remarque des taches brunes au fond de sa culotte. Elle en est mortifiée, mais l'oublie vite. Deux mois plus tard, aucun doute : c'est bien du sang qui s'écoule entre ses jambes. Et elle a mal au ventre. Elle croit qu'une blessure secrète s'est ouverte et qu'elle va mourir. Au secours! Au secours! Affolée, elle ramène dare-dare à la ferme le tombereau de fumier qu'elle emmenait aux champs, laisse les chevaux attelés au beau milieu de la cour, et se précipite à la recherche de Marie Vangraefschepe, suppliant qu'on la soigne et qu'on prie la Vierge et les saints parce que sa fin est proche. Elle la trouve en compagnie de deux commères, des fermières du voisinage, occupées à faire des confitures.

Alors, la honte. Parce qu'elles rient, les trois paysannes, à ne plus reprendre souffle. Elles n'en ont pas tellement l'occasion, elles se paient donc la tête de cette gamine à la tête dure. Et finissent par lui expliquer, entre deux hoquets, qu'elle est une sotte, et aussi qu'elle est femme maintenant, et que ces saignements, qui lui permettront d'avoir des enfants, reviendront régulièrement, comme la lune. Elle ne comprend pas très bien, mais le ridicule l'étouffe. Elle voudrait les insulter, toutes les trois, à commencer par Marie Vangraefschepe. Elle n'oubliera jamais ce jour.

Commencent bientôt les ennuis. Un soir, dans l'étable où elle dort avec les valets de ferme et les deux garçons, elle sent des mains sur son corps, une haleine empuantie de bière sur son visage. C'est l'un des valets, à demi débile mais réputé aussi fort qu'un cheval, qui a envie d'elle et ne prend pas de gants pour le lui faire savoir. Elle sursaute, se dégage, ne comprend pas très bien ce qu'il lui veut, lui dit d'aller se faire voir ailleurs, et, comme il insiste, se saisit d'une houe en guise d'arme de défense. Il renonce.

Ce qu'il lui voulait, les autres le lui expliqueront, sans détour. Faire avec elle ce que les taureaux font avec les vaches, les chiens avec les chiennes, les lapins avec les lapines et les coqs avec les poules. Et tous ils lui proposent d'agir ainsi, comme cela se pratique dans toutes les étables alentour, là où il y a des filles. Un usage si répandu que le curé ne la croit pas quand, pressée par lui de questions, elle répond que jamais l'un de ses compagnons ne l'a vraiment touchée : persuadé qu'elle ment, il lui refuse l'absolution.

Elle n'est pas plus vertueuse qu'une autre, et ne verrait pas de mal à se laisser caresser par un garçon : ceux-là ne lui plaisent pas, voilà tout; ils ne lui ont jamais marqué jusque-là le moindre intérêt, ils ne l'ont jamais aidée, quand elle n'était encore qu'une petite fille, à porter les grands pots de lait; et elle se souvient qu'ils riaient de la voir fesser par la fermière quand – catastrophe – elle laissait choir sa charge. Alors, non! Ce ne sont pas ses amis. Le patron encore moins.

Car il s'y met lui aussi. Un jour il l'a emmenée au moulin, voilà qu'il arrête son chariot, à l'ombre d'un des trois ou quatre boqueteaux qui piquent la plaine, et qu'il tente de la renverser sur les sacs de grain. Elle le griffe. Il la lâche. Mais il ne se tient pas pour battu. Il reviendra à la charge. Un des valets expliquera même à Maria que la fermière fermerait volontiers les yeux, pas mécontente au fond que son mari trouve à domicile des satisfactions, « parce qu'elle, de ce côté-là, elle a quelque chose qui ne va pas » – et lorsque Jan Vangraefschepe se rend à Hazebrouck ou à Cassel, ce n'est pas seulement pour participer à des réunions de sociétés agricoles.

Passent les semaines et les mois. Passent les nuits. La jeune fille apprend à dormir sur le qui-vive, une houe à portée de la main, dissimulée dans la paille, pour le cas où. Elle s'étonne parfois que ses compagnons d'étable ne s'associent pas pour la forcer, car alors elle ne pourrait résister. Mais ils n'ont pas cette idée, ils ne sont pas si méchants. Et ils finissent par renoncer.

Le fermier, lui, s'obstine. Il la poursuit dans l'écurie ou l'étable, l'assaille dans la grange. Si bien qu'elle n'hésite plus : un matin qu'elle est seule à la ferme à lessiver toute la maisonnée, elle laisse là cuve, brosse, planche et battoir, retire d'un coffre les papiers qui la suivent depuis l'orphelinat et dont elle ne sait lire aucun mot, retrouve dans un pot quelques francs que la fermière y a serrés à l'insu de son mari. Et s'en va.

Là, une éclaircie. Elle a décidé de partir pour

Lille, la grande ville, marchant seulement la nuit, de peur d'être rattrapée par les gendarmes. Mais elle s'arrête bien vite en chemin. Dès le deuxième jour.

C'est le matin. Epuisée, elle dort dans un fossé. Il pleut. On la secoue. Une femme qui passait l'a découverte. Elle est belge, elle a trente ans et en paraît cinquante, elle est grosse et les très longs cheveux blancs qu'elle tourne autour de sa tête lui font un immense casque. Elle se prénomme Julie. Elle part au travail, pour la journée, dans les champs. Et pour se protéger de la pluie, elle porte sur la tête et les épaules un sac de jute.

« Tu vas pas rester comme ça! »

Cette Julie s'apitoie sur Maria, ne lui demande pas d'où elle vient ni où elle va, et l'emmène – vite, très vite, car le travail n'attend pas – se reposer dans la petite maison qu'elle occupe, à deux pas.

« A ce soir. »

Voilà Maria tout ébaubie. Elle flaire quelque traquenard, songe à fuir, s'interroge, décide enfin de rester jusqu'au soir parce qu'il faut être poli avec les gens gentils. Elle restera trois mois. Le premier soir, en partageant le pain et le lait battu (c'est le nom qu'on donne au babeurre), Julie la Belge l'a fait parler. Puis :

« Reste ici avec moi! Je te trouverai du travail. »

Maria se méfie toujours, s'interroge sur les raisons d'une telle gentillesse. Elle découvrira ensuite que la jeune femme s'ennuyait à désespérer depuis la mort, quelques semaines plus tôt, de son bébé, une petite fille emportée par une entérite. Elle « a un homme », Julie, un Français qu'elle n'a pas épousé parce qu'elle n'a pas de papiers et ne sait où les demander dans son pays; mais il est absent les trois quarts de l'année : il travaille à la construction des nouvelles lignes de chemin de fer, quelque part du côté de Lens ou de Béthune. Bref, elle ne supporte pas la solitude. Et elle est bonne : cela existe, Maria le découvre.

Elle apprend l'amitié, les confidences, les regards et les sourires. Elle apprend aussi à s'habiller comme une femme, et même un peu mieux que ses compagnes du village car l'autre, avant d'aboutir ici par on ne sait quels détours, a été bonne à tout faire, à Gand, chez une marchande de chapeaux. Elle est heureuse, Maria.

Elle travaille dur, pourtant. Tout ce qu'elles ont trouvé pour elle, c'est une place de rouisseuse. L'un des métiers les plus sales : les hommes, les femmes et les enfants qui tournent et retournent les bottes de lin dans l'eau, qui les en sortent quand se détache la filasse qui deviendra le fil, qui l'égouttent et la sèchent sur des prairies, s'habillent toujours de haillons pour éviter les taches, indélébiles. Mais les haillons ne préservent pas de l'odeur. Maria, solide, supporte, heureuse de pouvoir rapporter chaque semaine sept francs à son amie.

Et puis, patatras. Un soir d'automne, le poseur de rails rentre au domicile. Il paraît s'accommoder de la présence de Maria. On s'entasse dans la petite maison. Le couple loge dans l'unique pièce. Elle installe sa paillasse dans une soupente. Mais c'est Julie qui bientôt s'énerve et s'aigrit. Elle croit deviner entre son ami et son amie une complicité, des rencontres cachées. Maria découvre l'existence d'un autre sentiment qu'elle ignorait : la jalousie. Elle tente de se justifier, de se disculper, mais voit bien que rien n'y fait : elle est trop jeune, l'autre trop vieille. Etre femme et jeune, est-ce donc une malédiction? Alors, tant pis; elle rassemble les quelques vêtements qu'elle s'est taillés depuis trois mois avec l'aide de son amie, et reprend la route. Vers Lille à nouveau, parce que en ville il y a toujours du travail. Julie la regarde partir, puis la rattrape sur le chemin, pleurant, l'embrassant : « A Lille, si tu as besoin de quelque chose, va voir mon frère, il est gentil. L'endroit où il vit, ça s'appelle Moulins-Lille. Et lui : Aloïs. Aloïs Quaghebeur. Comme moi. »

Voilà. L'amitié est fragile. Maria ne donnera plus la sienne aisément. Ainsi, durant les trois années qu'elle va vivre alors à Lille où elle trouve du travail dans une filature : polie, juste comme il faut – bonjour, bonsoir, s'il vous plaît, merci – mais toujours sur ses gardes. Tendue. Ses compagnes d'usine l'appellent « la sauvage ».

CHAPITRE II

« Vous, Maria, vous êtes armée, disait Mme Rousset. Vous avez de la défense. C'est bien. Mais parfois je me demande... »

Maria ne répondait pas, feignait de s'absorber dans l'organisation des cascades de volants, de tulle et de satin, qui ornaient la crinoline que sa maîtresse porterait, le soir, à la réception du préfet.

« Armée, vous l'êtes peut-être trop, poursuivait Mme Rousset, songeuse. Les hommes n'aiment pas cela, vous savez. Ils préfèrent avoir à nous protéger, ou à nous dominer. Et il faudrait quand même songer à vous marier, ma fille. Vous avez besoin d'un homme. Vous ne pouvez pas rester comme cela. »

Elle guettait une réponse, jetait à Maria un coup d'œil de biais, refermait le calepin noir sur lequel elle venait d'inscrire quelques comptes, reprenait :

« Parfois, je me demande...

– Madame voit ces bouquets de violettes en velours, coupait Maria. Eh bien, ils tirent le tulle vers le bas, ça ne fait pas beau, ça grimace et c'est trop lourd. »

Mme Rousset approchait, se penchait, regardait :

« Vous avez raison, bien sûr. Je le disais à cette pauvre Mme Eusèbe. Mais les couturières lilloises croient qu'elles peuvent dépasser celles de Paris en ajoutant toujours plus de tissus, toujours plus de décorations. Et je te mets du taffetas ici, et je t'ajoute du velours là, et je te rajoute des rubans ailleurs. Remarquez, en un sens, c'est bon pour les affaires, cela fait vendre le tissu. Mais quand même, trop c'est trop. Bientôt, avec toute cette surcharge, l'armature va s'effondrer. Vous savez qu'il y a maintenant des fabricants, à Paris, qui ne font plus les armatures en crin, mais en métal, et ils appellent ça des aciérolines! Des folies... »

Elle riait. Maria s'étonnait de voir si préoccupée d'apparences cette maîtresse de maison d'ordinaire strictement vêtue et surtout soucieuse de ses affaires.

« Vous avez raison, reprenait Mme Rousset, nous allons retirer ces bouquets de violettes. Tenez... Je vous les donnerai. Ce serait joli sur un chapeau. »

Maria baissait les yeux. Elles s'armaient de ciseaux, recherchaient, patiemment, les fils qu'il fallait trancher.

Mme Rousset revenait à son idée première.

« Vous connaissez mal les hommes, Maria. Tenez... »

Elle s'interrompait soudain. Elle avait sans doute failli parler de son mari, s'était reprise. Aurait-elle avoué qu'elle faisait plus que le seconder?

Elle coupait les fils, à petits gestes précis, déposait les bouquets.

« Quand nous passons quelque part avec ces crinolines, les balayeurs et les domestiques sont tranquilles, nous avons fait leur travail. Et pour monter en voiture, c'est d'un malcommode! Vous avez de la chance, mon enfant, de ne pas devoir porter de tels bazars... Voilà, c'est fini. Vous aviez raison. C'est aussi bien sans les violettes, et le tulle a plus de liberté, il peut bouffer, avoir du mouvement. Bon. Maintenant, on va l'essayer une dernière fois. Vous allez m'aider. »

Maria aimait la douceur des étoffes, les coloris moirés des rubans, les géométries audacieuses des dentelles. Elle regrettait parfois que sa maîtresse ne coure pas, comme d'autres dames de la bourgeoisie lilloise, les magasins de mode et d'articles de luxe qui s'étaient créés au centre de la ville, qu'elle n'amasse pas dans ses armoires et ses penderies soieries et cotonnades, robes de couleurs vives ou longs manteaux de velours. Mme Rousset, pas trop âgée pourtant, préférait à ces divertissements des plaisirs plus austères : la direction de sa maisonnée (cinq enfants) et la tenue des comptes de son mari, filateur de coton. Si aujourd'hui, 2 décembre 1863, elle consentait à s'intéresser à une crinoline, c'était presque dans un but utilitaire : elle devait se rendre avec son époux à la réception que donnait le préfet pour le onzième anniversaire de l'accession de Louis Napoléon Bonaparte au trône impérial.

Ecoutant les conversations des deux époux en faisant le service à table, Maria avait cru comprendre que le mari hésitait à paraître dans les salons de la préfecture où il était pour la première fois invité. Son épouse le semonçait : « Vous ne comprenez pas, Arthur, que c'est un succès pour vous? Comme s'ils reconnaissaient enfin que vous êtes un industriel qui compte? »

Arthur Rousset grognait que l'empereur s'était mal comporté en signant avec les Anglais un traité de commerce qui leur permettait d'inonder la France de leurs tissus et de leurs fils à bas prix. Ce régime, à l'entendre, n'était peut-être pas le meilleur que l'industrie puisse souhaiter; c'était du moins ce qu'on chuchotait dans les réunions de la chambre de commerce. Mme Rousset protestait que son mari était bien le dernier à pouvoir se plaindre puisqu'il avait profité de ce fameux traité, et de ses suites, pour moderniser son usine. D'ailleurs, ceux qui murmuraient dans les coulisses seraient les premiers à courir, au triple galop de leurs meilleurs chevaux, pour faire risette au préfet.

Maria s'était attardée pour essayer de comprendre cette affaire de traité, d'en savoir un peu plus, comme le jour où M. Léonard... Sa maîtresse l'avait tancée :

« Alors, ma fille, vous lambinez! Desservez, voyons, desservez. »

Elle avait couru vers la cuisine, avec ses chargements de plats et d'assiettes, grognant de ne pouvoir entendre la suite.

L'épouse du filateur l'avait emporté sur son mari, comme toujours, puisque les deux époux s'apprêtaient à faire ce soir leurs salutations au représentant de l'empereur.

Mme Rousset était maintenant sortie de sa sévère robe noire, s'apprêtait à essayer la crinoline. Elle revenait à la charge, obstinée :

« Vous devriez vous marier sans attendre, Maria. Vous aurez bientôt – quoi? – vingt-quatre ans. Et à trente ans vous serez une vieille femme. C'est tout de suite qu'il faut vous marier, si vous voulez avoir de beaux enfants. »

Maria ne répondait pas, serrait le corset de sa maîtresse, avant de la ceindre de la crinoline encore posée sur un mannequin d'osier.

« Et puis, vous êtes plutôt jolie. Un peu commune, c'est vrai, mais plutôt jolie. Vous n'auriez pas de peine à trouver un parti... Vous pouvez serrer un peu plus. Voilà. Comme cela. »

Elle se regardait dans la glace, soupirait, reprenait :

« D'ailleurs, vous n'avez même pas à chercher :

j'en connais un qui serait bien content. Vous le savez aussi. »

Aloïs. Aloïs Quaghebeur, le frère de Julie la Belge. Il servait chez les Rousset comme cocher et jardinier. C'est lui qui avait fait engager Maria, près d'un an plus tôt. Un grand Belge roux, à la bouille ronde. Un garçon patient et dévoué qu'elle mènerait aisément par le bout du nez.` Gentil aussi. Ce jour de Noël où elle avait débarqué à Moulins-Lille, les vêtements encore roussis par les flammes, et les marques des coups de M. Léonard sur tout le corps, il ne l'avait pas tellement questionnée avant de lui venir en aide : puisqu'elle était une amie de sa sœur... Avec une franchise qui tenait du défi, Maria avait pourtant précisé qu'elle n'avait pas vu Julie la Belge depuis trois ans. En quelques phrases, elle avait tout lâché : leur amitié, les soupçons de Julie, son départ pour Lille, les trois années vécues ensuite en usine dans une totale solitude, le chômage, et son entrée chez M. Léonard deux jours plus tôt. Elle était heureuse de pouvoir se confier. Il souriait, une douceur dans ses yeux roux. Il ne s'étonnait même pas de la voir débarquer là, ni qu'elle se soit souvenue de son nom, trois ans après qu'elle eut quitté Julie.

Une chance qu'elle l'ait retrouvé. Dans ce faubourg de Moulins-Lille où se dressaient naguère une forêt de moulins aux ailes rouges, qui pressaient le colza, l'œillette et le lin pour en extraire l'huile, s'alignaient désormais des dizaines de maisons basses entourant des filatures et des ateliers de constructions mécaniques. On avait dit à Maria : « Un Belge ? Allez donc voir rue Courmont. » Elle avait découvert une sentine qui n'avait rien à envier à la rue des Etaques : des maisons aux briques noircies et aux boiseries pourries, une rue boueuse dont le

45

pavé – bizarrement – atteignait le niveau des fenêtres, et au bout de la rue trois latrines communes à tout le quartier. Là-dedans, un grouillement de Flamands qui profitaient du répit de Noël pour nettoyer leurs pièces uniques au sol percé d'un trou où s'écoulaient les eaux usées. Quaghebeur? Oui, on l'avait connu. Mais il n'était plus là, il avait quitté l'usine où il fabriquait des molletons; parce qu'il parlait bien le français, il avait réussi à se placer comme domestique chez Rousset. Elle y était allée, avait attendu jusqu'au soir tandis qu'il promenait Monsieur, Madame et leurs enfants au Champ-de-Mars. Il avait à peine paru surpris bien qu'il n'eût jamais entendu parler d'elle, et lui avait donné des nouvelles de Julie, maintenant mariée à son poseur de rails et partie avec lui du côté de Calais ou de Boulogne, il ne savait trop. Et puis, cette place était libre. Bonne à tout faire. Qu'elle se présente le lendemain chez les Rousset en s'étant un peu arrangée. Elle était repartie chercher abri sous la poterne de Vauban, elle avait réussi à voler une robe convenable à l'étalage d'un fripier. Le lendemain, elle était engagée. Grâce à Aloïs Quaghebeur. Et à la chance, qui existe parfois.

Il lui faisait une cour discrète et paisible. Cour est un bien grand mot. Plutôt des allusions à un avenir commun, des attentions et des gentillesses. Un timide, bien différent du valet de ferme dont elle avait senti, chez Jan Vangraefschepe, le poids, l'haleine lourde de bière, et les mains qui la cherchaient.

« Je ne comprends pas, poursuivait Mme Rousset maintenant ceinte de la crinoline dont elle émergeait puissante et ronde comme une tour. C'est peut-être qu'il est Belge et n'a pas de papiers? Mais vous savez que, rue de la Barre, une société pieuse

46

s'occupe de faciliter les mariages des pauvres. Le cocher de Mme Delaval, par exemple, ils lui ont fait venir ses papiers de Belgique. Vous devriez y aller : je vous donnerais une heure ou deux. Ils vous aideraient. Je ne comprends pas pourquoi vous ne vous décidez pas. »

Maria ne répondait pas, tournait autour de la crinoline, réglait la chute des volants, faisait bouffer le tulle, reculait pour juger de l'effet. Et soudain :

« Madame est belle! »

Madame souriait, rosissait sous le compliment, oubliait un instant son agacement.

Dès le premier jour, elle avait su que cette bonne-là ne serait pas facile à manier. Mais honnête et avisée. Travailleuse aussi, on ne pouvait rien dire : levée avant toute la maisonnée pour allumer le fourneau et les feux, et couchée la dernière après la vaisselle et le rangement du soir; entre-temps, guère de répit. Et elle avait appris rapidement le service à table. Quand même, ce serait trop bête qu'elle reste fille. Mme Rousset rêvait de faire son bonheur. Si Maria épousait Aloïs, cela simplifierait tout. Ils formeraient un couple tout à fait convenable. Elle se stabiliserait : le cocher, très attaché à ses maîtres, ne songeait certainement pas à les quitter; tandis qu'elle... allez savoir. Elle s'assouplirait aussi : à présent, pensait Mme Rousset, Maria se comportait un peu comme une jeune jument qui n'a pas connu le mâle. Rétive, fantasque peut-être.

Si elle épousait Aloïs elle le rejoindrait dans la petite maison de l'entrée du jardin, à côté de l'écurie, et on pourrait mettre une cuisinière dans la petite chambre du grenier, devenue libre. Car il n'était pas bon de toujours regarder à tout : il faudrait bien que le train de maison suive, même avec quelque retard, les comptes de l'usine qui ne cessaient d'enfler. Mais voilà : Maria ne répondait ni oui ni non. On ne pouvait quand même pas la contraindre. Et si l'on insistait trop, Mme Rousset le pressentait, on la braquerait, elle partirait peut-être. Pourtant, elle avait parfois des élans de gentillesse. La preuve : ce compliment « Madame est belle ». C'est vrai que la crinoline mettait en valeur, en les dégageant, la poitrine et les épaules de Céleste Rousset. Elle ne ferait pas mauvaise figure, tout à l'heure, à la préfecture. Elle honorerait son mari.

Elle se mit en quête d'autres éloges :

« Vous êtes sûre que cela va bien, Maria? Je me demande si ça ne penche pas un peu trop, là à droite...

– Mais non, madame. Madame peut se regarder dans la glace. C'est parfait, il n'y a rien à redire. C'est parfait. Parfait. »

Elle aimait ce mot, récemment appris. Elle aimait les mots, et s'efforçait d'en apprendre chaque jour de nouveaux, qu'elle se répétait le soir, après ses prières.

Pour cette séance d'essayage, elles s'étaient installées dans le salon de la grande maison de briques rouges, à trois étages, qu'occupaient les Rousset. Une des surprises de Maria, ce salon. De sa vie, elle n'avait vu une si belle pièce. Retrouver sur le papier des murs les mêmes fleurs bleues qui ornaient l'étoffe des fauteuils et des canapés l'avait étonnée et ravie. La pendule jaune d'or, sous globe, encadrée de chandeliers à six branches, qui ornait la cheminée de marbre rose, lui avait paru plus belle et plus riche que tous les tabernacles des églises de Lille. Elle s'était attardée devant une étagère de bois découpé sur laquelle s'accumulaient des bibelots. Elle avait craint dix fois de s'affaler sur le parquet ciré. Et elle s'était interrogée sur la destination d'une sorte de long coffre noir et brillant, jusqu'à ce qu'on lui apprît qu'il s'agissait d'un piano, sur lequel devait s'escrimer les jours d'été Léonie, la fille aînée des Rousset, pour l'heure pensionnaire dans une institution religieuse. Le symbole de la richesse, à ses yeux.

Maria avait cru comprendre, aux rares confidences d'Aloïs et de quelques fournisseurs, que la fortune des Rousset était plutôt récente. Certes, Madame, fille unique d'un officier de Napoléon (le premier), qui, ayant accumulé quelque butin dans les campagnes d'Allemagne, s'était converti après Waterloo en grand propriétaire foncier, avait apporté en dot trois ou quatre bonnes fermes installées quelque part en Flandre. Mais son mari, quelques années plus tôt, n'était à tout prendre que le fils d'un tisserand qui avait réussi. Et depuis trois ans, le succès. Au moment même où toute l'industrie cotonnière périclitait, comment faisait-il? Personne n'était capable de l'expliquer à Maria. Encore si elle avait su lire les journaux... M. Rousset recevait *L'Echo du Nord* et parfois, le dimanche, achetait un quotidien parisien. Mais ces alignements d'étranges signes noirs n'avaient guère de sens pour elle.

Mme Rousset sortait de la crinoline, reprenait sa robe d'intérieur – « Aidez-moi, voyons, Maria! » –, redressait son chignon, faisait mine de quitter le salon. Puis, alors qu'elle atteignait la porte, se retournait vers la bonne qui reposait le lourd vêtement de velours, de satin et de tulle.

« Si vous l'épousiez, Maria, je vous aiderais. Sur mon argent, je pourrais vous constituer comme une petite dot. »

Et Maria :

« Madame, je voudrais demander quelque chose à Madame.

– Eh bien, parlez...

– Madame ne doit pas le prendre en mauvaise part. Mais elle connaît peut-être quelqu'un qui pourrait m'aider. Je l'ai déjà demandé à Madame, mais elle ne m'a pas répondu. Voilà : je voudrais apprendre à lire. »

MARIA s'attarda dans le grand salon aux fleurs bleues. Face à la glace. Elle se regardait. « Plutôt jolie, mais un peu commune », avait dit sa maîtresse. Ou bien : un peu jolie, mais plutôt commune? Elle ne savait plus. Il y avait là-dedans, en tout cas, du sucre et du vinaigre. Pas de méchanceté dans le ton. Mme Rousset avait lancé cela comme on dit : tiens, dans ce panier de pommes, quelques-unes sont gâtées. Le vinaigre piquait, quand même.

Maria ne s'était jamais beaucoup souciée de son physique. Sauf, peut-être, durant les trois mois passés chez Julie la Belge qui, avec quatre bouts de cotonnade, lui avait montré comment jouer des plis et des couleurs. Ensuite, l'usine dont la cloche vous convoque à quatre heures et demie chaque matin pour vous libérer à huit heures le soir. Là-dedans, hommes et femmes mêlés, affairés, souvent épuisés. Et des surveillants qui font leur choix dans le troupeau féminin, renversent à la hâte sur une balle de coton une fille craintive, ou au contraire provocante. Maria, alors, ne se préoccupait guère de sa toilette. Elle en rajoutait plutôt dans le grisâtre et le misérable, afin de passer inaperçue, d'avoir la paix. « La sauvage. » Et depuis qu'elle était bonne à tout faire chez les Rousset, elle se satisfaisait de ses trois uniformes : tablier bleu pour les nettoyages, tablier de toile blanche pour la cuisine, de percale pour le service à table; et un simple bonnet blanc par là-dessus.

Elle s'observa. Sous le bonnet, les cheveux blonds, filasseux et cassants du temps qu'elle travaillait à l'usine étaient devenus dorés. Elle les tirait en bandeaux symétriques et sévères, mais quand elle les libérait le soir à l'instant du coucher, ils s'échappaient en rondes et en boucles. Du visage, pensait-elle, devaient se remarquer surtout les yeux : bleus ou gris, il était difficile de le dire, mais plutôt bleus. Et brillants. Les joues, aussi rouges que les tuiles des riches maisons d'Hazebrouck du temps qu'elle entassait les gerbes sur les terres de Jan Vangraefschepe, avaient acquis entre les murs de l'usine cette pâleur qui, à en croire la jeune sœur de Mme Rousset – une vraie coquette, celle-là, qui s'habillait à Paris – était du dernier bien. Le reste du corps ne se devinait guère sous les vêtements de travail. Maria décida qu'elle était bien faite, aussi bien que sa maîtresse, et peut-être mieux.

« Vingt dieux, on ne t'a jamais dit que tu étais belle? » avait crié M. Léonard.

« Plutôt jolie, mais un peu commune », ou bien « un peu jolie, mais plutôt commune »? Réponse : plutôt jolie. Quant à « commune », elle n'entendait pas très bien le sens de ce mot. A coup sûr, le vinaigre était surtout là.

Si elle savait lire, elle comprendrait. Elle pourrait mieux suivre les propos de Mme Rousset, une bavarde en quête d'auditoire, qui la prenait volontiers à témoin de ses projets et de ses soucis, et s'étonnait du faible écho qu'éveillaient ses discours : « Vous m'entendez?... C'est étrange : j'ai parfois l'impression de parler à un mur. » Ou bien :

« Vous pensez à autre chose, ma fille, vous êtes ailleurs. C'est cela : vous êtes ailleurs. Un peu bizarre. » Maria n'osait lui avouer qu'elle ne comprenait pas toujours, que certaines phrases étaient pour elle de l'hébreu, pas plus claires qu'*Alleluia* et *Kyrie Eleison*. Mais si elle savait lire...

Si elle savait lire, elle comprendrait aussi pourquoi l'empereur avait envoyé des soldats au Mexique, pourquoi la guerre des Américains l'avait obligée à quitter l'usine comme le lui avait affirmé M. Léonard, et pourquoi M. Rousset qui allait tout à l'heure s'incliner devant le préfet – un puissant personnage représentant Napoléon III comme l'ange Gabriel représentait Dieu – en voulait un peu aux messieurs qui, de Paris, dirigeaient la France.

Elle apprendrait à lire, c'était décidé. Même si Madame ne le voulait pas. Elle trouverait bien un moyen.

Elle se sourit dans la glace, satisfaite. « Plutôt jolie. » Jolie.

Il lui fallait partir vers la cuisine, pour préparer le repas du soir des enfants. Elle ne pouvait pourtant quitter ce salon. Elle admira la crinoline que Madame porterait tout à l'heure. S'imagina la portant. Elle eût préféré des couleurs plus vives : la sœur de Madame avait un jour expliqué devant elle qu'à Paris, la mode était aux tons éclatants, vert cru, rose vif, aubergine. Aubergine : elle avait retenu ce mot bien qu'elle n'en comprît pas le sens; elle ignorait ce légume, mais il sonnait comme auberge. Aubergine... Si elle savait lire.

« Maria! Que faites-vous ici, ma fille, vous rêvez? Et votre travail? »

Mme Rousset, revenue dans le salon, l'avait surprise contemplant encore la crinoline.

Elle releva sa jupe noire comme pour se précipiter.

« J'y vais tout de suite, Madame. J'y vais. »

Elle s'aperçut en sortant du salon qu'elle n'avait
pas songé un instant à cette histoire de mariage.
Elle l'avait oubliée.

ARTHUR ROUSSET avait posé les mains sur ses genoux. Et, lentement, il les retournait. Il cherchait les morceaux de corne qui s'étaient formés aux doigts du temps qu'il lançait la navette du métier à tisser. Mais sa vue, déjà, baissait. Le pouce prit le relais des yeux, retrouva vite ces petits cercles de peau morte, en habitué, bien qu'ils fussent presque imperceptibles maintenant.

Arthur Rousset sut, comme chaque fois, ce qu'était le bonheur.

« Pourquoi souriez-vous?

– Rien... pas d'importance. »

Il haussait les épaules. On cache toujours l'essentiel. Il n'a jamais confié à sa femme quel plaisir il prend parfois à retrouver ces traces de son passé. A des moments comme celui-ci, par exemple, tandis qu'Aloïs son cocher, longue capote noire à boutons de cuivre, fouet claquant, chevaux trottant gentiment, les emmène à la réception du préfet.

Comprendrait-elle? A leur mariage, elle était une demoiselle, tout juste échappée du couvent et qui, hormis la broderie et quelques notions de cuisine, ne connaissait guère le travail. Son colonel de père non plus : à la guerre on blesse, on tue, on renverse les femmes, on détruit, et on bouffe. A l'occasion, on se fait couper en morceaux ou écraser par un boulet. C'est un travail si l'on veut; il faut de tout pour faire un monde. Le père d'Arthur Rousset, lui, s'encageait jusqu'à quinze heures par jour dans son métier à tisser. Quand les enfants s'éveillaient dans leur petite maison de Wattrelos, là-bas, après Roubaix, au bord de la Belgique, il était déjà attaché à son métier, si bien que le bruit sec des pédales leur semblait avoir rythmé toute la nuit leur sommeil.

Arthur était fasciné par le jeu compliqué des fils et des leviers qui se dressaient et s'abaissaient en cadence, à mesure que son père appuyait du pied sur les longues planches de bois. Très tôt, il a dû le remplacer à l'heure des repas, afin que la machine n'eût pas de répit. Il a appris à faire glisser la navette entre les deux nappes de fil que les pédales font monter et descendre; c'est alors que la corne a commencé à durcir les doigts; mais les mollets et le dos souffraient plus. Il a connu aussi la fierté du samedi matin, quand le père en sarrau bleu et en sabots attelait le chien Dick à la charrette pour amener la pièce de toile au négociant-fabricant de Roubaix. L'inquiétude aussi : si le tisserand n'allait pas ramener la chaîne et la trame, ce qui annonçait une nouvelle commande, si la machine allait s'immobiliser?

Le père, par chance et par mérite, avait la confiance et l'estime de son fabricant. Il fut engagé en fin de compte pour contrôler le travail des autres tisserands. Une ambition lui était venue pour son fils unique (les trois autres enfants, trois filles, se contenteraient d'apprendre les soins du ménage). Le jeune Arthur, à neuf ans, s'était retrouvé à l'école mutuelle. Il avait appris l'alphabet, la grammaire et les quatre règles grâce aux méthodes pédagogiques d'un Ecossais nommé Lancaster, alors très en vogue parce qu'elles permettaient d'enseigner beaucoup d'enfants aux moindres frais. Ils s'entassaient à cent cinquante ou deux cents pour un seul maître, qui les dirigeait à coups de sifflet ou en mimant avec ses bras les mouvements du sémaphore, les faisait défiler, chanter, apprendre enfin par petits groupes avec l'aide des garçons plus âgés, promus moniteurs. Ensuite, deux années de pensionnat chez les « frères quatre-bras », des religieux portant tricorne et manteaux flottants aux manches vides, qui ne badinaient pas sur la discipline. Et à chaque vacance : au tissage! C'est ainsi que l'on devient quelqu'un.

Il sourit à nouveau, satisfait, releva les yeux. Son épouse ne l'observait pas. Elle regardait le mouvement de la rue, les nouveaux grands magasins – les Fabriques de France, les Galeries lilloises – qui déployaient leurs séductions au long d'interminables vitrines, les voitures à chevaux et les voitures à hommes (d'antiques vinaigrettes à deux roues et deux brancards tirées par un homme appelé « le cheval chrétien » et poussées par un autre baptisé « pouss'cul »). De vieux balayeurs rassemblaient le crottin répandu par les chevaux pour en faire, aux carrefours, des dépôts puants que les paysans et les maraîchers de la banlieue viendraient acquérir. Mais la ville, secouée par un préfet qui se prenait pour le baron Haussmann, se dotait de longs boulevards plantés d'arbres et bordés de riches demeures qui lui donnaient des allures de métropole. On parlait même, depuis plusieurs années déjà, d'adopter le « chemin de fer américain », c'est-à-dire le tramway tiré par des chevaux. Bref, c'était une sorte de petit Paris. Et dans ce petit Paris, Arthur Rousset devenait un personnage important, peut-être même considérable puisqu'il était invité chez le préfet.

Il avança la main vers celle de Céleste, son épouse, la chercha dans le manchon de fourrure, la serra doucement. Elle le regarda, surprise de cet accès de tendresse, cherchant à en deviner les raisons. Il ne lui disait rien, bien sûr. Il ne s'épanchait guère. « Ton promis est aussi bavard qu'un plat à barbe », grondait le colonel, le père de Céleste, quand le jeune Rousset venait faire sa cour. Des longs hivers de garnison, où, entre deux campagnes, les officiers tuaient le temps à défaut d'autre chose, le colonel avait gardé le goût des débats et de la rhétorique. Mais Arthur, à peine entré dans le salon pour les visites de convenance avant le mariage, s'absorbait dans la contemplation des braises du foyer, à moins qu'il n'inscrivît à la dérobée quelque chiffre sur un calepin.

Quelles idées remuait-il? Elle avait longtemps hésité à épouser ce fils de tisserand enrichi qu'une tante leur avait fait connaître. Il l'adorait depuis le début, d'évidence ébloui par cette demoiselle capable de jouer de l'épinette et qui ne s'exprimait pas en patois ni en flamand mais en français. Elle avait deviné aussitôt qu'elle pourrait le mener. Mais il lui faudrait d'abord l'éduquer, lui apprendre comment on s'habille, et comment on se tient à table, et comment on salue les messieurs et les dames, et comment on parle.

Les hésitations de Céleste s'étaient dissipées le jour où Arthur lui avait expliqué que depuis l'introduction de la première pompe à feu – la machine à vapeur – dans les usines de textile du Nord, aux environs de 1820, on n'avait encore rien vu, mais que tout allait maintenant changer. Elle avait compris que ce soupirant un peu empâté et lent, aux longs favoris et à la moustache affaissée, était un homme de l'avenir, prêt à livrer les combats du siècle, ceux de l'argent et ceux des usines. Elle avait forcé la main du colonel, donné son consentement au fils du tisserand, et engagé bientôt sa dot et l'argent d'une vieille tante pour acquérir avec lui une petite filature, et se lancer dans l'aventure industrielle.

Elle ne regrettait rien. Il s'était montré, comme prévu, un époux aimant mais paisible. S'il l'avait trompée à l'occasion, elle n'en avait jamais rien su, et ne s'inquiétait guère, assurée d'une fidélité profonde. Ce flegmatique peu brillant s'était révélé un gestionnaire clairvoyant, apte à prévoir, de loin, les bourrasques qui secouaient l'industrie naissante. Ayant deviné en quel sens il devait agir, il hésitait parfois à entreprendre, il manquait d'audace. Alors elle le stimulait, discrètement, et il avait le bon goût de se laisser faire, voire de quêter son appui. Mais voilà : un silencieux, un mystérieux, qui ne s'intéressait guère aux soucis de sa femme.

Elle souffrait parfois de solitude, n'ayant pas le loisir de s'offrir des amies qu'elle recevrait à jour fixe, comme le faisaient les épouses de médecins, d'avocats, ou d'aristocrates fortunés, qui n'avaient pas à tenir les comptes d'une usine. Ses enfants étaient encore trop jeunes, ou enfermés dans des pensions. Elle ne savait à qui confier ces petits riens qui encombrent la vie. Elle cherchait une oreille.

Maria, engagée à la mort de la vieille gouvernante qui l'avait suivie depuis la maison du colonel, aurait pu faire l'affaire. Bien sûr, elle n'était qu'une domestique sortie d'on ne sait où, mais Céleste Rousset, qui appréciait les caractères solides, l'eût volontiers élue comme confidente, d'autant moins encombrante qu'elle lui était subordonnée; de toute manière, elle ne lui eût point avoué d'immenses secrets. Seulement, cette Maria appartenait, elle aussi, à la race des silencieux. C'était une garantie de discrétion. Mais qui lui parlait avait le sentiment de s'adresser à un mannequin ou à une statue. Elle semblait à peine écouter, répondait à côté ou par monosyllables, comme si elle poursuivait quelque rêve. Parfois, Céleste Rousset en éprouvait un malaise. Et maintenant cette idée d'apprendre à lire. Pourquoi? Cela cachait quelque chose.

Elle s'en ouvrit à son mari. Qui s'étonna. Que diable pouvait bien faire cette Maria dans l'esprit de sa femme alors qu'ils allaient, dans un instant, rencontrer chez le préfet les Danel et les Kuhlmann, les Prévost, les Cordonnier et les Soyez, le député Kolb-Bernard et le maire Richebé, tout ce que la ville comptait de puissants et de notables? Et pourquoi l'interrogeait-elle? Pour toute réponse, il émit un soupir prudent.

« J'ai parfois l'impression, reprit Céleste, que Maria a de mauvaises idées. Elle a peut-être fréquenté des socialistes quand elle travaillait à l'usine. »

Elle se demanda aussitôt d'où lui était venue cette pensée. En vérité, elle ne l'avait jamais eue auparavant. Et maintenant encore, elle n'y croyait guère. Fallait-il qu'elle fût irritée, au fond, par l'attitude de sa bonne pour lancer sans réfléchir, et presque sans l'avoir voulu, une telle accusation. Aux yeux d'Arthur Rousset, chaque socialiste était le diable en personne.

Il tombait des nues.

« Une femme? Des idées comme cela? »

Elle préféra glisser sur un autre terrain.

« D'un côté, ce serait avantageux qu'elle sache un peu de calcul et de lecture : pour faire les courses, pour rendre les comptes, pour répondre aux questions des petits, elle se débrouillerait mieux. Mais jusqu'à présent, elle s'en est bien tirée. Alors, elle peut continuer comme cela. Et puis, le temps qu'elle passera à apprendre, elle ne travaillera pas.

– Et quand elle saura lire, soupira Arthur Rousset, elle apprendra les mauvaises idées si elle ne les a pas déjà. »

Il répugnait parfois à prononcer le mot « socialiste », comme certains craignent de dire, « cancer ».

– Vous devriez plutôt vous en séparer, dit-il. Des bonnes, ça se trouve.

– J'ai un autre projet pour elle. Je vais la marier. Un homme, des enfants, elle n'aurait plus le temps de rêver. Je lui ai parlé de lui. »

Elle désignait du doigt l'avant de la voiture, où le cocher encourageait ses chevaux, à gros jurons flamands.

« Et alors? »

Il avait posé la question presque machinalement. Ces histoires de femmes l'ennuyaient.

« Rien. Elle ne répond pas. Vous savez comme elle est : toujours un peu sauvage. »

Il soupira, plaça une banalité, par gentillesse, pour ne pas laisser mourir la conversation.

« Les domestiques ne sont plus comme jadis, ma chère. On n'arrive plus à se faire servir. »

Elle réprima à peine un léger sourire. Comme il avait oublié ses origines, le fils du tisserand!

Ils étaient presque arrivés. Aux abords de la préfecture illuminée, la berline se rangeait derrière une file de voitures d'où descendaient des messieurs en chapeau et des femmes aux amples manteaux recouvrant de majestueuses crinolines.

« Parfois, murmura-t-il les regardant, parfois, je crains que tout cela ne soit pas bien solide, je me demande si toute cette société ne va pas craquer. »

Il parlait bas, comme pour lui-même. Elle lui jeta un bref regard, inquiète soudain. Les rares réflexions de ce silencieux touchaient toujours juste... Mais déjà il s'était repris.

« Allons faire notre entrée dans le grand monde. »

Il avait le même sourire heureux que tout à l'heure, quand il contemplait ses mains et n'avait pas voulu lui répondre.

Dans les salons de la préfecture éclairés de lourds plafonniers de bronze doré, la ville ce soir-là étalait sa richesse. Rythmée par les taches sombres des habits masculins, c'était une débauche de couleurs, un déploiement de soie, de satin, de faille, de velours, de dentelles, un ruissellement de fleurs, de brillants et d'ors. Des épaules aux blancheurs laiteuses sortaient de robes mauves, roses, vertes, havane, garnies de flots de volants et de dentelles, relevées de touffes de violettes et d'anémones. Les étincelles vives des bijoux, généreusement exposés sur les gorges et dans les coiffures des femmes, répondaient à l'éclat tapageur des uniformes.

On avait dressé des tables chargées de victuailles autour desquelles cette petite foule s'agglutinait. Le préfet, désireux d'impressionner des notables que l'on disait réservés et grognons depuis que l'empereur avait signé avec l'Angleterre un traité de libre-échange, avait bien fait les choses. Paris, sans lésiner sur les crédits exceptionnels, lui avait dépêché des équipes de cuisiniers, de sauciers, de rôtisseurs et de pâtissiers, dont les œuvres s'offraient sur des assiettes de fine porcelaine et des nappes de dentelle. Tout ce que la ville et le département comptaient comme élus de premier rang, hauts fonctionnaires, industriels, officiers supérieurs, notaires,

courtiers et négociants, s'arrachait des timbales à la
Pompadour garnies de salpicons de foies gras et de
truffes, des huîtres d'Ostende sur croûtons, des
salades de homards ou de queues d'écrevisse, des
pâtés de canard d'Amiens ou de foie de lièvre, des
galantines et des crépinettes de lapereaux. Ces
dames et ces messieurs qui tenaient le haut du pavé
lillois se disputaient des gigots ou d'énormes sau-
mons, s'extasiaient devant les gnocchis au parmesan, avant-garde d'une cuisine italienne qui avait
conquis les gastronomes français après Magenta,
s'interrogeaient sur les kilkis, poissons minuscules
venus des mers du Nord et que l'on prétendait aussi
fins que le caviar, admiraient de lourdes pièces
montées entourées de corbillons de friandises, de
jattes de fruits et de compotiers, et se partageaient
les petits fours répandus à foison, dont quelques-
uns bourraient leurs poches.

« Mazette, on ne fait pas mieux aux Tuileries, et
ils se battent tout autant pour manger », chuchota à
l'oreille d'Arthur Rousset un fringant jeune homme
à la barbe drue, en qui il crut reconnaître un
journaliste de *L'Echo du Nord* en délicatesse avec le
régime. Il sursauta, regarda autour de lui, craignant
qu'on ne les eût remarqués. Mais l'autre poursuivait, guère embarrassé : « Servez-vous, ne vous
gênez pas. Après tout, c'est vous qui payez. » Et
comme Rousset reculait, inquiet : « Vous savez ce
qu'on dit à Paris :

" Dans leurs fastes impériales,
L'oncle et le neveu sont égaux
L'oncle prenait des capitales
Le neveu prend nos capitaux. " »

Il rit, fut happé par un groupe, disparut. Céleste
Rousset se serra contre son époux, dans un geste

64

rassurant. Pour elle aussi, cette réception était une grande première, mais plus familière des habitudes du monde elle pensait qu'il devait en être effrayé et qu'il fallait l'aider.

Ils venaient de pénétrer dans les salons et s'émerveillaient encore du spectacle. Ils ne pouvaient se résoudre à participer à la mêlée qui se poursuivait autour des tables. Elle regardait les femmes. Il observait les hommes, guettant des personnages connus dont il espérait être vu.

On l'aborda. Un banquier, qui croquait une pâtisserie, le gérant de la Caisse industrielle du Nord, Jules Desmazières, un grand bonhomme aux yeux noirs et très minces qui donnaient à son visage un air sévère. Il présenta Arthur Rousset à son épouse – robe de soie gris perle à festons mauves, élégante mais stricte, visage fatigué en dépit de la poudre de riz et du maquillage – comme « l'un des industriels les plus avisés de la place ».

A la différence de la quasi-totalité de ses collègues, qui faisaient travailler surtout des capitaux familiaux, Rousset avait compris que le concours des banques serait, à l'avenir, déterminant pour le développement des affaires. Ce qui lui avait permis de réussir depuis trois ans une magnifique spéculation. Peu après l'élection d'Abraham Lincoln à la présidence des Etats-Unis, en 1860, un courtier l'avait informé que certains importateurs du Havre nourrissaient les plus vives craintes; ils pensaient qu'une guerre entre Américains du Nord et du Sud était désormais inéluctable et que les approvisionnements en coton seraient dangereusement compromis. Ce qu'il fallait faire était clair : stocker au plus vite la précieuse fibre blanche. Oui, mais comment la payer? Rousset venait de se lancer dans une lourde opération d'équipement pour remplacer ses vieux métiers à filer par de plus modernes venus d'Angleterre. A vrai dire, l'Etat l'avait en grande partie financée : afin de réconforter les industriels que le traité de libre-échange soumettait à la concurrence anglaise, le gouvernement venait en aide aux plus mal équipés. Et Rousset en avait largement profité. Mais il avait dû, afin d'obtenir du crédit, hypothéquer ses bâtiments. Alors, où trouver l'argent pour acheter du coton et encore du coton que l'on rangerait dans les hangars en attendant l'inévitable hausse des cours? Il pensait bien à la banque, mais une fois de plus ne se décidait pas. Il avait fallu que Céleste l'accompagnât jusqu'à la porte de la Caisse industrielle. Jules Desmazières avait hésité : l'affaire était risquée, et bien minces les garanties offertes. Mais si les banques voulaient vaincre les réticences des industriels de cette région, il fallait prouver leur utilité. Desmazières osa, non sans prélever une lourde dîme.

Les résultats de l'opération comblèrent leurs espérances. Les broches de la filature Rousset furent toujours approvisionnées. Comme prévu, les stocks accumulés dépassaient de beaucoup leurs capacités d'absorption. Rousset put en revendre à des prix chaque mois plus élevés, non seulement à d'autres industriels mais aux Yankees eux-mêmes, atteints à leur tour par la disette du coton, et dont les bateaux venaient s'approvisionner au Havre et à Liverpool.

Le banquier avait été rapidement remboursé, les hypothèques levées. L'usine s'agrandissait. Encouragé, Rousset avait même risqué quelques capitaux dans une affaire proposée par l'importateur du Havre : participer au financement d'un bateau capable de forcer le blocus par lequel les Nordistes asphyxiaient le Sud, un navire spécial, en acier léger, et effilé, muni de roues à aubes actionnées par un puissant moteur, et capable, pour ramener ses balles de coton aux Bahamas, de distancer tous les vaisseaux yankees qui montaient la garde au long des côtes sudistes. La mise de fond fut récupérée en deux voyages. Elle avait déjà été multipliée par quatre quand les Nordistes, avec l'aide du hasard, réussirent à mettre le grappin sur le bateau pirate. Arthur Rousset, qui avait connu des semaines d'angoisse, jura qu'on ne l'y reprendrait plus. Quand même, il se trouvait à la tête d'un joli magot.

« Monsieur Rousset, susurra le banquier, je suis ravi de vous trouver. Justement, cet après-midi, je pensais à vous, pour une affaire... Et cela ne peut attendre. Permettez que je vous en dise un mot dans un coin tranquille, si du moins il en existe ici. »

Il s'excusait à peine près de Céleste, la plantait là en compagnie de son épouse, poussait devant lui Rousset qui s'inquiétait un peu mais n'en voulait rien laisser paraître. Ils traversèrent des groupes d'où montaient des exclamations et des rires, bousculèrent des domestiques en habit et froissèrent des jupes de soie et de dentelle, indifférents à quelques beautés qui s'exhibaient. La mêlée du début s'était défaite, et la plupart des invités ne songeaient plus qu'à déguster leur butin. Guindés à leur arrivée, puis combatifs, ils se laissaient enfin aller. Quelques hommes avaient commencé de déboutonner leurs gilets. Sur des jabots de dentelle, des décolletés de mousseline ou des tuniques de satin, s'étalaient de vilaines taches de sauce. Les odeurs des pâtés et des viandes, des poissons et des pâtisseries se mêlaient à celles des vins, de la bière, des cigares de havane, et aux parfums de cannelle et de bergamote, de santal, de lavande et d'angélique dont les femmes s'étaient inondées. De cette petite foule réjouie émanait un profond sentiment de satisfaction, la satisfaction de figurer parmi les importants, dans une cité qui comptait chaque jour un peu plus.

Desmazières poussa Rousset dans un coin de fenêtre d'où chacun s'éloignait parce que l'on sentait s'y faufiler le froid de décembre.

« Voilà, dit-il, j'ai une excellente affaire à vous proposer. J'ai pensé à vous parce que je vous sais audacieux; les audacieux sont rares. »

Il parut hésiter, regarda autour de lui – Rousset pensa que le banquier, s'il osait, se cacherait volontiers derrière les lourds rideaux de velours cramoisi. Desmazières se pencha vers lui.

« Guermomprez est à vendre, chuchota-t-il. Pour presque rien. Ils sont au bord de la faillite. »

Arthur Rousset sursauta, touché. Guermomprez : depuis l'enfance, il savait que c'était l'une des plus anciennes maisons roubaisiennes, dont son père prononçait le nom avec un respect admiratif. Et voilà que... comment était-ce possible?

Une histoire simple, expliquait le banquier. Les deux frères Guermomprez avaient pris le tournant trop tard. A Roubaix, dès la signature du traité de libre-échange, plusieurs industriels avaient décidé d'abandonner le coton pour la laine qui résisterait mieux, pensaient-ils, à la concurrence anglaise; ils s'étaient félicités de leur choix quand le coton avait commencé à manquer, et ils vendaient maintenant leurs lainages à qui mieux mieux. Pendant ce temps, les frères Guermomprez attendaient, toujours fidèles au coton. Et maintenant : patatras. Trop tard.

Arthur Rousset songeait aux deux frères, deux hommes presque chauves depuis l'enfance, obèses, qui boitaient l'un de la jambe droite, l'autre de la gauche, et ne se quittaient jamais. Deux personnages majestueux. Pour cette raison, et à cause d'une vague ressemblance avec les Bourbons, on les appelait Louis XVIII et Louis XVIII bis. Il les avait aperçus lors de réunions d'industriels organisées par les chambres de commerce au moment de la signature du traité, mais n'aurait jamais osé les aborder. Et maintenant...

« Je n'ai pas assez de capitaux », souffla-t-il.

Il craignait qu'on ne les entende, lançait des regards inquiets à droite et à gauche. Mais leurs plus proches voisins, un groupe rieur, s'intéressaient surtout à des croustades d'ananas dont les dames faisaient grand cas.

« Vous les avez, répliqua le banquier, péremptoire. Et vous avez aussi le coton. »

Il clignait de l'œil, de façon triviale. L'industriel se dit que ce banquier ne comprenait rien. Si Arthur Rousset reprenait l'affaire, ce ne serait pas d'abord pour y filer le coton, mais surtout la laine. Il fallait répartir les risques. Ensuite, il achèterait des métiers à tisser mécaniques et il fabriquerait des étoffes trois quarts laine, un quart coton qui se vendraient bien plus cher. Tout cela, pensé en une seconde. Et aussitôt, la peur : la partie était trop grosse. Si Céleste avait pu le conseiller... Il tenta de l'apercevoir, se haussa sur la pointe des pieds, mais des dizaines de groupes et de couples dressaient entre elle et lui une barrière colorée et bruyante. Il s'obstina pourtant. Le banquier l'observait, peut-être surpris.

« Demain, lâcha enfin Rousset, lui faisant face à nouveau.

– Demain quoi?

– A la première heure, je serai chez vous.

– Ne tardez pas. Les Mazure sont sur l'affaire, eux aussi. Je me suis arrangé pour qu'ils ne voient pas les frères Guermomprez avant demain soir. Mais si vous passez après eux... Vous les connaissez : ils n'hésitent pas. »

Le ton cachait à peine la déception, et sans doute

le blâme. Arthur Rousset n'en avait cure. Il laissa là son interlocuteur, se mit en quête de Céleste.

Desmazières le regardait partir, se glisser entre les groupes. Il s'interrogeait sur ce Rousset qui semblait parfois si falot et menait pourtant ses affaires comme un vétéran de l'industrie. Il s'aperçut soudain que l'autre ne l'avait même pas interrogé sur le prix demandé par les Guermomprez. Et pourtant, il était presque certain de le trouver le lendemain, dès huit heures, à la porte de la banque. Il haussa les épaules, décida qu'il serait sage, pour l'instant, de n'y plus penser, et d'admirer les femmes. Une pâle infante s'arrêtait justement à trois pas de lui, vêtue d'une robe de faille noire très ample et très décolletée. Et là-dessus, une abondante chevelure, du plus beau noir. La longue occupation espagnole, terminée depuis deux siècles, avait laissé des traces dans les Flandres.

Un cheval, parfois, raclait le pavé de son sabot, comme pour signifier qu'il était tout disposé à regagner l'écurie; ou bien, la tête frissonnante, il soufflait de petits nuages de vapeur, comme pour se réchauffer. Mais il parvenait à peine à briser le silence de la rue. Un brouillard froid avait envahi la ville, étouffait les lumières et les bruits. On devinait la grande rumeur de voix et de musique qui s'échappait de la préfecture, plus qu'on ne l'entendait.

Les cochers, engoncés dans les amples capotes, battaient la semelle. Quelques-uns, ayant amassé des détritus, des papiers et quelques bouts de bois tirés d'un chantier voisin, avaient allumé, sous l'œil tolérant des sergents de ville, un feu vers lequel ils tendaient des mains bleues. Aloïs Quaghebeur se tenait à l'écart, intimidé. Cette soirée était une première, pour lui comme pour ses maîtres, et il avait le sentiment de pénétrer dans un monde nouveau. La plupart des visages, qu'on distinguait tout juste, lui étaient inconnus. Il préférait faire les cent pas, seul : il pouvait librement songer à Maria.

Quand la jeune femme l'avait trouvé, voilà près d'un an, il avait songé que sa sœur Julie, en la lui envoyant, lui adressait du même coup un message :

c'est la femme qu'il te faut, épouse-la. Se marier, il commençait à y songer sérieusement. Lorsqu'il vivait dans les crasseuses maisons-dortoirs de la rue Courmont, à Moulins-Lille, la camaraderie de ses voisins et de ses compagnons de travail lui suffisait. A présent, devenu cocher, il se sentait seul. Et plus que d'une femme peut-être, il rêvait d'enfants à aimer. Maria présentait toutes les apparences de la bonne santé, elle ne rechignait pas au travail, elle semblait honnête : elle réunissait, à ses yeux, les qualités de l'épouse idéale. Il la trouvait plaisante aussi, mais ce n'était pas, pensait-il, le plus important. Il avait rêvé, dès les premiers jours, que si les choses tournaient rond, ils finiraient par s'épouser. Le cocher et la bonne, quoi de plus naturel?

Le résultat lui paraissant presque acquis et pour ainsi dire gagné d'avance, il ne s'était pas pressé d'abord. Les mois s'écoulant, sa détermination s'était renforcée : Maria était vraiment le bon choix. Mais rien, entre eux, n'avait changé. La jeune femme n'entretenait guère avec lui de conversations, ce qui ne le gênait qu'à demi car il n'était pas bavard, et lui adressait rarement la faveur d'un sourire, ce qui l'attristait plus. Il avait fini par penser qu'une secrète blessure, un malheur ancien, expliquaient la réserve de Maria. Grâce à un ancien camarade d'usine, qui savait écrire, il avait adressé une lettre à sa sœur : peut-être Julie pourrait-elle lui expliquer? Il n'avait pas reçu de réponse : suivant son poseur de rails, la Flamande aux cheveux blancs avait sans doute déménagé une fois de plus.

Il était passé à l'action. Si l'on peut dire : des sourires plus appuyés, des allusions. En vain. Maria jouait l'indifférente, celle qui n'a pas compris. Un jour, à la cuisine où il venait d'éplucher une pleine bassine de légumes (il lui rendait ainsi de multiples services, pour la gagner), il avait enfin osé lui prendre la taille; elle s'était dégagée sans mot dire, avec un petit sourire où il crut distinguer de la moquerie, ce qui le mortifia. Il ne connaissait des femmes que quelques prostituées rencontrées dans des bordels où l'entraînaient parfois des camarades. Pour le reste, en Belgique comme en France, sa vie s'était limitée au travail des champs et de l'usine, quatorze heures par jour et six jours sur sept; jusqu'au moment où il avait eu la chance de se faire engager comme cocher – presque des vacances pour lui. Il ne savait donc comment déclarer à Maria ses intentions, d'autant plus qu'il craignait de tout faire rater d'un geste ou d'une phrase maladroite : il ne voulait lui causer aucune peine. Car désormais il l'adorait; ce qui n'était à l'origine que simple calcul était devenu passion.

En fin de compte, il s'était juré qu'il lui parlerait avant Noël, qu'il aurait enfin avec elle cette conversation qu'il n'avait jamais eu l'audace d'entamer et qu'à l'avance Maria avait toujours découragée. Tant pis si cela devait signifier la fin de tout espoir. Une telle incertitude inquiète ne pouvait se prolonger. Et voilà que Mme Rousset était intervenue. L'autre semaine, un après-midi qu'il la conduisait dans les magasins de la toute nouvelle rue Impériale, elle l'avait en quelque sorte confessé, lui arrachant ses projets, l'aveu de ses hésitations et de ses timidités. Conclusion : « Eh bien, Aloïs, je lui parlerai moi, à Maria. Il faudra bien qu'elle réponde. » Il avait craint le pire. Mais il n'avait pas osé le lui dire, s'y opposer. On est des domestiques, on n'est pas les maîtres. Il faut savoir se taire. Et accepter.

Mme Rousset a-t-elle parlé à Maria? Jusqu'à ce soir, en tout cas, aucune des deux femmes n'a fait la moindre allusion à une conversation qui l'aurait concerné, lui, Aloïs, avec son amour tout simple. Il a donc décidé que dès demain, sans plus attendre, il parlerait lui-même. Sans intermédiaire. Et il faudra bien que Maria cette fois l'écoute. A la pensée de tout le temps perdu, au souvenir de ses esquives et de son indifférence, il sent éclater en lui comme une colère, là, tandis qu'il traîne la jambe sur le pavé luisant, une jambe où le brouillard glacé a ravivé de vieilles douleurs. Pour un peu, ce timide, ce patient, laisserait ses patrons et enlèverait ses chevaux au grand galop pour aller dire à Maria que cela suffit, qu'elle ne pourra plus longtemps jouer celle qui n'a rien compris, qu'il faudra bien qu'elle se décide, à la fin des fins.

Alors, quand on lui tape sur l'épaule, il bondit, pas content. Et s'il n'avait pas laissé son fouet de cocher sur la voiture, gare à celui qui l'arrache à ses réflexions! C'est un autre cocher, l'un des rares qu'il connaisse, pour l'avoir plusieurs fois rencontré lorsqu'il menait son patron à la Caisse industrielle du Nord, ou à des réunions de la chambre de commerce. Ils avaient bavardé.

« Alors, Belge, dit l'autre, t'as pas les pieds gelés? »

Aloïs Quaghebeur grogne. Il n'aime pas que l'on rappelle son origine belge car il sait que ses compatriotes ne sont guère appréciés dans la région : jadis des ouvriers ont même manifesté aux cris de « à bas les Belges » parce qu'ils ressentaient durement la concurrence de ces immigrés dont l'afflux fait baisser les salaires.

« Grogne pas, reprend l'autre. Moi j'ai rien contre les Belges. C'est justement pour ça que je veux te parler. Tu as bien deux minutes? Tes patrons, t'en fais pas, ils ne sont pas près de sortir de là : ils s'empiffrent d'ortolans, et toi quand tu rentreras, tu auras droit à une pomme de terre à la pelure, froide bien sûr. Allez, viens! »

Et il l'entraîne encore plus loin des autres cochers. C'est un petit bonhomme à la voix cassée, encore jeune, qui parle mi-patois mi-français. Aloïs a appris à comprendre l'un et l'autre.

L'homme tousse, longuement.

« Je fume trop », dit-il comme pour s'excuser.

Puis :

« Justement, c'est de ça que je voulais te parler. Voilà. Moi, j'aime le tabac de ton pays. C'est du bon toubaque parce qu'il est plus doux que le français. Il a meilleure odeur. Tu fumes pas, toi? »

Non. Aloïs n'a jamais fumé. C'est comme ça. Il ne sait pas pourquoi. Mais ce qu'il sait, c'est qu'il se débarrasserait volontiers de cet importun, s'il osait. Et si celui-ci ne se presse pas, s'il n'en termine pas au plus vite, Aloïs osera.

L'autre semble l'avoir pressenti.

« C'est simple, dit-il. J'avais un fournisseur, un fraudeux qui me vendait du tabac, à moi et à tout un groupe de copains. Et il s'est fait pincer par les douaniers. Le v'là en prison; et nous sans tabac. Alors, j'ai pensé : toi, parmi tous tes compagnons belges, tu dois bien en connaître qui passent du toubaque, non? »

Bien sûr, Aloïs en connaît. Dans la rue Courmont et alentour existe un réseau, approvisionné par des fraudeurs d'occasion, des ouvriers qui vont voir leur famille en Belgique et qui en profitent au retour pour passer un ou deux kilos, et surtout par de vrais professionnels dont c'est pratiquement la seule occupation. Mais il ne les a jamais approchés, même pas comme client puisqu'il ne fume pas.

L'autre tousse encore, reprend :

« Si tu voulais : t'irais leur acheter du toubaque et tu m'en revendrais, pour moi et mes copains. On est nombreux, tu sais. Et si tu prends ton petit bénéfice au passage, ça te fait gagner pas mal de sous. »

Aloïs comprend : c'est une véritable clientèle qu'on lui offre. Il sait que la fraude permet à quelques intermédiaires d'amasser de petits pactoles. A Lille, à Roubaix, et plus encore à Arras ou dans la région minière, le tabac belge est revendu jusqu'à trois fois son prix d'achat. Tout le monde, ou presque, juge cela normal. Il n'y a guère que les douaniers et les juges pour déclarer la fraude malhonnête. Mais participer à ce trafic ne tente guère le cocher des Rousset. Il aime sa tranquillité. Et pour l'heure, surtout, il a d'autres soucis.

« Tu es comme moi, insiste l'autre, ton patron te paie avec des clous. Alors ça te ferait pas de mal. D'abord, l'argent n'est jamais mauvais, jamais. »

Il rit, tousse une fois de plus. Le brouillard se fait plus épais. C'est à peine s'ils peuvent encore distinguer les fenêtres illuminées de la préfecture. Aloïs pense qu'il serait plus prudent de se rapprocher de ses chevaux : si les patrons sortaient... Il fait demi-tour. Mais l'autre n'abandonne pas :

« Alors, c'est d'accord ?... Tu verras ce que tu vas gagner. Si tu as une petite amie, tu pourras lui offrir des bijoux et des châles, et des fichus, et des gants, et des manchons, et tout ça. Mais les femmes, c'est encore les bijoux qu'elles préfèrent. Nous, on n'est que des domestiques, on n'a presque rien, et quand même... l'autre jour, à la mienne, je lui ai acheté un collier, à la ducasse... elle était heureuse, t'aurais vu... Alors, si on monte notre petite affaire, tu pourras acheter de belles choses pour ta bonne amie si tu en as une, et si t'en as pas, t'en auras vite, vu que t'auras de l'argent. »

Il rit.

« Toi aussi t'auras de l'argent », pense Aloïs. Assurément, l'autre veut créer une filière dont il serait l'un des principaux maillons, de manière à prélever son bénéfice. Mais ses arguments ont porté. Aloïs est ébranlé : Maria ne se montrerait peut-être pas indifférente à de jolis cadeaux.

Il repart vers sa voiture, serrant contre son corps sa longue capote pour se protéger du froid pénétrant. Et l'autre qui le suit :

« Alors, si ça marche, tu peux emmener ton tabac au Café des Amis, rue des Meuniers. Et tu me demanderas. Mon nom, c'est Delerue, Georges Delerue. T'oublieras pas, hein ? Delerue, Café des Amis, rue des Meuniers. »

Il rit.

« Je sens que ça va marcher. »

Aloïs ne dit pas non.

A PRÉSENT, elle se voyait tout entière. Les seins généreux, le ventre blanc à peine bombé, les jambes puissantes et fines à la fois. Elle prenait des poses, jouait avec la lumière du chandelier qui donnait à la poitrine et aux cuisses des modelés toujours nouveaux. Elle tournait lentement sur elle-même, pour s'observer de toutes les manières.

Etait-ce ainsi fait, une belle femme ?

Maria frissonna. A cette heure, le salon n'était plus chauffé : Mme Rousset enfermait la maisonnée dans de strictes règles d'économie, elle interdisait qu'on entretînt les feux dans les pièces que l'on n'occupait pas. Mais celle-ci était la seule à posséder un miroir où l'on pût se regarder des pieds à la tête. Jusqu'à ce jour, Maria ne s'était jamais vue entièrement nue. Faute de glace pendant des années ; ensuite, il faut le redire, parce que son apparence ne la préoccupait guère. Mais tout à l'heure, ce bout de phrase « plutôt jolie, un peu commune » ou « un peu jolie, plutôt commune » : un vinaigre qui brûlait toujours. Une brûlure dont elle s'était elle-même étonnée. S'examiner le visage aussitôt après l'essayage de la crinoline ne l'avait pas apaisée vraiment, bien qu'elle en eût tiré des conclusions plutôt positives. Il fallait en avoir le cœur net. Tout voir. Quand les enfants ont été couchés, la cuisine rangée, elle s'est glissée jusqu'au salon, anxieuse, un peu fébrile.

Comment juger? Cette poitrine devant laquelle elle croisait maintenant les bras, d'instinct, comme si quelqu'un eût pu l'apercevoir, ces hanches rondes où tournait la lumière des chandelles, ces cheveux qui coulaient jusqu'à la taille, étaient-ils beaux, jolis, ou, comme disait Madame, « communs », laids peut-être? Fallait-il pour être belle posséder une taille plus mince, des seins plus ronds ou plus pointus, des jambes plus grosses?

Au vrai, elle jouait un peu avec ces interrogations. Dès l'instant que, le chandelier allumé, elle s'était tout à fait dévêtue, elle n'avait plus beaucoup douté de la réponse. Et d'ailleurs, elle l'attendait. Elle n'était venue chercher là qu'une confirmation. Oui, elle était jolie. Et belle peut-être, si belle était encore mieux que jolie. Bien plus belle assurément que la mère de Madame, dont un peintre inconnu avait immortalisé le buste sans pouvoir dissimuler tout à fait que les épaules étaient enfouies dans la graisse. Elle prit le chandelier pour éclairer ce tableau qui trônait dans le salon, seul en son genre, faute d'autres ancêtres familiaux assez notables pour avoir eu droit à un portrait. Elle sourit, satisfaite : elle n'avait pas remarqué jusque-là que le nez de la dame pointait de si vilaine manière; et elle connaissait assez les bassesses des fournisseurs et des serviteurs pour deviner que si le peintre l'avait laissé deviner, la réalité devait être plus déplaisante encore. Céleste Rousset, par chance, n'avait hérité de sa mère ni le nez, ni trop de graisse.

Un parquet craqua. Maria sursauta. Ses patrons, déjà? Elle n'avait pourtant pas entendu rouler la voiture, ni Aloïs arrêter les chevaux. Impossible. Elle tendit l'oreille. On marchait dans le couloir. Elle s'affola, reposa le chandelier sur la cheminée, saisit sa robe, l'enfila, oubliant ses dessous sur le canapé. Elle n'avait pas achevé de se rhabiller que la porte s'ouvrit. C'était Henri, dix ans, l'aîné des garçons Rousset, un enfant malingre qui pour cette raison n'avait pas encore goûté aux joies de la pension.

Il s'arrêta, interdit.

« Que fais-tu là? »

Leurs deux cris s'étaient confondus.

« Vous voyez, je rangeais. »

Elle avait repris pied la première. Elle ne le tutoyait plus. Elle comprit qu'il fallait profiter de son avantage au plus vite.

« Moi, j'ai encore du travail à cette heure, monsieur Henri. Mais vous, vous devriez être au lit. Si Madame... »

Elle s'interrompit. Elle venait d'apercevoir la tache blanche de ses dessous sur le canapé. Elle se sentir rougir, à suer.

« Tu ne diras rien, hein, Maria? »

Le gamin n'avait rien vu.

Elle s'avança, ramassa ses sous-vêtements, négligemment, comme elle l'eût fait de quelques chiffons, les roula en boule qu'elle serra contre elle.

« Promets que tu ne diras rien? »

Il la suppliait. C'était, des cinq enfants Rousset, son préféré : les deux filles aînées, plutôt pimbêches, heureusement en pension, et les deux garçons venus après lui, des jumeaux nommés Jules et Joseph, des garnements batailleurs qu'elle s'épuisait à apaiser.

« Qu'est-ce que vous veniez faire ici, monsieur Henri?

– Si tu me jures que tu ne diras rien, je te montrerai.

– Montrez-moi avant. »

Elle aimait jouer, avec lui, à ces interminables

chantages, comme pour rattraper une enfance qu'elle n'avait jamais eue : moi, d'abord; non, moi. En réalité, il savait bien qu'elle se tairait. Et elle savait qu'il ne dirait rien, pour ne pas avoir à justifier sa présence dans le salon à cette heure.

Il céda le premier, l'attira vers un secrétaire en érable moucheté, marqueté d'acajou de Cayenne, qui faisait face à la cheminée, et dont Mme Rousset lui avait toujours recommandé de prendre le plus grand soin. Il en ouvrit l'abattant, découvrant une rangée de petits tiroirs. Il en retira un, appuya sur une fleur de marqueterie : un second tiroir qu'elle n'avait pas deviné s'avança derrière le premier, mû par un ressort. Il y plongea la main, en tira une boîte qu'il amena aussitôt sous le chandelier.

« Regarde, Maria, regarde. »

C'était une tabatière d'or, finement décorée d'émail; sur le couvercle trois petits médaillons représentaient des étangs bordés d'arbres, où glissaient des cygnes au pied de hautes falaises dont les sommets disparaissaient dans une légère brume.

« Ecoute, Maria, écoute bien. »

Il soulevait le médaillon central et – miracle – un oiseau en surgissait, qui agitait ses ailes d'écaille bleue en sifflotant éperdument.

« C'est beau, hein, Maria, c'est beau? »

Elle ne répondait pas, fascinée et ravie. Il refermait le médaillon, l'ouvrait à nouveau. Et l'oiseau, fidèlement, se redressait, tournait sur lui-même en reprenant sa jolie mélodie. Comment était-ce possible? Tant de beauté? Elle ne se lassait pas d'écouter, serrant l'enfant contre elle dans un grand abandon de tendresse.

« C'est, dit-il fièrement, un maréchal de Napoléon qui l'a donné à mon grand-père, il y a longtemps, tu sais, après une bataille qu'il avait gagnée. Mais Mère ne veut pas qu'on y touche. Elle dit que c'est trop fragile. »

Ces mots la sortirent de son rêve.

« Rangez vite cela, monsieur Henri; si vos parents revenaient... »

L'oiseau une dernière fois chanta, puis tout fut rangé, les tiroirs refermés.

Ils restaient devant le secrétaire, ne se décidaient pas à quitter la pièce.

« Oui, c'était beau », dit enfin Maria.

Et maintenant, elle se demandait comment on avait pu fabriquer un tel oiseau, comment il pouvait chanter, comment tout cela fonctionnait. Elle était à nouveau saisie par le démon de comprendre. Si elle avait su lire... Tandis que cet enfant, à peine âgé de dix ans, était toujours fourré dans les livres que lui laissait son précepteur – un vieux monsieur tout cassé qui venait chaque matin lui donner la leçon... D'où, brusquement, l'idée, impérieuse :

« Monsieur Henri, vous voulez m'apprendre à lire?

– Quoi? »

Il était ahuri.

« Oui, m'apprendre à lire, à moi. Et à écrire aussi. »

Il rit.

« Mais tu es la bonne, Maria, tu n'as pas besoin de savoir lire. »

Il s'arrêta brusquement, devinant peut-être qu'il l'humiliait – il n'était pas méchant – ou soupçonnant quels avantages il pourrait tirer de l'affaire. Puis, prudent :

« Tu n'as qu'à demander à Mère.

– Je lui ai demandé, mais je crois qu'elle ne veut pas. »

Donc, il ne faudrait rien dire? Faire cela en secret, quand sa mère serait partie à l'usine aider le père à tenir les comptes? L'enfant commençait à penser que les avantages seraient grands, à la mesure des risques. Et il ne doutait pas de sa capacité à enseigner les lettres et les syllabes à cette femme.

Quand même, il fallait marchander.

« Peut-être que je le ferai, dit-il. Mais alors, tu devras m'obéir. On doit toujours obéir à son maître. »

Il était ridicule, si un enfant peut l'être. Elle, bien plus encore de s'être ainsi engagée. Elle se révolta, le poussa vers la porte.

« Allez, au lit tout de suite. Ou bien je vais tout raconter. »

Et lui, petit coq coléreux, se rebiffant :

« Moi aussi, je vais tout raconter. Et Mère te grondera. Et peut-être, même, elle te mettra dehors. »

Le coup avait porté, il le sentit aussitôt, la devina inquiète, en fut touché. Il lui prit la main :

« Mais non, je dirai rien, je te le jure. Et même je vais t'apprendre. Tiens, quand tu dis A, tu sais comment ça s'écrit? Ça fait comme un toit bien pointu (il joignait les mains pour lui montrer) comme ça, avec une poutre en travers, comme au grenier. Et quand tu dis I, ça fait comme un bâton, tout droit. Tu te rappelleras, hein? Un bâton : I. Et quand tu dis O, ça fait un rond tout rond, comme ça (il dessinait du doigt un rond sur la glace). Tu te souviendras. O : un rond. »

Elle répétait : A, un toit pointu, avec une poutre en travers, I un bâton tout droit, et O un rond tout rond.

« Et quand tu dis U... »

Il hésitait, ne trouvait pas...

« Bon, trancha-t-il, on recommencera demain,

enfin... quand on pourra. Avec une feuille de papier, c'est plus facile. »

Il la fit répéter une dernière fois : A, un toit pointu avec une poutre en travers, I un bâton tout droit, et O un rond tout rond.

Elle n'avait pas lâché ses dessous, toujours roulés contre sa poitrine.

CHAPITRE III

Quand on entend les coups de minuit, disait Barnabé, on n'a plus longtemps à patienter : le chien n'est pas loin. »

Les douze coups avaient tinté depuis belle lurette au clocher de la nouvelle église de Baisieux, et Aloïs, allongé au bord du fossé, attendait encore. Le vent qui avait giflé la plaine tout le jour, à violentes rafales, s'était brusquement apaisé, comme épuisé. La pluie aussi; et des déchirures s'élargissaient entre les nuages, laissant deviner quelques étoiles. Des arbres s'égouttaient, troublant le silence. Aloïs avait seulement entendu, là-bas vers la Belgique, dans la direction de Templeuve, des cris et des aboiements. Lointains : il s'était même demandé s'il ne rêvait pas, si ces bruits n'étaient pas le fruit de son inquiétude.

Il n'était pas homme à s'alarmer aisément. Mais ce soir, les déconvenues se multipliaient. D'abord, son patron l'avait retenu très longtemps. Et maintenant ce chien qui n'arrivait pas.

Les autres fois, tout s'était déroulé à merveille : sans retard et, semblait-il, sans risques. Le cocher s'était félicité d'avoir rencontré Barnabé, qui le tirait d'un mauvais pas. Car le commerce du tabac de fraude n'était pas de tout repos. Aloïs l'avait cru au début : un de ses compatriotes, un ancien voisin de la rue Courmont à Moulins-Lille, lui cédait régulièrement quatre ou cinq livres de « toubaque », serrées dans des sacs de toile. Et le dimanche matin, à l'aube, il les portait au Café des Amis, où Georges Delerue l'attendait devant un petit verre de trois-six. Il aimait traverser la ville à l'heure où les servantes se hâtent vers la première messe, tandis que les fermières traînent de petits ânes chargés de légumes et que le laitier, chantant et donnant de la cloche, fait sortir des maisons, manteau jeté sur la chemise ou la camisole de nuit, des ménagères ébouriffées, mal réveillées. Aloïs ne s'attardait pas au café : il lui fallait rentrer assez tôt pour amener à la grand-messe toute la famille Rousset. Et il n'appréciait guère la compagnie de Delerue. Mais ce petit commerce lui rapportait sept ou huit francs à chaque livraison, deux ou trois fois le salaire quotidien d'un ouvrier dans une filature de coton. Jusqu'au jour où les gendarmes arrêtèrent son fournisseur, sans doute dénoncé par un concurrent. Si Aloïs voulait poursuivre son trafic, il lui fallait trouver très vite une nouvelle filière. On lui avait indiqué Barnabé.

C'était un paysan de Baisieux, à quinze kilomètres de Lille, qui vivait seul dans une vieille ferme, une masure recouverte de chaume, à deux pas de la frontière belge. « De ma porte, j'pourrais cracher chez Léopold », plaisantait Barnabé, un gros bonhomme qui avait renoncé à se marier après qu'un guerrier d'Abd-el-Kader l'eut cruellement blessé entre les jambes, du temps qu'il servait en Algérie sous les ordres du duc d'Aumale. Il élevait sept ou huit vaches, cultivait quelques champs d'avoine et de blé, mais sa vraie richesse était un chien. Une grosse bête d'allure pataude où toutes les races avaient mêlé leurs sangs. Chaque soir, le chien – à qui Barnabé n'avait jamais daigné faire l'aumône d'un nom – traversait le chemin qui longe la frontière pour gagner en Belgique, par champs et par prés, une mystérieuse destination; il rentrait, la nuit, lesté d'une large ceinture de vieux cuir qui portait une vingtaine de kilos de tabac odorant. Mais à bon fraudeur, bons douaniers. Ceux de Baisieux eurent vite fait de repérer le trafic. D'autant qu'il n'était guère original : de la mer du Nord jusqu'aux Ardennes, des centaines de chiens, chaque nuit, étaient pris de soudaines envies de franchir les pointillés de la frontière.

Les gabelous montaient désormais autour de la maison de Barnabé une garde vigilante. Le vieux pioupiou d'Algérie ne pouvait pourtant renoncer. Il avait alors montré tout son génie, et le chien son talent. A présent, le molosse ne ramenait plus de tabac à domicile; il était dressé à rejoindre, à son retour de Belgique, un saule rabougri qui trempait ses longues branches dans un fossé boueux, au pied d'une petite chapelle dédiée à la Vierge. Et il ne se laissait défaire de son chargement qu'à cet endroit. Barnabé, dont les douaniers vérifiaient chaque soir la présence dans sa masure, confiait cette tâche à des complices, la plupart venus de Lille dans la nuit – trois petites heures en marchant bien. Il se contentait, lui, d'aller en ville toutes les semaines afin de régler ses comptes, mains dans les poches et cœur en paix.

Aloïs, quand ses maîtres lui laissaient un peu de liberté, venait ainsi attendre le chien sous le saule. Barnabé appréciait ce garçon qui s'interdisait de tricher sur le moindre gramme de tabac et qui entreposait ses stocks en un lieu que le plus imaginatif des douaniers n'eût pas soupçonné : sous les coussins de la voiture d'Arthur Rousset, l'industriel.

Aloïs ne détestait pas ces attentes nocturnes. Sa

jambe droite n'appréciait guère l'humidité depuis qu'il l'avait cassée, jadis, en tombant du char d'un paysan, et elle se vengeait à sa manière. Mais il pouvait, à loisir, rêver à Maria et à leur vie future. Il comptait et comptait encore tout ce qu'il pourrait lui offrir avec le pécule qu'il se constituait ainsi : à commencer par un joli collier le jour de Pâques, quand elle lui donnerait sa réponse. Car il ne doutait plus de la voir accepter. Quand il lui avait enfin parlé (en décembre, au lendemain de la réception du préfet) elle ne l'avait pas éconduit; au contraire. Elle l'écoutait gentiment, grave quand même, demandant tout juste un temps de réflexion : « Je vous donnerai réponse à Pâques, Aloïs, je vous le promets. » Pâques approchait : trois semaines d'attente seulement. Et Maria semblait chaque jour mieux disposée. Elle s'était même laissé emmener aux fêtes du Carnaval : ils avaient ensemble parcouru la ville, admirant les chars où trônaient, dansaient et chantaient des sultanes et des colombines, des pierrots et des bergères. Au retour, il avait osé murmurer qu'attendre Pâques était bien long, et que peut-être... Elle s'était penchée vers lui, comme si elle s'abandonnait enfin. Elle répétait : « Si! si! j'ai dit Pâques... » Mais elle souriait, elle souriait... Et à deux pas de la maison des Rousset, soudain, elle s'était pendue à son cou, pour, très vite, l'embrasser sur les deux joues. Maria.

Aloïs rêvait. Avec le petit magot qu'il amassait entre le vieux saule et le Café des Amis, ils pourraient peut-être, dans deux ou trois ans, quitter leurs patrons pour acquérir un petit commerce, une échoppe d'épicier où elle vendrait des bonbons et du savon noir, du raisin sec et de la chicorée. Les clients la salueraient : « Bonjour, madame Quaghebeur, au revoir, madame Quaghebeur, merci madame Quaghebeur. » Lui, il irait chercher les marchandises. Et avec un peu de chance, il pourrait acheter un cheval et une voiture pour vendre dans les rues du bois cassé et du charbon. Ils feraient donner de l'instruction à leurs enfants : ceux-ci seraient plus heureux dès leur jeunesse, bien lancés dans la vie.

La pluie avait repris. A peine. Comme si un nuage paresseux se secouait. Aloïs frissonna, tendit l'oreille. Le silence, partout. Les aboiements et les cris avaient-ils jamais existé ailleurs que dans son rêve? Mais le chien ne reparaissait pas. Fallait-il attendre encore? Un jour qu'il interrogeait Barnabé sur la conduite à tenir en une telle circonstance, le gros homme avait répondu, en riant, que cela n'arriverait jamais.

« Ce chien-là, vois-tu, il renifle les douaniers deux lieues à la ronde. Et il part de l'autre côté. Ils ont une odeur, les douaniers. Toi, tu ne la sens pas. Mais lui, il ne s'y trompe jamais. Bonne bête! »

Le chien comprenait qu'on le complimentait, posait sa tête informe et boursouflée sur les genoux de Barnabé qui lui caressait le flanc, avec une douceur qui surprenait.

La cloche de l'église de Baisieux sonna. Une heure! Le chien ne pouvait s'être perdu. Il était donc tombé dans un traquenard. Et les douaniers lui avaient coupé la jambe. Pour prouver qu'ils avaient pris un chien fraudeur, un « chien blaté » comme on disait, ils devaient présenter sa patte. Ils la coupaient et la clouaient à la porte de leur cahute en attendant le passage de leur lieutenant : celui-ci comptait les pattes, distribuait les primes en conséquence, et faisait brûler ces trophées de crainte qu'à son prochain passage on ne les lui présente à nouveau.

Aloïs faillit pleurer en songeant au chien mutilé. Il avait appris à l'aimer lorsque, sous le saule, la bête frémissante se serrait contre lui, poussait contre ses jambes sa tête si laide, et parfois se dressait pour tenter de lui lécher le visage. Heureuse. Mission accomplie.

« Ce chien-là, vois-tu, il renifle les douaniers deux lieues à la ronde. Et il part de l'autre côté. »

Voilà. C'était fini. A moins que les autres, là-bas en Belgique, n'aient retenu, par précaution, le compagnon de Barnabé. Dans tous les cas, attendre était inutile. Il fallait rentrer, Barnabé devait venir à Lille le surlendemain, on finirait par savoir ce qui s'était passé.

Aloïs se redressa. Lentement. Et aussitôt, il le vit. Plutôt : il le devina. Une ombre sur le chemin, à vingt mètres peut-être. Un douanier bien sûr, qui s'était relevé dès son premier mouvement, et déjà s'élançait. Sans hésiter, Aloïs sauta le fossé, entreprit de traverser le champ voisin, l'autre aussitôt à ses trousses.

La terre détrempée collait à ses bottes de cocher, comme pour les avaler. Il tirait sur ses jambes à grands ahans, pour les arracher au piège, lançant le corps en avant, toujours plus fort. L'autre, heureusement, n'allait pas plus vite. Mais il donnait des coups de sifflet, qui réveillaient la nuit, pour appeler à l'aide. Les douaniers allaient toujours par deux. Le deuxième n'était sans doute pas loin.

« Arrête! Arrête ou j' vas devoir tirer! » La voix n'était pas très éloignée. Le ton : pas méchant. Aloïs continuait. Il pariait que l'autre n'oserait pas. Les douaniers répugnaient d'ordinaire à faire usage de leurs mousquetons contre de simples contrebandiers.

Il entendit le cliquetis de l'arme, une détonation dans son dos, un chuintement sur sa droite. Raté. Il poursuivait sa course. Pas question de se laisser prendre : c'eût été perdre Maria. Et par une telle nuit, l'autre aurait peine à viser.

Il faillit tomber, les pieds pris dans une racine. Une haie courait là, qui lui barrait le chemin. Il prit le parti de la suivre sur la droite, priant le Ciel que ce fût la bonne direction, celle qui le rapprocherait de Lille.

« Arrête ou j' vas tirer. » La voix semblait plus lointaine, et l'accent n'était pas de la région. Aloïs fit un écart, se courba. Il n'entendit pas le chuintement après la détonation, en conclut que l'autre le repérait de plus en plus mal. Il courait plus vite à présent, profitant d'une bordure d'herbe, le long de la haie, qui offrait une meilleure résistance. Mais sa jambe droite se faisait plus lourde à chaque pas.

Nouveau coup de sifflet. En face, cette fois, et assez loin. Un autre gabelou accourait, et s'annonçait pour éviter d'être tiré comme un lapin. Aloïs – douanier devant, douanier derrière – n'avait qu'une issue : traverser le champ à nouveau. Il n'hésita pas, retrouva les grasses mottes de terre auxquelles il devait arracher ses jambes. La gauche tenait. La droite craquait, comme pour se plaindre. Maria. Pluie et sueur se mêlaient sur son visage. Maria. Gorge en feu, souffle court. Maria. Il tomba sur les genoux, se redressa, repartit, tomba encore, reprit sa marche, engoncé dans sa cape lourde d'eau et de boue, désespéré.

Il avançait, quand même. Il devinait, devant lui, le chemin. Et derrière, les douaniers, qui s'étaient retrouvés, criaient à s'époumoner, sifflaient. Assez loin. Ils n'avaient sans doute pas quitté la haie. Là-dessus, deux détonations. Presque en même temps. Rien. Avancer la jambe gauche. La droite, maintenant, que des démons serraient dans leurs griffes. La gauche, la droite. La gauche, la droite. Le chemin !

Sauvé. Sauvé, Maria! Ce chemin, il en connaissait chaque détour et chaque pierre. Là, les deux douaniers ne le rattraperaient plus. Ils semblaient, d'ailleurs, avoir renoncé. A moins qu'ils n'aient tout à fait perdu sa trace. Ils sifflaient toujours, mais sans conviction, de plus en plus loin.

Aloïs ne voulut prendre aucun risque. Il poursuivit sa course, sans répit. Il ne sentait plus sa jambe droite, comme si elle s'était lassée de lui faire la guerre.

Il arrivait aux premières maisons de Baisieux quand il tomba : il avait glissé, bêtement, sans doute sur une pierre; la fatigue, aussi. Sa tête heurta le brancard d'un chariot qui se trouvait sur le côté de la route, comme un piège. Il crut perdre connaissance, se traîna à demi étourdi jusqu'au porche d'une ferme, s'assit à l'abri de la pluie, plus forte depuis quelques minutes. Il lui fallait reprendre haleine, amortir le choc. Il avança la main vers le front, au-dessus de l'œil droit : lentement, en hésitant, comme s'il craignait d'y trouver de la bouillie tant le coup avait été violent. La peau brûlait, semblait décollée de l'os. Bizarrement, c'était derrière la tête qu'il ressentait une douleur lancinante. Dormir. S'il avait pu dormir. Oublier.

Il s'en voulait, se reprochait de n'avoir pas compris dès les premiers aboiements et les cris que l'affaire tournait mal. Et de n'avoir pas deviné que le douanier était si près de lui. Barnabé : « Ils ont une odeur, les douaniers. Toi, tu ne la sens pas. Mais lui, le chien, il ne s'y trompe jamais. » Il n'avait rien senti. Son esprit était ailleurs. Mais le chien? Le chien si rusé s'était laissé prendre, lui aussi. « Il ne s'y trompe jamais » On finit toujours par se tromper. Chien ou homme.

A présent, il fallait rentrer. Sans perdre un instant, afin d'être prêt et en tenue correcte quand

M. Rousset voudrait partir pour sa nouvelle usine de Roubaix. Et se méfier encore : si les douaniers avaient décidé de mettre fin au commerce de Barnabé, ils pouvaient bien avoir multiplié les patrouilles jusqu'aux portes de Lille pour capturer ses complices.

Aloïs se leva. De la tête aux jambes, il n'était que douleur. La pluie le réveilla. Allons! Ne pas tarder.

Il emprunta des chemins de traverse. Courant, marchant. Toujours aux aguets. A mi-chemin, alors qu'il venait de dépasser Bouvines, il dut se jeter dans un fossé pour laisser passer deux hommes, en qui il crut deviner deux douaniers, qui parlaient fort et se racontaient des histoires en flamand.

Il parvint à Lille peu après que les cloches eurent sonné quatre heures. La ville déjà s'animait. Les rues étaient presque désertes encore. Mais des lumières et des rumeurs annonçaient que dans les ruelles, les courées et les caves tout un monde se préparait, qui se hâterait bientôt à l'appel des cloches des usines.

Il respirait, soulagé. Il serait rentré assez tôt.

Il sursauta pourtant quand, à l'entrée du jardin des Rousset, alors qu'il allait filer vers sa chambre, au-dessus de l'écurie, il aperçut Maria. Comme si elle l'attendait.

Elle le dévisagea, à la lueur d'une lanterne.

« Aloïs! Aloïs! C'est bien vous? Mon Dieu, venez vite. »

Elle le prenait par la main, l'entraînait, l'amenait dans la cuisine, son domaine.

« Asseyez-vous, je vais vous donner du lait. Ça va vous réchauffer. »

Il remarqua qu'elle ne lui demandait rien, aucune explication.

Et puis :

« J'ai eu peur, quand je suis descendue allumer les feux. D'habitude, je vois de la lumière dans votre chambre. Je sais que vous vous préparez... »

Elle se souciait donc de lui chaque matin?

« Alors, poursuivait-elle, je suis allée taper à votre porte. Ça ne répondait pas, bien sûr. Et c'est en redescendant que l'idée m'est venue d'aller ouvrir la porte du jardin. Juste au moment où vous arriviez. »

Elle eut un petit rire. Il se sentait payé, et au-delà.

« Quand même, dit-elle, il faudra vous débarbouiller. Regardez-vous! »

Elle sortait d'un tiroir un petit couvercle de métal qui lui servait de miroir, le tendait. Il sursauta en se voyant. La boue et le sang s'étaient mêlés, formant un masque sombre, un peu effrayant.

Elle ne lui laissait pas de répit, lui approchait une bassine d'eau chaude et des chiffons pour qu'il se lave, l'aidait à enlever sa capote raidie par la boue. Alors, tandis qu'il se décrassait, torse nu, revigoré, il lui raconta tout : le commerce du tabac belge, le Café des Amis, Barnabé, le chien, l'affaire de la nuit, et ses rêves d'avenir. Il ne lui avait jamais parlé aussi longtemps. Elle l'écoutait, sans interrompre sa tâche, préparant le café des patrons, sortant les bols et les pots de confiture de rhubarbe pour le petit déjeuner des Rousset. Mais quand il eut terminé, elle vint l'embrasser au-dessus de l'œil droit, là où bombait une bosse bleuâtre couronnée d'une croûte sanguinolente. Un baiser léger, comme le frôlement d'un papillon. Elle repartit aussitôt vers le fourneau.

« Le lait est chaud, dit-elle avec une sorte de détachement. Dépêchez-vous d'en boire un bol. Ils vont bientôt être levés. Et, vous le savez, Monsieur n'aime pas attendre. »

Puis, tandis qu'il enfonçait le nez dans le bol :

« Aloïs, l'autre jour, vous m'aviez invitée à aller danser. Vous vouliez m'emmener à l'Alcazar. Eh bien, ce sera quand vous voudrez. Samedi soir, si cela vous plaît. »

« Je crois, dit Céleste Rousset, que nous aurons bientôt un mariage. Elle est presque décidée. »

Son mari ne sourcilla pas. Il l'écoutait à peine. A demi allongé dans un fauteuil, il goûtait la paix du soir. La semaine avait été rude : entre les commissionnaires et les clients, les contremaîtres et les ouvriers, courant de l'usine de Lille à celle de Roubaix, du coton à la laine, il n'avait guère eu le loisir de se reprendre. Sans compter qu'à la filature de Lille, on avait frôlé le drame : la chaudière, chauffée à blanc, n'était pas approvisionnée en eau. Une négligence, constatée à la dernière minute, qui aurait pu provoquer une terrible explosion – cela s'était déjà vu – et détruire toute l'usine. Rousset, furieux, avait licencié tout le monde – mécaniciens et chauffeurs – sans barguigner ou rechercher le coupable : tous ces gens devaient être des socialistes, des saboteurs. A la porte! On trouverait facilement à les remplacer. Mais il avait eu chaud, c'est le cas de le dire.

« Mon ami, je vous parle. »

Elle revenait à la charge. Il n'aimait guère qu'elle lui donnât du « mon ami », et s'habituait mal au voussoiement : quand on a couché ensemble, on devrait être un peu plus simple. Mais quoi? si elle y tenait... Il se redressa, fit mine de l'écouter, l'esprit ailleurs.

« J'ai interrogé Aloïs, reprit-elle. Il se laisse tirer les vers du nez... c'est un plaisir. »

Elle eut un petit rire. Des histoires de bonne femme, encore. Il faudrait y passer. Il se leva, chercha un cigare.

« Et savez-vous où ils sont partis ce soir? »

Non, il ne le savait pas. Et s'en fichait.

« A l'Alcazar! Ah! ils ne sont pas à plaindre, les domestiques aujourd'hui. Ils vont dans les guinguet-tes et les cafés dépenser tout leur argent. Ensuite, ça gémit que ça n'est pas assez payé. Quand je pense que nous, nous n'avons même pas réussi à aller une seule fois au Pré-Catelan. Je le regretterai toujours. »

Lui aussi. Au Pré-Catelan, un immense parc d'at-tractions, installé en 1858 sur trois hectares aux portes de la ville, on dansait chaque jour dans une salle de bal longue comme une église et éclairée de dizaines de becs de gaz; on y donnait concerts et spectacles, et on buvait chocolat, bière et vin en écoutant des orchestres, en regardant des feux d'artifice. Des omnibus reliaient le Pré-Catelan à la grand-place, et les jours de fête les Belges y descen-daient par trains spéciaux. Bref, Lille faisait la pige à Paris et à ses grands bals. Les bourgeois et les autres se pressaient là par milliers. Jusqu'au jour de la faillite, en 1862. Mais les Rousset, trop absorbés par leurs affaires, n'avaient guère eu le temps de s'y rendre.

Céleste Rousset comprit que son mari ne daigne-rait pas s'intéresser aux amours de son cocher. A dire vrai, il ne s'agissait pour elle que d'une entrée en matière, plutôt un détour qu'elle empruntait avant d'aller au but. Car elle voulait le lancer sur une voie nouvelle mais hésitait encore, craignant qu'il ne résiste, voire qu'il ne se cabre.

Elle tira une bergère vers lui et s'y installa pour lui faire face.

« Mon ami, vous vous souvenez de ce que je vous avais dit : je voulais engager une deuxième bonne. Eh bien, je suis prête à y renoncer. Je peux m'en passer. Car je pense que nous allons devoir nous lancer dans d'autres dépenses. »

Il avait reposé son cigare, l'écoutait cette fois avec attention. Et aussi une vague inquiétude.

« Voilà, dit-elle, nous ne pouvons pas rester ici. Il faut déménager.

– Déménager? »

Il se trouvait bien là. D'accord, la maison n'était pas immense, mais elle leur suffisait. Les enfants avaient chacun leur chambre. Salons et salle à manger étaient spacieux et confortables, le jardin agréable. Pourquoi changer? Cela coûterait, et il ne disposait pas de moyens considérables, surtout en ce moment : les deux usines dévoraient tout.

Elle ne manquait pas d'arguments. Depuis qu'il avait repris la filature des frères Guermomprez, il se partageait entre Lille et Roubaix, perdait sur la route une bonne partie de son temps. S'établir à mi-chemin entre les deux villes, les deux usines, serait plus raisonnable. Il se fatiguerait moins – « c'est que je tiens à vous, Arthur, je m'inquiète » – et serait plus efficace.

Il en convint. Mais où trouver l'argent? Il n'avait pas achevé les transformations de l'usine Guermomprez, le passage du coton à la laine, l'installation d'un tissage. Et puis, expliquait-il, il fallait constituer des réserves, car toute l'industrie allait être bouleversée; on n'avait encore rien vu, les changements commençaient à peine. Et le Nord pouvait en profiter. Les autres régions productives étaient durement secouées par la disette de coton : les usines vosgiennes ne travaillaient presque plus, les normandes n'allaient guère mieux, et les fabricants de velours d'Amiens se désespéraient, non parce qu'ils manquaient de matière première, mais parce que les Américains, occupés à s'entre-tuer, n'achetaient plus leur production. C'était l'occasion pour les filateurs et les tisseurs du Nord, ceux du moins qui avaient su prévoir et s'organiser, d'établir leur suprématie sur tout le textile français. Mais pour cela, ils devraient changer d'habitudes. « Figurez-vous que la plupart de mes collègues, à Roubaix, achètent les laines coloniales à des courtiers établis au Havre ou à Marseille, des importateurs qui ne leur livrent pas la meilleure qualité, et à quel prix! Ou bien, ils vont s'approvisionner aux grandes ventes de Londres. Ce n'est pas le bon système. Celui qui réussira, c'est celui qui aura le culot d'acheter directement sa laine en Argentine, au Maroc, ou même en Australie, et la fera passer par Dunkerque. Ce qui coûtera beaucoup moins que Marseille ou Le Havre. »

Elle admirait ce don qu'il avait d'imaginer l'avenir, de dessiner de vastes perspectives. Où le fils du tisserand de Wattrelos l'avait-il acquis? Parfois, elle se prenait à penser qu'il ne pouvait être le fils du vieux Rousset, un ouvrier illettré, mais plutôt le fruit de l'union illégitime de sa mère avec quelque noble et important personnage.

Il était emporté par sa démonstration, expliquait que le système de vente devait être complètement réformé lui aussi. La plupart des tisseurs écoulaient leur production par l'intermédiaire de dépôts, à Paris ou à Lyon, qui leur coûtaient très cher. Il fallait fermer ces dépôts, s'adresser directement aux détaillants et aux boutiquiers en leur envoyant des voyageurs de commerce.

Elle l'écoutait, fascinée. Elle comprenait que s'il s'attardait ainsi à exposer ses vues, c'était pour qu'elle le poussât à les réaliser. Une fois encore, l'hésitation, ou quelque crainte, le retenait d'agir. Une fois encore, elle devrait lui donner le départ, lui ouvrir la voie de la réussite.

Il rallumait son cigare, en tirait quelques bouffées bleues, les observait tandis qu'elles se défaisaient en lentes ondulations. Silencieux maintenant.

« Vous avez pris la meilleure décision, dit-elle. Comme je regrette de ne pouvoir vous aider! Mais vous savez que je n'entends pas grand-chose à l'industrie : je suis tout juste bonne à tenir les comptes. Quand même, lorsque vous installerez vote atelier de tissage, j'aimerais bien choisir avec vous les nouvelles étoffes. Vous savez comme sont les femmes... Ah! et puis, pour les représentants, je peux en parler à mon frère, Jérôme, le médecin. Vous savez qu'il s'occupe d'une école des Frères où l'on forme des jeunes gens pour le commerce, et il me demandait justement si je ne connaissais pas des situations pour eux. Et quand voulez-vous aller à Dunkerque? »

Elle était lancée. Arthur Rousset sourit, grommela quelques mots qu'elle ne comprit pas.

Elle se leva, alla remuer quelques braises dans le gros poêle de faïence, qui s'endormait. Puis, passant derrière le fauteuil de son mari, et à voix basse, comme si elle se parlait à elle-même :

« Seulement, cela va faire du travail supplémentaire. Il faudrait absolument se rapprocher de Roubaix. »

Il ne répondait pas, la laissait venir.

Elle n'y tint plus :

« On m'a parlé d'un terrain, dit-elle. Une belle affaire, bien placée, entre Wasquehal et Marcq-en-Barœul... Nous ne serions pas obligés de faire

100

construire tout de suite. Posséder un peu de terre n'est jamais mauvais comme disait... »

Elle s'interrompit brusquement. Elle allait citer son père qui, déformation de militaire peut-être, ne rêvait que d'agrandir son territoire et ne voyait de richesse que dans l'accumulation des hectares : Arthur Rousset jugeait que le colonel, bon sabreur sans doute, et ensuite convenable demi-solde, eût fait un fort médiocre homme d'industrie ou de négoce. Mais il ne releva pas le propos, se contentant d'interroger :

« Où donc?

— Entre Wasquehal et Marcq-en-Barœul. Mais je citais celui-là parmi d'autres. Les terrains ne manquent pas.

— On pourrait y aller voir un prochain dimanche. Cela ferait une promenade pour les enfants. »

Voilà. Les engrenages étaient installés, prêts à tourner, comme les machines de l'usine. Quelques mots leur avaient suffi pour se comprendre et négocier ce nouveau contrat.

Elle eut un élan vers lui :

« Mon ami, vous serez bientôt l'un des hommes les plus puissants de la région. Si, si, si, croyez-moi. »

Il protesta, pour la forme, posa son cigare, chercha sur ses doigts les petits cals qu'avait formés jadis la navette du père Rousset.

C'était une longue salle, dont des dizaines de quinquets fumeux éclairaient le décor vaguement espagnol. Les claquements des bottes et des bottines des dizaines de couples qui s'y trémoussaient laissaient à peine entendre les sons d'un maigre orchestre : un piano, deux violons, une clarinette et un tambour rassemblés sur une estrade parée de plantes vertes. Des bancs et des tables longeaient les murs, où l'on buvait de la bière et de la limonade – quelques gandins offraient même du vin à leurs amis et leurs compagnes – en mangeant des tartes à quatre sous. Un hall voisin, un petit hangar tapissé de bâches rouges, abritait des billards chinois, des loteries et des jeux.

Maria se laissa tomber sur un banc. Heureuse. Un peu effrayée aussi par le bruit, la poussière, les cris des ivrognes et l'attitude provocante de quelques fiers-à-bras qui tranchait avec la bonne humeur simple des danseurs. Elle regarda Aloïs, vêtu de noir comme un bourgeois. Au-dessus de l'œil droit, la bosse avait presque disparu. Mais la petite cicatrice était à peine refermée. Il lui sourit, paisible, appela un serveur en tablier qui passait de table en table.

« Voulez-vous du vin, Maria ? »

Il semblait prêt à toutes les folies. Il était déjà

venu là deux ans plus tôt, expliqua-t-il, avec un compatriote de la rue Courmont qui, décidé à rentrer au pays, voulait fêter son départ. Ces deux Belges qui ne dansaient pas et paraissaient gauches comme des paysans avaient provoqué quelques rires moqueurs, qu'il évoquait avec indulgence. Aujourd'hui, bien sûr, cela se passerait autrement.

Un serveur apportait une bouteille de vin qu'il débouchait avec application, la bouteille serrée entre les genoux, toute la force rassemblée dans la main qui tirait lentement, lentement. Ils trinquèrent. « A votre santé, Maria. – A la vôtre, Aloïs. » C'était la première fois qu'elle buvait du vin qui lui était offert, qui était pour elle. Autrement, elle n'avait fait que goûter, à la dérobée, des fonds de bouteille dans la cuisine des Rousset, les soirs de fête. Et elle n'avait pas trouvé cela très bon. Elle déchiffra l'étiquette : « Grand vin de Bordeaux. » Elle avait lu à haute voix, sans prendre garde, prononçant Bordeaucks. Alors, Aloïs :

« Vous savez lire, Maria? »

Il semblait stupéfait, abasourdi. Elle se sentit rougir. Elle se reprochait de mal se contrôler. Balbutiant, elle expliqua qu'elle connaissait les lettres – et encore pas toutes – mais lire, ce qui s'appelle lire, non hélas! Elle ne voulait pas avouer qu'en trois mois elle avait fait de sérieux progrès et parvenait à ânonner à peu près toutes les syllabes. Ni qu'après avoir aligné des pages de bâtons, elle commençait à former des lettres qui ressemblaient à des léttres. En échange, le jeune Henri (qui n'était pas mauvais professeur) la tyrannisait, la menaçait de tout révéler à ses parents, obtenait d'elle maints privilèges et refusait de lui obéir quand elle le gardait. Elle n'avait plus jamais reparlé à sa patronne de son désir de s'instruire, jugeant inutile de s'exposer à un refus blessant. Mais elle devinait bien que l'enfant, un jour, lâcherait tout. Que se passerait-il alors? Apprendre à lire et à écrire n'était pas un crime, pourtant.

Elle avait parfois le sentiment d'être prise au piège – comme chez M. Léonard. Sans avenir. La vie dans une impasse. Elle n'était pas assez attachée aux Rousset pour imaginer de les servir toujours. Et pas de famille, pas d'amis : la solitude du cœur. L'exception : Aloïs. Le bon, le brave Aloïs qui la révérait comme une Sainte Vierge. Près de lui, elle se sentait en paix, protégée, apaisée, rassurée. Etait-ce ce qu'on nomme l'amour? A l'usine, deux de ses compagnes, un jour, s'étaient battues pour un homme qu'elles se disputaient, un fileur malingre et bossu, sans aucun attrait; elles roulaient à terre sous les rires et les cris, s'arrachant les cheveux à poignées, essayant de s'étrangler; et si le contremaître n'était pas venu les séparer, parce que la machine ne peut pas attendre, elles auraient lutté jusqu'à la mort, cela se devinait. Maria voulait-elle Aloïs avec la même force, la même passion? Non, elle le savait bien. Mais d'être entourée, cajolée, la flattait et lui réchauffait le cœur.

L'orchestre, très applaudi, achevait la dernière figure d'un quadrille, et entamait aussitôt la danse à la mode, le cancan. La plupart des danseurs se contentaient de virevolter en cadence. Quelques femmes rieuses pourtant, autour desquelles on formait cercle, cabriolaient comme on le faisait à Paris, s'essayant avec fantaisie au balancé, à l'entre-deux et à la chaloupe, levant haut la cuisse, presque écartelées, et bientôt essoufflées. Aloïs avait entraîné Maria au centre de la salle, qui tenait lieu de piste, et ils tentaient de danser. C'était la première fois. Ils sautillaient, s'efforçant de claquer du talon au rythme de l'orchestre, observant les autres couples pour mieux les imiter, riant enfin quand ils se regardaient tant ils se sentaient maladroits, mais contents.

Il venait de la reconduire à leur banc quand l'un des violonistes, s'avançant au bord de l'estrade, criant pour dominer le tapage, annonça une valse. Une valse! « C'est la plus belle des danses », assurait une des compagnes de Maria, qui n'était point chiche de ses faveurs, mais les faisait payer aux hommes, et passait tous ses dimanches dans les guinguettes des faubourgs, celles de Wazemmes surtout, le Casino où l'on applaudissait entre deux danses des numéros de pantomime, le Pèlerin où l'on mangeait le meilleur jambon, et la Nouvelle-Aventure, bien nommée, haut lieu de la galanterie. La plus belle des danses! Maria se tourna vers Aloïs. La connaissait-il? Savait-il comment faire? Non, hélas! Ils restèrent sur leur banc, à regarder les couples qui tournaient, tourbillonnaient comme des toupies, vite, encore plus vite, les yeux dans les yeux, n'existant plus que l'un par l'autre.

Un homme se tenait devant elle, souriant. Un grand gaillard brun à la barbe bouclée et aux yeux noirs brillants, qu'un nez un peu fort empêchait d'être vraiment beau. Elle ne l'avait pas remarqué d'abord, dans la foule des danseurs, en dépit de sa taille. Et pourtant, il ne lui était pas inconnu.

« Voulez-vous accepter de danser cette valse? »

On ne lui avait jamais parlé ainsi. Elle rougit, encore. Il se moquait peut-être. Elle ne se jugeait pas très attirante avec sa robe bleue en mérinos, et le grand châle que lui avait donné Mme Rousset le 1er janvier.

Il répéta son invitation.

« Je ne sais pas danser.

– Je vous montrerai. Vous verrez, c'est facile. »

Elle était tentée, s'efforçait de n'en rien laisser paraître, montra Aloïs.

« Je ne suis pas seule. C'est mon fiancé. »

Les yeux d'Aloïs à ce mot. Son sourire, presque enfantin, désarmé, éclairé. C'était donc si faible, un homme?

L'autre insistait, se tournait vers le cocher : celui-ci permettrait sans doute à sa fiancée? Rien qu'une danse?

Aloïs permettait. Il était disposé à toutes les bienveillances.

Alors elle se leva, se laissa emmener. Il lui prit la main, la taille :

« Suivez-moi. C'est très facile, vous verrez. Pour commencer, nous n'allons pas tourner mais faire seulement un pas à gauche, un pas à droite, comme cela, voilà... voilà, très bien, en suivant l'orchestre, vous voyez. »

Il n'était pas de la région, cela s'entendait. Elle n'osait le regarder, baissait la tête, comme pour observer le mouvement de ses pieds. Et soudain : « Allons-y. » Elle se sentit emportée. Il la faisait tourner, tourner, les pieds effleurant le sol, légère, délivrée. Elle ne voyait plus les arcades espagnoles, ni les tables, ni les bancs, ni les buveurs, ni les danseurs, ni Aloïs : seulement des bandes de couleurs, sombres ou lumineuses. Et le visage de son danseur qui lui souriait, silencieux. Elle osait le regarder, maintenant. Elle était sûre de l'avoir déjà rencontré.

Quand la valse s'arrêta, elle fut déçue de retrouver le sol. Comme alourdie tout à coup, sa tête continuait à tourner, refusait d'obéir à l'orchestre. Elle crut tomber. Mais il la retenait, toujours souriant. « Je vous raccompagne. » Elle voulait le remercier, se demanda si cela se faisait, renonça. Elle se sentait fatiguée, d'une fatigue douce, légère, qu'elle n'avait jamais connue, et qu'elle aimait. C'est lui qui la remercia, alors qu'ils arrivaient près d'Aloïs. Il les salua, s'éloigna, rejoignit une tablée de jeunes hommes, rit un peu avec eux, fut absorbé par un groupe.

Ils partirent peu après.

Dès la semaine suivante, elle voulut retourner à l'Alcazar. Aloïs ne demandait pas mieux : c'était là, dans le brouhaha du bal, qu'elle avait prononcé le mot, qu'elle l'avait présenté comme son fiancé. Il ne lui en avait pas reparlé : il attendrait jusqu'à Pâques, comme promis. Mais l'affaire était faite et, à n'en pas douter, l'engagement pris. Il l'épouserait à la Saint-Jean, si ses papiers arrivaient à temps. Et après le 15 août, avec la permission des Rousset, il l'emmènerait chez lui en Belgique, du côté de Poperinghe. Les moissons finies, sa mère aurait un peu de liberté pour accueillir cette nouvelle bru.

Il s'inquiétait pourtant. Il avait appris l'arrestation de Barnabé, le lendemain de cette nuit où les douaniers avaient failli le prendre, ou le tuer. Pourquoi ? Comment ? Il n'en savait pas plus, supposait qu'en se saisissant du chien on avait acquis une preuve pour condamner le maître. Il ne craignait pas trop pour lui : bien malin qui pourrait supposer qu'Aloïs Quaghebeur, vivant à quinze kilomètres de là, était mêlé à cette affaire. Le problème, c'est qu'il allait manquer de tabac : il lui restait seulement, dans la voiture d'Arthur Rousset, la valeur de trois livraisons au Café des Amis. Et justement, il aurait tant besoin d'argent pour offrir à Maria un peu de plaisir.

Il y avait foule, ce soir-là, à l'Alcazar. De nombreux soldats. Des bourgeois aussi avec des femmes en crinoline qui exécutaient sagement les figures d'un paisible quadrille.

Quelques jeunes attendaient les premiers tonnerres d'artillerie du cancan pour se lancer, hop là!, dans une série de figures insolentes, débridées et joyeuses, que l'assemblée scanda en battant des mains. Une fine poussière montait du plancher, comme un brouillard.

Maria guettait la valse. Quand elle en reconnut les premiers mouvements, elle entraîna Aloïs. Il se laissait faire, épanoui, craignant vaguement, quand même, pour sa jambe droite, qui supportait mal l'humidité du printemps débutant.

« Vous me prenez la taille, comme cela. Voilà. Et l'autre main, là. Pour commencer on va faire une-deux à droite, une-deux à gauche. Ensuite, Aloïs, vous me ferez tourner, comme ceux-là, regardez. »

Il obéissait, docile, se cassait en deux pour l'entourer de son bras, s'appliquait, souriait, lui marchait sur les pieds, s'excusait, dépité, recommençait. Ils tournaient, ils tournaient, et elle ne retrouvait pas ce sentiment de légèreté qu'elle avait connu la première fois. Mais quoi, ils faisaient de leur mieux. Ils prirent le parti d'en sourire.

Un nouveau quadrille s'organisait. Ils s'écartèrent de la piste, cherchant une table où s'installer pour boire une pinte de bière (elle lui avait interdit, avant l'entrée, de commander du vin, c'était une folie qu'elle ne voulait pas lui voir répéter). Mais aucune place n'était libre. On s'entassait sur tous les bancs, et bien des garçons en profitaient pour offrir leurs genoux comme siège à leurs compagnes. Aloïs avait cru apercevoir une table vide dans le fond de la salle, près du hall qui abritait les loteries et les jeux. Ils se frayaient un passage à travers la cohue des danseurs et des buveurs quand on les héla. C'était l'autre, le valseur de Maria, attablé en compagnie d'une demi-douzaine de costauds, assez pauvrement vêtus. « Vous avez une place, non ? Alors venez avec nous. »

Ils hésitaient, se regardèrent comme pour se consulter. Et acceptèrent.

Plus tard, Maria s'interrogerait : en souhaitant retourner au bal, avait-elle pensé – espéré – l'y rencontrer ? Et elle ne saurait répondre. Mais elle ne fut guère surprise de le trouver là : il faisait, à ses yeux, partie de l'Alcazar comme les serveurs en tablier ou les musiciens. Elle s'agaçait seulement de ne pouvoir accoler un nom, un lieu ou un souvenir à ce visage qu'elle connaissait de longue date – elle en était sûre. Mais lui, occupé à attirer l'attention d'un serveur pour qu'on leur apporte de la bière, ne la regardait guère. A demi redressé, il claquait des mains, hurlait pour couvrir le vacarme, gesticulait. Un impatient, jugea-t-elle, fait pour commander et aimant être obéi. Quand enfin ils furent servis, il expliqua à Aloïs qu'ils étaient une équipe de maçons : leur corporation ne chômait pas depuis que l'on avait décidé d'agrandir la ville et d'y percer des boulevards comme à Paris. Pour l'heure, ils construisaient un théâtre qui devait s'appeler Les Variétés.

« La vie change, hasarda Aloïs qui se sentait obligé de placer quelques mots. Elle devient plus gaie.

– Pas pour tout le monde, rétorqua l'autre. Pas pour les ouvriers. Ils travaillent toujours autant et ne sont pas mieux lotis. »

Ses compagnons approuvaient, lâchant leurs pintes de bière pour hocher la tête, et secouaient ainsi la mousse accrochée à leurs moustaches. Leurs visages rouges – quelques-uns cuivrés – d'hommes accoutumés à travailler au grand air rappelaient à Maria ceux de Jan Vangraefschepe et de ses valets. L'un d'eux, que ses compagnons appelaient Martin, se lança dans une charge contre l'empereur qui devrait se préoccuper du bonheur du peuple au lieu de faire la guerre en Crimée, au Mexique, ou même en Chine. Les autres l'interrompirent : pas ce soir! on n'était là que pour s'amuser! à demain les choses sérieuses. Aloïs jetait des regards inquiets à droite et à gauche comme s'il craignait qu'on ne les eût écoutés.

Mais l'orchestre annonçait une nouvelle valse. Maria se laissa inviter. Et tout recommença. Elle fut à nouveau emportée, soulevée, délivrée. Au centre d'un tourbillon de lumières et de couleurs. Ne voyant plus que le visage de son danseur, ses yeux noirs si brillants. Il lui dit quelque chose qu'elle ne comprit pas. Elle essaya de crier que le vacarme la rendait sourde, et sourit, pour s'excuser.

« ... première fois que vous me souriez. »

Elle avait entendu au moins les derniers mots de sa réponse, et se raidit sous le compliment. Il cria que, non! non! qu'elle ne cesse pas de sourire, qu'elle était si jolie comme cela, et trop triste d'habitude. Elle se sentit rougir, une fois encore, et se détesta. S'interrogea aussi : présentait-elle toujours, à Aloïs, à ses patrons, aux autres, un visage si triste, sévère?

La valse s'acheva d'un coup, sur un roulement de tambour. Elle faillit tomber, s'appuya sur lui. Elle haletait un peu, sentait tanguer autour d'elle l'Alcazar tout entier. Lui, immobile comme un roi. Et toujours souriant.

La fin de la valse les avait surpris à l'autre bout de la salle, près de l'orchestre. Ils s'y attardaient. Elle lui savait gré de ne pas se comporter comme ses voisins, qui lutinaient leurs compagnes, leur chatouillaient la nuque, leur fouillaient le corsage, et, la plupart, avaient salué la fin de la valse d'une claque bruyante sur les fesses de leur cavalière.

Elle reprenait son souffle et ses esprits. Il ne parlait pas, observait les musiciens qui se faisaient apporter des bouteilles de limonade, attendait qu'elle fût en état de se glisser entre les couples et les groupes, jusqu'à leur table. Ce fut elle qui rompit le silence, avec cette brusquerie qu'elle se reprochait toujours.

« Vous n'êtes pas d'ici. Ça se voit.

– Ah! Et à quoi ça se voit?

– Je ne sais pas... à tout. »

Elle lui sourit. Un sourire en coin, un peu timide, mais un sourire qui la surprit elle-même.

« C'est vrai, dit-il. Je viens de loin, de très loin.

– De Paris?

– Bien plus loin encore. De la Creuse. Vous connaissez? »

Elle secoua la tête. Elle n'en avait jamais entendu parler.

« C'est un pays avec des forêts et des collines, où les maisons ne ressemblent pas à celles d'ici, la terre non plus, ni les arbres, ni les bêtes.

– Et les gens? »

Il ne répondit pas.

Les musiciens reprenaient leurs instruments, annonçaient aussitôt applaudis, qu'ils allaient entamer un cancan. Déjà, quelques délurées s'approchaient de la piste. La prudence commandait de s'écarter. Tandis qu'ils se frayaient un chemin le long du mur, elle se demandait où était la Creuse – en France? – et maudissait une fois encore son ignorance. Ils approchaient de la table où les attendait Aloïs – raide, silencieux – et les maçons. Il la retint un instant, pour lui demander son nom.

« Maria Vandamme. Et vous?

– Riboullet. Blaise Riboullet. »

L'homme de la nuit de Noël. Celui qui l'avait arrachée aux flammes. Il ne l'avait pas reconnue. Elle se tut. Elle eût été incapable de prononcer un mot.

CHAPITRE IV

Le lendemain, les gendarmes emmenèrent Aloïs. Ils s'étaient présentés à l'heure où le cocher, de retour du Café des Amis, s'apprêtait à conduire la famille Rousset à la grand-messe. Un scandale. Les parents d'abord abasourdis, puis dépités, accablant d'avanies leur domestique, muet, qui fixait le sol. Les trois gamins excités par l'événement, interrogeant sans relâche – « Qu'est-ce qu'il a fait, Aloïs? Il a tué quelqu'un? avec son fouet ou avec un grand couteau? » – et recevant pour réponse plusieurs taloches bien appuyées. Maria enfin, arrachée à la cuisine où elle faisait mijoter un lapin, pressée de questions comme une complice.

« Vous étiez au courant, bien sûr. »

Les gendarmes partis, Céleste Rousset, qui avait renoncé à la messe, entreprit sa bonne, revenue à ses fourneaux.

Maria s'était raidie, figée. Et niait. A quoi bon reconnaître que le cocher, dix jours plus tôt, lui avait tout dit? Cela changeait quoi? Et cela regardait qui?

Mme Rousset insistait :

« Enfin, Maria, vous étiez presque fiancés. Vous sortiez avec lui, je le savais. Et vous n'aviez jamais deviné? Je suis sûre qu'il vous disait tout. C'est quelqu'un à qui on peut facilement tirer les vers du

115

nez, j'en sais quelque chose. Les gendarmes et les douaniers n'en feront qu'une bouchée. »

Maria protestait : Madame connaissait bien Aloïs, silencieux comme une pierre, pas homme à livrer ses secrets, surtout dans une affaire comme celle-là. Rien ne prouvait, d'ailleurs, qu'il avait fraudé. Les gendarmes pouvaient se tromper, les douaniers aussi. Ce ne serait pas la première fois. Pourquoi fallait-il les croire ?

Elle haussait le ton. Si Madame faisait confiance à Aloïs, qui l'avait toujours bien servie, qui était aux petits soins pour les chevaux, et si gentil avec les enfants, pourquoi ne l'avait-elle pas défendu devant les gendarmes ?

« Mais il ne s'est même pas défendu lui-même, répondait Céleste Rousset. Il ne disait pas un mot. Il s'est laissé emmener comme un coupable. »

Et soudain :

« D'abord, vous n'avez pas à me dicter ma conduite, Maria, vous devenez insolente. »

Elle était partie brusquement, claquant la porte.

Pour le repas de midi, auquel participait Jérôme Dehaynin, le jeune frère de Céleste Rousset, le médecin, qui s'installait à Lens, Maria avait assuré son service comme à l'ordinaire, prêtant l'oreille à la conversation. Aloïs semblait déjà oublié. Le docteur et l'industriel discutaient politique. Jérôme Dehaynin expliquait que de grands malheurs attendaient l'Empire si l'on ne se préoccupait pas d'améliorer le sort des ouvriers, et se faisait traiter de « socialiste » par son beau-frère. Céleste Rousset houspillait Maria, qui s'attardait – « dépêchez-vous, ma fille, nous n'allons pas passer la journée à table » – et priait les deux hommes de parler d'autre chose devant les enfants.

Elle ne fit pas allusion ce jour-là à l'arrestation de son cocher, ni à son altercation avec Maria. Le lendemain, elle engageait un nouveau domestique, un Boulonnais au visage brouillé nommé Bidart, qui s'installa dans la petite chambre au-dessus de l'écurie, à la place d'Aloïs. Et découvrit deux jours plus tard, en nettoyant la voiture, ce qui restait des provisions de tabac constituées par son prédécesseur. Homme plus avisé qu'honnête, il se garda d'en rien dire à personne et se fit quelque argent en les revendant dans les cabarets du quartier.

Maria, désemparée, se jugeait prisonnière d'un destin mauvais, et vouée au malheur. Voilà qu'elle se retrouvait seule alors qu'elle venait de se choisir – après quelles hésitations! – un compagnon. Aloïs, bien sûr, ne demeurerait pas en prison pour l'éternité. Mais resterait-il enfermé trois mois, un an, deux ans, plus? Comment le savoir? A qui le demander? Et que se passerait-il ensuite? Belge, il serait probablement renvoyé dans son pays. L'avenir basculait.

Elle n'avait pas prévu le pire. Le vendredi suivant, Céleste Rousset la sonnait dans le grand salon aux fleurs bleues.

« Approchez! »

Un ton de tempête.

Maria esquissa un pas vers le canapé au bord duquel sa maîtresse s'était assise, tenant à la main un numéro de *L'Echo du Nord*.

« Qu'est-ce que je tiens, là?

– Ben... C'est le journal de Monsieur, madame.

– Lisez! »

Elle savait! Le petit avait parlé! Maria sentit que ses joues s'empourpraient, se détesta encore. Et en même temps, une sorte de soulagement. Un tourbillon d'idées : fuir, nier, avouer, implorer le pardon, échafauder une histoire, se jeter à genoux, inventer quelque excuse, se défendre. Où était le crime après tout?

« Lisez! »

Céleste Rousset s'était levée, lui mettait le journal sous les yeux.

« Je ne saurais pas encore très bien, madame. Enfin : pas tout. »

Cette réponse les surprit toutes les deux, à commencer par Maria. C'était la simple vérité, et elle lui avait échappé, voilà. Mme Rousset eut un sourire désarmé, se reprit. Expliqua, à nouveau raidie, d'une voix sifflante, que le gamin avait vu, comme à la fin de chaque trimestre, « le prêtre qui le suit ». Lequel l'avait fait parler. Parmi des histoires de disputes avec ses frères ou de désobéissances était apparue celle-là : les rendez-vous clandestins avec la servante pour lui apprendre B-A, BA et D-E, DE. Le prêtre, jugeant le récit invraisemblable, s'était imaginé des choses – « des horreurs » – et avait consulté la mère.

« Mais moi je crois ce que me dit Henri, figurez-vous. Et je vous crois tout à fait capable de lui apprendre à désobéir simplement parce que la rage d'apprendre à lire vous a saisie. Evidemment, ce pauvre abbé Bude ne vous connaît pas... »

A nouveau un sourire désarmé, presque complice. Puis la glace.

Elle se prêta pourtant à la discussion. Maria faisait valoir que deux fois elle avait demandé de l'aide, et un conseil à Madame, sans obtenir de réponse. Vouloir apprendre à lire et à écrire, était-ce une faute? Madame poussait bien ses enfants à s'instruire, les encourageait à apprendre toujours plus...

« Mais vous, Maria, pour ce que vous faites, une servante, vous n'en avez pas besoin...

– Pour ce que je fais, non...

– Alors? »

Elle hésita, rougit encore.

« C'est que je voudrais comprendre.

– Comprendre quoi? »

Comment expliquer? Elle cherchait des mots et des phrases, ne trouvait rien, se jugeait bête.

« Comprendre quoi? répétait Mme Rousset.

– Tout. »

Voilà : tout. Comment marchait la pendule jaune d'or qui tournait, inlassable, sous son globe de verre. Comment un grain de blé devenait un épi. Comment le coton américain devait traverser les mers pour devenir du fil et des étoffes qui repartaient ensuite pour l'Amérique. Comment l'empereur s'arrangeait avec les Anglais, les Chinois et les Russes. Tout ce qui était raconté chaque matin sur ce journal que Mme Rousset avait laissé glisser sur un fauteuil. Tout. Mais comment expliquer? Elle enrageait de ne pas savoir – de ne pas oser? – exposer les idées et les rêves qui couraient dans sa tête. Si elle avait su écrire, elle saurait parler.

« Il y a une chose que je ne peux pas accepter, reprenait Céleste Rousset : c'est la dissimulation. A cause de vous, avec votre aide, et même à votre demande, mon fils a appris à agir en cachette. Là, vous m'avez déçue, Maria, bien déçue. »

Sa voix était un peu plus douce et, par instants, tremblante.

« Dimanche, c'était Aloïs. Aujourd'hui, vous. Ah! je n'ai pas de chance avec mon personnel. Si on savait... »

Elle eut un petit rire qui se voulait ironique, sonnait faux, et cessa bientôt. Elle avança vers une fenêtre, écarta le rideau jaune d'or, sembla se perdre dans la contemplation du jardin qu'un printemps tardif parait d'un vert tendre, encore timide. Elle portait une longue robe gris perle, droite, avec une majesté un peu triste.

Maria était partagée. Elle admirait sa maîtresse –

« une vraie dame » –, elle lui découvrait une fragilité qu'elle n'avait guère soupçonnée, lui reprochait son incompréhension, et admettait la validité de certains de ses griefs : bien sûr, pour « la dissimulation », comme disait Mme Rousset, le jeune Henri ne l'avait pas attendue; mais, c'est vrai, elle l'avait aidé et encouragé.

« J'espérais, dit Mme Rousset après un long silence, j'espérais que vous auriez un mot de regret... Même pas. »

Elle n'avait pas détaché son regard du jardin, tournait toujours le dos à Maria.

« Si madame...

– Trop tard. Ce n'est plus le moment. Il fallait y penser vous-même. »

Elle lui faisait face à présent. Sévère. Et Maria se maudissait de ne savoir mieux s'expliquer.

« Je ne vais pas vous jeter à la rue. »

Comment? Elle avait pensé à...? Pour une affaire comme celle-là?

Mme Rousset parlait vite, maintenant. Et fort.

« Je pourrais le faire, puisque vous m'avez manqué. Mais j'ai encore de l'estime pour vous. Et puis, si les enfants vous voyaient quitter la maison quelques jours après l'arrestation d'Aloïs, ils s'imagineraient des choses. Mais je ne pourrai pas vous garder longtemps : il faut qu'Henri comprenne la gravité de son acte, et moi je n'ai plus confiance en vous, vous m'entendez, plus confiance (elle martelait ses mots comme si elle voulait se trouver des justifications). Alors voilà : dans quelques semaines, vous allez partir, mais je vous trouverai du travail dans l'usine de mon mari, vous ne serez pas à la rue. »

L'usine? Jamais. Jamais plus.

Maria, redressée, expliquait. Trouvait les mots cette fois, et les phrases, pour parler de ce qu'elle connaissait parce qu'elle l'avait vécu. Durant ses trois années d'usine, elle avait d'abord travaillé dans une filature de lin, une filature au mouillé – « au frec » comme on disait à Lille – où des robinets déversaient dans de longs bacs une eau presque bouillante, pour que la filasse de lin s'allonge bien. Elle a ainsi travaillé quatorze heures par jour dans un nuage étouffant, surveillant des dizaines et des dizaines de broches, ne soufflant un peu que lorsque des bambins se précipitaient pour démonter les bobines. Le matin, à l'arrivée, les femmes passaient par la « braderie », un local ouvert à tous les vents et aux regards des hommes, où elles se déshabillaient, remplaçant bonnet, robe et bas par un jupon et un simple tablier. Ensuite, à la pause de midi, chaleur et étalements de chair blanche ayant excité hommes et femmes, on s'accordait parfois quelque plaisir...

« Et les enfants voyaient cela, madame. Presque tous les jours. Des enfants de huit ans, plus jeunes que M. Henri. » L'usine ? Non merci. »

Et les accidents, les ouvrières qui se font arracher un doigt parce qu'elles nettoient leur métier en marche – c'est interdit, mais d'un autre côté on n'a pas le droit de l'arrêter, et il faut bien le tenir en état. Les petits rattacheurs, des gamins qui, pour relier les fils, doivent ramper sous des métiers en pleine action et se font parfois happer par la machine. Les ouvriers qui circulent à travers une jungle de courroies et d'arbres de transmission et sont, au moindre moment d'inattention, emportés.

« Madame ne peut pas savoir. Il faut l'avoir vécu. J'ai vu, oui j'ai vu, un homme qui avait été enlevé par l'arbre. Et à chaque tour de l'arbre, le corps tournait aussi, il était lancé sur le plancher, il traînait et il remontait, et il repartait. On criait, madame, on criait « au secours, arrêtez, on va le tuer », on hurlait, on pleurait. Mais le chauffeur, il était au sous-sol. Et on n'avait rien pour le prévenir, rien pour lui dire d'arrêter la machine, pas de cloche, pas de sifflet, rien. Alors, il y a un homme qui a couru. Et pendant ce temps-là, le corps, il tournait toujours, et plaf sur le plancher, et hop en l'air, et plaf sur le plancher, et hop en l'air... »

Elle criait encore. Elle ne remarqua le départ de sa maîtresse que lorsque se referma la porte du salon.

Un peu plus tard, alors qu'elle était dans la cuisine, à préparer le repas du soir, Céleste Rousset est revenue vers elle. Raide encore.

« J'ai pensé, a-t-elle dit, à une autre solution. Seulement, cela vous obligerait à quitter Lille : mon frère Jérôme, le médecin, qui s'installe à Lens, cherche une servante. »

« PLAF sur le plancher! Et hop en l'air... » Céleste Rousset, toute la soirée, s'était répété ces mots qu'accompagnaient d'insupportables visions de corps ensanglanté, disloqué, cassé comme un pantin.

Elle se tourna vers son mari. Les garçons couchés, la maison apaisée, ils reposaient dans leur grand lit de chêne, écoutant le silence. Arthur Rousset se disait souvent que, de toute la journée, c'était le meilleur moment. Ils avaient dépassé le temps des grandes fêtes de la chair (où elle se montrait plus ardente que lui; il n'y avait guère pris garde, pas assez) et ils s'unissaient plus rarement – et brièvement. Mais avant de chercher le sommeil, il leur arrivait d'échanger soucis et projets. Une main abandonnée sur le ventre de Céleste, Arthur Rousset aimait développer ses vues sur l'avenir de l'industrie, attendant qu'elle l'approuve et le pousse.

Avant le repas du soir, dès son retour de l'usine de Roubaix, elle lui avait raconté ses mésaventures du jour, et fait part de sa décision de se séparer de Maria. Il l'écoutait à peine, distrait : la domesticité n'était pas de son ressort; et il laissait à sa femme la charge d'éduquer les garçons; il s'en soucierait plus tard quand il faudrait les préparer pour l'usine. Elle

123

avait souffert, une fois de plus, de solitude. Mais à présent, elle l'obligerait à l'écouter.

« Maria, chuchota-t-elle, m'a dit des histoires affreuses. Ce qui se passe dans les usines. »

Ce mot sembla l'arracher enfin à sa rêverie.

« Quoi, les usines? »

Elle lui raconta : les femmes à la filature « au frec », les coucheries sous les yeux des gamins, les doigts arrachés par les métiers qu'on nettoyait en plein fonctionnement, et pour finir l'homme emporté par l'arbre de transmission, et hop, et flap!

Il s'agitait, grognait. Les accidents... si les ouvriers voulaient bien se montrer plus prudents, il y en aurait moins, beaucoup moins. Seulement voilà : la plupart étaient incapables d'une attention soutenue, pas très intelligents en outre, et presque abrutis parfois. Sans compter qu'ils buvaient.

« J'ai remarqué qu'il y avait plus d'accidents après la pause de midi. Quelques-uns arrosent leur casse-croûte de jus de chicorée. Mais la plupart préfèrent la bière, et même le trois-six, un alcool qui vous arracherait la bouche. Alors, l'après-midi, ils ne se contrôlent plus très bien. Le lundi, c'est la même chose, les lendemains de fête aussi. Ils ont fait ripaille la veille, ils sont fatigués, et tout peut arriver. Ensuite, on accuse le patron, on va chercher la police, la justice s'en mêle. Ils ont bon dos, les patrons. Et pourtant, ils n'arrêtent pas de travailler, et ils courent des risques, eux aussi. »

Il s'animait, parlait plus fort. Elle lui demanda si les tribunaux avaient déjà condamné des industriels à la suite d'accidents graves.

« Oui, oui, c'est arrivé. Des amendes. Heureusement, on sait se défendre, et on connaît les magistrats. Mais ça fait des soucis, des pertes de temps, alors qu'on a tant à faire. »

Il bâilla, avec un peu d'exagération. Manifestement, il ne tenait pas à poursuivre sur ce thème.

« Bon... Je vais dormir. »

Elle revint à la charge : quand même, on voyait beaucoup de misère, beaucoup trop; son frère Jérôme lui en avait parlé aussi. Bien sûr, il exagérait, et ce qu'il décrivait concernait les mineurs de Lens, mais à Lille ou à Roubaix ce n'était guère mieux, les dames d'œuvres qui s'occupaient des pauvres racontaient de tristes histoires.

« Votre frère, ma chère, est presque socialiste : l'autre jour, je lui ai dit ce que j'en pensais. Maria, vous pouvez la mettre dans le même sac, vous avez bien fait de vous en séparer. Quant à vos dames d'œuvres... Bien sûr, il y a de la misère. Mais encore une fois, si l'ouvrier buvait moins, s'il apprenait à faire des économies, à s'organiser, il vivrait mieux. Vous ne connaissez pas ces gens-là, ma chère, moi j'en viens. (Il prenait grand plaisir, toujours, à rappeler ses origines, pour souligner le chemin parcouru.) Près de chez nous, il y avait un tisserand, comme mon père : quand il allait livrer son tissu à Roubaix, il ne rentrait que le soir, et il fallait voir dans quel état; plusieurs fois, on l'a même ramassé sur la route. Il a fini à l'hôpital, sa femme aussi : elle buvait autant. Les gosses ont été recueillis par des religieuses. Ça coûtait cher à tout le monde. Tandis que chez nous, mon père ne buvait jamais une goutte d'alcool, et maman faisait très attention, elle économisait sou après sou... Vous connaissez le résultat. Pourtant, à cette époque, c'était bien plus dur qu'aujourd'hui. L'ouvrier vit déjà beaucoup mieux, il a plus de facilités. Ce qu'il ne comprend pas, c'est que nous travaillons pour lui, et pour son bien, et pour notre pays. »

Elle se serra contre lui. Elle aimait ses moments d'exaltation, rares, et elle se sentait rassurée. Il lui caressa le dos, sous la chemise de nuit. Il se sentait un peu las, pourtant : sa journée avait commencé à cinq heures par une tournée dans l'usine de Lille, il était passé par la maison un peu plus tard pour avaler d'immenses tartines beurrées qu'il trempait dans un bol de café au lait; ensuite il était parti pour Roubaix, et il n'avait pas dételé jusqu'à la nuit. Mais, ayant beaucoup parlé, il était poussé à parler encore.

« J'aurais besoin d'aide, lâcha-t-il. Vous faites beaucoup pour les usines, vous tenez les comptes, mais l'éducation des garçons vous retient. Et moi, je sens bien que les trois ou quatre années à venir vont être décisives. Je ne suis pas encore grand-chose. Je ne pèse rien à côté de maisons comme Motte-Bossut : on m'a dit aujourd'hui que sa filature monstre avait maintenant soixante-cinq mille broches et presque cinq cents ouvriers; pensez qu'ils avaient commencé, il y a vingt ans, avec dix-huit mille broches. L'an dernier, ils ont acheté une cargaison de coton tout entière.

– Vous aussi », chuchota Céleste.

Elle regrettait qu'il ne la caressât plus mais se réjouissait de lui voir tant d'ambition.

– Moi aussi, mais c'était pour en revendre la plus grande part, et je ne le regrette pas, bien sûr. Eux, ils ont tout travaillé eux-mêmes, c'est vous dire la différence. »

Il soupira. Elle crut que le sommeil le vaincrait. Mais il repartait :

« C'est le tissage, dit-il.

– Le tissage? »

Elle connaissait ses idées sur l'avenir du tissage, mais elle aimait les lui faire répéter.

– C'est là qu'il y aura de l'argent à ramasser. Je regardais les robes et les manteaux, l'autre jour, aux vitrines des nouveaux magasins, et aussi les pantalons et les gilets, à la réunion de la chambre de commerce : les gens ne veulent plus de tissus unis, qui sont trop tristes. Ils veulent des fleurs et des carreaux, et des oiseaux, et des arbres et des forêts, sur leurs manteaux et sur leurs robes, et sur les rideaux aussi. C'est une époque gaie. Avec le métier Jacquard, on peut leur faire tout cela, des papillons et des palmiers et des châteaux, tout. »

Elle pensa qu'il devrait faire ériger un monument à Jacquard, dans l'usine de Roubaix. Il ne cessait de citer l'inventeur lyonnais.

« Et on peut vendre ça aux Anglais, poursuivait-il : le traité de libre-échange n'a pas que de mauvais côtés. On peut vendre aussi aux Allemands, aux Belges et aux Suisses; et même en Algérie. Ceux qui ont commencé à faire des étoffes gaies ne parviennent pas à satisfaire les commandes, ils manquent d'ouvriers. Mimerel voudrait même faire venir de Normandie des chômeurs qui connaissent déjà les machines... »

Il soupira à nouveau.

« En fin de compte, cette guerre des Américains aura été une bonne affaire pour le Nord, une très bonne affaire. Seulement, question tissage, moi, je manque un peu d'expérience : de mon temps, ça n'était pas les mêmes métiers. »

Elle croyait le deviner.

« Vous avez besoin d'un adjoint, murmura-t-elle.

– Voilà. Un adjoint. Quelqu'un de solide. L'atelier de tissage est presque terminé, maintenant. Si je trouvais un garçon docile, et qui sache bien le Jacquard, on pourrait se lancer dans le tissu de fantaisie. Et je n'ai pas le temps d'attendre qu'Henri ait grandi... »

Elle prenait le relais : si cet adjoint avait un peu de fortune à mettre dans l'affaire, on pourrait développer le tissage plus vite encore. Et tout à coup, l'idée :

« Léonie, dit-elle.

– Quelle Léonie?

– Notre fille, bien sûr. Elle va avoir dix-huit ans, et il est temps de la sortir de son couvent pour la marier. Nous pourrions chercher dans la profession... »

Il l'entoura de ses bras, l'embrassa. Il ne sentait plus la fatigue.

Trois tables, au centre du cabaret, attiraient tous les regards. Elles étaient alignées, face au comptoir, et le père Masure, le tenancier, achevait d'y disposer chopes et verres. En deux longues rangées, comme pour la parade. Dans chaque rangée, chopes de bière et petits verres de trois-six alternaient. Maria tenta de les compter, renonça : il y en avait peut-être vingt, ou trente. Et ils allaient tout boire! Elle frissonna, eut un recul, se retrouva contre Blaise Riboullet qui se donnait des coups de poing d'une main dans la paume de l'autre, énervé, furieux même.

C'était un défi imbécile, dont elle ne connaissait ni la vraie raison ni l'enjeu. Une heure plus tôt, Blaise l'avait entraînée au cabaret des Amis Réunis, quand elle était allée le retrouver sur le chantier du théâtre : elle se sentait plus seule que jamais, se demandait comment obtenir des nouvelles d'Aloïs et lui en faire parvenir, s'interrogeait sur son avenir; fallait-il quitter Lille pour Lens? retourner à l'usine? Comment savoir? Elle avait songé à lui demander conseil.

Il avait à peine paru surpris de la voir surgir, vêtue d'un long manteau noir, parmi les briques et les moellons. « Je voudrais vous parler. » Elle était allée droit au but, comme d'habitude. « Mon

fiancé... ils l'ont mis en prison... la fraude du tabac. »
Il avait crié quelques mots, dans un patois inconnu,
à un jeune homme qui tamisait du plâtre. Puis :
« Venez. »

Tandis qu'ils échangeaient des arguments, soupe-
saient des pour et des contre, la grande salle du
bistrot s'était emplie. De petits employés en costume étriqué, qui portaient chapeau haut comme
des bourgeois, un ramoneur, des facteurs en blouse
bleue qui terminaient là leur tournée, quelques
ouvriers dont Maria ne s'expliquait pas la présence
à cette heure où les usines n'avaient pas libéré leurs
troupes, enfin un groupe d'hommes et de femmes
dont les visages fermés et les vêtements noirs mal
ajustés semblaient indiquer qu'ils sortaient d'un
enterrement... Ils s'étaient d'abord assis au bord des
bancs, silencieux et raides, figés; les femmes avaient
relevé leurs longues jupes avec des épingles pour
leur éviter de traîner sur le sol, où crachats et
cendres de tabac se mêlaient au sable répandu par
le patron. Une grosse servante avait déposé sur les
tables des chaufferettes contenant de la braise de
bois que les hommes attisaient en soufflant, afin
d'allumer leurs pipes. Quatre vieux, dans un coin,
jouaient au piquet voleur avec des cartes crasseuses. Un chiffonnier, accueilli par le père Masure au
cri de « v'là l' marchand d' loques », était arrivé en
compagnie d'un gamin blême pour lequel il récla-
mait du bouillon. Le garçon lui faisait la lecture,
dans le *Journal populaire de Lille* que le patron lui
avait apporté. Il lisait à voix haute, détachant les
syllabes bien plus qu'il ne fallait, mais Maria l'en-
viait, regrettait presque de devoir s'expliquer avec
Blaise Riboullet pendant que l'autre ânonnait : « Le
sein de la jeune fille se souleva brusquement, et sa
joue devint pâle, tandis que son œil noir lançait un
fugitif éclair. »

130

Et puis, du côté des endeuillés, le ton des conversations, peu à peu, s'était élevé. On avait entendu des éclats de voix et même quelques rires, à peine réprimés. L'un des facteurs s'était mêlé aux discussions, le ramoneur aussi, d'autres encore. Maria devait presque crier pour se faire entendre de Blaise. Il faisait mine de se lever, disant que décidément ce n'était plus possible ici, qu'ils allaient chercher refuge ailleurs, les cabarets ne manquaient pas dans le quartier, quand tout le monde s'était dressé, quelques femmes hurlant, dans un grand remue-ménage de bancs.

Ils n'avaient pas compris d'abord. Mais le ramoneur leur avait expliqué que deux hommes – un gros blondasse dont le ventre s'échappait d'un pantalon noir, et l'un des facteurs, un gringalet – allaient se mesurer. Ils ne se battraient pas, non. Mais ils voulaient se départager. Il s'agissait de savoir qui tenait mieux le coup. On organisait donc un concours. Ils prendraient le départ, chacun d'un côté de l'alignement des tables, et ils avanceraient en avalant alternativement une chope de bière et une dose d'alcool. A l'arrivée, s'ils tenaient encore debout, il leur faudrait passer un fil dans le trou d'une aiguille; le premier qui y parviendrait aurait gagné.

Maria avait regardé Blaise, incrédule. « J'ai déjà entendu parler de cela, disait-il. Je sais que cela existe. Mais je ne l'avais jamais vu. » Il avait tenté de s'interposer, aidé par une jeune femme en pleurs, dont la chevelure s'était dénouée, qui s'accrochait au gros blond : « Hilaire! Fais pas cela! Pense à ta fille qui est dans la terre. » Mais Hilaire se dégageait, bonasse et faraud, répétant que ce n'était rien, qu'il en avait vu d'autres, qu'il montrerait seulement que les Verscheure étaient des hommes. Et l'on avait repoussé Blaise, rudement : qu'il se mêle de ses affaires; ces deux-là, d'ailleurs, n'allaient pas se tuer, seulement boire. Quelques bonnes bières et un peu d'alcool, ça n'a jamais fait de mal à personne. Au contraire, c'est avec ça qu'on fait les géants des Flandres. Le tenancier avait renchéri : « Ecoute l'Auvergnat, je t'aime bien, tu le sais. Ne cherche pas de dispute ici. J'aime pas les batailles. Mon cabaret a bonne réputation; moi aussi et j'veux pas la perdre. Ces deux-là, s'ils tombent, on les ramassera. Ils seront pas les premiers. Mais bouge pas. Fais ça pour moi. J'aimerais pas avoir les sergents de ville ici. » Cela, souligné d'un gros clin d'œil.

Blaise et Maria avaient esquissé un pas vers la porte. Un mouvement de foule les avait arrêtés. On s'écrasait maintenant devant le cabaret : apercevant la scène à travers les minces rideaux de coton qui voilaient les fenêtres, de nombreux passants étaient entrés, faisaient cercle autour des trois tables, montaient même sur le comptoir, et la servante n'en finissait plus d'approcher des pintes de bière mousseuse, qu'elle portait à bout de bras pour se faufiler entre les groupes.

Les deux hommes s'étaient placés en position de départ, les tables entre eux, main tendue, prête à saisir la première chope de bière. Il avait été convenu que le ramoneur arbitrerait, et d'abord choisirait le moment de commencer. On se serrait autour d'eux pour mieux les voir, leur laissant à peine un passage. Des encouragements et des rires dominaient le brouhaha. On n'entendait plus les pleurs de la jeune femme, réfugiée derrière le comptoir. Le gamin qui accompagnait le chiffonnier s'était glissé au premier rang.

« Partez! »

Déjà, ils avaient avalé la première bière. On les surveillait, car ils ne devaient laisser tomber aucune goutte. Après le premier alcool, le facteur prit le temps de faire le malin.

« C'est du bon, cria-t-il au tenancier, pas de la pisse ou de l'eau du canal. »

On lui répondit de se dépêcher, qu'ici c'était sérieux, pas comme sa tournée, qu'il ne pouvait pas se permettre de lambiner. Des employés prenaient des paris; la plupart misaient sur le nommé Hilaire, qu'ils jugeaient plus costaud – « T'as vu son ventre, c'est un tonneau! Il pourra tout y mettre; ça lui montera pas à la tête! » On rit. Quelques-uns comptaient les verres, en chœur : deux! trois! quatre! Maria serrait la grande main de Blaise, qui tremblait de colère.

Il tenta encore de l'entraîner. Mais il leur eût fallu traverser toute la salle pour atteindre la porte, que de nouveaux curieux franchissaient. La servante, dont des mains inconnues entouraient la forte poitrine, avait renoncé à se glisser dans cette foule, et l'on se passait par-dessus les têtes les chopes de bière que le père Masure, au comptoir, ne cessait d'emplir.

Entre le septième alcool et la huitième bière, une contestation s'éleva. Le facteur avait craché à terre, et des partisans du nommé Hilaire protestaient que c'était de la triche, qu'il se débarrassait ainsi du trois-six gardé dans sa bouche, et qu'à ce compte-là, bien sûr, il n'aurait pas de peine à arriver au bout de la table frais comme un poisson qui sort de l'eau. Il ne voulait rien entendre : après tout, il avait le droit de cracher; et même, si on le poussait à bout, il pourrait bien pisser là, tout de suite, personne ne pourrait l'en empêcher. Et comme il joignait le geste à la parole, faisant mine de poser culotte, des femmes avaient crié, parmi les rires et les glousse-ments, que s'il montrait toute son affaire, ça serait l'horreur, pis qu'un pourceau. Pendant ce temps, le dénommé Hilaire avait pris de l'avance – il en était à sa douzième chope et ne perdait pas un instant, passant de bière à alcool avec une effrayante régularité –, ce qui décida le facteur à reprendre la course. Mais on ne donnait plus cher de ses chances. Tout le monde voyait Hilaire vainqueur.

Après le seizième alcool, pourtant, le gros homme tomba. Sur les genoux. Comme par accident, comme s'il avait oublié une marche dans un escalier, ou heurté un invisible fil. Mais il se redressa aussitôt, s'essuyant la bouche d'un revers de main, un peu chancelant quand même, assurant, en mâchant ses mots, que ce n'était rien, et qu'on allait voir ce qu'on allait voir. Blaise avait tressailli, comme prêt à bondir, et Maria lui avait mis la main devant la bouche pour l'obliger à garder le silence. « Vous ne les empêcherez pas! Laissez-les! »

Entre le dix-septième alcool et la dix-huitième bière, Hilaire tomba à nouveau. De tout son long, cette fois. La jeune femme aux cheveux dénoués, qui était grimpée sur le comptoir pour mieux regarder, hurla qu'on arrête, qu'il allait mourir, qu'une mort suffisait : sa petite fille était à peine froide; et que devait-elle penser, si, du ciel, elle voyait son père en cet état? D'autres l'approuvèrent. Et Blaise, et Maria, que leurs voisins rabrouèrent : il fallait laisser les choses aller jusqu'à leur fin, un concours est un concours.

Hilaire avait esquissé un mouvement pour se redresser, si l'on peut dire : il restait agenouillé, s'accrochant à la table. Il s'était, en tombant, fait une vilaine déchirure au front, d'où le sang coulait sur son vêtement noir taché de sable. Il se lança dans un long discours, un gargouillis plutôt, dont on finit par conclure qu'il entendait poursuivre comme cela, sur les genoux, parce que, après tout, ce n'était pas interdit. Et déjà il tendait la main vers la dix-huitième chope, hésitait comme un aveugle, la heurtait enfin et la laissait échapper, tomber au sol en se brisant. Alors, Blaise s'élança. Si vite que Maria ne le vit même pas fendre la foule. Quand elle s'aperçut qu'il l'avait quittée, qu'elle se trouvait seule au milieu d'inconnus, il était déjà au milieu du cabaret, à côté du facteur. Et renversait les tables, dans un grand bruit de verre cassé.

La salle parut éclater. Libérée peut-être. Ce fut un hourvari frénétique, un étourdissant vacarme de cris et de hurlements. Des hommes se prenaient au collet. D'autres se pressaient vers la sortie, comme pour échapper à une catastrophe. Un groupe criait « place, place », en essayant de hisser sur le comptoir, pour l'y allonger, le facteur qui avait perdu connaissance. Un colosse, qui devait dépasser deux mètres, s'était emparé d'un banc dont il se servait comme d'un gourdin pour se frayer un passage. Le tenancier, juché sur une table, beuglait : que tout le monde sorte, et vite, ou bien il appellerait la police. Personne ne l'écoutait. Aux abords du comptoir, ceux qui se battaient semblaient même redoubler d'ardeur.

Maria vit apparaître, entre les jambes du ramoneur, un jeune garçon qui avançait à quatre pattes, précipitamment. C'était le gamin du chiffonnier, qui lui adressa un bref sourire. Depuis le début de la bataille, elle avait plusieurs fois tenté d'approcher du milieu de la salle, où devait se trouver Blaise Riboullet, sans doute aux prises avec une bande de forcenés, et Dieu sait en quel état. Mais c'était une mêlée impénétrable. A chaque approche, elle se faisait repousser sans ménagements.

Le cabaret, pourtant, commençait à se vider. Elle parvint à se hisser sur la table du tenancier, qui s'époumonait toujours, mais ne se faisait pas plus entendre. C'est que plusieurs femmes appartenant à la famille endeuillée gémissaient sur le mode aigu; elles entouraient le dénommé Hilaire que l'on avait adossé contre un mur, non loin de la porte, et qui, les yeux révulsés, vomissait à petits coups. Indifférente aux vomissures, au sang et à la saleté, la jeune femme aux cheveux dénoués le secouait, l'appelait, et parfois l'embrassait, avec une sorte de désespoir. Des hommes qui avaient roulé à terre se redressaient, secouant le sable et la cendre de leurs vêtements, la plupart blessés par les morceaux de verre qui jonchaient le sol. On faisait un garrot à l'un d'eux qui s'était ouvert une veine. D'autres, que l'on séparait, s'injuriaient et tentaient de se cracher au visage. Un groupe, au centre, se battait encore, dans une odeur poisseuse de bière, d'alcool et de tabac.

Maria aperçut enfin Blaise. Au cœur de la mêlée. Il tentait d'échapper à deux escogriffes en blouse, unis pour l'assommer : l'un lui tenait les bras en arrière tandis que l'autre le rouait de coups. Alors elle se précipita. Saisit un pot d'étain qui traînait encore sur le comptoir, oublié. Grimpa sur une table qu'on avait redressée. Et frappa, frappa encore. Avec un sentiment de plaisir qui la surprit. L'homme qui tenait Blaise l'avait lâché, assommé, glissant à terre, tandis qu'elle était encore prête à taper, le pot à la main, regrettant presque d'en avoir si rapidement terminé. Blaise se redressait, se secouait, clignant les yeux. Et soudain s'affalait sur elle, s'écrasait sur sa poitrine, épuisé. Elle faillit chanceler, mais sentit qu'on l'aidait à supporter ce grand corps presque inerte. C'était le père Masure, le tenancier, qui murmurait : « Il a son compte, l'Auvergnat. » Puis : « Venez avec moi. On va le prendre par les épaules, comme ça. »

Ensemble, ils le tirèrent dans une petite pièce, derrière le comptoir, qu'une porte vitrée séparait de la salle. Le tenancier lui jeta au visage l'eau d'un pot, grommela : « Y va se remettre bien vite. C'est un costaud, l'Auvergnat. » Et repartit vers le cabaret, hurlant de plus belle pour effrayer les derniers combattants.

Blaise ouvrit un œil, tenta de sourire. Alors, elle se jeta contre lui, l'embrassa. A pleine bouche. Elle se sentait pacifiée soudain; heureuse dans les bras de cet homme en sueur et en sang, à demi étendu encore dans une pièce sombre et poussiéreuse. Et aussitôt, le souvenir d'Aloïs, l'image d'Aloïs qu'elle se figurait depuis des jours couché sur la paille d'un noir cachot, grelottant et affamé. Elle recula.

Blaise la regardait, étonné. Sans mot dire, il se redressa, fit quelques pas autour de la pièce, trouva un seau d'eau, ôta blouse et chemise, et entreprit de se laver. Elle l'observait, bouleversée. Elle eût voulu se jeter à nouveau contre lui.

Le père Masure revint.

« Plus personne, dit-il, j'ai tout fermé. Hilaire, ils ont dû le porter à quatre. Mais le facteur, vingt dieux! il marchait encore presque droit. J'aurais pas cru... Encore heureux que les sergents de ville ne soient pas venus! Mais maintenant, toi l'Auvergnat, va falloir que tu m'aides à ranger tout cela. Quelle bataille! Et avec ça ma servante a disparu. Elle a dû trouver un amoureux. »

Il riait à demi, donnait une bourrade à Blaise qui faisait mine de s'esclaffer, et repartait à nouveau, excité, guilleret, comme s'il ne regrettait pas le verre cassé dans son bistrot.

« C'est... c'est votre ami? » demanda Maria.

Blaise se donnait de grandes claques sur la poitrine, pour se réchauffer.

– Qui? Masure? Oui et non. On se connaît bien parce qu'il nous permet, les républicains, de se réunir dans son cabaret. Il m'appelle l'Auvergnat alors que je suis Limousin, mais je ne lui en veux pas pour ça, hein? Pour lui, en dessous de Paris, tout est semblable. »

Il riait. Elle était éberluée. Il se disait républicain, il osait... Elle savait bien que la police impériale pourchassait les partisans de la République. Et Blaise... Il y avait un mystère en cet homme, qui employait des grands mots, comme « semblable », qu'elle comprenait à peine. Celui-là, à coup sûr, pourrait tout lui expliquer, comment marchaient les usines, et les pays, et le monde.

Elle lui demanda :

« Vous savez lire? »

Cette fois, il parut étonné, troublé même.

« Oui, bien sûr. Pourquoi?

– Rien... Parce que... »

Elle se sentit rougir, se jugeait toute bête, décida de parler d'autre chose, le relança sur le père Masure : pourquoi le tenancier avait-il laissé ce concours s'organiser chez lui? C'était une bêtise, on savait bien que ça finirait mal. Avec une famille en deuil, en plus, un homme qui revenait de l'enterrement de sa fille. Blaise répondait que le vieil homme, sans doute, n'y avait pas cru au début, puis s'était laissé entraîner, n'avait en tête que l'argent à gagner.

« C'est un faible, qu'on mène assez facilement par le bout du nez. Il faut voir les choses en face : la plupart des hommes sont comme cela. Heureusement, les femmes ne s'en aperçoivent pas toujours. »

Il riait à présent, indulgent, rasséréné. Le père Masure revenait, deux balais d'osier à la main :

« Au travail, les amoureux! »

Cela, souligné d'un gros clin d'œil à Blaise. Elle se devina écarlate. Ils le suivirent. Il avait déjà remis un peu d'ordre dans le cabaret, redressé les tables, rangé les bancs. Ils entreprirent de repousser le mélange de sable, de verre et de bière qui recouvrait le sol d'une boue gluante et sucrée. Maria songeait à des propos qu'elle avait surpris à la table des Rousset, où l'on déplorait l'ivrognerie des ouvriers. Elle saisit le bras de Blaise, l'immobilisa pour l'interroger :

« Au fond, les patrons, ils ont raison, hein ? Quand ils disent que la misère des ouvriers, c'est de leur faute. S'ils ne buvaient pas tant... Des choses comme aujourd'hui... »

Blaise commençait à s'accoutumer à ce genre de questions imprévisibles. C'est le contraire, expliqua-t-il : s'ils boivent, c'est parce qu'ils sont malheureux; et, de boire, ils se trouvent plus malheureux encore, bien sûr. Le père Masure s'en mêla :

« Ils viennent ici pour oublier leur misère. D'abord, c'est chauffé et éclairé. Mieux que chez eux souvent. Et puis... et puis j' vais vous expliquer. »

Il cherchait ses mots, réfléchissait :

« Voilà, dit-il. Ici, ils peuvent renfoncer leur chagrin. »

Il répétait, satisfait de sa formule :

« Tu comprends, l'Auvergnat ? Ici, ils renfoncent leur chagrin, tout au fond de leur tête, au fond de leur cœur; ils l'oublient. »

Blaise approuvait. Maria se sentait bien, là, en dépit du désordre, et de l'odeur écœurante. C'est à ce moment qu'elle décida d'aller à Lens; pour échapper à Blaise.

CHAPITRE V

On les avait placés côte à côte, comme des jeunes mariés déjà, presque au centre de la grande tablée qui réunissait leurs deux familles. Mais ils ne se parlaient guère. Léonie Rousset, parfois, levant les yeux, observait à la dérobée son voisin. Un homme mûr, de douze ans son aîné, avec un léger embonpoint mais aussi un je ne sais quoi d'inachevé dans le visage, le menton fuyant, les traits mous. Elle essayait de l'imaginer à ses côtés la vie durant. Difficile.

Quand sa mère, vers le milieu de mai, était venue au couvent lui parler mariage, la fille aînée des Rousset avait pourtant failli crier de joie. Elle était lasse d'une vie austère et rabougrie entre les salles d'étude et les dortoirs sombres, et de la robe de mérinos noir qu'elle portait comme ses compagnes toute l'année – dimanche et fêtes exceptés. Elle souffrait de l'uniformité des jours. Elle croyait savoir assez de broderie, de piano, de cuisine et de français. Elle se sentait isolée depuis que sa meilleure amie avait quitté le couvent pour épouser un militaire, un lieutenant plutôt fringant, rencontré lors du mariage d'une cousine. Léonie avait ensuite éprouvé quelque passion pour une très jeune élève arrivée depuis peu, une méridionale brune prénommée Anita, échouée là on ne sait comment, à qui elle servait très officiellement de « petite mère » : c'est-à-dire qu'elle la guidait dans sa découverte de l'institution, l'aidait le soir à faire ses devoirs et le matin, sur le coup de six heures, à se débarbouiller en vitesse – « la toilette du chat », disait-on, le visage et les mains chaque jour, les pieds une fois par semaine, le reste n'étant pas prévu puisque le corps est une occasion de péché. Mais la mère supérieure, qu'on devait appeler « maman », avait remarqué qu'elle serrait l'enfant sur sa poitrine et l'embrassait avec beaucoup d'emportement. Soupçons, interrogatoires, confusion et gêne. Le verdict était tombé rapidement : séparation. Léonie Rousset, qui n'apercevait plus la petite qu'à la chapelle, ou dans les couloirs quand les grandes croisaient les benjamines, en avait souffert quatre ou cinq jours. Depuis, elle s'ennuyait.

Le mariage proposé offrait les couleurs prometteuses d'une libération. Léonie se voyait avec quelque satisfaction sortie du couvent et présidant, à dix-huit ans, aux destinées d'un foyer – soumise à son mari bien sûr, mais il lui déléguerait le pouvoir sur les choses domestiques –, appelée « Madame » par les fournisseurs, commandant à une bonne, et ayant un « jour » pour recevoir ses amies. Quant à l'époux... Céleste avait expliqué à sa fille qu'un prétendant existait, à qui l'on avait montré le daguerréotype qui la représentait à seize ans, et qui se déclarait depuis passionnément épris. Le fils unique d'une très honorable famille d'Amiens, qu'un père avisé avait envoyé faire études et séjours en Angleterre, d'où il était revenu avec une bonne connaissance des mécaniques modernes de tissage. « C'est ainsi que votre père a fait la connaissance de ce jeune monsieur, un jour où il était allé à Amiens pour ses affaires. Il l'apprécie beaucoup. Et, bien sûr, il pense que ce serait bon, pour l'usine de

Roubaix, d'avoir un homme averti de ces problèmes. Mais, moi, je suis une femme et votre mère, Léonie, et je vois les choses autrement : il y a des choses que les hommes ignorent, et ne peuvent pas comprendre. Alors, j'ai demandé à rencontrer ce jeune monsieur, ainsi que ses parents. Et je peux vous le dire, ma petite Léonie : voilà quelqu'un qui saura rendre une femme heureuse. Il est doux, honnête, calme et solide. »

Elle serrait sa fille dans ses bras, émue au fond. Puis : « Bien sûr, c'est vous qui déciderez. Nous ne sommes pas comme ces parents qui choisissent pour leurs enfants et qui souvent font leur malheur. Votre père et moi, d'ailleurs, nous n'avons eu besoin de personne. Alors voilà ce que nous avons pensé : nous nous ferons inviter à Lens par votre oncle Jérôme, le médecin; ce garçon et sa famille également. Vous ferez connaissance, et ensuite vous déciderez. Lens, c'est entre Lille et Amiens. Et, dans un trou pareil, cette rencontre passera inaperçue. »

Alors qu'elle allait quitter le parloir, elle avait lancé le nom du prétendant, Douchy, et son prénom, Félix. Félix : pourquoi pas?

Le décès d'une grand-mère et un nouveau séjour de Félix Douchy en Angleterre avaient retardé la rencontre. L'été avait passé. Mais l'on s'était accordé sur une date en septembre, avant la fin des beaux jours.

Les Rousset étaient arrivés en calèche la veille, traversant de longues terres rousses et vertes où des paysans s'affairaient. Aux abords de Douai et de Lens, les garçons avaient posé des questions : d'étranges beffrois, quelques-uns coiffés d'une roue géante, hérissaient la plaine, aux côtés d'immenses cheminées de brique et de pyramides de déblais noirs. Arthur Rousset avait expliqué que l'on entrait dans la région des mines de charbon, que depuis quinze ou vingt ans on avait découvert de la houille aux alentours, comme à Valenciennes ou en Belgique. A présent, on commençait à exploiter sérieusement ce gisement. Grâce à quoi la France pourrait nourrir ses machines à vapeur et serait bientôt aussi riche que l'Angleterre.

Il les avait amusés en racontant qu'une des premières découvertes était due à une riche veuve de banquier habitant près de Douai, qui faisait creuser le sol pour trouver l'eau nécessaire aux cabinets de toilette de son château. Puis, tourné vers sa femme, il avait laissé tomber, comme par hasard, qu'il y avait beaucoup d'argent à gagner dans les mines, que certains industriels lillois y avaient de longue date placé quelques capitaux et se frottaient les mains parce que les compagnies versaient de gros dividendes. Elle l'avait regardé sans mot dire : rêvait-il d'en faire autant ?

Pour l'heure, il savourait les ris de veau d'un vol-au-vent financière, où il reconnaissait une des meilleures recettes de Maria. C'est qu'elle s'entendait à la cuisine, et le jeune beau-frère était chanceux de l'avoir récupérée. La nouvelle bonne des Rousset, en revanche, ne donnait aucun apprêt particulier aux sempiternels lapins et volailles envoyés par les fermiers de Céleste. Et parfois, son maître se prenait à penser qu'on eût pu garder Maria : après tout, on n'avait presque rien à lui reprocher. C'est qu'il avait eu, sur le tard, le coup de foudre pour la bonne chère, quelques mois auparavant, lors d'un voyage à Paris. Parti pour prospecter une nouvelle clientèle – les grands magasins qui surgissaient au cœur de la ville comme des cathédrales du commerce – il s'était laissé entraîner dans les restaurants qui faisaient la gloire du Boulevard : Brebant, Riche, Tortoni, et surtout Philippe, rue

Montorgueil; cet établissement devait sa réputation aux douze membres du club des Grands Estomacs, des Pantagruel qui se mettaient à table tous les samedis soir vers six heures pour n'en sortir, épuisés et repus, que le lendemain midi. Il en était revenu avec des rêves de faisans rôtis bardés d'ortolans, de laitances de carpes au xérès, et de cailles au doux ventre bourré de foie gras.

Il était heureux. L'affaire se présentait assez bien. Avant le repas, il avait entraîné le père Douchy à l'écart, histoire de découvrir les rues de Lens – une grosse bourgade de quelques milliers d'habitants que la ruée vers la houille bouleversait. Ils avaient clarifié la situation. Franchement. Le père Douchy, un magistrat issu d'une famille de commerçants, avait pensé, dès le temps de Louis-Philippe, que l'avenir était à l'industrie plus qu'au droit ou aux belles-lettres. Et l'industrie s'apprenait outre-Manche. Il avait donc mis son fils, après de longues études chez les jésuites, sur le bateau de Dieppe. Seulement voilà : quand Félix était revenu d'Angleterre, après six années de travail dans les plus grandes usines de Manchester, il n'avait trouvé aucune situation convenable à Amiens. Les industriels du cru en étaient encore à faire tisser leur velours de coton chez les paysans d'alentour, dont la main-d'œuvre était constituée, pour l'essentiel, d'enfants faméliques; ils les payaient fort mal, mais, appuyés par les prêtres, prétendaient que ce système préservait mieux que l'usine la cohésion familiale, la dignité de la femme et la moralité des jeunes. Bien entendu, dès le début de la crise, ce système archaïque s'était effondré. Sauf quelques usines, comme celle d'Eugène Cosserat qui avait monté dès 1857, sous les quolibets, un tissage mécanique de trois cents métiers. Aujourd'hui il triomphait. Mais, disposant déjà de tout le personnel de direction nécessaire, Cosserat n'avait que faire de Félix Douchy. Celui-ci cherchait donc usine à sa taille, sans avoir les moyens de se la payer. Ses parents, bien sûr, lui donneraient quelque argent et quelques terres, et lui laisseraient des espérances. Il n'était pas pour autant ce qu'on pouvait appeler un riche parti. Sauf à considérer sa compétence et son expérience.

Tous comptes alignés, cette situation ne déplaisait pas à Arthur Rousset. Il ne serait pas obligé de distraire une trop grosse somme pour constituer la dot de Léonie. Et, de ses rencontres avec Félix Douchy, il avait conclu que l'ingénieur serait un adjoint efficace et docile, pas très inventif mais très au fait des machines. Un mari attentif aussi, et cela comptait aux yeux de l'industriel, qui aimait sa fille.

Voudrait-elle de ce Félix? Il était décidé à ne pas la contraindre; d'ailleurs, si elle avait le tempérament de sa mère, il n'y faudrait point songer.

Il la regarda, se dit qu'il ne la connaissait pas – ou bien peu. Quelles pensées roulaient derrière ce front bombé, à la peau si tendue et si fine qu'on pouvait à chaque instant craindre de la voir se déchirer? Comment le savoir? Il fut traversé d'un regret, songea que, lui à l'usine, elle au couvent, il ne l'avait pas vue grandir, alors que, dans la petite cahute de Wattrelos où il avait poussé entre ses parents et ses sœurs, ils avaient au moins le bonheur d'être ensemble. Il chassa vite cette pensée.

Maria faisait passer le premier plat de viande, un filet de bœuf sauce échalote, qui promettait. Les garçons, au bout de la table, s'énervaient et criaillaient, peut-être parce qu'on leur avait permis de boire deux doigts de bordeaux. Léonie – enfin! – conversait avec Félix Douchy. Arthur Rousset tendit l'oreille pour écouter, n'y parvint pas. C'est qu'une discussion s'était élevée entre son beau-frère et le père Douchy, qui maintenant dominait tout. L'industriel crut comprendre que M. Douchy accusait un curé d'Amiens, coupable d'avoir pris le parti des ouvriers alcooliques et paresseux, de trahir les intérêts de l'Eglise, de l'Empire et de l'ordre. Le jeune docteur défendait le curé, trop isolé hélas! à son gré, mais quand même... il ne fallait pas croire, il y avait toujours eu des prêtres, et même des prélats pour défendre les ouvriers exploités par les fabricants. Il tirait de son gousset un papier plié en huit, le dépliait, lisait :

« Ecoutez ceci : « On immole les enfants aux « démons de l'usine. » Et devinez qui a ainsi condamné les usiniers? Le cardinal Giraud, archevêque de Cambrai, en 1845. Ce n'est pas d'hier. Un homme qui avait vu clair. J'ai toujours son texte sur moi. »

M. Douchy rétorquait que le cardinal Giraud, grâce à Dieu, était mort à présent et n'avait pas fait trop de disciples... les bons prêtres – il en restait beaucoup, heureusement! – savaient bien qui défendait les vrais intérêts de la religion. D'ailleurs, le cardinal avait lui-même rejeté les thèses des partageurs.

Les dames les firent taire, et Céleste entraîna la conversation sur une histoire de chevaux emballés qui l'avait émue quelques jours plus tôt. Arthur Rousset se pencha vers Mme Douchy, sa voisine, une grande femme sèche et grise, pour lui demander d'excuser son beau-frère, qui était « un peu socialiste »... Cela finirait bien par lui passer. Elle sursauta : « Socialiste.. vous plaisantez. » Elle semblait un peu effrayée. Mais murmura : « J'ai connu plusieurs docteurs qui pensent comme lui... Il faut dire que, dans leur métier, ils voient beaucoup de misères. »

Il préféra s'intéresser à Léonie. Elle souriait presque. Elle n'avait plus cette moue, ce visage fermé qu'elle montrait au début du repas. La fraîcheur de son teint de blonde, sa robe de mousseline bleue, lui donnaient une grâce attendrissante.

Félix Douchy lui racontait l'Angleterre, décrivait Londres bien plus affairé et grouillant que Paris – une ville unique au monde, une vraie capitale – expliquait que dans la cité de la reine Victoria et plusieurs autres places du royaume on ne faisait plus, depuis quelque temps, travailler les ouvriers le samedi après-midi. Et les usines... il fallait voir : « Leurs cheminées sont si nombreuses qu'elles forment de vraies forêts. » Bref, des gens qui marchaient toujours à l'avant-garde, qui croyaient au progrès. Pas comme les Français... L'an dernier les Anglais avaient même inauguré un chemin de fer souterrain qui passait à travers la capitale, le Metropolitan Railway.

Un chemin de fer souterrain? Le docteur intervint :

« Mais... et la fumée? Les voyageurs doivent sortir de là noirs comme des sauvages? »

Les dames riaient. Félix Douchy répondait qu'il n'y avait rien à craindre, que lui-même en avait fait l'expérience, parce que ces Anglais, décidément très inventifs, avaient construit des locomotives qui avalaient elles-mêmes leur fumée et leur vapeur. D'ailleurs, les trains remontaient à l'air libre, pour chaque arrêt, et redescendaient ensuite sous terre.

On s'extasiait. Céleste Rousset regardait Maria qui s'attardait, faisant mine de débarrasser, pour écouter. Elle avait changé depuis cinq mois qu'elle avait quitté Lille. Elle semblait plus douce, moins anguleuse, plus femme et plus jeune à la fois.

Léonie à présent interrogeait Félix sur la mode

anglaise. Bah! Il n'y avait pas grand-chose à en dire. Les hommes, c'est vrai, portaient un vêtement bizarre, une sorte d'habit dont on aurait coupé les basques et qu'on appelait un veston. Les femmes, elles, ne faisaient que copier les Françaises, mais mal, et d'ailleurs elles étaient beaucoup moins jolies.

On sourit. Voilà un compliment qui était bien amené, et laissait bien augurer de l'esprit de son auteur.

Maria, qui avait disparu dans la cuisine, revenait, portant une poularde truffée que son maître commençait de découper. Henri, l'aîné des fils Rousset, demandait à Félix Douchy de lui parler anglais, puisqu'il connaissait cette langue. On entendit donc des « *good morning, sir* » et des « *how do you do*? » qui firent s'esclaffer l'assemblée. L'anglais, décidément, était une drôle de langue. On admirait Félix Douchy de la parler aussi bien que le français. Il faisait le modeste, content quand même de son effet. Arthur Rousset songeait que c'était là un atout précieux. Pourvu que Léonie...

Léonie, de se trouver ainsi entourée, était émue et heureuse, consciente d'avoir franchi une étape et quitté définitivement l'enfance. Depuis qu'il se mettait, pour elle, en frais de conversation, Félix Douchy lui paraissait moins lointain, plus à sa portée. Elle était flattée d'intéresser un homme qui en avait tant vu, et sans doute connu bien d'autres femmes. Sa voix chaude, avec un léger accent qu'elle ne connaissait pas, qu'il avait sans doute pris dans ses voyages, la troublait. Et puis elle songeait à l'usine, aux usines. Depuis son enfance, elle entendait ses parents en parler comme d'une sorte de dieu auquel il fallait immoler repos, loisirs, soucis personnels, et même santé. Elle ne le discutait pas.

Cela faisait partie de l'ordre des choses. Or, Félix Douchy, d'évidence, serait bon pour l'usine.

Il était justement en train d'expliquer à Arthur Rousset que des compagnies se formaient pour cultiver en Algérie du coton qui remplacerait celui d'Amérique; les premiers essais se révélaient prometteurs. Ces problèmes ne passionnaient pas Léonie qui le coupa, l'interrogea sur ses voyages : et le bateau, il avait pris le bateau? Qu'il raconte, qu'il décrive. Il interrompit aussitôt le fil de son discours pour lui répondre. Cela se menait donc aussi facilement, un homme? Elle se sentait en confiance, plus sûre d'elle-même.

Un peu plus tard, entre les fruits et les desserts, elle pria qu'on l'excusât et quitta la table. Un peu étourdie et lasse, elle souhaitait seulement reprendre souffle et s'isola dans le salon du docteur, une grande pièce encombrée de livres. Sa mère vint bientôt l'y rejoindre :

« J'étais inquiète, ma chérie... Ce jeune homme aussi, je le voyais bien. Il ne dit rien mais semble désolé de votre absence. Vous lui plaisez beaucoup, c'est évident. »

Léonie ne répondait pas, la laissait venir, avec quelque malice. Maria entrait dans la pièce, demandait si ces dames ne manquaient de rien, se faisait renvoyer par Céleste Rousset, agacée. Léonie se levait, comme pour regagner la salle à manger. Alors, Céleste :

« Vous avez décidé quelque chose?... Vous voulez le revoir, au moins... »

La jeune fille s'était campée devant une glace, feignait d'arranger quelques plis de sa robe. On entendait, dominant le brouhaha de l'assemblée, la voix d'Arthur Rousset qui commandait à Maria, sur le ton de la plaisanterie, de ramener ces dames : « Dites-leur que nous sommes tristes et malheureux sans elles. » Céleste revenait à la charge en douceur.

« Si vous voulez réfléchir un peu, je le comprendrai bien. Votre père aussi. Les Douchy aussi. Tout le monde. »

Léonie, se retournant vers elle :

« Je veux... Je veux l'épouser. »

Maria, réapparaissant, les trouva dans les bras l'une de l'autre, en pleurs. Elle repartit, silencieuse, regagna la cuisine où une vieille femme, une extra que le docteur avait engagée pour l'aider, achevait de garnir un gâteau de Savoie. Elle était doucement émue, bien qu'elle connût à peine Léonie et la jugeât fade et prétentieuse. Elle voulait aussi en finir au plus vite avec son travail. Elle courut jusqu'au couloir pour consulter la grosse horloge flamande. Cinq heures! Elle avait pourtant fait tout ce qu'elle pouvait pour que les choses aillent rondement. A ce train, ils en avaient jusqu'à la nuit tombée. Elle ne serait pas libre avant neuf heures, au mieux. Blaise, impatient comme il l'était, supporterait mal de l'attendre.

A LE voir apparaître, trois semaines plus tôt, parmi les malades qui se présentaient chez le docteur après la grand-messe du dimanche, elle avait eu le sentiment que son destin s'accomplissait. Ce qui devait arriver arrivait. Elle avait tenté, en quittant Lille, de contrarier l'élan qui la poussait vers cet homme. Mais puisque Blaise Riboullet la voulait, puisqu'il avait retrouvé sa trace et la poursuivait jusqu'ici, elle ne résisterait plus. On ne peut toujours tourner le dos au bonheur.

Ce jour-là, le premier jour, elle l'avait rejoint dans l'après-midi, aussitôt son service terminé. Ils étaient partis loin de la ville, sur la route qui s'étirait, droite, entre les champs, les hangars et les chevalets des mines. Il lui expliquait, enfin, les raisons de sa présence dans ces régions : il s'y trouvait si l'on peut dire en mission, et le travail de maçon n'était qu'un prétexte; en vérité, il était venu ranimer les ardeurs des ouvriers du Nord; les démocrates et les socialistes de Lille, jadis très actifs, s'étaient en effet résignés après l'exil de leurs chefs, le journaliste Alphonse Bianchi et le docteur Testelin, au lendemain du coup d'Etat du 2 décembre; leur activité s'était réduite à la distribution de feuilles clandestines, des cris que la police jugeait séditieux, et quelques réunions dans les cabarets; le retour d'exil de Bianchi et de Testelin, vieillis et prudents, n'avait pas amélioré les choses. Les organisations parisiennes, jugeant qu'il fallait aider tout ce monde, leur avaient délégué Blaise Riboullet et quelques compagnons.

« A présent, disait-il, les camarades lillois sont bien décidés. Ils vont saisir toutes les occasions pour agir. »

Elles ne manqueraient pas, à l'entendre. Le textile n'était pas vraiment sorti de la crise. Et puis, Badinguet – c'était ainsi qu'il nommait l'empereur – avait fait voter au printemps une loi qui permettait aux ouvriers de se coaliser, de faire grève. Ils sauraient en profiter.

Blaise avait alors fait valoir que son travail était terminé à Lille – c'était vrai aussi pour la maçonnerie, puisque le théâtre des Variétés était maintenant la proie des menuisiers et des peintres. En revanche, il y aurait, pour un bon socialiste, du pain sur la planche dans la région de Lens où, en cette année 1864, affluaient encore les Belges et, venus de tout le Pas-de-Calais, des ouvriers agricoles en quête de travail. Des gens à qui il faudrait donner des idées, des principes d'organisation.

« Je disais cela, bien sûr, parce que c'est vrai. Mais je voulais te retrouver aussi. »

Il la tutoyait. Elle ne s'en étonnait guère, pas plus qu'elle n'avait été surprise de le voir surgir le matin chez le docteur. Tout lui semblait naturel. Ils marchaient à tout petits pas, comme des gens qui ont leur temps, la vie devant eux. Il lui avait pris la main, passé les dernières maisons. Elle avait frissonné de bonheur. Ils longeaient des champs de blé où traînaient quelques gerbes que les paysans tardaient à rentrer, et des terres où les larges feuilles des betteraves formaient de grands tapis verts. Le soleil avait déjà des rousseurs de fin d'été.

Depuis qu'il lui avait avoué être venu pour elle, il ne parlait plus. Comme s'il était incapable, lui aussi, de trouver les mots. Un homme qui pourtant avait dû connaître bien des filles. Qui lisait comme un prêtre. Et qui avait vécu à Paris. Elle le devinait troublé; elle l'était d'autant plus. Flattée aussi.

« Regarde », dit-il.

Sorti d'un champ de betteraves, un petit lapin blond et blanc s'était posté au bord du chemin, paisible, et les regardait approcher sans songer à fuir.

« Tu vois, tu ne lui fais pas peur. »

Ils se penchèrent vers lui. Il ne bougeait toujours pas. Elle caressa doucement la petite boule de poils.

« Tu ne ferais peur à personne. »

Au son de la voix de Blaise, le lapin avait redressé la tête, frémissant. Mais il cherchait encore la caresse de Maria. Il se frottait contre sa main. Le monde était facile et beau. Elle voulut prendre le lapin, le serrer sur sa poitrine. Il lui glissa entre les mains, s'écarta, sans hâte, disparut dans les betteraves.

Alors Blaise la releva, la saisit par la taille pour la soulever, la faire tourner autour de lui, légère, dans une folle ronde. Enfin elle s'abattit contre lui, riant, balbutiant, dans une fête du cœur. Et elle lui dit qu'elle voulait être à lui tout de suite, qu'elle ne pouvait plus attendre, qu'ils avaient trop tardé déjà.

« Tout de suite?

– Tout de suite. »

Il souriait, lui montrant autour d'eux les champs, plus loin un hangar moussu, délabré et triste :

« Pas ici quand même?

– Alors, rentrons. »

Elle l'avait tiré vers Lens, à travers des chantiers

où la Compagnie des mines faisait bâtir pour ses ouvriers d'interminables alignements de petites maisons, courant presque jusqu'à la chambre qu'il venait de louer au-dessus d'un cabaret. Aussitôt arrivée, elle avait commencé à se dévêtir, sans mot dire, avec un sourire grave qu'il ne lui connaissait pas, un air de défi aussi. Tout semblait soudain, à Maria, clair et simple. Elle ne voulait songer à rien d'autre. Il s'était déshabillé, et la serra contre lui. Elle s'étonna et s'inquiéta, l'espace d'un instant, puis s'abandonna. Bientôt, tout serait joie.

DEPUIS ils guettaient chaque instant de liberté pour courir l'un vers l'autre. Elle le rejoignait, le dimanche après les vêpres, dans sa chambre, au-dessus du cabaret où des hommes criaient fort en disputant de longues parties de cartes. Il la retrouvait, la nuit, dans la petite pièce qu'elle occupait sous les toits, chez le docteur : celui-ci, qui sortait presque tous les soirs ne s'apercevait de rien, ou voulait le laisser croire.

Après l'amour, elle faisait parler Blaise. Il se lançait dans de longs soliloques, racontait une enfance de petit paysan occupé à garder les vaches sur les douces pentes du pays creusois, effrayé par les histoires de loup-garou que répétait une vieille voisine. Il avait appris à lire dans les *Bulletins de la Grande Armée*, conservés comme des jaunets en souvenir d'un oncle grognard qui avait servi l'Empereur – l'autre, le premier, un tyran bien sûr, mais qui avait du panache, lui. Elle s'étonnait d'apprendre qu'à l'âge de quinze ans, en compagnie de son père et de la plupart des hommes de son village, il avait pris la route de Paris. La terre de ce pays-là ne nourrissait plus ses fils. On lui laissait seulement les femmes, les vieux et les enfants. Les autres partaient pour la capitale, mais aussi Lyon, Saint-Etienne, et même Le Creusot où M. Schneider était en train d'établir le royaume de la fonte. En longues files d'émigrants, ils allaient par les routes, de villages en auberges, un éclaireur devant eux pour commander les repas à l'étape, compter les bouteilles de vin, et retenir les lits. Les lits, c'était beaucoup dire : des balles de son où la vermine attendait sa pitance, recouvertes de draps que l'on ne changeait pas tant que passaient les saisonniers, dans un sens ou l'autre, de la mi-novembre à la fin de mars. Enfin, arrivés à Vierzon (les plus pauvres poursuivaient jusqu'à Orléans), ils embarquaient dans le train pour Paris. Et là, ils faisaient comme leurs pères avant eux, et leurs grands-pères, et les pères de leurs grands-pères : ils battaient le plâtre, taillaient la pierre, ou dressaient des murs de moellons qu'ils liaient avec du mortier. Les maçons de la Creuse se flattaient d'avoir bâti le Panthéon, le Louvre, et les gares de Paris aussi vastes que des cathédrales. Ils travaillaient maintenant pour M. Haussmann et ses acolytes; ils faisaient sortir de terre une ville superbe et cossue, la capitale du monde.

Quand enfin il interrompait son récit pour passer à d'autres jeux, elle le repoussait parfois, tant était grande sa fringale de comprendre et de savoir. Qu'il explique encore, qu'il dise comment seraient la République et l'avènement de la Sociale, et si les ouvriers et les paysans connaîtraient un jour le bonheur. Alors il lui parlait de Pierre-Joseph Proudhon, un comptable franc-comtois devenu député en 1848 dont il avait lu et relu les brochures. Il lui annonçait que dans tous les pays d'Europe, de l'Allemagne à l'Italie et de la Belgique à l'Angleterre, des sociétés ouvrières étaient à l'action. Leurs délégués s'étaient rencontrés deux ans plus tôt, en 1862, à l'Exposition universelle de Londres. Ils se retrouveraient sans tarder pour créer une grande association internationale des travailleurs. Bientôt, l'humanité tout entière, réconciliée par la Raison, marcherait vers le Progrès, et les ouvriers seraient si justement traités qu'ils oublieraient jusqu'au mot malheur.

Quand il brossait d'aussi grandioses tableaux, sa voix s'élevait, couvrant le vacarme du cabaret. Elle l'imaginait tenant des réunions, haranguant des foules, entraînant des troupes d'hommes. Il l'inquiétait parfois par son enthousiasme. Elle le jugeait un peu crédule, trop innocent. S'il avait travaillé chez Jan Vangraefschepe ou à l'usine Delvalle-Souchez, s'il avait dû s'arracher aux grosses pattes de M. Léonard, il aurait appris que les hommes n'étaient pas tous bons, que le mal gîtait en eux au plus profond, et qu'ils ne changeraient pas comme cela, d'un coup, le jour où on aurait établi la République et proclamé la Sociale. Soudain, elle se sentait vieille, beaucoup plus vieille que lui. Alors, c'est elle qui se jetait sur Blaise, le couvrait de son corps, comme pour le protéger, l'embrassant follement, de mille baisers pointus. Et lui se laissait emporter, un peu surpris, bien qu'il eût vite appris qu'elle le déconcerterait toujours.

Le lendemain de leurs retrouvailles, au beau milieu d'une nuit qui leur était une fête, elle l'avait soudain interrogé sur Aloïs. Blaise Riboullet avait-il, avant de quitter Lille, tenu la promesse faite le jour où elle lui demandait son aide, sur le chantier du théâtre des Variétés? Avait-il cherché des nouvelles du cocher?

Elle ne savait presque rien de celui qu'elle considérait comme son fiancé. Quelque temps après son arrestation, elle avait pu le voir dans sa prison, une bâtisse aux murs gluants, qui puait comme un charnier. Ils n'avaient pas échangé trois mots. Aloïs pleurait, la tête dans les mains, son grand corps affaissé. Elle le regardait, muette, paralysée. Un surveillant hurlait des injures. Elle avait fui.

Elle n'y était plus retournée. Depuis, elle lui écrivait, comme elle pouvait, des lettres qui restaient sans réponses. Elle ne savait pas quand il serait libéré, ni s'il avait été jugé.

Blaise n'était guère mieux informé. Il avait, dès le premier jour, recommandé le cocher à un avocat républicain qu'il rencontrait dans des réunions. Mais le procès tardait à venir, les juges n'étaient pas pressés, et prenaient de longues vacances. Aloïs devrait attendre. Il n'était pas le seul : les fraudeurs encombraient les tribunaux.

L'avocat, bien sûr, ferait de son mieux. Ce maître Callonne avait déjà tiré d'affaire des gars bien plus mal partis. Un homme étonnant, aux allures de moine, qui ne buvait ni bière ni vin, ignorait les femmes, portait toujours la même redingote, mais n'oubliait jamais de se faire payer. Il avait ainsi soutenu un long combat, qui avait coûté très cher à des amis de Blaise, contre la Compagnie des chemins de fer du Nord qui accusait de vol trois de ses employés. L'avocat l'avait emporté, en fin de compte, bien que la Compagnie fût dirigée à Paris par des gens importants, des Rothschild et des Laffitte.

Blaise s'était lancé dans une longue critique de la Compagnie du Nord, qui faisait payer très cher les voyageurs, et consentait en revanche des tarifs réduits aux usiniers qui lui confiaient leurs marchandises. Discuter du sort d'Aloïs, à ce moment, nu sur ce lit à côté de Maria nue, lui paraissait incongru, malséant, et il cherchait à amener la conversation sur un autre terrain, le premier venu – et pourquoi pas les chemins de fer? Elle n'était pas dupe, elle revenait à la charge : qu'il lui donne l'adresse de ce maître Callonne, elle lui écrirait. Elle lui enverrait de l'argent, aussi.

Il n'avait pas osé lui demander quelles étaient ses intentions : quand Aloïs sortirait de prison – après tout le Belge pouvait espérer s'en tirer assez vite, il n'était qu'un petit fraudeur, même pas récidiviste – voudrait-elle encore l'épouser? D'y songer, une colère était venue à Blaise. Mais il la cachait. Silencieux, à présent. Observant, au mur, une lézarde. Avait-elle, alors, deviné son trouble? Sans rien ajouter, elle s'était tournée vers lui, pour lui caresser la joue du doigt, comme elle l'eût fait à un enfant. Il l'avait fixée droit dans les yeux, cherchant à la deviner, avant de la serrer contre lui, attendri, éperdu, tremblant qu'elle ne lui échappe. Elle ne s'était pas dérobée.

Au vrai, elle eût été bien incapable d'exprimer la moindre intention. Elle s'était heurtée à trop d'obstacles et de malheurs, elle avait vu trop d'espoirs se dissiper comme fumées; elle ne formait plus aucun projet.

Maria ne savait plus parler au futur pour elle-même. Mais si le bonheur était là, elle essaierait de le saisir.

CHAPITRE VI

JÉRÔME DEHAYNIN posa sa redingote noire, ouvrit son gilet de casimir, dénoua sa cravate, se laissa tomber sur un fauteuil. Accablé, furieux et inquiet.

On l'avait appelé à l'autre bout de Lens, pour soigner un jeune mineur qui s'était fait une fracture ouverte de la jambe en tombant d'une échelle, chez lui, un dimanche matin. La famille avait d'abord consulté un vieil officier de santé, médecin de second ordre qui n'était pas tenu de savoir le latin et s'était formé sur le tas. Un honnête homme, mais qui soignait encore comme au début du siècle. S'il avait convenablement réduit la fracture, il s'était contenté de couvrir la plaie de plumasseaux de charpie enduits de sels de zinc, avant d'enserrer la jambe dans des bandages raidis par l'amidon, et de la maintenir avec des attelles. Ensuite, à Dieu vat! Ça n'allait pas, justement. Bientôt, le blessé avait crié au martyre, supplié qu'on le délivrât, annoncé que sa jambe allait éclater. On le traitait de douillet. Mais il hurlait à mourir. On s'était enfin résolu à appeler le Docteur Dehaynin qui avait bonne réputation.

Le frère de Céleste Rousset s'était à peine approché du mineur que l'odeur l'informait : gangrène. Le pansement défait et coupé à gestes rapides, la jambe était apparue marbrée, enflée, comme pourrie autour de la plaie. Gangrène. Nettoyer, désinfecter avec du permanganate de potasse et de l'ammoniaque, cautériser la plaie au fer rouge après avoir fait respirer de l'éther au patient. Puis l'envoyer dare-dare à Arras, où on lui couperait la jambe. Mais le mineur, qui délirait de fièvre depuis des heures, était mort avant qu'on ait eu le temps de chercher une voiture pour l'amener à l'hôpital. Sous les yeux de ses trois enfants et de sa jeune femme, une petite grosse au visage plat, qui en attendait un quatrième.

Jérôme Dehaynin, rentrant chez lui, pestait contre l'ignorance de ses confrères plus âgés qui s'obstinaient à méconnaître les nouveaux remèdes et les pratiques médicales modernes. Or, passant sur une place de la ville, il avait aperçu un attroupement : deux dizaines de femmes et quelques hommes entouraient une voiture sur laquelle pérorait un grand diable vêtu en bourgeois, qui se prétendait chirurgien-dentiste, vendait des râteliers, des opiats, des poudres, des crèmes, et même un « Baume végétal pour guérir les hernies les plus volumineuses ». Le docteur était intervenu, expliquant que le bonhomme n'était qu'un charlatan et ses poudres des attrape-nigauds. Personne ne l'écoutait. Le bonimenteur avait exhibé des diplômes et vendu sans relâche. De quoi désespérer.

Là-dessus, un policier avait interpellé Jérôme Dehaynin. Un homme de haute taille, à la figure barrée d'une bouche mince, dont il avait soigné l'épouse phtisique sans pouvoir la guérir.

« Docteur, vous avez une minute ? »

Le policier l'attirait dans un recoin, jetant des regards à droite et à gauche, comme s'il craignait d'être aperçu.

« Voilà : vous êtes sûr de votre servante ?

— Quoi, sûr ?

– Ben... sûr, quoi? »

Le policier hochait la tête, comme quelqu'un qui en sait long. Jérôme Dehaynin s'étonnait. Rien, chez lui, n'avait disparu.

« Pour être honnête, grommela-t-il, elle est honnête, si c'est votre question. »

L'autre faisait le sceptique, haussant les épaules, souriant à demi.

« On croit ça, dit-il.

– Ecoutez : avant de venir à Lens, elle servait chez ma sœur, à Lille. Et jamais, au grand jamais, on n'a eu quoi que ce soit à lui reprocher. »

Le docteur avait lâché cela avec indignation, criant presque, comme un innocent qu'on vient d'accuser de crime. L'autre baissait les yeux, observait ses mains aux ongles carrés, ses doigts hérissés de touffes de poils frisés.

« C'est-à-dire... D'après ce qu'on sait, elle a un ami. Un homme qui rentre chez vous, souvent, la nuit... Et ce n'est pas quelqu'un de très recommandable. Alors, je vous dis : méfiez-vous.

– Comment ça : pas recommandable? »

Le policier regardait autour de lui, inquiet.

« Je peux pas vous dire. Je sais pas trop moi-même. J'ai entendu qu'on en parlait. Alors, j'ai pensé qu'il fallait vous prévenir. »

Il s'était dégagé, s'esquivait, mais le docteur l'avait rattrapé au milieu de la place où le prétendu chirurgien-dentiste plastronnait toujours, exhortant son auditoire à soigner les plaies et les brûlures en y appliquant des fleurs de lys macérées dans l'eau-de-vie.

« Dites-moi le fin mot. Qu'est-ce qu'on lui reproche, à cet homme?

– Je sais pas, docteur, je sais pas. Déjà, j'aurais pas dû vous dire tout ça.

– C'est un voleur, ou quoi?

« – Ah! non. Là, vous n'y êtes pas. Pas du tout. Si c'était que ça. »

Il s'était penché vers le docteur, lui soufflant au nez d'écœurants relents de bière et de graillons, lâchait enfin « politique... politique », puis disparaissait, comme effrayé d'en avoir trop dit.

Le docteur s'était étonné. Il savait que Maria avait depuis plus d'un an un galant, et s'y était résigné bien que cela heurtât ses convictions religieuses. Mais pourquoi ce policier faisait-il le mystérieux? « Politique »? Et après? On comptait, à Lille et aussi à Lens, d'autres opposants, des républicains et des royalistes. Mais ce n'était pas crime. Deux ans plus tôt, en 1863, Paris, Lyon, Marseille, Bordeaux, Toulouse, presque toutes les grandes villes avaient envoyé au Corps législatif des députés hostiles au gouvernement. L'empereur avait dû s'en accommoder, quoi qu'il en eût. Et accepter que Thiers, un modéré pourtant, réclamât, dans un discours que se répétaient les salons, des libertés nouvelles, toujours plus de libertés. Que voulait donc insinuer cet argousin avec son « politique... politique »?

Jérôme Dehaynin était rentré mécontent de n'avoir pas réussi à en savoir plus. Il sonna Maria pour l'interroger. La question ne parut pas la surprendre. Oui, elle avait un ami, mais c'était son affaire, cela ne concernait qu'elle. Elle parlait avec une assurance paisible, sans élever le ton, comme il convient quand on énonce des évidences. Le docteur détourna le regard. Il ne pouvait supporter le feu de ces yeux, si brillants. Il se sentait en posture d'accusé, comme s'il avait commis quelque faute en interrogeant sa bonne. Il découvrait soudain que l'estime, oui l'estime, de Maria lui était indispensable, qu'il ne pourrait accepter de déchoir à ses yeux. Pourtant elle n'était qu'une domestique. Et il avait bien le droit de l'interroger sur ses fréquentations.

Quelle force vivait en elle, qui lui permettait d'inverser les rôles?

Depuis que sa sœur la lui avait envoyée, il n'avait eu qu'à se louer des services de Maria. Mais cette fille l'intriguait toujours.

« Elle devrait te plaire, elle a des idées socialistes », avait lancé Céleste Rousset, mi-sérieuse mi-moqueuse. Il avait haussé les épaules : sa sœur et son usinier de mari ne comprendraient donc jamais qu'il détestait les socialistes, des ennemis de la religion qui rêvaient de chasser Dieu des écoles et des usines. Mais c'était pour les combattre plus sûrement qu'il fallait améliorer le sort des ouvriers, leur donner un petit logement, un jardin à cultiver, et leur apprendre l'épargne.

Il avait interrogé Maria, dans les premiers temps, afin de connaître ses opinions. Elle ne répondait guère, ou se limitait à de vagues remarques sur les malheurs du peuple, qui pouvaient passer pour des jérémiades de bonne femme. Quant au service : impeccable, rien à redire, sinon que le docteur l'avait surprise trois ou quatre fois à lire dans son bureau au lieu de le nettoyer. Elle consultait, suivant du doigt chaque ligne, ânonnant presque, *La Gazette médicale de Paris* qu'il recevait régulièrement afin de se tenir informé des progrès de la science et du combat pour l'hygiène. Céleste avait déjà averti son frère de cette folie de lecture qui habitait Maria et qu'il jugeait bizarre, inutile. Pourquoi lire? L'essentiel était que les patrons traitent bien leurs domestiques, comme des parents leurs enfants. C'était les patrons qu'il fallait changer, convertir.

Il renvoya Maria à ses fourneaux et se fit des reproches dès qu'elle eut quitté la pièce. Bête qu'il était! Il avait oublié de lui faire remarquer qu'elle recevait son galant dans sa chambre, c'est-à-dire sous le toit de son maître et que celui-ci était donc en droit de lui demander des comptes. Figurez-vous que les gendarmes viennent cueillir ce personnage chez le docteur, et qu'il se révèle être une espèce d'Orsini, un de ces conspirateurs qui ne rêvent que bombes, feu et sang : la réputation de Jérôme Dehaynin serait atteinte; personne ne croirait qu'il ignorait tout, et il pourrait faire ses malles pour chercher asile ailleurs.

Comment n'y avait-il pas songé? Cette fille, décidément, le troublait. Non qu'elle l'attirât vraiment : il lui reconnaissait un visage agréable, mais ce célibataire dévot occupait à des réunions avec les prêtres, ou des cercles d'études sociales en compagnie de jeunes bourgeois, les quelques loisirs laissés par sa profession; bien que sa sœur l'y incitât vivement, il ne s'intéressait guère aux femmes, et ne songeait pas à convoler.

Il ne manquait pas de courage, non plus. Ses premières années de jeune médecin, Jérôme Dehaynin les avait passées à l'hôpital Saint-Sauveur de Lille. Un cauchemar. La découverte des grands fonds de la misère. Des femmes rachitiques, visages de vieilles, jambes incurvées, colonne déviée, bassin déformé, qui mettaient au monde de petits squelettes aux têtes difformes. Des odeurs insupportables dans des salles sans aération, proches de latrines dont la pente allait vers la porte et non vers la citerne. Des lits espacés seulement de quelques centimètres. La morgue tout à côté. Pourtant, les malades étaient, là, beaucoup mieux que chez eux.

Avec vingt-six autres médecins, Jérôme Dehaynin avait signé une lettre ouverte au maire de Lille pour dénoncer le manque d'hygiène, l'entassement des familles ouvrières dans les taudis, l'étroitesse des rues, la saleté des canaux qui faisaient traverser la ville à des chargements d'immondices, de poissons asphyxiés et de souliers éculés. Il avait aussi pris sa canne et son chapeau pour sonner aux portes de quelques dames d'œuvres et leur demander de financer la construction d'une crèche, qui serait la première de la région : on l'avait éconduit sans trop de ménagements; chacune était assez occupée de ses propres miséreux. Il avait, enfin, refusé d'imiter ses confrères qui, ayant essayé leurs premières armes chez les pauvres, se consacraient ensuite à des patients plus fortunés : quand un prêtre lui avait signalé que Lens, qui poussait comme une ville américaine, manquait de médecins, il y avait vu comme un appel de Dieu. Non, il ne manquait pas de courage. Mais, c'est vrai, Maria le troublait.

Il la sonna de nouveau. Elle lui parut inquiète, tout de même. Sans doute avait-elle réfléchi, dans sa cuisine, en préparant le bouillon, compris que les choses n'étaient pas si simples.

« Maria, je... J'ai pensé... Je suis... Je suis ennuyé. »

Elle sourit. Il en fut mortifié. Elle ne semblait pas se moquer pourtant, plutôt l'encourager.

« Voilà. Il faut comprendre : si ce... si ce jeune homme a des ennuis, je préfère qu'on ne le voie pas chez moi. Je ne peux pas vous empêcher de le rencontrer ailleurs. Bien sûr, ce n'est pas votre intérêt, à mon avis... Et en fin de compte, je crains que tous les ennuis ne retombent sur moi. Vous voyez ce que je veux dire. »

Il parlait lentement, très bas parfois, cherchant ses mots, comme s'il essayait de se trouver de bonnes raisons. Maria avait envie de l'aider, songeait que jamais aucun de ses maîtres ou de ses chefs ne l'avait respectée comme celui-ci. Elle en oublia, un instant, de l'interroger. Pourtant, en retournant à la cuisine tout à l'heure, elle s'était posé bien des questions. Qui avait parlé de Blaise au docteur? Que lui reprochait-on? Et d'ailleurs quelles étaient, en réalité, les activités de son ami? Depuis plus d'un an qu'il était arrivé à Lens et la retrouvait presque chaque jour, elle avait eu le sentiment, parfois, qu'il ne lui disait pas tout. Il disparaissait pour des réunions dont il taisait le lieu, l'objet et les noms des participants, se bornant à expliquer qu'il s'agissait de défendre la cause ouvrière. Il ne se mêlait guère aux républicains lensois les plus connus. Maria, qui supportait difficilement ces mystères, lui en avait fait parfois reproche; il répondait qu'il avait promis, juré à ses camarades de garder le secret, de ne rien révéler, même à celle qui lui était le plus chère. Les camarades, il fallait les comprendre, se méfiaient; des imprudences leur avaient coûté beaucoup; on n'était pas entouré de gens bienveillants; la police servait avec grand zèle l'empereur et les patrons; certains compagnons avaient été dénoncés par des ouvriers, par leur famille même, ou par des amis. D'où cette règle du silence absolu. Mais il lui dirait tout dès que les camarades l'autoriseraient. Quels camarades? Et quel Blaise, en réalité?

Elle avait ainsi appris que son bonheur était menacé. En vérité, elle avait toujours su qu'il ne durerait pas, qu'il n'était qu'un accident de sa vie, dû à un moment d'oubli du destin, et que celui-ci se rattraperait bien vite. Elle n'avait jamais osé espérer qu'il attendrait plus d'un an.

Ce n'était pas une raison pour se laisser mener par lui. Il fallait savoir, mesurer la force et la forme du danger. Et aussi prévenir Blaise de la menace révélée par le docteur : elle pourrait peut-être s'enfuir après le repas, dès l'arrivée du premier client; elle courrait retrouver le maçon, occupé sur le chantier d'une école que la Compagnie des mines avait décidé de bâtir, à la sortie de la ville. Il la plaisanterait peut-être, se moquerait de ses peurs. Tant pis.

Elle interrogea Jérôme Dehaynin :

« Monsieur pense peut-être que je me conduis mal avec mon ami. Pourtant, nous faisons très attention à ne pas être remarqués; justement à cause de Monsieur, pour qu'on n'aille pas raconter que sa servante est une coureuse, ou une fille de rien.

— Non... Non. Ce n'est pas ça.

— Si Monsieur le permet... c'est quoi alors?

— C'est... »

Il se levait et, pour éviter de la regarder, se dirigeait vers la fenêtre, faisait mine de s'intéresser à un énorme charroi de briques que six forts chevaux tiraient vers un chantier. Silencieux. Comme Céleste, sa sœur, fichée à la fenêtre du salon bleu et or, qui se perdait dans la contemplation du jardin, le jour où elle avait décidé de se séparer de sa bonne.

« On se souviendra de cette fin d'automne 1865, dit-il enfin, sans se retourner. Une belle arrière-saison, vraiment... »

Elle faillit rire dans son dos, puis s'étonna. Non de ce qu'il se montrât aussi timide, balourd que les autres hommes (mais elle avait appris que cela pouvait les mener aux pires cruautés; se méfier, toujours). Ce qui l'étonnait, c'était son propre calme, son aisance, même à ce moment où elle avait peur. Elle songea soudain qu'elle n'avait pas rougi depuis longtemps, depuis qu'elle connaissait Blaise peut-être.

« Alors, il n'y a rien d'autre? demanda-t-elle.

— Comment, rien d'autre? »

Il se retournait, lui faisait face.

« Je veux dire : comme ennui. Peut-être que

quelqu'un reprocherait quelque chose à mon ami?

— Vous pensez qu'il a quelque chose à se reprocher? »

La réplique n'avait pas tardé. Jérôme Dehaynin n'était pas si balourd.

« Monsieur le sait bien... Souvent on met des tas d'histoires sur le dos des petites gens, et ce sont des mensonges, seulement des mensonges. »

Il prit sa tabatière, en sortit quelques brins qu'il déposa sur le dos de sa main pour les renifler lentement, d'abord la narine gauche, puis la droite.

« On lui reproche, dit-il enfin, de faire de la politique. »

C'était bien cela! Alors, il fallait craindre. Elle ne jugea pas utile de répondre. Il comprit qu'il avait touché juste.

« Comment s'appelle-t-il?

— Qui? Mon ami?

— Oui. Son nom?

— Riboullet. Riboullet Blaise. Ce n'est pas un nom de par ici. Quelques-uns l'appellent l'Auvergnat.

— Eh bien, vous direz à Riboullet Blaise de se tenir tranquille, et vous aussi. Maintenant, filez à votre cuisine. Je voudrais bien manger avant l'arrivée des clients. »

Il parlait fort tout à coup, plus fort que d'ordinaire, rasséréné, content d'en avoir terminé. Pourtant, quand elle fut à la porte, près de disparaître, il la retint.

« Vous me l'amènerez un jour, ce Riboullet. Je voudrais bien le voir. »

Il se le reprocha, quand elle fut partie.

LE ciel pissait. Vers la mi-journée, le vent de l'ouest avait poussé devant lui des nuages noirs et ventrus. Depuis, ils déversaient des trombes d'eau, dans un mouvement régulier et vif qui semblait ne jamais devoir s'interrompre.

Blaise Riboullet rentrait la tête dans les épaules, battait du sabot pour se réchauffer. Peines perdues : le froid de l'eau le cernait de toutes parts, alors que le matin même, pour monter son mur de briques rouges, il s'était mis torse nu sur le chantier. En décembre! Et puis un gamin était arrivé, un gosse aux yeux immenses qu'il connaissait bien, le fils du cafetier qui le logeait. Porteur d'un message : des policiers en civil accompagnés de gendarmes étaient venus le demander. Blaise avait compris; il fallait disparaître. Mais prévenir Vedrines auparavant. Qu'il se méfie. Qu'il ne se fasse pas bêtement prendre en rentrant chez lui.

Blaise avait annoncé à Verlomme, le maître compagnon, qu'il laissait là son travail. Qu'on lui garde sa caisse à outils, et son livret d'ouvrier; il les reprendrait dès que possible; pour l'heure, il avait à faire à Lens et peut-être ailleurs. L'autre l'avait regardé, soupçonneux : « Qu'est-ce qui se passe, l'ami? Une sale affaire? Tu ne prends même pas ton compte! » Blaise avait détourné la tête, sans répondre, couru jusqu'à la maison du docteur. Là, pas de Maria. Seulement un malade, qui attendait son tour dans le couloir, un vieillard qui lançait parfois devant lui de petits jets de salive noire – le charbon qui avait encrassé ses poumons pendant des années. La bonne du docteur? Oui, il l'avait vue tout à l'heure, mais elle s'était aussitôt empressée de filer – il ne savait où. Blaise ne pouvait deviner qu'elle le recherchait pour l'avertir du danger.

Vedrines ne sortirait pas de la fosse avant trois heures, sa journée terminée : les mineurs prenaient le travail à cinq heures chaque matin et restaient au fond jusqu'au milieu de l'après-midi; ils interrompaient seulement le travail quelques minutes dans la matinée pour manger le briquet – une double tartine accompagnée d'un oignon ou d'une échalote et arrosée de jus de chicorée.

Vedrines, depuis un an, était devenu l'alter ego de Blaise Riboullet. Ce jeune mineur ne manquait ni de flegme ni d'ardeur, ni de volonté révolutionnaire : Blaise l'avait donc fait entrer dans l'Organisation. Un dimanche, à Lille, Vedrines avait subi les rites d'entrée, prêté serment de ne jamais rien révéler de ce qu'il verrait ou entendrait. Depuis, ils travaillaient main dans la main. Si Blaise était repéré – dénoncé? – on pouvait craindre que Vedrines ne le soit aussi. Il fallait donc le prévenir.

En attendant trois heures, le maçon avait erré dans Lens, guettant à chaque coin de rue, changeant fréquemment de direction, prenant garde à ne pas être suivi. La pluie était venue peu avant qu'il arrive aux abords de la mine. Et bientôt, elle avait tout transpercé.

La fosse commençait à dégorger les premières équipes. Blaise, méfiant, observait les alentours : rien qui ressemblât à un gendarme ou à un policier en bourgeois. Seulement quelques ménagères qui se hâtaient sous l'averse. D'autres mineurs aussi, qui franchissaient les grilles pour prendre la relève de ceux qui remontaient : les hommes du second poste, qu'on appelait la coupe à terre, des remblayeurs ou des raccommodeurs chargés d'entretenir le boisage des galeries et les voies de roulement.

Maintenant, ceux du fond sortaient par paquets, masse morne et noire d'hommes, de femmes et d'enfants qui écarquillaient des yeux blessés par la lumière. Sur leurs faces poudrées de charbon, la pluie traçait de sinueux sillons.

Ils allaient silencieux, à demi courbés comme incapables de se redresser après avoir fait la taupe toute une journée. Ils marchaient d'un bon pas malgré la fatigue, sans voir personne, pressés seulement de rentrer chez eux pour se défaire de leurs « loques d' fosse » – arracher la veste longue, le pantalon et le béguin, cette calotte de toile qui enserre la tête – entrer nus enfin dans une moitié de tonneau transformé en baquet pour se laver de toutes les poussières de schiste, de charbon, de silex qui irritaient leurs corps, se purifier, se défaire de la mine si c'était possible.

Soudain, Blaise aperçut de l'autre côté de la rue ceux qu'il craignait : deux hommes de petite taille, deux policiers en civil dont les redingotes noires luisaient sous la pluie. Un peu plus loin, par la route de droite et par celle de gauche, arrivaient deux paires de gendarmes à cheval. Il était cerné. Une seule issue : la mine !

Il s'y précipita, franchit la grille derrière une équipe de raccommodeurs, sous l'œil indifférent des gardiens, de vieux mineurs aux poumons détruits par la silicose, que la Compagnie avait sortis du fond avant qu'ils n'y meurent.

C'était, autour de lui, un dédale de bâtiments aux

fonctions mystérieuses, un grouillement d'hommes et de femmes – on reconnaissait celles-ci à leur démarche – dans lequel il espérait se perdre. Un rêve insensé : en dépit de la pluie, sa blouse de maçon, restée presque blanche, faisait tache dans cette foule noire.

Il regarda derrière lui. Les gendarmes étaient à la grille. Les deux autres, qui l'avaient suivi, le rattraperaient avant peu. Il se jeta dans un grand bâtiment, fut un instant assommé par la chaleur et le bruit : la machine à vapeur y trônait sur un lit de brique. Tapie au cœur de la mine, cette grosse bête de fonte, d'acier et de cuivre haletait et crachait, servie par des esclaves noirs qui couraient en tous sens, et son énorme bielle mettait en mouvement des entrelacs de câbles et de rubans. Il fut subjugué, n'ayant jamais vu pareil spectacle, suivit des yeux les filins d'acier qui montaient jusqu'à deux énormes roues de fonte, élevées sur une immense chèvre de bois. De là, il le savait, partaient les câbles d'extraction qui arrachaient à la terre les bennes et les cages de houille et la nourrissaient d'hommes et de chevaux.

Il se reprit à la dernière seconde : les deux policiers étaient sur lui, la poigne du plus grand allait s'abattre sur son épaule. Il le bouscula, courut, heurtant un homme qui poussait une benne de charbon vers la machine. Bientôt, il fut dans la cour, à nouveau. Mais il aperçut trois gendarmes qui avaient laissé leurs chevaux à la garde du quatrième et s'en venaient prêter main-forte aux policiers. Regard à gauche, regard à droite. Une issue s'offrait. Il fonça entre les mineurs, les pandores à ses trousses.

Embarrassés par leurs bottes de cheval, ils furent bientôt distancés. Mais les autres, les policiers ? Il regardait de tous côtés, nerfs à se rompre, muscles bandés. Alors, un cri :

« Blaise! »

C'était Vedrines.

« Blaise, qu'est-ce que tu fais là?

— Je t'expliquerai... les gendarmes... ils me courent après. Il y a deux policiers aussi. Alors, j'ai voulu te prévenir. File... t'occupe pas de moi. File, bon Dieu, file! »

L'autre le regarda, ouvrant de grands yeux que le charbon entourait d'un cerne noir. Il semblait hésiter. Ou bien il n'avait pas compris. Mais les gendarmes n'étaient plus qu'à dix mètres.

« Viens! »

Vedrines l'entraînait vers une grande bâtisse de brique. Ils entrèrent, les gendarmes sur les talons. Là était la gueule du puits qui crachait les mineurs venus du fond et en avalait d'autres. Une cage de fer, bien calée sur ses verrous, venait d'être chargée de berlines vides dans lesquelles, par groupes de quatre ou cinq, s'entassaient les hommes qui descendaient. Vedrines poussa Blaise dans l'une d'elles, bousculant des mineurs accroupis, qui protestèrent. Mais déjà, un lourd marteau à levier actionné par une corde avait frappé deux fois sur un billot pour annoncer la descente. Un homme cria dans un porte-voix deux ou trois mots qu'ils ne comprirent pas. Une secousse. La cage plongea. La nuit.

Blaise regardait autour de lui. Il distinguait à peine ses voisins, à la lueur des lampes qu'ils avaient accrochées à une boutonnière de leur veste. Il savait quels services ces lampes rendaient aux mineurs, s'inquiéta un instant de ne pas en avoir. Bah! Il ne lâcherait pas Vedrines.

Une lumière les éblouit. Tandis que la cage tremblait, il eut le temps d'apercevoir une sorte de grande salle presque vide.

« Un accrochage », chuchota Vedrines.

Un accrochage? Il demanderait plus tard. La cage s'enfonçait toujours dans sa cheminée de nuit, et s'arrêta soudain à grand bruit. Il se trouva dans une sorte de grotte, bien éclairée, qu'on avait maçonnée. Déjà, les mineurs partaient, silencieux, s'enfonçaient dans des galeries, quelques-uns poussant, sur des rails étroits, des berlines chargées de traverses de bois.

« Qu'est-ce que vous faites là? »

Un petit homme au visage plissé, qui guidait l'embarquement d'autres berlines, emplies de charbon celles-là, s'était approché.

« Ben, dit Vedrines, ben...

– Qu'est-ce que vous foutez?

– Ben voilà », dit Vedrines qui semblait chercher une explication plausible.

Puis tout à coup, rapide, croyant l'avoir trouvée.

« Ben, le compagnon que voilà, il est maçon. Alors, l'ingénieur il m'a envoyé avec lui, pour les vérifications.

– Quoi... Quelles vérifications? Ça m'étonnerait que l'ingénieur il l'envoie sans lampe et sans barrette... »

Blaise n'était pas coiffé, c'est vrai, du chapeau de cuir à larges bords que portaient tous les mineurs. Il regarda Vedrines. Vedrines eut un coup d'œil, de côté. Ils se mirent à courir et, la salle vite traversée, s'enfoncèrent dans une galerie. L'autre criait, mais ne les suivait pas.

Ils avaient parcouru une cinquantaine de mètres, butant dans les traverses des rails, quand Vedrines, qui allait devant, s'arrêta brusquement, poussa Blaise sur le côté, s'aplatit à côté de lui. « Bouge pas! » Un roulement sourd ébranlait la terre. Blaise vit arriver un cheval, au poil encore clair, qui tirait un train de berlines. Il crut que la galerie allait s'effondrer.

Le train disparut, un gamin accroché à la dernière voiture qui vérifiait que tout reste sur les rails.

« On va avancer un peu, souffla Vedrines; après, on tournera à droite et on ira se cacher dans l'écurie. C'est là qu'on sera le mieux pour se faire oublier. Parce que l'autre, je le connais, c'est un porion, et pas un bon : un de ces petits chefs qui oublient qu'ils ont été mineurs. Ceux-là, ils sont pires que les ingénieurs. Et puis, on a dû signaler que la cage était en surcharge avec nous deux en plus. Et puis, au jour, les argousins et les gendarmes ils ont sûrement dû avertir le directeur. »

A énumérer toutes les raisons qu'ils avaient de s'inquiéter, une sorte d'allégresse, bizarrement, semblait l'avoir saisi.

« Mais ils pourront bien chercher autant qu'ils voudront, dit-il, ils ne me trouveront pas. Parce que moi, je connais le fond bien mieux que les ingénieurs. J'avais huit ans, la première fois que je suis descendu, et maintenant j'en ai vingt-trois, tu te rends compte... »

Dans la pénombre, Blaise devina qu'il comptait sur ses doigts :

« Quatorze, quinze... Hein! C'est bien ça : quinze ans. Quinze années au fond. »

Il donna sa barrette de cuir à Blaise – « sinon, tu vas te fendre le crâne; moi je connais tous les cailloux et toutes les pierres des galeries » – et lui conseilla d'ôter ses sabots, les mineurs allant toujours pieds nus, pour éviter de glisser.

« Allez, on va se coucher dans la paille. »

Ils avancèrent entre deux murs de grès. Blaise s'écorchait les pieds sur la caillasse boueuse et glacée; sa tête heurtait des bosses dans le bois du plafond tout proche, ou bien des pointes de pierre qui pendaient, cruelles, comme pour percer les crânes des hommes. Un écoulement d'eau les gifla soudain, qui le fit reculer.

« Passe, dit Vedrines. C'est rien. Seulement une source souterraine. »

Il avait toujours cette allégresse dans la voix, comme s'il était heureux de se trouver là avec son ami, de pouvoir lui expliquer, lui faire faire le tour du propriétaire.

Ils furent bientôt à l'écurie. C'était une longue salle taillée dans le roc et voûtée en brique, à peine éclairée, où régnait une douce chaleur. Les chevaux, de grosses bêtes occupées à vider leurs mangeoires, semblèrent à peine remarquer leur arrivée. La plupart venaient de rentrer, journée finie. Seuls parcouraient encore les galeries ceux qui charriaient le bois des raccommodeurs.

Vedrines et Blaise s'affalèrent dans la paille.

« Ils ne sortent jamais? demanda le maçon.

– Qui?

– Les chevaux.

– Jamais. Ils sont bien là.

– Bien? Tu te rends pas compte : passer toute sa vie à quatre cents mètres sous terre...

– Quatre cent quarante-trois.

– Quatre cent quarante-trois si tu veux, et ne jamais voir la lumière du jour, le soleil, c'est...

– Bah, dit Vedrine, ils ne sont pas les plus malheureux. Bien sûr, ils ont peur, faut voir, quand on les descend dans le puits – on les enferme dans un grand sac de cuir, et hop! Là, d'accord, ils se demandent ce qui se passe. Y'en a même qui arrivent morts. Mais après, hein? ils sont les rois. Tout le monde les aime bien. Et la Compagnie, elle les nourrit même quand ils ne travaillent pas, même le dimanche; ils ont toujours droit à leur ration d'avoine. Tandis que moi, quand je travaille pas, elle ne me donne rien, la Compagnie. Rien du tout.

– Ecoute. On dirait... »

Blaise avait cru entendre remuer dans la paille, près d'eux.

« C'est rien, souffla Vedrines (qui avait baissé le ton, quand même), c'est des souris. Y'en a partout. Elles courent dans tes pattes, elles mangent ton briquet si t'y fais pas attention. Moi je les aime bien parce que, quand t'es allongé dans la veine à tailler la houille avec seulement ta lampe pour te tenir compagnie, et que tu crèves et que tu prends du charbon plein la gueule, t'es bien content de les écouter crier, les souris : on dirait des oiseaux. Et ici, y'a pas d'oiseaux. »

Un cheval s'agita, hennit, s'apaisa. On entendait, assez loin, les roulements des berlines, des cliquetis aussi, des bruits de choc, des coups sourds qui venaient des cages. L'extraction était interrompue jusqu'au lendemain matin, mais la mine bourdonnait encore de mille activités.

Blaise s'interrogeait. Ils n'allaient pas s'éterniser au fond. Il fallait trouver un moyen d'en sortir, et ça ne serait pas facile. En haut, on devait s'organiser. Si les policiers étaient intelligents, il leur suffirait de surveiller toutes les remontées des cages, puisqu'il n'existait pas d'autre issue. Vedrines et lui avaient eu tort de descendre dans la mine : c'était un piège. Oui, mais le moyen de faire autrement, alors que les gendarmes étaient sur eux ?

Il s'ouvrit de ses inquiétudes à son compagnon. Celui-ci croyait connaître la solution. Ils passeraient la nuit dans la chaleur des chevaux, et au petit matin ils se cacheraient dans une berline de charbon. Ce ne serait pas facile, mais cela pouvait réussir. Là-haut, les gendarmes ne fouilleraient pas toutes les berlines, ils ne s'intéresseraient qu'aux hommes. « Il nous faudra de l'aide, bien sûr. Tu comprends : quand la berline est pleine, les herscheuses les poussent dans la galerie jusqu'au plan incliné, et en bas du plan incliné, il y a un galibot qui les reçoit et les accroche ensemble pour faire un train que le cheval mène jusqu'à la cage. Et justement, je connais un galibot qui nous aidera à nous glisser sous le charbon. »

Ils s'installèrent pour la nuit. Tout au fond de l'écurie, afin de n'être pas remarqués des conducteurs, les « mène qu' vaux ». Blaise songeait à Maria, à l'Organisation, à l'avenir : le plus simple, s'il parvenait à sortir de là, serait de passer en Belgique, comme tant d'autres. Mais que deviendrait Vedrines, chargé de femme et d'enfants? Il l'interrogea.

« Bah! dit le mineur, j' connais des paysans par là-bas, du côté de Saint-Omer. Y' a des marais, des coins où on peut se cacher, le temps de se faire oublier. Mes enfants y seraient mieux nourris qu'ici. Et puis, ce qui doit arriver arrivera. »

Blaise était toujours impressionné par ce calme des gens du Nord. Il enrageait parfois, prenant pour résignation et fatalisme ce qui est longue patience. De les voir accepter leur sort sans se révolter le désespérait. Pourtant, ici, ils vivaient l'enfer. Le maçon le comprenait mieux à présent. On lui avait raconté auparavant la peine des haveurs, les soldats de première ligne, ceux qui attaquent le charbon, luttant dans l'eau, la poussière, la sueur – et parfois le gaz, mortel – contre le rocher, qui se défendait arête après arête, éclat après éclat; et il avait entendu mille fois l'axiome : « Un vrai mineur voit son sang tous les jours. » On lui avait dit la peine des herscheurs et des herscheuses – des adolescents ou des enfants – poussant comme des bêtes, échine courbée, dos rompu, leurs pesantes berlines toujours prêtes à quitter les rails. Mais il n'avait pas imaginé le froid glacé, la boue, la pluie des sources, la puanteur du goudron, de l'urine et de la merde répandus au hasard des galeries, ni ce sentiment d'étouffement qui l'avait étreint à la première minute, dès l'entrée dans le labyrinthe noir. Oui, c'était l'enfer. Et la plupart n'y survivaient pas. Quelques-uns mouraient à la tâche, au fond, pris dans un éboulement, écrasés par une berline, tués par une explosion. Les autres devenaient anémiques, tuberculeux, ou bien silicosés : des cadavres vivants aux jambes grosses comme des poignets, qui haletaient et crachaient. « Appuie du doigt sur ma poitrine, camarade », avait dit un jour à Blaise un silicosé, un homme de quarante ans à qui l'on en eût donné quatre-vingts et qui cherchait le soleil devant sa porte. Blaise s'était approché, avait à peine appuyé. L'autre criait, reculait : « Tu vois, ça fait mal et pourtant t'as à peine touché. Tu vois : mes poumons sont en carton; un rien les fait craquer. » Il trouvait encore, quand même, la force de sourire.

Les heures passaient. Un homme était venu ramener un cheval, sans les voir. Blaise somnolait, l'esprit occupé d'images de campagnes creusoises, de monts et de forêts. Il ramenait ses quatre vaches de la prairie, accompagné du chien Metternich, quand deux garnements du bourg avaient surgi, hurlant et s'agitant, qui tentaient de disperser son troupeau. Alors qu'il ramassait des pierres pour les leur jeter, un troisième s'était jeté sur lui, de l'arrière, le secouait comme un prunier. C'était Vedrines, qui le réveillait.

« Ecoute, dit-il : il se passe quelque chose de pas ordinaire. J'ai l'impression qu'ils n'ont pas eu la patience de nous attendre là-haut. Il est descendu du monde, et c'est pas l'heure. Alors, on va pas rester dans ce cul-de-sac. Viens. »

En trois secondes, ils furent dans la galerie, Vedrines toujours en avant, lampe à la main, annonçant : « Baisse-toi! Lève le pied! Accroche-toi à ma ceinture! » Ils atteignirent bientôt les abords de la salle d'accrochage, où les galeries convergent autour du puits et des cages. Une petite troupe y était rassemblée. Une poignée de gendarmes, dont les bicornes paraissaient incongrus en ce lieu. Et deux douzaines d'hommes en habits de mineurs parmi lesquels Vedrines crut reconnaître des porions. Ils écoutaient les instructions données par un policier en civil – dont la tête portait à rire, coiffée d'une barrette trop grande pour lui – qu'accompagnait un ingénieur.

« Sûr, ils nous cherchent : ils vont explorer toutes les galeries, souffla Vedrines. Viens. »

Ils rebroussèrent chemin sans attendre. Vedrines guidait Blaise dans un dédale de voies sombres, tantôt surchauffées, tantôt traversées d'un vent glacial et violent; il leur fallait parfois se casser ou traîner à quatre pattes sur cent ou deux cents mètres, parfois patauger dans l'eau jusqu'aux chevilles. Ils marchaient depuis des heures, semblait-il à Blaise, quand Vedrines demanda :

« Tu sais grimper, maçon? Va falloir. »

Il se hissait dans une sorte de fissure, invitant Blaise à le suivre. C'était une étroite cheminée, en partie boisée, où ils devaient pour monter s'accrocher à des pointes de pierres, des étais, et des aspérités. Vedrines allait vite, en habitué. Blaise suait, soufflait, souffrait, les mains en sang, une jambe déchirée par une arête de rocher. Il était épuisé quand ils parvinrent au sommet de la cheminée, s'allongèrent sur une étroite plate-forme. Il fallait ramper maintenant, dans un boyau qui serpentait bizarrement. Blaise suivit. Il n'était plus que plaies, contusions, douleur.

Ils débouchèrent enfin sur une galerie plus large, où l'on avait déposé des outils. Vedrines s'arrêta :
« Ils ne viendront jamais jusqu'ici. »

Reprit l'attente. Vedrines, parfois, racontait des histoires de mineurs, comme celle du vieux haveur qui, n'ayant jamais voulu quitter le fond, errait depuis des années de galerie en galerie et se nourrissait en volant le briquet des hommes qui n'y prenaient pas garde. Quelques-uns, assura-t-il, l'avaient vu, un grand diable à la barbe blanche et aux mains rouges comme des crêtes de coq. Vérité ? Légende ? Blaise essayait en vain de savoir. Vedrines était déjà ailleurs, égrenant les souvenirs d'un voyage qu'il avait fait, enfant, du côté de Saint-Omer, « un pays où y'a pas de routes, tu te rends compte, seulement des canaux et des rivières; et on avance là-dessus sur des petits bateaux plats qu'on fait avancer en poussant sur une perche; j'aurais bien aimé vivre là ». Il s'attardait dans des descriptions, se révélait grand bavard, lui d'une région où les hommes parlent peu.

Soudain, une forme noire s'abattit sur le mineur. Il avait esquissé un geste pour saisir une rivelaine, l'outil à deux lames plates qui sert à entailler la houille, mais son agresseur, déjà, lui tenait les bras. L'homme était arrivé à coup sûr par le boyau qu'ils avaient emprunté, et d'autres l'accompagnaient : on entendait remuer derrière lui.

Blaise avait reculé, d'instinct, prenant la lampe de Vedrines. Un boyau s'ouvrait sur la gauche dans lequel il s'engouffra. Il pensait que c'était folie. Les autres l'auraient vite rattrapé. A moins que son compagnon se débatte assez pour leur faire perdre quelques minutes, et sa trace.

Il avançait à quatre pattes, déchirant ce qui lui

restait de mains et de genoux, se heurtant parfois au plafond de schiste, la rage au cœur. Comment avaient-ils pu être découverts aussi rapidement? Alors, l'évidence : Vedrines avait commis la bêtise de l'emmener dans sa taille, son lieu de travail, et c'était bien sûr le premier endroit où les porions avaient pensé les chercher.

Le boyau se terminait brusquement en cul-de-sac. Rien à faire. Il était perdu. Restait à revenir en arrière pour se rendre, capituler. Tant d'efforts inutiles. Il se sentait près de renoncer, perdu sous terre, écrasé, cerné de toutes parts. Il leva la lampe, pourtant, d'un geste presque machinal, pour éclairer alentour. Une fissure déchirait le plafond. Il se redressa, prudemment, tâta de la main, regarda encore. Des bois avaient été placés là : une cheminée, pour mineurs. Il se hissa, comme il l'avait déjà fait. Seulement, Vedrines ne pouvait plus le guider. Dix fois, sa tête heurta le rocher, dix fois il fut sur le point de lâcher prise, dix fois il crut se briser les hanches sur des arêtes de pierre. Mais il passa.

Il se trouvait maintenant dans une voie secondaire, légèrement inclinée. Dans quel sens fallait-il la suivre? Il décida d'aller vers le haut, comme si cela devait le rapprocher de la sortie. Il était surpris de ne pas avoir été suivi – Vedrines s'était-il si bien défendu? –, songea que cela ne tarderait pas. Il fallait donc courir encore dans la boue et la caillasse. Mais le souffle bientôt lui manqua, peut-être parce que cette voie était mal aérée. Il ralentit, lança devant lui un crachat qui lui déchira la gorge, s'appuya contre la paroi pour reprendre haleine. Alors, il entendit des voix. Non derrière lui, mais devant. Il ne s'agissait donc pas de ses poursuivants. Il était cerné. Pris! Il s'obligea au calme, réfléchit. Après tout, il y avait aussi des gens qui travaillaient dans la mine à cette heure – quelle heure? dix heures, onze heures, minuit? il ne savait pas. Il avança.

C'étaient des remblayeurs, en effet, qui comblaient avec de la terre et des cailloux une veine dont l'exploitation avait cessé, tout le charbon extrait. Il passa près d'eux sans même tourner la tête, comme si une tâche urgente l'attendait quelque part, plus loin. Ils ne prirent pas garde à lui, absorbés qu'ils étaient par leur travail. C'est seulement quand il les eut dépassés qu'il entendit crier dans son dos.

« Hé! là-bas? Hé! »

Il accéléra. Un homme s'était détaché du groupe, qui le suivait. Blaise commença à courir.

« Hé! arrête! Arrête! »

L'autre courait aussi. Blaise se demandait s'il ne devrait pas s'arrêter, s'expliquer, inventer une histoire. Plus il courait, plus il était suspect. C'est alors qu'il tomba : un morceau de bois, qu'il n'avait pas vu, et qui barrait la voie. Déjà, l'autre arrivait. Un gros, rond comme un tonneau.

« Vingt dieux? Pourquoi que tu m'as pas écouté? Je criais assez fort, quand même. Il y a eu un éboulement par là... »

Il regardait Blaise, qui se relevait, ramassait sa lampe qui avait roulé.

« Mais dis donc, t'es drôlement habillé, toi! T'es pas de chez nous, hein?... T'en fais pas, c'est pas moi qui irai te dénoncer. »

On entendait, derrière lui, ses compagnons qui poussaient des pelletées de terre vers un trou.

« Reste là, dit-il. Tu pourras pas aller plus loin : l'éboulement. L'équipe qui était là ce matin a boisé trop vite, pas assez étayé, tellement ils étaient pressés d'abattre du charbon pour gagner un peu plus. Du coup, c'est tombé. Heureusement y' avait plus personne. »

Il haletait un peu, toussa, cracha. Puis, se ravisant :

« Viens avec moi; sans cela, les autres y vont se demander ce que tu fais par ici. »

Ils rebroussèrent chemin, passèrent derrière le groupe, toujours indifférent. Le remblayeur guida Blaise jusqu'à une autre galerie.

« Tu es l'homme qu'ils cherchaient, hein? Il y a deux porions qui sont passés tout à l'heure... »

La toux le reprit. Il cracha encore.

« Je vais te dire. Si tu suis cette galerie, t'arriveras jusqu'à la salle d'accrochage. Et au fond de la salle, tu verras une petite porte. Derrière, c'est le goyot des échelles. Et en haut des échelles, les autres y t'attendent pas, ou ça m'étonnerait. Passe par là. »

Il donna une tape d'encouragement sur le dos de Blaise, puis la toux le secoua. Blaise attendit qu'il se redresse, lui donna l'accolade, un peu gauche, le quitta. Il avait déjà entendu parler du goyot, une cheminée d'aération munie d'échelles qui montait jusqu'au sol et servait de sortie de secours, quand les cages étaient paralysées. De vieux mineurs, qui avaient commencé à travailler du côté de Valenciennes vers 1840, lui avaient raconté qu'à l'époque les cages étaient inconnues : hommes, femmes et enfants montaient et descendaient par les échelles, tendus par la crainte de tomber, de s'écraser trois cents mètres plus bas, n'échangeant pas un mot, n'entendant que les claquements de centaines de mains et de pieds nus sur les barreaux de frêne mouillés.

Il arriva aux abords de la salle d'accrochage, ralentit le pas, regarda. Personne d'autre qu'un palefrenier qui emmenait un gros cheval vers une galerie. Il le laissa partir. Pour parvenir à la porte du goyot, il devrait franchir une quinzaine de mètres en pleine lumière, car quatre grosses lampes éclairaient la salle. Il bondit, secoua la porte qui ne voulait pas s'ouvrir, réussit enfin à la débloquer alors qu'un homme débouchait d'une galerie, criant.

Les échelles étaient presque à la verticale, séparées par d'étroits paliers. Blaise s'y hissa, en maçon habitué à gravir les échafaudages. Il tenta d'apercevoir, là-haut, l'issue. Mais ce n'était qu'une longue colonne noire, et humide, dont on ne voyait pas la fin.

L'homme l'avait suivi, criait encore, passant avec une inquiétante régularité d'un barreau à l'autre. Mais il renonça, incapable de suivre le rythme de Blaise, et redescendit. Il allait sans doute tirer la corde qui servait à donner l'alerte à ceux du haut. Il leur suffirait de cueillir le maçon à la sortie.

Blaise se sentait pris au piège. Il avait déjà gravi une douzaine d'échelles. Mais combien en restait-il? Des dizaines. Un calvaire! Il songeait aux gamins et aux gamines qui, au temps où l'on ignorait encore la machine à vapeur, remontaient le charbon sur leur dos, par ces mêmes échelles qui lui coupaient les mains et les pieds. Des esclaves qui ne s'étaient pas révoltés. Qui ne s'étaient même pas enfuis pour courir droit devant eux, à travers les champs et les chemins, parce qu'ils n'en pouvaient plus, parce qu'il ne fallait pas demander l'impossible...

Il était bien temps de philosopher, alors qu'on s'apprêtait à le prendre. Tant d'efforts inutiles! Il s'arrêta sur un palier, pour reprendre haleine, et réfléchir. Il suffoquait, s'appuya contre la paroi humide, essuya son front qui dégoulinait. L'autre, déjà, avait dû donner l'alerte. On l'attendrait en bas et en haut. S'il lui restait une chance de s'en tirer, c'était en quittant le goyot au prochain accrochage. A condition qu'on ne le guette pas, là aussi.

Il reprit son ascension. Les échelles à cet endroit étaient plus inclinées, et l'effort moins intense. Après quelques minutes, il crut pourtant que ses épaules finiraient par se déchirer. Il parvint quand même à se hisser jusqu'à un palier un peu plus large, sur lequel s'ouvrait une petite porte. Un homme l'attendait. Blaise ne pouvait plus hésiter : il se jeta sur lui. Ils roulèrent à terre.

Les coups, la peur, le vacarme d'une cage qui passait en bringuebalant, les coups, la peur. Blaise tapait, sans voir. L'autre tentait de l'étrangler. Après un coup plus appuyé, l'homme lâcha prise, le nez cassé peut-être, le visage écrasé. Blaise traîna jusqu'au bout de la salle d'accrochage, à l'entrée d'une galerie, son adversaire qui gémissait, inconscient. Le Creusois lui arracha sa veste, s'en revêtit. Cette fois, il serait habillé en mineur. Et l'on ne prendrait pas trop garde à un mineur, peut-être, puisqu'on attendait un maçon. Il ramassa sa lampe, qui avait roulé à terre. Des hommes débouchaient d'une galerie, qui le regardèrent à peine. Gueule noire et gueules noires. Une cage s'était arrêtée. Ils s'installèrent dans des berlines, Blaise parmi eux. La cage fila vers le haut. Et bientôt, un craquement : elle retombait sur les verrous, se calait. Ils étaient arrivés. Déjà la porte s'ouvrait, les hommes sautaient des berlines. Blaise suivit, baissant la tête.

Ils allaient vers la lampisterie, pour rendre leurs lampes, observés par deux gendarmes qu'accompagnait un civil coiffé de la barrette des mineurs, un ingénieur peut-être. Blaise pensait qu'à la lampisterie, on vérifierait le numéro de la sienne – un chiffre était poinçonné sur chacune – et l'on s'étonnerait. Il fallait disparaître avant. Il commença à s'écarter doucement du groupe qui l'entourait, comme par mégarde. Dans la nuit, on ne le remarquerait peut-être pas. Il avait aperçu, sur la droite, une baraque, derrière laquelle il se glissa. Il s'adossa à la cloison de bois. Plus loin, la machine grondait. Il entendait des sonneries, des sifflets, des craquements, quelques cris. Il respira. Il se sentait oublié, posa sa lampe, sa barrette, regarda autour de lui, s'avança lentement dans la cour, à demi courbé, comme les autres. A la grille, des gendarmes éclairaient d'une lampe le visage de chacun des sortants. Blaise fit demi-tour, doucement, dépassa la lampisterie, s'éloignant vers la gauche. Il n'y avait plus là qu'une palissade, sur laquelle il se hissa sans peine. Il sauta dans un champ. Libre. Retrouver Maria.

CHAPITRE VII

Il aimait bien reposer là, la tête entre les seins de Maria, les yeux perdus dans cette crevasse du plafond qui se tordait comme une vipère. Oublier. Rêver.

Quand il avait cogné à sa fenêtre, au milieu de la nuit, comme tant de fois depuis un an, elle s'était d'abord jetée sur lui, toute angoisse et toute douceur. « Blaise! Mon petit! » Puis : « Va-t'en! Ils te cherchent. Ils sont déjà venus deux fois. » Lui : « Mais regarde-moi. Je dois me changer. » Alors seulement elle avait semblé remarquer son accoutrement de mineur, et cette farine noire qui lui couvrait le corps. « D'où sors-tu? » Elle n'écoutait même pas ses explications, elle courait partout, sans souci du bruit qu'elle faisait et qui risquait d'éveiller le docteur, en bas, sortait de dessous le lit un baquet qu'elle emplissait d'eau. « Déshabille-toi. » Il se laissait guider, se dressait nu dans l'eau glacée. Elle, comme une femme de mineur, avait pris dans les mains un peu de savon vert et gluant – dont on disait qu'il jaunit les poils et les cheveux – et commençait à décrasser son homme.

« Tu es allé au fond?
– Ils m'ont poursuivi.
– Et maintenant?
– T'inquiète pas, ils m'ont perdu.

– Ils reviendront. Ils te trouveront. »

Il n'écoutait pas. Ces mains qui l'avaient d'abord griffé et labouré s'étaient faites plus douces, glissaient sur son corps, l'enveloppaient. Il se laissait emporter par le plaisir, se retournait pour saisir Maria et, sautant hors du baquet, ruisselant, la jetait sur son petit lit de bonne. Elle lui souriait, tendre.

Ils s'étaient aimés avec, chez lui, une violence désespérée, bientôt apaisée. Maintenant, il reposait entre les seins de Maria, qui jouait doucement avec ses cheveux, s'appliquant à les enrouler autour de son doigt, comme pour lui faire des boucles. C'était folie de rester là, il le savait. Mais la fuite dans la mine l'avait épuisé; il lui semblait qu'avec elle, protégé par ses bras blancs, rien ne pourrait l'atteindre; et en même temps il lui en voulait, un peu, de l'enfermer dans tant de bonheur.

Il se redressa à demi, glissa près d'elle pour mieux la regarder. Elle avait un sourire triste.

« Tu pleures? »

Elle ne pleurait jamais. Elle ne pouvait pas.

Elle fit non de la tête, sans desserrer les lèvres, incapable de parler peut-être. Du coup, il se sentit homme à nouveau, mâle, maître. Libéré.

« Je vais devoir partir. »

Elle se taisait toujours. Ses seins, larges et haut placés, se levaient et s'abaissaient doucement, au rythme d'une respiration lente.

« Tu ne m'as même pas demandé pourquoi les argousins me couraient après.

– Si... Si tu ne me l'as pas dit, c'est que je ne devais pas le savoir. »

Quelle femme! Il fut saisi d'un élan de tendresse, la serra contre lui, à l'écraser. Elle chercha sa bouche.

On grattait à la porte.

Aussitôt, elle fut debout, enfilant sa chemise, puis un tablier. Il avait passé un pantalon, ouvert la fenêtre, prêt à sauter. Elle lui fit signe d'attendre, interrogea : « Quoi? Qui est là? » C'était le docteur. Il avait jeté sa redingote verte sur une longue chemise de flanelle blanche et s'éclairait d'un bougeoir. Il regardait Maria longuement, troublé peut-être par ce qu'elle lui révélait d'elle-même, ne prêtant pas attention à l'homme près de la fenêtre.

« Ils sont là, dit-il. Il y en a plusieurs autour de la maison. »

Puis, s'arrachant à la contemplation de sa servante :

« Monsieur, je ne tiens pas à ce qu'on vous trouve ici, ni même sortant de chez moi. Alors, vous allez m'accompagner. »

Jérôme Dehaynin avait un petit ton décidé, qui surprit Maria. Elle l'avait toujours trouvé un peu mou, sauf lorsqu'il discutait politique avec les membres de la famille; alors il s'énervait, s'entêtait, au point de perdre parfois son contrôle.

Elle fit signe à Blaise de le suivre. Sauter par la fenêtre était ridicule : les gendarmes devaient avoir déjà repéré cette silhouette qui se découpait sur la lumière de la chambre. Et elle avait compris que le docteur ne le livrerait pas.

Blaise lui serra les épaules, silencieux, puis descendit avec Jérôme Dehaynin. Elle éteignit sa bougie, courut à la fenêtre. On ne pouvait rien distinguer. La pluie tombait toujours, à grand bruit. Elle croyait deviner où le docteur mènerait son ami. Il existait à la cave, derrière un amas de caisses, une sorte de pièce voûtée où l'on ne pouvait pénétrer qu'en rampant par un étroit passage : son patron lui avait expliqué que dans des temps très anciens la maison avait servi d'étape clandestine aux protestants persécutés qui fuyaient la France pour les Pays-Bas.

Déjà, l'on cognait à la porte. Elle attendit un instant, ouvrit enfin sa fenêtre, criant : « Qu'est-ce qu'il y a? un malade? », d'une voix pâteuse, comme si on venait de l'arracher au sommeil. Pour toute réponse, les gendarmes cognèrent à nouveau avec violence, pressés sans doute d'échapper au déluge. Elle cria encore : « Que voulez-vous? Qui est malade? » Une voix éraillée répondit enfin : « Ouvrez. Maréchaussée. »

Comme elle s'engageait dans l'escalier, elle aperçut le docteur qui remontait de la cave, rouge, les cheveux en bataille. Il fit entrer les gendarmes, qu'accompagnait un policier en civil. Ils ruisselaient.

« Vous êtes bien le docteur Dehaynin? »

Le brigadier regarda le policier, surpris :

« Bien sûr, c'est le docteur. Tout le monde le connaît. »

L'autre, un petit homme aux yeux de métal, s'ébrouait sans gêne, répandant l'eau autour de lui.

« Allez-y », ordonnait-il aux gendarmes.

Puis, au docteur :

« Faites excuse. Mais on nous a dit que nous trouverions ici un malandrin, un anarcho qui a essayé de saboter la mine cette nuit, et qui est le bon ami de votre servante. »

D'un mouvement de canne à peine esquissé, il désignait Maria. Le docteur avait reculé. Sa main droite, qui tenait toujours le bougeoir, tremblait avec violence; lumière et ombre jouaient sur le visage du policier, l'étiraient, le déformaient et le brisaient. Les gendarmes, qui avaient allumé des lanternes pour s'éclairer, s'étaient déjà répandus dans la maison. On les entendait remuer le lit de Maria.

« Sabo... saboter la mine? »

Maria serrait les poings, si fort qu'elle crut les faire éclater. Cette accusation n'allait-elle pas inciter le docteur à livrer Blaise? Elle le devinait hésitant. Il avait posé son bougeoir sur un guéridon. Il la regardait. Et après tout, si cet homme disait la vérité? Qu'en savait-elle? Que savait-elle des activités de son ami? Elle prit appui sur la rampe de l'escalier. Le policier les observait, ses yeux de métal sautant de l'un à l'autre.

« Heureusement, nous étions là, finit-il par lâcher. Ce malandrin a été obligé de fuir. Alors nous pensons qu'il est venu jusqu'ici puisqu'il passe ses nuits chez vous, docteur, depuis plus d'un an. Vous n'allez pas me dire que vous ne le saviez pas. »

Il rit. Un rire qui se voulait complice, avec peut-être des sous-entendus égrillards. Maria serra son tablier contre elle. Deux gendarmes étaient redescendus, bredouilles.

« Et j'ai appelé Barrot par la fenêtre, dit l'un d'eux. Il n'a vu sortir personne. »

Le policier les envoya à la cave, entraîna le docteur vers le cabinet où celui-ci recevait d'ordinaire les malades. Maria s'était assise sur les premières marches de l'escalier. Glacée jusqu'au cœur. Et aux aguets. Le docteur allait parler. Ou bien, il tomberait dans un piège. Depuis qu'elle le servait, elle avait appris à le juger, à le jauger. Généreux, mais sans défense. Elle avait souvent pensé qu'une vie trop facile ne lui avait pas appris à se méfier; il se laissait berner par des malades qui oubliaient de le payer – les plus riches souvent, alors que les pauvres n'osaient pas le consulter sans apporter leurs cinquante centimes; s'il avait dû travailler à l'usine, ou chez Jan Vangraefschepe, il aurait appris à rester toujours sur ses gardes. Elle le jugeait timide, aussi : pourquoi ne lui avait-il jamais parlé de Blaise? Pas la moindre remarque en un an. Souvent, couchée au côté de son ami dans sa petite chambre de bonne, elle s'était demandé ce que pensait son patron, en bas. La conduite de sa servante le choquait à coup sûr, et pourtant il n'avait rien dit.

Les deux gendarmes étaient remontés de la cave, uniformes souillés de salpêtre et de poussière. Ils regardaient sans gêne cette femme aux longs cheveux dénoués, à peine vêtue, que l'on devinait sortant tout juste de son lit. Elle les dévisagea : « Mettez vos yeux ailleurs! » Ils rirent :

« Ben quoi! On a bien le droit. Et t'étais pas si prude avec ton galant. »

Celui qui avait lancé cela semblait le plus âgé de tous. Un bonhomme au petit bedon, dont la moustache avait blanchi. Il s'approcha :

« Et le docteur, hein, il devait pas s'ennuyer toutes les nuits? Il y en avait pour tout le monde. »

Elle s'était dressée, saisissant le bougeoir abandonné par Dehaynin.

« Approchez pas, ou je vais vous brûler la moustache, moi! »

Il rit. Mais s'arrêta. Deux autres gendarmes les rejoignirent dans le couloir près de l'entrée. Ils échangèrent des mimiques désappointées. Rien. Ils étaient tous bredouilles. A moins que le docteur...

« Alors, la belle. Dis-nous ce que tu en as fait, de ton galant. »

Elle ne répondit pas. Le policier revenait en compagnie de Jérôme Dehaynin, silencieux, interrogeait les gendarmes du regard.

« On a regardé partout », dit le brigadier.

L'autre haussait les épaules.

Jérôme Dehaynin baissait la tête, comme un enfant coupable. Maria fut tentée de se précipiter vers lui, pour le remercier d'avoir gardé le silence. Mais elle ne fit pas un mouvement.

« On va y aller, dit le policier. On emmène mademoiselle; on a quelques questions à lui poser, figurez-vous.

– Laissez-moi m'habiller, quand même. »

Il lui permit de remonter dans sa chambre, suivie de deux gendarmes qui ne la quittèrent pas des yeux quand elle passa sa robe noire sur sa chemise. Leurs regards la brûlaient. Mais ses protestations les laissèrent indifférents. Elle leur tourna le dos, prête à se défendre si elle les entendait bouger. Depuis la grange de Jan Vangraefschepe et l'usine, elle était habituée aux regards et au désir des hommes.

Quand elle redescendit, Jérôme Dehaynin n'avait pas bougé. Il ne dit rien quand ils l'emmenèrent sous la pluie battante.

Ils avaient laissé Maria, trempée et grelottante, dans une sorte de petit cachot, au fond de la gendarmerie. Quand même, au petit matin, la femme du brigadier lui avait apporté un bidon d'eau de chicorée, brûlante.

Vers le milieu de la matinée, on la fit sortir. Le petit policier aux yeux de métal venait d'arriver. Joyeux. Il se frottait les mains, allant de long en large dans la pièce qui semblait lui servir de bureau. Les gendarmes qui avaient fait entrer Maria étaient repartis sur un signe, la laissant debout au milieu de la pièce. Elle pensait à M. Léonard qui tournait ainsi autour d'elle, au cabaret du Vert Pinson. Il y avait si longtemps. Et ça recommençait!

« On l'a eu », dit enfin le policier.

Elle crut tomber. Il le vit.

« Tu ne t'attendais pas à celle-là, hein? »

Il se trompait. Elle s'était préparée à tout, et naturellement au pire. Mais on n'est jamais tout à fait armé.

Il riait, allait jusqu'à la fenêtre, regardait le ciel, vide de nuages maintenant, d'un bleu très pâle comme si la pluie l'avait lavé.

« Ça va tourner à la gelée. Tu n'auras pas chaud en prison. »

198

Elle avait décidé de ne pas lui répondre. Pas un mot. Il revint vers elle, s'approcha, à la toucher. Il sentait le tabac. Sa joue droite était presque déformée par une grosse verrue noire, qu'elle n'avait pas remarquée dans la nuit.

« On avait tout combiné avec le docteur, dit-il. Il voulait pas qu'on prenne ton amoureux chez lui. C'était embêtant pour sa réputation. Moi, je comprenais cela : on peut être arrangeants dans notre métier. Alors, on s'est mis d'accord : il le ferait sortir au petit matin; et nous on l'attendrait un peu plus loin pour le prendre. »

Chaque phrase : un poignard qui déchirait Maria. Elle se mordait les lèvres, tentait de se contrôler. Elle ne pleurerait pas. Elle ne se souvenait pas d'avoir jamais pleuré. Elle n'offrirait pas un tel triomphe à ce policier. Il devina son trouble.

« Bah! bah! dit-il. Allons, ma belle... »

Il tendait la main vers elle, comme pour la rassurer, la caresser peut-être. Elle recula, farouche.

« Il faut dire, poursuivait-il, que la cachette était bien trouvée. Les gendarmes n'ont rien vu. C'est toi qui en avais eu l'idée? »

Elle était tombée à genoux, épuisée, se sentait vaincue. Elle fit non, de la tête.

Il s'était rapproché, penché sur elle. Elle sentait son haleine, acide, sur son cou.

« C'est le docteur, alors. Un malin, ce docteur. C'est lui, hein?

– Puisqu'il vous... »

Elle s'interrompit aussitôt. Elle avait décidé de ne pas dire un mot, elle ne dirait pas un mot de plus, quoi qu'il arrive.

Il lui saisit les cheveux, les tirant en arrière pour qu'elle redresse la tête.

« C'est le docteur, hein? »

Elle ne disait rien.

Il la lâcha, se redressa, alla s'asseoir au bureau.

« Ça n'a pas d'importance. De toute manière, Riboullet nous le dira. Il n'est pas comme toi, lui. Il parle. Dès qu'on l'a pris, il nous a raconté des choses. Il nous a donné le nom de son complice, le mineur, Vedrines... »

Il l'observait.

Blaise. Blaise dénonçant un ami aux policiers. Le docteur dénonçant Blaise. Lâcheté partout.

Elle se défaisait un peu plus à mesure que l'homme parlait.

« Tu l'as connu, toi, Vedrines? »

Non. Blaise ne lui avait jamais rien dit. Ni de ce qu'il faisait, ni de Vedrines. Elle n'avait jamais entendu ce nom. Il gardait bien ses secrets, Blaise. Tellement bien que soudain une évidence l'illumina : ce que cet homme racontait était impossible; la vérité, c'est que Blaise ne voulait pas parler, et les policiers pensaient réussir avec elle, une femme. Raison de plus pour se taire.

Elle se releva. Le policier fut frappé par l'expression nouvelle de ses yeux, interrompit une phrase qu'il avait commencée, remua quelques papiers, en prit un, commença à lire.

« Maria Vandamme, père et mère inconnus. Née sans doute en 1843. »

Il levait la tête.

« Pourquoi as-tu fait inscrire 1840 sur ton livret d'ouvrière? »

Silence. A quoi bon lui expliquer qu'elle avait commencé à tricher sur son âge lorsqu'elle s'était enfuie de chez Jan Vangraefschepe, dans l'espoir d'échapper aux recherches? Il lisait encore.

« Tiens, je vois que tu as eu un ami qui est

200

maintenant en prison. Un fraudeur celui-là. Tu les choisis toujours parmi les voyous? »

Aloïs. Où était-il? Maître Callonne, l'avocat républicain qu'elle avait alerté, ne donnait plus de nouvelles. Elle songea que désormais les deux seuls hommes sur lesquels elle pouvait s'appuyer seraient l'un et l'autre enfermés. Et le docteur qui avait trahi... Elle se retrouverait seule, une fois de plus. Le policier s'était levé, s'approchait à nouveau, une badine à la main, qu'il faisait tourner.

« Ecoute : tu risques d'aller en prison, toi aussi. Pour complicité. Puisque c'est toi qui as caché Riboullet. Il y en a qui ont été enfermés pour moins que ça. Mais si tu veux être gentille, on te fichera la paix. Comme pour le docteur. Alors, tu vas me dire ce qu'il te racontait, Riboullet. »

Rien. Elle regardait le policier droit dans ses yeux de métal, devenus minuscules. Rien.

Il fit siffler la badine par-dessus la tête de Maria. Elle ne cilla point. Léonard; il lui rappelait de plus en plus M. Léonard. Elle avait tenu bon devant celui-là, elle résisterait à celui-ci.

Il souriait à nouveau, bon apôtre à présent.

« Ecoute : tu peux parler, parce que, ce que je cherche, c'est seulement des confirmations, des petites choses de détail. Le plus important, Riboullet, il nous l'a déjà dit. Et comme il va rester longtemps en prison, il ne pourra pas venir te faire des reproches. Alors, tu n'as pas à t'en faire.

– Menteur! »

Elle avait crié. Elle ne pouvait plus se contenir. Menteur! Blaise, elle en était sûre, n'avait pas parlé.

« Qu'est-ce que tu as dit?... Qu'est-ce que tu as dit? Tu vas répéter? »

Il s'excitait en criant. Elle ne fut pas surprise

lorsque la badine lui ouvrit la joue. Mais les murs de la salle commencèrent à tourner dans un brouillard rouge tandis qu'enflait comme une pomme pourrie la verrue noire sur la figure du policier. Tout se mêlait et se déformait. Elle s'écroula.

Il appela le brigadier.

« ALLEZ-Y, insistait Blaise. Les gendarmes ne s'étonneront pas : vous êtes le maître de Maria, vous avez le droit de savoir ce qu'elle est devenue. »

Jérôme Dehaynin hésitait, résistait, expliquait que s'il se rendait à la gendarmerie, tout Lens jaserait, sa réputation serait perdue. Dix, vingt, trente personnes l'auraient vu et le répéteraient à autant d'autres, qui le claironneraient à leur tour. Toutes y trouveraient la confirmation des rumeurs qui devaient courir la petite ville depuis l'aube. Déjà, les deux seuls clients qu'il avait vus dans la matinée l'avaient bizarrement regardé.

Blaise, impatient, repartait à la charge, cessant de mastiquer le quignon de pain que Dehaynin venait de lui apporter dans son réduit, avec une cruche de bière, en guise de déjeuner.

« Mais enfin, vous n'avez pas de cœur? Savoir ce qu'ils lui font, les argousins? Je les connais, moi... S'ils voulaient seulement l'interroger, ils n'avaient pas besoin de la garder toute la nuit et toute la matinée. »

Perplexe, embarrassé, le docteur s'arrachait la peau autour des ongles. A saigner. Puis, très bas :

« Si je n'avais pas de cœur, je vous aurais dénoncé. »

Et constatant que la riposte avait porté, que Blaise ne répondait pas :

« Après tout, c'est vous qui avez compromis Maria. Ne renversez pas les rôles : si elle est entre les mains de la police, c'est à cause de vous. »

Il s'enhardissait, reprochait au maçon ses activités clandestines, illégales, criminelles peut-être, qui ne se justifiaient plus puisque l'empereur faisait maintenant des concessions : la presse était plus libre, l'opposition mieux tolérée, les ouvriers avaient même le droit de se coaliser.

« Le droit de faire grève, oui, répondait Blaise, mais pas celui de nous associer. C'est même pour cela qu'ils me courent après : parce que je voulais créer une organisation d'ouvriers. Pour cela, ils me traitent comme un criminel. »

Il soupirait, grommelait, saisissait la cruche de bière pour boire à la régalade, la reposait, crachait. Agité.

Le docteur décida de le laisser, se glissa sous le mur, remonta dare-dare. Il craignait l'arrivée d'un client qui s'étonnerait de trouver le cabinet vide, ou une nouvelle irruption des gendarmes. La nuit précédente, le policier avait mal accepté son échec; il paraissait convaincu que Blaise était caché dans la maison, bien que ses hommes, la fouillant de la cave au grenier, n'eussent rien trouvé; ils reviendraient, reprendraient leurs recherches. Ou bien ils attendraient alentour, pensant que le maçon finirait par sortir, et qu'on pourrait alors le surprendre.

Que faire? Pour réfléchir, Jérôme Dehaynin s'installa dans son cabinet, entre ses livres et ses pots de pharmacie en faïence, sous le cadre où s'étalait son diplôme de médecin. Il fut dérangé par une malade, une femme d'une quarantaine d'années, à qui son mari commerçant avait transmis la syphilis – attrapée, assurait-elle, chez une prostituée d'Arras. Il lui prescrivit un traitement au mercure; puis, comme elle objectait que c'était onéreux, il se borna à lui conseiller une décoction de salsepareille, et la poussa vers la porte. La veille encore, il se fût insurgé, eût plaidé pour qu'elle se soigne énergiquement sans regarder à la dépense puisque ses affaires étaient prospères. Mais il était trop las, et préoccupé. Plus il réfléchissait à sa situation, moins il savait quel parti prendre. Il essaya de n'y plus penser, commença une lettre pour un négociant parisien auquel il voulait commander un tonneau de malaga qui, assaisonné de plantes bien choisies, pourrait servir de fortifiant aux jeunes mineurs anémiques.

La porte du cabinet s'ouvrit, comme arrachée. C'était Blaise, qui ne supportait plus de demeurer dans son réduit.

« Vous êtes fou! On pourrait vous voir.

– M'en fiche. »

Ils s'affrontèrent. Jérôme Dehaynin poussait le maçon vers la cave – « je ne veux pas qu'on vous trouve ici ». L'autre résistait. Il avait échafaudé un plan compliqué et hasardeux pour se glisser jusqu'à la gendarmerie et tenter de délivrer Maria.

« Mais vous ne comprenez pas que les gendarmes vous attendent autour de la maison! Ils vous prendront dès que vous serez sorti, et vous serez bien avancé! »

Blaise n'en voulait pas démordre.

Alors, le docteur utilisa un ultime argument :

« Retournez à la cave. Et j'irai m'enquérir de Maria, moi. J'irai ce soir. »

Blaise, calmé soudain :

« Vous irez?... Bien sûr, ce soir personne ne vous verra. Les jours sont courts en décembre. »

Il y avait du mépris dans sa voix. Mais il se laissa pousser jusqu'à la cave.

Une heure plus tard, un gendarme vint chercher Jérôme Dehaynin. Affolé. Maria était au plus mal. « Elle perd le sang, par en bas. »

« Maintenant elle dort, dit le docteur à Blaise. Il faut la laisser en paix. Si vous voulez la voir, il vous faudra attendre la nuit, quand la garde sera partie. »

A la gendarmerie, il avait trouvé sa servante agitée et épuisée, étendue sur une paillasse que son sang avait rougie. Deux femmes de gendarmes, près d'elle, tentaient de lui faire boire une tisane. Une fausse couche. L'embryon semblait avoir environ trois mois.

Sans demander l'autorisation de quiconque, il l'avait portée jusqu'à sa voiture, et commandé qu'on aille quérir la Mahon, une femme âgée qui lui servait parfois de garde-malade. Comme il allait quitter la gendarmerie, le petit policier était apparu, embarrassé : « Docteur, vous... » Jérôme Dehaynin avait détourné la tête, fait claquer le fouet. « Hue! » Maria le regardait, les yeux vides, le corps agité de tremblements.

Il l'avait montée dans sa petite chambre. Maria répétait toujours la même phrase, que le docteur ne comprenait pas : « Alors, vous ne l'avez pas dénoncé; c'était un piège! » Elle s'était enfin endormie quand il lui avait fait respirer de l'éther. Qu'elle repose! Prévenir Blaise.

Celui-ci : abattu. Stupéfait aussi.

« Elle était prise! Et depuis longtemps? Vous le saviez, docteur? »

Dehaynin haussait les épaules, secouait la tête.

« Non. Pourquoi voulez-vous? Et à vous, elle n'avait rien dit? »

Au tour de Blaise de hocher la tête. Ils se regardaient, désarmés, habités des mêmes interrogations : pourquoi avait-elle caché son état? pourquoi restait-elle si secrète?

Blaise avait une autre question à poser :

« C'était un garçon?

– A quoi bon vous tourmenter? C'est un accident, voilà tout. On ne peut pas appeler ça un drame. Vous aurez d'autres enfants. »

Jérôme Dehaynin alignait ces phrases sans conviction aucune. Pour les avoir beaucoup répétées, il les connaissait par cœur. Sur dix enfants qui naissaient à Lens, un mourait aussitôt. Et sur dix femmes enceintes, deux faisaient des fausses couches. Elles s'en réjouissaient parfois : parce qu'elles n'auraient pas une bouche de plus à nourrir; ou bien parce qu'elles étaient filles mères (de quatorze ou quinze ans le plus souvent). Il se croyait pourtant tenu de les réconforter.

Blaise n'écoutait pas. Il s'était laissé tomber dans un coin du réduit; il raclait le sol de ses ongles, avec un entêtement rageur. Le docteur songea qu'il devrait remonter : la garde s'étonnerait de ne plus le voir. Il voulait auparavant consulter Blaise sur ses intentions.

« Vous allez l'épouser? »

Le maçon levait la tête, interdit.

« L'épouser?

– Oui. Il faut vous mettre en règle avec le bon Dieu, Riboullet. »

Blaise dressé d'un bond :

« En règle?... Il m'a pris l'enfant de Maria! »

208

Le docteur reculait :

« Mais c'est... Je veux dire : c'est sûrement pour son bien. Dieu sait ce qu'il fait. Nous devons nous soumettre à Sa Volonté.

– Pour notre bien... Sa volonté... Ecoutez, docteur, je ne sais pas s'il existe votre bon Dieu. Mais s'il existe, c'est un salaud vous m'entendez... un salaud ! »

Le docteur remonta.

Les jours succédaient aux jours. Les gendarmes étaient revenus visiter la maison, posant quelques questions, mais sans insister. Le docteur ne sortait plus le soir. Maria retrouvait lentement la roseur de ses joues, la force de se lever pour faire le tour de son lit, le courage de parler. Blaise montait la rejoindre chaque nuit, après le départ de la garde-malade.

Quand il quittait sa cave, il se heurtait parfois à Jérôme Dehaynin et celui-ci, deux ou trois fois, l'avait invité à partager son dîner – une andouillette, une galette aux poireaux, ou une simple soupe de légumes. Les deux hommes, pourtant, restaient sur leurs gardes, se parlaient peu, sauf pour s'affronter dans de courts débats politiques. Blaise avait commencé, le quatrième jour, en soulignant – à propos de la fausse couche de Maria – les malheurs des femmes et des filles de la mine, les herscheuses employées à pousser leurs énormes berlines de charbon, à demi nues, dans leurs galeries de taupes. Le docteur répondait que la Compagnie des mines de Lens, justement, ne voulait plus laisser les filles travailler au fond. Mais les mineurs y tenaient, tout le monde le savait, ils s'entêtaient de manière absurde. Alors Blaise avait évoqué les salaires de misère : « S'ils font travailler leurs filles et leurs femmes comme des bêtes, c'est pour gagner quelques sous de plus. Il n'y a pas d'autre raison. »

Deux jours plus tard, le docteur contre-attaquait :

« J'ai repensé à ce que vous disiez. C'est vrai que les salaires ne sont pas très élevés. Mais j'en ai déjà parlé avec des ingénieurs. D'après eux, il est impossible de faire autrement à cause de la concurrence du charbon belge; la houille du Nord a du mal à se vendre, même à Paris. Et puis, il y a des choses auxquelles vous n'avez sûrement jamais pensé : savez-vous que les mines de charbon sont la seule industrie de tout l'Empire à payer un impôt sur les bénéfices?

— Ce que je sais, c'est que les actionnaires de la Compagnie sont grassement payés. Et depuis longtemps. Alors, ça ne doit pas aller si mal que ça. »

Le docteur répétait qu'il ne fallait pas juger trop rapidement, qu'il existait dans les classes élevées des gens qui voulaient le bonheur des ouvriers, qu'on allait améliorer leur sort, que l'Eglise poussait en ce sens, qu'on construisait des maisons pour les mineurs, des écoles aussi, qu'il fallait se montrer patients, qu'on ne pouvait pas tout faire en un jour. Et Blaise, théâtral, se levant comme pour haranguer une assemblée : « Attendre! Attendre! C'est tout ce qu'ils savent dire. Mais nous, les pauvres, il y a cent siècles que nous attendons! Alors, c'est fini! »

Il criait tant que Maria, anxieuse de savoir ce qui provoquait une telle colère, descendit les rejoindre. C'était la première fois qu'elle quittait sa chambre.

Le lendemain, Jérôme Dehaynin rentra très tard. Blaise, qui regardait somnoler Maria, l'entendit remuer des chaises, claquer les portes, comme s'il s'ingéniait à faire du tapage, pour attirer l'attention. Il fut tenté de descendre, ne bougea pas. Bientôt, le docteur, visage défait, vint gratter à la porte, lui fit signe de venir.

« Voilà... Il faut que nous prenions une décision... Est-ce que vous avez songé à ce que vous allez faire? »

Quelle question! Bien sûr que Blaise y songeait. Il ne passait pas une heure dans son réduit sans se demander comment il allait se tirer de là – les gendarmes surveillaient toujours la maison – et ce qu'il ferait ensuite. Aller en Belgique avec Maria? Il fallait bien l'avouer : elle serait surtout une charge. Sa vie d'exilé, de demi-clandestin, d'agitateur ou de militant ne pouvait être partagée. La preuve : ce qui venait de se passer. Il avait conclu, rageur et triste, qu'il partirait seul. Mais sans oser l'avouer à son amie. Et elle ne l'interrogeait jamais, elle attendait qu'il lui parle de l'avenir. Il préférait lui raconter sa vie à Paris, la foire aux maçons qui se tenait, pour l'embauche, sur la place de l'Hôtel-de-Ville, les grands travaux auxquels il avait participé, la ville nouvelle qui surgissait avec des boulevards aussi larges que la plus grande place de Lille. Ou bien, il tombait dans de longs silences, qu'elle n'interrompait pas. De ses intentions, pas un mot.

Et maintenant, le docteur. Pourquoi était-il si pressé de savoir tout à coup?

Blaise crut deviner qu'un danger se précisait.

« Il y a du nouveau?

– Je vous ai posé une question. Répondez. »

Il remarqua que les mains de Jérôme Dehaynin tremblaient.

Maria lui avait raconté comment, la nuit où les gendarmes avaient tout fouillé, ces mains faisaient danser la lanterne, dessinant sur les visages des ombres mouvantes et parfois bizarres.

« Alors, Riboullet, qu'allez-vous faire?

– Si vous ne voulez plus de moi, je peux partir

tout de suite. Je ne peux pas vous obliger à me garder. »

Le ton était rogue, presque hargneux. Jérôme Dehaynin ne sourcilla pas.

« Et Maria ?

– Demandez-lui. »

Ils se regardèrent, se défièrent. Deux blocs. Un monde entre eux. Mais cela ne dura guère.

Le docteur céda.

« Voilà, dit-il, je vais quitter Lens. Je préfère m'installer ailleurs. Le... l'ambiance de cette ville ne me convient pas. »

Il n'avoua pas qu'on le poussait à partir. Le soir même il avait été convoqué chez l'abbé Houtart, l'animateur des cercles d'études auxquels il participait. Le prêtre, un petit homme au visage presque noir, l'avait reçu, fait exceptionnel, dans son salon, une grande pièce froide qui sentait la poussière. Il lui avait d'abord expliqué que sa présence n'était plus souhaitée aux réunions du soir : « Les parents de nos jeunes gens ont été choqués, quelques-uns même scandalisés par ce qui s'est passé chez vous... Tout se sait, vous ne l'ignorez pas. Vous hébergez une pécheresse publique, qui est aussi l'amie d'un anarchiste... Quelques-uns même ont chuchoté que votre servante avait pour vous... » Comme Dehaynin sursautait, le prêtre avait étendu la main, apaisant : « Je n'en crois rien, bien sûr. Mais vous voyez ce qu'on risque lorsqu'on prête le flanc aux critiques. » Il parlait par saccades. Tête basse. Embarrassé. Il finit par lâcher l'essentiel. Un ingénieur – « M. Faussier, vous le connaissez, il a beaucoup d'estime pour vous, lui aussi. » – était venu le voir la veille, envoyé par le directeur de la mine : « Aux yeux de ces messieurs, vous êtes le complice de ce meneur... ce Riboullet. Alors, ils ne vous pardonneront rien. Et vous savez qu'ils sont tout-puissants ici.

Ils vous casseront. Vous feriez mieux de quitter la région. Ce serait préférable pour tout le monde. Vous êtes encore jeune. Votre famille peut vous aider. Vous pouvez être utile ailleurs, très utile, et vous faire une belle situation, fonder une famille heureuse. »

Jérôme avait protesté qu'il se trouvait bien à Lens, qu'il n'entendait pas partir, qu'il irait trouver le directeur pour lui expliquer, qu'il s'agissait d'un simple malentendu. Mais il savait la partie déjà perdue. En le raccompagnant jusqu'à la porte, le prêtre avait chuchoté :

« Vous avez entendu ce qui est écrit dans l'Evangile, à propos de la femme adultère, quand Jésus lance à tous les hommes qui sont là : « Que celui qui « n'a jamais péché lui jette la première pierre.» Non, vous ne le savez pas? Il est écrit ceci : « Ayant « entendu ces paroles, ils s'en allèrent l'un après « l'autre, en commençant par les plus âgés. » Les plus âgés! Il était malicieux, l'évangéliste. Et vous, vous êtes encore jeune. Pourtant, vous partez le premier. Nous vivons dans un drôle de siècle. »

Là-dessus, le prêtre l'avait embrassé.

Plutôt mourir que confier les vraies raisons de son départ à Blaise Riboullet : ce révolté qui haïssait la société y trouverait de nouveaux arguments, de nouvelles raisons de prêcher la révolution.

Depuis près d'une semaine qu'ils cohabitaient, se rencontraient dans le réduit ou la cuisine, le docteur s'était parfois demandé pourquoi il n'avait pas dénoncé le maçon dès le premier jour. Il revoyait le policier dans son cabinet, tournant autour de lui comme une guêpe, mêlant menaces et séductions tandis que les gendarmes mettaient la maison sens dessus dessous. Lui, silencieux, tête baissée comme un mauvais élève, songeait alors à sa mère, une

Flamande de Hondschoote, rigide, qui lui répétait chaque jour « Il y a des choses qui ne se font pas, Jérôme. » Voilà, c'était simple au fond : « Il y a des choses qui ne se font pas. » On ne livre pas un homme après l'avoir caché. Simple. Cette nuit-là, cette terrible nuit, une autre image de femme l'avait retenu. Maria. Mais quoi, il y a des choses qui ne se font pas. Il fallait oublier cette nuit, et ses questions.

Restait à organiser leur départ.

« Je voudrais, dit-il, que tout soit réglé avant la fin de l'année, donc dans trois semaines. Une de mes nièces, Léonie Rousset, a eu un enfant le mois dernier, on le baptise à Noël; je dois aller à Lille à cette occasion. Je ne souhaite pas revenir. »

Blaise ne répondait pas. Il s'était assis, se grattait la barbe sans ménagements – un signe d'agacement ou de perplexité que Jérôme Dehaynin avait déjà remarqué.

« Et vous, reprenait le docteur, comment pourriez-vous partir d'ici sans être repéré?

– Moi?... J'y ai pensé, figurez-vous. Je savais bien que vous vous lasseriez de moi un jour ou l'autre : les pauvres ont l'habitude de ça... »

Il avait retrouvé, d'un coup, cette voix de tribun qui exaspérait Jérôme Dehaynin. Il s'énervait. Le docteur lui montra le plafond : à tant crier, il allait attirer l'attention de Maria.

« Voilà, reprit Blaise, un ton plus bas. On est bientôt le 15 décembre. Baleine passe toujours à ce moment-là. Vous le connaissez? Bon. Arrangez-vous pour qu'il vienne chez vous. Avec lui, je me débrouillerai. »

Baleine : un vieux colporteur qui sillonnait les chemins et les routes à bord d'une énorme voiture chargée d'almanachs, de petits journaux, de parapluies, de chapelets et de pipes, de draps et de serviettes. Une figure que le docteur détestait parce qu'il répandait aussi dans les bourgs et les villages de mystérieux onguents et des « remèdes secrets », d'étranges purgatifs et des sirops de limace pour soigner les maux de gorge.

« Si vous partez, reprit Blaise, vous emmènerez Maria ?

— Maria ? Elle ne va pas vous suivre ?

— Je ne lui ai pas demandé ça. Ma vie... c'est pas une vie pour une femme.

— Vous n'allez pas l'épouser, Riboullet ? C'est votre devoir ! Vous devez régulariser votre situation, je vous l'ai déjà dit. »

Régulariser ! Il en avait de bonnes, celui-là ! Dans quel monde vivait-il ? On ne peut rien régulariser quand on est proscrit. Blaise haussa les épaules, ricana.

Alors, Jérôme Dehaynin, choqué :

« Et Maria ?... Elle tient à vous plus qu'à tout. Si vous la laissez... Si vous la laissez, je ne sais pas ce qui arrivera. »

Blaise, cette fois, accusait le coup, se prenait la tête entre les mains, grognant, laissant tout juste échapper quelques mots que le docteur d'abord eut peine à comprendre, et qui signifiaient que justement il avait eu tort, lui Blaise Riboullet, de suivre la jeune femme jusqu'à Lens, parce qu'avec la vie qu'il menait on ne devait se lier nulle part, avec personne – « un peu comme les curés » – ou bien se contenter d'amours passagères, alors qu'elle s'était attachée. Il était plus que temps de couper les ponts, de rompre. Cela ferait mal, et il en souffrirait aussi, et pas un peu, mais il y avait bien réfléchi, il ne voyait pas comment faire autrement. Il ne pouvait pas lâcher l'Organisation, et il se faisait moins d'illusions que jadis : la République sociale, ce n'est pas demain qu'elle succéderait à l'Empire ; il y

faudrait dix ans, vingt ans peut-être. En attendant :
la prison, l'exil, les grèves, les réunions clandestines,
la fuite avec les policiers au cul. Lui-même, Blaise
Riboullet, pendant ces quinze mois passés à Lens
avec Maria, il s'était laissé prendre au jeu, il avait
cru qu'il serait possible de vivre quand même
comme tout le monde avec une femme et des
gosses, pas grand-chose à manger, certes, et pas
grand-chose à se mettre sur le dos, « mais quand on
s'entend bien, on l'oublie. » Et patatras : depuis dix
jours, il était ramené à la réalité. Bien sûr, elle
souffrirait, Maria, et plus que lui peut-être...

Il leva enfin la tête, regarda le docteur :

« Souvent je me dis : elle est faite pour souffrir. Il
y a quelque chose en elle qui fait qu'elle ne peut pas
être tout à fait heureuse, jamais. Vous ne pensez pas
comme moi? »

Jérôme hocha la tête. L'espace d'un instant, ils se
sentirent plus proches.

« Vous l'emmènerez, hein? demandait Blaise.
Vous l'emmènerez? Si elle est avec vous, je serai
plus tranquille, vous comprenez, plus tranquille.

– Si Monsieur ne veut plus de moi, je trouverai
bien du travail à l'usine ou à la mine », dit Maria.

Ils se retournèrent, stupéfaits. Elle les écoutait
depuis de longues minutes, ils ne l'avaient pas
entendue entrer dans la pièce.

CHAPITRE VIII

« RACONTE, disaient les enfants, raconte l'histoire de la baleine bleue! »

Le vieil homme ne se faisait pas prier. Quand il avait fini de vendre ses almanachs et ses parapluies, ses onguents et ses serviettes, ses fils à coudre, à repriser, à tricoter, quand il avait trouvé une écurie et un picotin pour son cheval boulonnais, il racontait aux enfants de Valenciennes, mais aussi à ceux de Denain, d'Anzin, de Bruay, de Béthune ou de Lens, serrés autour de sa voiture, l'histoire de la baleine bleue.

« D'abord, demandait-il, est-ce qu'il y en a un, ici, un qui a vu la mer? »

Il n'y en avait jamais un seul. Il le regrettait car les enfants, c'est connu, expliquent aux enfants bien mieux que les grandes personnes. Pour faire comprendre ce qu'est la mer, il cherchait donc des comparaisons.

« La mer est comme une grande bassine pleine d'eau, mais grande, plus grande que ce que vous avez vu de plus grand. Comme le ciel, tenez. »

Ou bien :

« La mer est comme un canal, mais un canal dont vous n'arrivez pas à voir l'autre côté, parce que l'autre côté est tellement loin qu'il faut monter sur un bateau pour y aller. Et le bateau doit avancer pendant des jours et des jours, des semaines et même des mois avant d'y arriver. Tellement c'est grand, la mer. »

Ils rêvaient à des immensités. Et il y en avait toujours un pour demander comment on faisait avancer le bateau. En se mettant à plusieurs au bord de l'eau pour le tirer avec une corde, comme les péniches? Ou bien en prenant appui sur le fond avec de longues perches, comme le faisaient aussi les mariniers? Non, le fond était trop loin, le bord également. C'était le vent, expliquait le vieil homme, le vent qui poussait le navire de l'avant en soufflant dans les grand-voiles que l'on suspendait à de grands mâts presque aussi hauts que les roues de la fosse. Maintenant, on fabriquait même des bateaux qui avançaient tout seuls, sans l'aide du vent, grâce à une machine à vapeur comme celle de la mine, qui faisait tourner de grandes roues de bois ou des hélices de fer. Mais quand le vieil homme avait couru après la baleine bleue, c'était à bord de bateaux à voiles. Le premier s'appelait le *Watervitch*, un nom imprononçable, un nom anglais, tout simplement parce que c'était un bateau anglais, avec un capitaine anglais, et des officiers anglais et qu'il chassait la baleine autour d'une île qui appartenait aux Anglais, là-bas au bout du monde, de l'autre côté de la terre, près d'une terre immense qu'on appelle Australie. Une île dont les enfants de Valenciennes, de Lens, de Denain et d'ailleurs, n'avaient jamais entendu parler auparavant, mais dont ils allait bientôt nourrir leurs rêves.

Une île, disait le vieil homme, où la peau des mains n'éclate jamais de froid parce qu'il n'y fait jamais froid, un pays toujours vert parce qu'il n'y fait jamais trop chaud, un pays où rien n'est noir, où les couleurs rient partout, un pays où affluaient maintenant tous les gueux du monde parce qu'on y

218

avait trouvé de l'or. De l'or! Pourtant quand il naviguait sur l'océan aux alentours de Hobart, le vieil homme ne se souciait guère de l'or. D'ailleurs, on pouvait bien gagner sa vie sans trouver de l'or, en vendant de l'huile de baleine aux Anglais. Et des baleines, Dieu sait qu'il y en avait autour de Hobart!

A ce moment du récit, les enfants s'approchaient encore, car ils savaient que les préliminaires étaient terminés, et qu'on allait entrer enfin dans le vif du sujet. Alors, s'il lui prenait envie de les agacer, le vieil homme prolongeait cette préface. Il racontait comment, jeune mousse dunkerquois embarqué sur le bateau du fameux Blanckeman – un Dunkerquois lui aussi, qui faisait la course en mer du Nord pour les beaux yeux de l'Empereur, le premier, le grand –, il avait été fait prisonnier par les Anglais en 1806. Ceux-ci avaient emmené Blanckeman et la plupart de ses hommes; lui, le mousse, s'était retrouvé après mille péripéties sur un de leurs navires, qui faisait voile vers ce pays étrange et merveilleux. Il avait navigué sept mois, dans la tempête ou sous un soleil accablant, contournant des contrées sauvages habitées par des nègres et des singes de toutes les couleurs – « sept mois? » s'étonnaient les enfants; « sept mois », répondait le vieil homme, et il comptait sur ses doigts jusqu'à sept, et il leur faisait répéter : un, deux trois... jusqu'à sept, histoire de leur apprendre un peu de calcul.

Enfin, le bateau était arrivé à Hobart, la plus belle ville du monde peut-être, protégée par les rochers d'une haute montagne, au bord d'une rivière dont l'eau plus bleue que le ciel baigne des bandes de sable doré et d'interminables forêts vertes. Il avait désiré y rester.

A cette époque, les baleines – des poissons plus gros que des maisons, expliquait le vieil homme, et

dont la tête était percée de trous par où ils crachaient de l'eau vers le ciel –, les baleines étaient si
nombreuses que le bateau devait les écarter pour
parvenir à Hobart. C'est pourquoi le capitaine,
aussitôt débarqué son chargement (des soldats et
des forçats), était parti les chasser. Le petit mousse
l'avait suivi, et s'était pris au jeu. Un jeu facile : les
baleines venaient jouer jusqu'à l'entrée du port et
l'on disait même qu'en reniflant elles troublaient le
sommeil du gouverneur du pays, ce qui le rendait
furieux.

Plus tard, des années plus tard, les survivantes,
devenues méfiantes, avaient commencé à s'éloigner
des côtes. Les chasseurs avaient dû les chercher au
loin, toujours plus loin. C'est alors que le vieil
homme `avait aperçu pour la première. fois la
baleine bleue.

Quand il arrivait à ce point de l'histoire, les
enfants grimpaient sur la voiture pour se serrer
encore un peu plus autour de lui, anxieux de ne pas
perdre un mot de son récit. Il leur racontait les
journées d'attente des vigies dans le grand mât du
baleinier, leurs cris quand ils apercevaient un souffle – « la baleine est obligée de remonter pour
respirer, et elle crache son eau par les trous de sa
tête, c'est comme cela qu'on la repère » –, les petites
embarcations que l'on mettait aussitôt à la mer,
chargées de cinq hommes qui souquaient ferme sur
les avirons pour permettre à celui de l'avant d'approcher au plus vite et au plus près du poisson
géant et de lui ficher son harpon dans le corps. Il
passait rapidement sur les détails de la mise à mort,
les longs couteaux et les coups de fusil. Il s'étendait
plus longtemps sur les qualités des biftecks de
baleine, tellement succulents quand on les dégustait
avec des oignons. Enfin, il en arrivait à la baleine
bleue.

Il l'avait aperçue le premier, un matin qu'il faisait le guet en haut du grand mât, à des miles et des miles de Hobart. Il ne l'oublierait jamais. Les autres baleines étaient noires, ou grises avec le ventre blanc, ou encore vertes, et même d'un vert tirant sur le bleu à s'y méprendre. Mais un bleu comme celui-là, de mémoire de baleinier on n'en avait jamais vu. Un bleu aussi clair et aussi profond que l'eau de mer quand elle est si claire et si bleue, là-bas dans les mers du Sud, un bleu comme celui dont se pare le ciel du Nord au mois d'août, certains soirs, quand on le regarde en tournant le dos au soleil, mais on sent bien qu'il est là, le soleil, et qu'il donne à ce bleu une petite teinte rosée, rousse, dorée, une petite teinte légère, qui se laisse à peine deviner. ·

Alors, une petite fille de Nœux, ou de Bruay, ou d'Anzin, qui portait un caraco bleu, ou un ruban bleu dans les cheveux, demandait : « Bleu comme cela? » Mais ce n'était jamais tout à fait le bon bleu.

Quand le vieil homme avait crié « baleine », sans tarder on avait mis à l'eau les embarcations qui devaient lui donner la chasse. Mais les marins n'avaient plus rien vu. Pourtant, la baleine était bien obligée de réapparaître en surface pour respirer; elle ne pouvait rester indéfiniment sous l'eau. Il suffisait donc d'attendre. Ils avaient attendu, et tourné toute la matinée dans les parages, sans la revoir.

Le lendemain, à l'aube, elle était de retour. Toujours aussi belle, toujours aussi bleue. Mais aussitôt les embarcations mises à l'eau, elle avait disparu comme la veille. Le surlendemain, même aventure. Tout l'équipage du *Watervitch* ne rêvait plus qu'à la baleine bleue. C'est à peine si les matelots avaient prêté attention à une grosse baleine noire, une belle prise pourtant, harponnée un après-midi parce qu'il fallait bien vivre. Ils voulaient la bleue. Ils ne doutaient pas de son existence. D'ailleurs, quelques jours plus tard, ils croisèrent un autre navire, un trois-mâts construit par des forçats et baptisé *Lady Franklin*, dont l'équipage l'avait également aperçue.

Bientôt, dans les ports baleiniers de cette zone – peu nombreux, à dire vrai – on ne parlait plus que de la belle bleue qui se montrait aux marins le matin avant de disparaître dans les profondeurs. On raconta qu'un jour elle s'était pourtant laissé approcher; mais quand l'embarcation était arrivée près d'elle, elle l'avait retournée d'un coup de son immense queue et s'en était allée, emportant un chasseur dans sa gueule. Une autre fois, elle était passée sous un canot et l'avait soulevé, le trouant avec la bosse de son dos; ensuite, elle avait replongé pour réapparaître à quelques dizaines de yards; mais le canot, qui prenait l'eau, était finalement parti rejoindre le fond. Les chasseurs avaient dû nager jusqu'au bateau, sous les yeux de la baleine que les hommes d'une embarcation voisine juraient avoir vu rire.

Une prime spéciale fut promise par le gouverneur au navire qui la prendrait. Mais jamais navire ne prit la baleine bleue. Bientôt on se lassa de la poursuivre, on ne la vit plus et tout le monde (ou presque) l'oublia. Le vieil homme était de ceux qui ne l'oubliaient pas. Il en rêvait toutes les nuits, en dormant sur sa planche à l'avant du *Watervitch*. Il en rêva tant qu'un beau jour, il réunit tout l'argent gagné durant des années de pêche – et il en avait amassé – pour acheter une petite goélette qu'il appela *la Belle Bleue*. Il embarqua des provisions de cheval salé, de biscuits et d'eau douce, avec un équipage d'anciens forçats, de Canaques et de Maoris. Et vogue à la baleine!

Ils tournèrent plus de dix mois, poussant très loin au sud jusqu'à voir les glaces, remontant enfin vers les îles du Pacifique où une tempête brisa *la Belle Bleue* sur des récifs. L'équipage, sauvé par un navire américain, laissa le Dunkerquois pour mort sur une île. Des indigènes le recueillirent, le remirent un mois plus tard, malade, à la *Lady Franklin* qui passait par là : ces sauvages avaient eu le temps de lui dire qu'ils connaissaient la baleine bleue, qu'ils l'adoraient comme une déesse – « quelqu'un comme la Sainte Vierge Marie », disait le vieil homme, et alors les petites filles d'Anzin, de Bruay, ou de Libercourt faisaient le signe de la croix.

Le Dunkerquois chasseur de baleines était trop malade, il ne tenait plus debout. Il aurait pu mourir là, à la porte d'une taverne de Hobart. Mais la femme du gouverneur, ayant entendu son histoire, le fit embarquer sur un bateau à destination de l'Europe. Revenu enfin à Dunkerque, il avait, on ne sait comment, décidé de s'établir colporteur, un métier qui devait, pensait-il, lui permettre d'amasser assez d'argent pour retourner un jour vers les mers chaudes au rendez-vous de la baleine bleue. « Bientôt, disait-il, très bientôt. »

Alors, les enfants des mineurs de Béthune et de Dourges, de Douvrin, d'Ostricourt, de tous les villages clairs et rouges qui devenaient en ces années-là des villes noires, se pressaient autour du vieil homme, suppliant : « Tu m'emmèneras, dis! Tu m'emmèneras avec toi? » Mais il ne faisait aucune promesse.

Il ignorait que dans tous les ports du monde, de vieux marins se répétaient l'histoire de la baleine bleue, en changeant parfois la couleur, en la faisant blanche, jaune, rouge, comme ça, seulement pour s'amuser. Il ne pouvait imaginer qu'on en ferait des chansons et des livres. Mais s'il l'avait su, il aurait été très heureux.

Bien entendu, on l'avait surnommé Baleine.

Baleine servait aussi d'agent de liaison à l'Organisation. Dans sa grande voiture – dissimulés sous l'*Almanach du bon cultivateur et de l'Empire français* et *Le Petit Alphabet chrétien* – il transportait des opuscules républicains et socialistes. Surtout, menant ses chevaux de Valenciennes à Bruay et de Béthune à Anzin, sillonnant le bassin houiller en tous sens, il diffusait les nouvelles et transmettait les messages.

Aguerri par tant d'aventures, il avait appris la prudence. Aussitôt averti que Blaise l'attendait chez Jérôme Dehaynin – le docteur avait employé mille ruses pour le faire prévenir – Baleine commença à tousser et raconta dans tous les estaminets de Lens qu'il devrait bien finir par consulter un médecin, ce qui lui répugnait, pour en terminer avec la sale bronchite qui le poursuivait depuis la Toussaint : s'il n'y prenait garde, elle pourrait bien le mener avant Pâques au jardin où sont plantés les os.

Le lendemain soir, il arriva à pied chez Dehaynin, tomba dans les bras de Blaise Riboullet, en riant : ce diable d'Auvergnat les avait bien eus, les pandores! Mais quand on lui eut expliqué l'affaire, il ôta sa coiffe – un shako cylindrique à visières avant et arrière, cadeau, prétendait-il, d'un Anglais qui avait combattu les Sikhs aux Indes – et fourragea dans sa tignasse blanche pour manifester son embarras.

Sa voiture était assez grande pour cacher, au besoin, quatre ou cinq gaillards de la taille de Blaise. Mais comment y faire monter le maçon sans que les gendarmes, toujours aux aguets alentour, l'aperçoivent? La maison du docteur ne comportait pas de cour où l'on pût se mettre à l'abri des regards. La seule présence de la voiture en ce lieu semblerait suspecte : personne ne pourrait croire que le colporteur venait vendre ses emplâtres, ses onguents, ou quelques exemplaires de *La Médecine des pauvres*, à l'un de ses ennemis déclarés.

Ce fut Maria qui trouva la solution. Puisque le grenier du docteur était encombré de vieux livres, et que le colporteur en faisait commerce, celui-ci viendrait le lendemain en acquérir quelques caisses. On ajouterait une longue malle dans laquelle une rangée de bouquins dissimulerait Blaise. Bien sûr, les premières heures de son voyage seraient inconfortables. Mais ensuite, à lui la liberté.

A demi cassé par l'âge, Baleine était encore une sorte de géant. La viande salée, la bière et les biscuits dont les Anglais avaient nourri le moussaillon dunkerquois au temps où ils l'emmenaient vers les mers du Sud lui avaient joliment profité. Il racontait parfois dans les estaminets de Lens comment il avait retenu, seul, le grand mât de *la Belle Bleue* que la tempête venait de briser et que la mer menaçait d'emporter; ou comment il portait sur le dos des requins de deux cents kilos que ses compagnons avaient occis dans d'étonnants combats. Et quand ses auditeurs incrédules se moquaient trop, il saisissait la première table venue pour la balancer à bout de bras au-dessus de sa tête, menaçant de la projeter sur ceux qui riaient le plus fort. Pourtant, lorsqu'il fallut emmener la malle où se cachait

Blaise, Baleine et le docteur peinèrent. Si les gendarmes les voyaient haleter et se courber ainsi, ils flaireraient la combine. D'autant qu'ils étaient venus sans vergogne se planter devant la maison dès l'apparition de la voiture et inspectaient chaque caisse.

Baleine appela Maria à la rescousse. Depuis ses premières années chez Jan Vangraefschepe, les lourdes charges n'effrayaient point la jeune femme. Baleine seul devant, Dehaynin et Maria derrière, ils soulevèrent la malle. Etreignant une dernière fois Blaise, avant de l'y enfermer, Maria les yeux secs et les nerfs à vif, avait eu le sentiment d'embrasser un mort; et maintenant, elle croyait porter son cercueil. Elle pensait tomber à chaque pas et aperçut à peine les gendarmes qui les attendaient, goguenards. Il fallut que le docteur lui dise de reposer la malle à même la terre, afin qu'on puisse en montrer le contenu à ces messieurs : elle ne les avait pas entendus en donner l'ordre.

Elle regardait le ciel où le vent de l'ouest déplaçait sans se presser des nuages d'un blanc crémeux. Baleine traînassait, faisait mine d'avoir perdu la clef de la malle, la trouvait enfin, en soulevait le couvercle, noyant la maréchaussée d'un flot de paroles qui racontaient l'histoire de Pelorus-Jack, un dauphin connu de tous les navigateurs qui passaient par la Nouvelle-Zélande parce qu'il guidait leurs navires jusqu'au port, et parfois même les aidait à débusquer des baleines.

La malle, ouverte, ne laissait apparaître que les livres qui garnissaient le compartiment supérieur. Les gendarmes grommelaient. Le docteur balbutiait. Maria comprit soudain que le plus jeune, un petit homme au poil noir et à la moustache élégante, allait demander qu'on enlève ce premier rayon, pour poursuivre l'investigation. Alors, affolée, éperdue :

« Je... je vous reconnais. »

Avait-elle hurlé, crié, gémi ces mots? Elle ne le sut jamais. Mais au simple son de sa voix ils s'étaient tous figés, et la regardaient, interdits.

« C'est... vous étiez là quand l'homme m'a frappée. C'est vous, je vous reconnais. Et même vous l'avez aidé, à la gendarmerie. »

Chaque mot poussait l'autre; elle s'enhardissait, se jetait sur le gendarme, à lui faire tomber son bicorne, s'accrochait à son baudrier jaune, prenait à témoin le docteur : voilà, si elle avait perdu son enfant, c'était la faute de cet homme; et elle devrait peut-être le dire au sous-préfet ou au juge, ou écrire à l'impératrice ou aux républicains, parmi tous ceux-là il s'en trouverait bien un pour la défendre, il y avait quand même des gens sur cette terre pour prendre le parti des pauvres.

Le gendarme avait commencé par ricaner, protestant qu'elle ne pouvait guère récriminer, une gueuse qui couchait avec tout Lens, y compris un criminel recherché par l'ensemble des policiers de l'Empire; encore une chance qu'elle ne soit pas en prison pour complicité, c'était tout ce qu'elle méritait. Mais le tapage de Maria avait attiré l'attention de quelques passants, des ménagères surtout qui revenaient de chez l'épicier et qui prenaient parti. L'une criait que c'était honteux d'embêter un si bon docteur; il avait sauvé sa fille de la rougeole. Une autre reprochait au gendarme d'avoir bu tant de chopes à la fête de la Sainte-Barbe – alors qu'il n'avait rien à fêter, n'étant pas mineur – qu'on avait dû le jeter comme mort sur son cheval, lequel s'était chargé de le ramener. Le petit groupe enflait, riait et criait.

Les gendarmes avaient reculé, avant de se ressaisir : « Allons! Rentrez chez vous! » Mais pendant qu'ils repoussaient les femmes, Baleine refermait la malle, l'empoignait. Un signe à Jérôme Dehaynin, qui la saisissait à son tour, et hop! dans la voiture.

Maria sentit qu'on la portait dans la maison du docteur, se laissa aller. C'était Baleine. Il la déposa sur un fauteuil, dans le cabinet de Dehaynin, la regarda un instant. Ses yeux étaient très blancs, comme lavés par le vent, l'eau et le soleil.

« Vous l'avez sauvé, dit-il enfin. C'est bien. Vous me rappelez une Anglaise, une sacrée bonne femme, que nous avons transportée un jour de Sydney à l'île de Howe. Vous ne savez pas où c'est? Ça fait rien. »

Il s'engagea dans une longue histoire où il était question de cachalots, des fameuses bêtes de soixante barils à qui l'Anglaise, forte et adroite comme un homme, tranchait la tête le long du bord, suspendue à un échafaudage et équipée d'un long bâton armé d'une lame d'acier.

Maria n'écoutait qu'à demi, songeait à Blaise dans sa malle, se levait pour regarder à l'extérieur : les gendarmes étaient encore aux prises avec une femme, une dondon joufflue qui possédait un stock d'injures à faire rougir un régiment de dragons. Le docteur tentait de s'interposer.

« Vous devriez partir maintenant, dit Maria. Ils ne feront même pas attention à vous. »

Non. Baleine n'y tenait pas. Il lui expliqua qu'il fallait attendre encore : si les gendarmes le voyaient partir ainsi, à la va-vite et sans même prendre congé du docteur, leurs soupçons seraient ravivés; ils seraient bien capables de reprendre l'inspection de la malle. Qu'elle lui fasse confiance, il en avait vu d'autres.

« Moi aussi. »

Elle avait dit cela d'une toute petite voix, fragile.

Il l'observa, intrigué.

« Pourquoi vous n'avez pas pleuré? Je vous ai regardée hier soir, et tout à l'heure aussi quand vous l'avez embrassé avant qu'il entre dans sa caisse. Vous n'avez pas pleuré. Les femmes pleurent d'habitude.

– Taisez-vous! »

Il ne comprenait donc pas. Personne ne comprendrait? Elle regardait toujours dans la rue, sans bien voir : un petit groupe semblait s'être assemblé de nouveau autour des gendarmes, et du docteur qui gesticulait.

Le vieil homme s'approcha, pour regarder lui aussi. Il était près d'elle maintenant, à la toucher.

« Si vous ne savez pas pleurer, chuchota-t-il, vous ne pourrez jamais être tout à fait heureuse. Pour être heureux, il faut savoir pleurer. »

Il commença à fredonner une chanson, dans une langue qu'elle ne connaissait pas, venue peut-être de ses pays lointains. Elle s'accrochait à la fenêtre pour ne pas tomber.

Un peu plus tard, il dit :

« Celui-là, dans sa caisse, l'Auvergnat : c'est comme un marin. Des hommes comme cela, ça ne s'attache pas. Il ne serait pas resté, de toute façon. Si vous voulez être heureuse longtemps, il va falloir en trouver un autre. »

Alors, elle s'abattit sur lui. Elle se sentait prête à défaillir, étranglée par mille nœuds, à chaque instant plus serrés, qui l'étouffaient, la tuaient. Elle ouvrit la bouche, mais aucun son n'en sortit. L'étau se refermait. Elle se vit mourir. Jan Vangraefschepe riait, et M. Léonard, et les gendarmes et le petit policier à la badine, et les contremaîtres qui essayaient de la coucher sur les balles de coton

230

jadis à l'usine. Ils tournaient autour d'elle, ricaneurs, en lui adressant des gestes obscènes. Ils ouvraient des bouches immenses comme des cavernes, d'où surgissaient des dents pourries. Ils gueulaient des invectives en agitant des gourdins et des sabres. Ils allaient l'écraser, l'assommer. Elle s'accrochait à la blouse du vieil homme. Elle allait tomber. Et soudain, elle sentit sur sa joue rouler une petite goutte. C'était Jan Vangraefschepe qui lui avait craché dessus, ou bien M. Léonard, ou encore les gendarmes. Ou alors il pleuvait. Pourtant, elle n'était pas dans la rue; il ne pouvait pas pleuvoir dans le cabinet du docteur. Et bientôt une deuxième goutte roula, sur l'autre joue. Et ses yeux étaient envahis de douceur. L'un après l'autre, les nœuds de son corps se desserraient, éclataient, des digues se brisaient. Elle pleurait.

Le vieil homme ne put résister au plaisir de lui caresser les cheveux, doucement. Puis il la détacha de lui, la posa à nouveau sur le fauteuil, s'avança vers la porte, criant :

« Docteur, je voudrais bien vous payer vos bouquins : va falloir que je m'en aille. »

Le docteur Jérôme Dehaynin quitta Lens pour Lille deux jours avant Noël, emmenant Maria Vandamme. Elle avait reçu la veille une lettre de maître Callonne, l'avocat, lui demandant de l'argent et annonçant qu'Aloïs serait libéré avant le 1er janvier. Ils n'avaient aucune nouvelle de Baleine ni de Blaise Riboullet.

CHAPITRE IX

Raidi dans son grand uniforme, la poitrine barrée par le trait rouge du grand cordon, agitant douce-ment, comme il l'eût fait d'un éventail, le bicorne qu'il tenait à la main droite, Napoléon III avançait à pas comptés, l'impératrice à son bras.

Il ne se pressait guère d'atteindre les fauteuils dressés pour eux sous un dais à festons, comme s'il souhaitait que tous les notables de Lille pussent l'observer à loisir, et témoigner ensuite de sa bonne santé. On chuchotait que la maladie de la pierre l'épuisait, et qu'il avait dû se grimer pour faire bonne figure le jour de la proclamation des lauréats de l'Exposition universelle, quelques semaines plus tôt, le 1er juillet 1867. Eh bien, ces bourgeois du Nord qui ne l'aimaient guère pourraient constater qu'il avait du ressort, que sa bedaine ne l'alourdis-sait pas, que son visage était plus couperosé que jaune. A ses côtés, l'impératrice – masque au teint de marbre sur un nuage de dentelle – distribuait des sourires discrets. Ils étaient à Lille depuis deux jours pour célébrer le deuxième centenaire du rattachement de la ville à la France. Songeait-elle, l'Espagnole, que cette riche province avait été alors enlevée aux siens?

Lille ne leur avait jamais réussi. Leur premier voyage, en 1853, qui se voulait triomphal, avait été

233

gâché par la pluie. Quatorze ans plus tard, elle était toujours là, et aussi brutale : un 25 août! Les souverains ayant, par coquetterie et nécessité politique, refusé la voiture fermée afin de se montrer au bon peuple, avaient dû rentrer au galop à la préfecture. Trempés. Les Lillois aussi, venus nombreux ce dimanche. Le séjour s'annonçait mal.

En vérité, rien n'allait bien. Depuis des mois. Les Prussiens prenaient des allures d'épouvantail depuis qu'ils avaient écrasé les Autrichiens à Sadowa. L'affaire mexicaine s'était piteusement terminée : à peine le corps expéditionnaire français avait-il tourné le dos que l'Autrichien Maximilien, dont Napoléon III voulait faire l'empereur du Mexique, était fusillé par ceux qui refusaient d'être ses sujets. Ensuite le tsar Alexandre II, venu visiter l'Exposition de Paris, s'était fait huer avant d'essuyer un coup de pistolet tiré par un réfugié polonais.

Les affaires ne payaient plus. La Bourse s'inquiétait. Les épargnants ne savaient où placer leur argent pour le protéger. Des grèves éclataient, dures. A Roubaix, le 16 mars, vingt-cinq mille ouvriers – tisseurs, fileurs – s'étaient retrouvés dans les rues pour aller casser des machines, lacérer les pièces d'étoffes, et briser les vitres de certains ateliers. Motif : on essayait, depuis quelques jours, de les faire travailler sur deux métiers à la fois. Les fabricants voulaient, comme en Alsace et en Angleterre, comprimer les prix de revient pour mieux supporter le marasme des affaires. Les ouvriers avaient dit non, au risque de provoquer la fermeture des usines.

Rien n'allait bien, mais tout allait. Depuis l'ouverture de l'Exposition, Paris n'était plus qu'une fête, une foire mondiale, la moderne Babylone croulant sous les Altesses, un embarras de reines, de rois et de princes. Ils étaient tous venus, le tsar et le

Prussien Guillaume, le Belge Léopold, l'empereur d'Autriche François-Joseph, l'Italien Victor-Emmanuel, et même le sultan Abdul-Aziz. Ils avaient tous admiré les machines et les produits rassemblés au Palais de l'Industrie avant d'aller applaudir « la grande-duchesse de Gerolstein », Hortense Schneider, dont on disait que, serrée de si près par tant d'Altesses, elle méritait bien son surnom de « Passage des princes ».

Lille elle-même faisait la fête. En l'honneur du souverain, la ville avait organisé un festival international de musique et de chant choral auquel soixante-douze sociétés – pas moins – prêtaient leur concours. Des milliers de familles, venues de tout le Nord, avaient débarqué en gare, pour admirer les illuminations et les feux d'artifice, applaudir le carrousel militaire, participer aux jeux organisés dans les quartiers.

La crise? Dans son grand discours politique, la veille, l'empereur avait laissé échapper une phrase pessimiste, aussitôt reprise par les feuilles d'opposition : « Des points noirs sont venus assombrir notre horizon. » Mais il semblait aujourd'hui l'avoir oublié. Et lorsque, enfin arrivé sous le dais, il s'est retourné pour contempler la grande salle de l'hôtel de ville, le vivant tableau de la fortune s'est offert à lui.

Lustres, suspensions et candélabres éclairaient une double haie de femmes vêtues de flots de tulle, de dentelle, de mousseline, de broché et de gaze, de broderies de satin et de velours. Sur les épaules pâles, les gorges à demi nues et les coiffures contournées étincelaient émeraudes, saphirs, rubis, perles, diamants en poire, en cabochon, en demi-lune ou en nez de veau. Et les hommes en habits noirs qui se pressaient alentour, mêlés aux uniformes chamarrés des militaires s'appelaient Béghin,

Descamps, Danel, Kuhlmann, Agache, Scalbert, Motte, Tiberghien, Prouvost ou Masurel, ils maniaient les millions par dizaines, faisaient travailler les ouvriers par milliers et transformaient cette région en une autre Angleterre, aussi industrieuse et aussi riche.

La crise? Louis-Napoléon lissa sa moustache jaune blanchie de quelques fils, regarda l'impératrice, lui sourit. Que commence le bal!

A TRAVERS le brouhaha des voix, les claquements des talons et les froissements des jupes, on distinguait à peine le chant joliment entraînant des violons. Mais Céleste Rousset, qui s'était laissé emmener dans les figures très ordonnées du *Quadrille des lanciers*, ne s'en souciait guère. Elle rayonnait. Elle se savait belle dans sa robe de soie bleue recouverte de fines dentelles blanches. Elle fêtait, en présence de l'empereur et au milieu de tout ce qui comptait dans le Nord, le vingt-cinquième anniversaire de son mariage – cela personne ne le savait – et les succès de la famille Rousset qui, eux, devenaient éclatants.

En arrivant à l'hôtel de ville, tout à l'heure, elle songeait au chemin parcouru depuis leur première invitation à une réception officielle, à la préfecture. C'était en décembre 1863. Bientôt quatre ans! Et Arthur qui ne voulait pas s'y rendre... Ce jour-là, justement, Jules Desmazières, le patron de la Caisse industrielle, lui avait proposé de reprendre la filature des frères Guermomprez. Une des meilleures affaires jamais réalisées par Rousset. D'autant que leur gendre, Félix Douchy, non content de faire à Léonie un gros garçon, s'était révélé un ingénieur très compétent dans la direction du tissage créé à côté de cette filature.

Arthur Rousset se chargeait seul des finances et de la vente. Il avait très vite senti tourner le vent d'Amérique. La plupart de ses concurrents, mal informés des affaires du Nouveau Monde, n'avaient guère pris garde, trois ans plus tôt, à l'occupation d'Atlanta, au cœur du Sud cotonnier, par les Yankees du général Sherman. Ils n'avaient pas plus réagi quand, les mois suivants, les soldats du chef nordiste avaient traversé les Carolines en pillant les belles demeures coloniales, vidant les armoires pour envoyer à leurs femmes les robes de soie, les déshabillés transparents et les ombrelles blanches des jolies dames du Sud. Arthur Rousset avait aussitôt compris, lui, que c'était pour les Sudistes le commencement de la fin, et que la guerre de Sécession serait bientôt terminée : le coton américain envahirait alors le marché, et les cours chuteraient. Il s'agissait donc d'écouler au plus vite tous les stocks. A bon prix.

Une vive discussion l'avait opposé à son gendre le jour de Noël 1865. On baptisait Charles, le premier-né de Léonie. Un repas familial auquel participait Jérôme Dehaynin revenu piteusement de Lens deux jours plus tôt, et qui n'en menait pas large. Arthur avait demandé que Maria, arrivée avec le docteur, prépare le repas : « Elle est peut-être socialiste, avait-il dit à Céleste, mais je ne connais pas de meilleure cuisinière; votre frère s'en débarrassera après. » Maria ne pouvait refuser puisque le docteur détenait toujours son livret de domestique, sans lequel il lui était impossible de trouver du travail.

Le dîner avait bien commencé. On riait beaucoup, on louait la qualité des plats. Arthur avait fait exécuter par Maria des côtes de veau Foyot, une recette qui faisait fureur à Paris où il l'avait trouvée lors d'un voyage (la côte de veau, trempée dans des œufs battus, est cuite au vin blanc-échalote, saupoudrée de saumure et de parmesan râpé). On avait arrosé la côte de veau, et ensuite le gigot, d'excellents bordeaux. Les esprits s'étaient échauffés, le ton des conversations avait monté. Au café, Félix Douchy s'était enhardi jusqu'à prétendre que la vente des stocks de coton était peut-être imprudente, trop précipitée. Après tout, rien ne prouvait que les Américains seraient capables d'en exporter de sitôt : n'étant plus soumis aux rudes disciplines de l'esclavage, les Noirs ne voudraient plus travailler; les champs étaient dévastés, les circuits commerciaux perturbés. Leur reconstitution serait lente. D'ailleurs, depuis quelques semaines, les cours remontaient. Arthur Rousset, d'ordinaire plus paisible, avait presque hurlé que pour parler ainsi, il fallait ne rien connaître aux Américains, des hommes doués de ressort – un courtier havrais le lui avait expliqué, et aussi un journaliste rencontré à Paris, qui revenait de la guerre. Tous deux disaient que ces gens-là, des aventuriers de toutes origines, savaient travailler et commercer, et allaient faire de leur pays le plus grand, le plus puissant, le plus riche de tous les temps.

Félix Douchy avait ri presque ouvertement. L'Amérique? Parlez-moi plutôt de l'Angleterre!

Quelques mois plus tard, la chute des cours entraînait les premières catastrophes financières. D'abord, chez les Anglais justement – oui, les Anglais! Une des plus grandes maisons de Liverpool se trouvait contrainte de cesser ses paiements. La déroute commerciale gagnait vite Le Havre, et enfin le Nord. En dix-huit mois une cinquantaine de maisons avaient été déclarées en faillite, des banques s'écroulaient, tous les secteurs du textile étaient atteints, le coton bien sûr, et aussi la laine et le lin. Mais les usines Rousset marchaient fort convenablement : elles continuaient à exporter en Algérie; les commis voyageurs avaient profité de l'Exposition universelle pour placer des coupons par dizaines chez les couturiers et les tailleurs de la capitale qui attendaient les touristes étrangers. La grève de Roubaix, enfin, les avait épargnées. Moins atteint par la crise, Arthur Rousset pouvait se permettre de garder un homme par métier. Un jour viendrait, bien sûr, où il faudrait changer tout cela : le progrès l'exigeait et le permettrait. Mais Rousset refusait d'affronter le premier la résistance ouvrière. Que d'autres usiniers tirent d'abord les marrons du feu.

Céleste, qui, maintenant, tournait avec application dans les bras de son cavalier, ne pouvait réprimer quelques sourires lorsqu'elle croisait certains couples accourus à l'hôtel de ville pour faire révérence à l'empereur. Ce grand monsieur en habit noir, ressemblant vaguement au duc de Morny, était chargé de plus d'un million de dettes. L'époux de cette brune à la robe ornée de passe-menterie d'or : un industriel qui avait perdu cinq cent mille francs dans la faillite Pollet, le plus grave des désastres financiers de la région. Cette jeune femme qui laissait deviner une superbe poitrine sous des exubérances de tulle et de dentelle : la fille d'un filateur dont les grévistes avaient saccagé les ateliers six mois plus tôt. Cette rousse dorée qui portait une robe de faille rose à longue traîne encadrée de hautes dentelles blanches et laissait flotter derrière elle un parfum de bergamote : la belle-fille d'un négociant en grains, surpris par la brutale hausse des cours du blé, et qui courait la ville en quête d'appuis financiers.

L'épouse d'Arthur Rousset ne se réjouissait pas

du malheur des autres. Les ennuis de tous ceux-là ne feraient pas le succès de ses entreprises. Et si cette crise se prolongeait, elle finirait par accabler tout le monde. Les salaires des ouvriers avaient baissé alors même qu'augmentaient le pain et la viande; autrement dit, le populaire allait se restreindre sur les tissus. Céleste, qui prétendait ne rien connaître aux affaires, savait bien que tout se tient.

Quand même, l'empressement de son cavalier l'amusait : Philippe Van Meulen, un important brasseur, était l'époux d'une de ses amies de pension qui avait affecté ne plus la connaître après son mariage avec Arthur, fils d'un misérable tisserand de Wattrelos. Mais voilà : la roue tournait beaucoup depuis quelques années. Le hasard – ou quelque calcul – avait voulu qu'en arrivant tout à l'heure à l'hôtel de ville, les Rousset aient d'abord rencontré les Van Meulen, Berthe avait embrassé Céleste à grands transports :

« Chère amie, quelle joie de vous rencontrer! Je souhaitais justement vous prier à dîner avec M. Rousset. J'en parlais à mon frère, le chanoine, l'ancien curé de votre paroisse quand vous habitiez Lille. Il vous aime tant! »

Que signifiait cet empressement soudain? Tournant au bras de Philippe Van Meulen, Céleste s'interrogeait. Mais elle n'eut pas le loisir d'y réfléchir longtemps. Car elle avait glissé au beau milieu d'une figure difficile; elle serait tombée si son cavalier ne l'avait retenue. Et elle s'était aperçue aussitôt que l'empereur, à deux pas, la regardait. Elle se sentait ridicule, se troublait, esquissait une révérence, manquait tomber à nouveau.

L'empereur lui souriait. Ses yeux marron – ou même plus clairs? – pétillaient de malice, peut-être d'un bref désir. Elle ébaucha un sourire, se sentit soudain nue dans sa robe de soie, se jugeant sotte et nigaude, pourtant flattée. Tout n'avait duré qu'une seconde. Philippe Van Meulen, déjà, l'emmenait plus loin, car il fallait respecter l'ordonnance du quadrille. Elle le suivit, les joues brûlantes. L'empereur!

Elle se morigéna tandis que se poursuivaient les danses : elle s'était conduite comme une jeune fille, à quarante-quatre ans. Une mère de cinq enfants, grand-mère déjà! L'épouse d'un industriel respecté!

Mais elle rêvait aussi : et si l'empereur venait l'inviter? Elle le regarda à la dérobée, de loin : il s'était assis sous le dais, entouré d'une cour de notables, et paraissait maintenant s'ennuyer. Elle n'écoutait guère, entre les danses, les propos qu'échangeaient avec son mari les Van Meulen, qui décidément ne les lâchaient pas. Elle pensait que le souvenir de cette soirée lui réchaufferait toujours le cœur.

Le soleil, près de se coucher, dorait encore les toits des maisons. Quelques gamins pataugeaient dans les flaques d'eau laissées par les averses des jours précédents. Des couples s'embrassaient. Des vieux s'étaient assis devant les portes pour goûter la tiédeur du soir. Deux marchands de charbon faisaient un vacarme du diable : le premier, un grand échalas debout à l'avant du chariot, soufflait à se ruiner les poumons dans une trompe de cuivre cabossée; son compagnon trônait à l'arrière parmi les derniers sacs de houille, criant, nez tourné vers les maisons : « C'est du gros et du bon! »

Arthur Rousset, ayant laissé glisser sur eux son regard, se félicita d'avoir placé une bonne somme en actions dans la Compagnie des mines de Lens. La houille, à coup sûr, allait détrôner le bois. L'avenir était là.

Son cocher faisait claquer le fouet, lâchait quelques jurons, sans raison, comme s'il voulait concurrencer les charbonniers, attirer l'attention des rares passants, leur faire remarquer qu'il était un serviteur de grande maison et qu'il ramenait ses maîtres de la réception donnée à l'hôtel de ville en l'honneur de leurs majestés impériales. Mais, dans ces faubourgs, personne ne semblait s'en soucier. Et

quelques bons kilomètres les séparaient encore de
Marcq-en-Barœul, non loin de Roubaix, où les Rousset avaient emménagé deux ans plus tôt dans une
confortable demeure de briques rouges et de
pierre, aussitôt baptisée « le château » par les
voisins – des paysans pour la plupart, et quelques
ouvriers. Arthur Rousset avait tout loisir de savou-
rer son bonheur, le cœur gai, flatté par les salutations que lui avaient prodiguées durant le bal tous
ceux qui lui devaient de l'argent – et tous ceux qui
souhaitaient lui en devoir. Satisfait surtout des
propositions que lui avaient faites les Van Meulen.

Comme Céleste deux heures plus tôt, il évoqua
leur première grande réception à la préfecture, en
1863 : elle l'avait interrogé alors qu'il cherchait du
pouce les petits ronds de corne qui s'étaient formés
à ses doigts du temps qu'il lançait la navette du
métier à tisser. Ces cals avaient presque disparu à
présent. La peau à leur place était douce, d'un rose
blessé, comme une cicatrice. Il s'attendrissait,
revoyait son père encagé dans la vieille machine de
bois, appuyant les pieds en mesure sur les longues
planches, pour faire monter et descendre les deux
nappes de fil. Les Rousset n'étaient rien, alors : des
gens du peuple. Tandis que les Motte et les Tiberghien, les Danel et les Van Meulen tenaient depuis
belle lurette le haut du pavé. Et aujourd'hui les Van
Meulen... Bizarre quand même, que Céleste ne lui
en ait pas encore parlé.

Qu'elle était jolie dans cette robe bleue! Les joues
rosies par le vent, à demi penchée à l'extérieur de la
calèche noir et or, elle semblait fascinée par la
succession des champs et des prairies. Ils avaient
quitté Lille, dépassé le bureau de l'octroi où les
charretiers attendaient de payer les taxes municipa-

les qui ouvriraient à leurs marchandises l'entrée de la ville.

A quoi songeait-elle, Céleste, d'ordinaire si bavarde? Arthur ne pouvait soupçonner qu'elle n'oserait jamais le lui dire, ni qu'elle ne voyait même pas les paysans affairés à regrouper les dernières gerbes de blé : elle n'avait en tête que les yeux animés, pétillants, de Louis-Napoléon.

Il bouscula sa rêverie.

« Alors, ma chère, que pensez-vous de la proposition des Van Meulen? »

Elle n'entendait pas. Il dut répéter, deux ou trois fois. Elle sursauta, reprit ses esprits. L'empereur s'effaçait. Elle se rapprocha, esquissant une moue.

« Quoi, les Van Meulen?

– Philippe Van Meulen ne vous a rien dit lorsqu'il vous a emmenée danser?

– Non... Ce n'est pas un bavard.

– Sa femme l'est pour lui. Elle n'a pas su tenir sa langue. Ils ont une idée derrière la tête.

– Bien sûr : elle ne ferait rien gratuitement, même pas un sourire. Je la connais trop. Ils veulent de l'argent? »

Il fit le mystérieux, laissa enfin tomber :

« Mieux, beaucoup mieux... Mariage. »

Mariage? Les Van Meulen n'avaient qu'un grand fils. Et les Rousset... Mais justement : Alice, deux ans de moins que Léonie, c'est-à-dire dix-huit ans cette année...

« Le fils Van Meulen et... et Alice? Jamais! »

Elle avait crié. Il la regarda, surpris, tenta de lui rappeler que ce Van Meulen était un beau parti : un fils unique! Bien sûr, la brasserie connaissait quelques difficultés. Mais passagères, dues à l'extraordinaire extension que Philippe Van Meulen avait donnée à l'affaire familiale. Il avait fait construire une longue usine dont l'orgueilleuse cheminée décorée de briques polychromes grattait, disaient les Lillois, le cul des nuages. Son idée, simple : quittant la campagne pour s'entasser dans les villes ou autour des puits de mine, les gens du Nord cesseraient bientôt de fabriquer eux-mêmes leur bière, ou ce qui en tenait lieu. Van Meulen avait donc commencé à en installer des dépôts chez les graissiers - les épiciers – de la région lilloise, avant de pousser jusqu'aux abords d'Arras et de Valenciennes. Une véritable guerre commerciale s'était engagée avec les petits brasseurs locaux – on en trouvait dans chaque chef-lieu de canton – une guerre qui coûtait cher à tout le monde. Là-dessus, les prix de l'orge et du houblon, suivant ceux du blé, avaient commencé à flamber. D'où les difficultés financières.

Celles-ci, avouait Arthur Rousset, n'étaient évidemment pas étrangères au désir des Van Meulen de marier leur fils Florimond avec Alice. Mais l'affaire était saine, et les Rousset ne retrouveraient pas de sitôt l'occasion de s'allier à l'une des plus grandes familles de la région.

Céleste ne disait mot, lèvres serrées comme si elle les mordait. Il s'agaça de la sentir réticente, peut-être hostile, reprit son plaidoyer, un peu plus véhément. Avait-elle seulement réfléchi un jour aux possibilités de mariage qui s'offraient à Alice ? Bien sûr, en cherchant un peu, on pourrait toujours trouver une sorte de Félix Douchy, un bon adjoint qui aiderait à la marche des usines; mais dans quelques années tous ces gendres feraient de l'ombre à leurs trois fils, qui finiraient par grandir. Et puis, le temps avait passé, les affaires avaient prospéré, Alice pouvait espérer mieux que Léonie. Il fallait donc considérer l'avenir d'un œil neuf. Alors, qui ? Il existait bien quelques Motte, Tiberghien ou Toulemonde en âge de convoler, mais ces familleslà n'acceptaient jamais de marier leurs enfants hors de leur milieu et même hors de leur ville : l'union d'une Roubaisienne et d'un Lillois prenait déjà, à leurs yeux, figure de mésalliance; comment pourraient-elles envisager une seconde l'entrée dans leur cercle d'une Alice Rousset, la petite-fille d'un tisserand de Wattrelos? Encore si leurs usines s'étaient trouvées en difficulté... Mais ce n'était pas le cas. Alors... Mieux valait saisir l'occasion Van Meulen. Une chance dont il n'avait pas osé rêver.

Céleste n'avait pas desserré les lèvres. Glacée. Il s'en irritait à chaque instant un peu plus.

« Qu'en pensez-vous? N'est-ce pas inespéré? »

Elle ne répondait pas, remettait en ordre les plis de sa robe, comme si rien n'était plus important. Il s'étonnait de sa réserve et de son mutisme. Pourquoi ce projet, séduisant à tant d'égards, la choquait-il? Avait-elle d'autres vues pour Alice?

Elle se redressa enfin, laissa échapper :

« Inespéré?... Je ne crois pas que ce soit raisonnable, au contraire! Florimond Van Meulen n'est pas un parti présentable. C'est bien pourquoi ils n'ont pas osé m'en parler d'abord. Et vous devez bien être le seul à ne pas le savoir. »

Il ouvrait de grands yeux.

Comment pouvait-il ignorer que le jeune Van Meulen, à force de courir les guinguettes et les filles des remparts, avait ruiné sa santé? Sa mère avait dû le traîner aux eaux, puis à Menton, le rendez-vous de tous les poitrinaires fortunés d'Europe. Là les médecins avaient réussi, disait-on, à arrêter la progression du mal. Mais ce grand dadais était rentré cireux, anémique. Et toujours prêt à coucher sur un sac d'orge ou de houblon les ouvrières de son père parce que la tuberculose, paraît-il, aiguise les désirs.

« Ce n'est pas l'homme qu'il faut à Alice.

– Ce n'est pas ce qu'elle pense, à ce qu'on dit. »

Quoi? Comment cela? Au tour de Céleste d'ouvrir de grands yeux, visage soudain défait. Il la vit angoissée, saisit sa main qu'elle lui déroba, expliqua :

« Berthe Van Meulen assure qu'ils se sont rencontrés chez votre tante Henriette deux ou trois fois depuis le début de l'été, et qu'ils se plaisent. »

La tante Henriette? Cette vieille folle qui rêvait toujours de jouer les marieuses? Une sœur du colonel Dehaynin, veuve d'un fabricant de bâches dont l'affaire avait coulé, et qui vivait aux crochets de toute sa famille. Céleste eut soudain le sentiment qu'un vaste complot s'était tramé pour lui arracher sa fille et la marier à ce garçon dissolu qui crachait ses poumons. Elle soupçonna son mari d'en être.

« Pourquoi avez-vous attendu pour m'en parler?

– Je ne voulais pas en parler dans la salle... Tout ce monde. Et ensuite, dans la voiture, j'avoue que je n'y ai pas pensé tout de suite... Nous avions tout le temps.

– Ne me dites pas que vous l'avez appris aujourd'hui. Vous aviez vu Philippe Van Meulen en juillet... Pourquoi me mentir, essayer de me tromper?

– Moi, vous tromper?

– Oui, me tromper. Vous croyez que je ne vous connais pas?

– Vous... Tu... »

Il était ébahi. Blessé aussi. Elle le jugeait capable d'avoir manigancé cela depuis des semaines, en silence! Comment pouvait-elle? Jamais elle ne s'était montrée ainsi, prête à le déchirer, à l'accabler. Que se passait-il dans sa tête? Quelles idées, quelles images, quelles rancœurs s'y pressaient? On vit vingt-cinq ans avec une femme, on croit tout savoir d'elle, et puis voilà.

Il s'exhorta au calme.

« Je vous jure que je n'en ai jamais parlé à Philippe Van Meulen, ni ce soir, ni un autre jour. En juillet, nous avons à peine échangé trois mots; c'était au Cercle du Nord. Je vous l'ai déjà dit : c'est sa femme, tout à l'heure, tandis que vous dansiez avec lui, qui m'a lancé cela. Je n'en revenais pas. »

Elle le regardait, lèvres serrées à nouveau. Blanche. Il fut tenté de la prendre aux épaules, de la secouer. Il s'accrocha à son siège, désemparé. Jamais, depuis leur mariage, ils ne s'étaient ainsi heurtés.

Mais pourquoi montrait-elle tant d'hostilité à ce projet, puisque le fils Van Meulen était guéri? Il courait la gueuse? Il s'assagirait lorsqu'il aurait en charge femme et enfants. Tant qu'on restait garçon, on avait bien le droit de jeter sa gourme, personne ne pouvait y trouver à redire. Et si ce Florimond se montrait incapable de diriger la brasserie, on ne s'en plaindrait pas, au contraire : Arthur Rousset se voyait très bien suppléant dans quelque temps ce nouveau gendre – Philippe Van Meulen, le père, étant disparu comme par enchantement – et annexant à son royaume la longue usine où s'empilaient les tonneaux de bière.

Il tenta de le dire à Céleste. Elle le coupa.

« Taisez-vous! Vous n'avez pas conscience de ce que vous dites! C'est votre fille que vous voulez marier ainsi parce que ça vous arrange. Vous voulez avaler tout Lille, et tout Roubaix si ça continue. Est-ce que vous pensez seulement à elle?

– Mais... Léonie... C'est bien moi qui lui avais trouvé un mari. »

Elle ne fut guère désarçonnée.

« Léonie?... C'était pour son bien. Mais Alice... Les Van Meulen l'ont attirée, et vous ne voyez pas clair dans leur jeu. »

Elle était dressée au milieu de la voiture. Le feu aux joues. Superbe dans sa robe bleue. Pathétique. Elle était mère. Et lui : admiratif, embarrassé, penaud et furieux à la fois, déçu aussi de voir contrarier un projet qu'il avait cru séduisant.

« Madame, Monsieur... »

C'était le cocher. Depuis quelques minutes déjà, la voiture s'était arrêtée devant leur maison rouge sans qu'ils y prennent garde. A une fenêtre du second étage, une servante les observait, esquissant un sourire.

« Madame, Monsieur... »

Céleste redressa la tête, parut s'éveiller, descendit, et rentra chez elle, sans ajouter mot. Impériale.

CHAPITRE X

Faisant tournoyer leurs longues redingotes bleues, les employés de la gare s'agitaient. L'aboyeur courait fermer les portières, hurlant que le train de Paris allait partir. « En voiture! En voiture! » Des voyageurs criaient des adieux. Céleste Rousset embrassa son mari, presque distraitement, du bout des lèvres, rejoignit dans leur compartiment de première classe sa fille Alice et Jérôme Dehaynin.

Le train s'ébranla lentement, traversa en cahotant une banlieue triste. Jérôme expliquait à sa nièce qu'elle ne devait pas s'y fier, que bientôt ils dépasseraient les cent kilomètres à l'heure. Cent kilomètres en une heure! Alice s'extasiait, cherchait des comparaisons avec la vitesse des chevaux, se refusait en fin de compte à le croire : « A cent kilomètres à l'heure, on ne pourrait plus respirer, on attraperait des maladies! Ce n'est pas vrai! » C'était vrai. Le train courait si vite entre Lille et Paris, depuis quelques années, que certaines dames de qualité partaient le matin pour la capitale afin d'y faire leurs emplettes, et pouvaient être rentrées chez elles le soir même. C'était le progrès.

« Ah! dit Alice, je ferai comme elles quand... »

Elle s'interrompit, se mordant les lèvres, regarda sa mère, inquiète. Elle avait failli dire : « quand je serai mariée ».

Céleste fit mine de n'avoir pas entendu. Raide, engoncée dans un sévère manteau de voyage en drap gris ardoise qu'elle n'avait même pas ouvert, elle tournait la tête vers la fenêtre. Des traînées de fumée grises et blanches, crachées par la locomotive, se déchiraient au-dessus des champs où quelques paysans, arrachés à leurs travaux, s'étaient redressés pour regarder passer le train. Elle ne les voyait pas.

C'était elle qui avait décidé, une semaine plus tôt, d'entreprendre ce voyage. Brusquement. Après vingt-quatre heures de conflit avec son mari et sa fille.

Dès le soir de la réception, l'industriel était revenu à la charge, prudemment, suggérant que peut-être, après tout, si Céleste n'y voyait pas d'inconvénients, on pourrait demander l'avis des médecins sur la santé de Florimond Van Meulen : ses parents ne s'opposeraient sans doute pas à cet examen... Elle l'avait regardé, pétrifiée, incrédule, avant d'éclater : quelle folle idée, voyons! Ce garçon n'était pas un étalon dont on vérifiait les capacités avant de lui faire couvrir une jument, ni un conscrit qui, ayant tiré le mauvais numéro, devait subir le conseil de révision. Il n'accepterait pas une telle humiliation s'il avait quelque qualité, même pas pour sauver l'usine de son père; on n'obtient pas tout avec de l'argent; Arthur aurait dû le comprendre.

Elle était surprise qu'il lui résistât. Elle s'en voulait aussi, obscurément, de ne pas savoir le manœuvrer cette fois, de se laisser emporter par la colère. Et elle s'en irritait davantage. Elle avait fini par crier que, pour échafauder de tels calculs, il devait être privé du sens de l'honneur : on voyait bien d'où il sortait; les origines finissent toujours par transparaître. Ces mots à peine articulés, elle s'était retrouvée à genoux, craignant d'avoir commis l'irréparable, implorant son pardon. Mais il avait déjà quitté la pièce.

Ils s'étaient retrouvés au lit, sans échanger un mot, aussi éloignés que possible. Il n'avait pas tardé à s'endormir. Elle avait veillé jusqu'aux petites heures de l'aube, mortifiée, désemparée, se répétant que tout cela était ridicule.

Pourtant, elle était encore confiante alors. Il lui suffirait, pensait-elle, de parler à Alice. L'enfant comprendrait. Mais toutes ses tentatives, dans la journée, échouèrent. La jeune fille résistait à toutes ses objurgations : oui, elle aimait Florimond Van Meulen et oui, elle voulait se marier avec lui, il n'y avait vraiment pas de mal à ça, c'était un beau parti, un fils de bonne famille, et si l'on prétendait l'en empêcher, tout le monde serait surpris de ce qu'elle inventerait pour y parvenir.

Longtemps, Céleste s'était contenue, bien qu'Alice poussât de grands cris, que toute la maisonnée pouvait entendre. A bout de patience, elle avait fini par gifler sa fille – une, deux – à la volée. Alice hurlait, les trois garçons étaient arrivés, bientôt suivis des bonnes, vite chassées. Les voyant, Céleste Rousset s'était sentie, en outre, humiliée. Elle imaginait ce qui devait se raconter depuis la veille entre cocher, cuisinière et servantes. La richesse venue, elle avait multiplié son personnel, mais regrettait l'ancienne intimité familiale, à peine troublée par Maria et Aloïs que l'on pouvait considérer, tant on s'y était habitués, comme des petits cousins de bas étage. Vivre chaque jour sous les yeux de la domesticité l'embarrassait. Du moins s'efforçait-elle de donner à ces spectateurs qu'elle jugeait malveillants l'image d'une famille qu'aucune dissension ne saurait affecter, où les enfants suivaient docilement les avis et les ordres de parents unis. Mais depuis leur retour de la réception, la maison n'était plus que cris, pleurs, portes claquées. Ou au contraire, et pis encore, lourds silences.

Alors, la décision : il fallait partir, emmener Alice en voyage, l'éloigner pour la raisonner plus sûrement. Puisque la terre entière se pressait à Paris afin d'y admirer les fastes de l'Exposition universelle, pourquoi les Rousset ne se joindraient-ils pas à ce chœur? Arthur, morne, avait objecté que ses affaires l'empêchaient de les accompagner, et qu'il n'était peut-être pas très prudent pour deux dames de bonne condition de s'aventurer seules dans une ville où les tire-laine et les gandins les plus dépravés de toute la création se donnaient aussi la fête.

Qu'à cela ne tienne! Elle avait tranché : « Jérôme nous accompagnera! Il a besoin de se distraire et de se reposer. » C'était vrai. Depuis son retour de Lens, deux ans plus tôt, Jérôme Dehaynin s'était dépensé au-delà du raisonnable pour les malades de l'hôpital Saint-Sauveur. Et il ne s'était jamais tout à fait remis de la lutte qu'il avait dû mener l'année précédente – à coups de révulsifs, de saignées, de vin chaud et d'ipéca – contre une épidémie de choléra qui avait fait en quelques semaines plus de deux mille morts dans la ville. L'empereur, lors de son passage à Lille, lui avait épinglé la Légion d'honneur, en même temps qu'à trois autres médecins, pour les remercier de tant de dévouement. Et l'impératrice avait posé la première pierre d'un nouvel hôpital qu'ils réclamaient depuis belle lurette. Mais Céleste jugeait qu'un peu de repos lui serait plus profitable que le ruban rouge. Jérôme avait accepté de la suivre à Paris.

Ils étaient donc partis. Dans le train, elle observait son frère, attendrie. Arrivés en gare d'Arras, Jérôme et Alice s'étaient précipités à la portière pour observer le spectacle. Comme tous les voyageurs, ils applaudissaient aux exploits de l'acrobate, hissé sur un train voisin : on appelait ainsi le lampiste qui, muni d'une torche enflammée et d'un bidon d'huile, sautait d'un toit de voiture à l'autre, lorsque le soir tombait, afin d'ouvrir le couvercle supérieur des lampes de chaque compartiment, d'alimenter le réservoir, et d'enflammer la mèche.

Céleste se laissa divertir comme les autres, oublia un instant ses tourments. Le train repartait. Jérôme et Alice avaient regagné leurs places. Elle leur sourit. Alice faisait mine de ne pas s'en apercevoir.

Elle leur sourit à nouveau, et finit par juger insupportable le silence qui s'était établi.

Pour le rompre, elle demanda à Jérôme s'il avait jamais su ce qu'était devenue Maria. Une question qui l'embarrassa, car il n'osait guère parler de ce passé avec sa sœur, très sévère pour la jeune femme et qui accusait le docteur de faiblesse.

« Maria, dit-il enfin, m'a écrit il y a un peu plus d'un mois. Figure-toi qu'elle a fini par épouser votre ancien cocher, le Belge, Aloïs, qui est sorti de prison. Ils vivent à Denain; il a trouvé du travail dans une forge, je crois. Et elle est enceinte. »

Il ne disait pas toute la vérité.

Trois mois plus tôt, un soir que le docteur rentrait de l'hôpital brisé par douze heures de lutte avec le malheur, un policier s'était présenté dans son appartement de la rue d'Angleterre. Un grand bonhomme en redingote noire, élégant, qui jouait avec une canne à pommeau d'ivoire. Un personnage de première importance à n'en pas douter, qui se confondait pourtant en excuses : il n'allait pas déranger longtemps le docteur, il n'abuserait pas de ses instants de liberté, il ne tenait surtout pas à l'importuner, mais on avait besoin de son aide.

« Vous êtes honorablement connu. Et même, vous allez recevoir la Légion d'honneur des mains de l'empereur lui-même, s'il vient à Lille l'été prochain comme on le dit. Permettez-moi de vous en féliciter. Votre dévouement a été remarqué. Mais vous savez ce que c'est : dans ces cas-là, nous procédons toujours à une enquête. La routine... »

Il lâchait les mots lentement comme si chacun lui coûtait, jetait vers le docteur des regards furtifs.

Il répéta « la routine », sortit d'une poche un petit carnet recouvert de moleskine noire, le feuilleta rapidement.

« Alors, vos collègues de Lens nous ont parlé du

nommé... voyons... voyons, c'est cela : Riboullet Blaise. »

Il parlait à mi-voix sans redresser la tête.

« Une vieille histoire bien sûr, une vieille histoire. Elle ne vaudrait pas la peine que l'on s'y arrête. Je tiens à vous rassurer, docteur : pour nous, le bon tour que vous avez joué aux gendarmes, votre complicité... Non, non, ne protestez pas, docteur : nous avons bien compris, nous savons. Mais je vous le répète, vous n'avez rien à craindre. J'en parlais encore avec le préfet ce matin. Personne ne s'opposera à votre Légion d'honneur. Nous serons même les premiers à vous féliciter. Très sincèrement. Cette épidémie, c'était terrible. Vous avez été... héroïque. Oui, héroïque. »

Il s'était redressé, faisait face enfin.

« Donc, nous allons oublier le passé. Mais auparavant, j'aimerais que vous fassiez appel à vos souvenirs. Ce Riboullet, quand vous l'avez connu à Lens, n'était qu'un petit agitateur. Du menu fretin sans grande importance. Du moins, c'est ce que nous pensions. Aujourd'hui, nous voyons les choses différemment. »

Il s'était assis dans un fauteuil sans que Jérôme l'en priât, déployait de longues jambes qui barraient la pièce, expliquait qu'une Internationale révolutionnaire, étendait ses ramifications dans toute l'Europe, menaçant la société, l'ordre et la religion.

« Et Riboullet compte parmi ses membres importants. Il ne fait pas vraiment partie des chefs, mais il remplit des missions, comprenez-vous? C'est un agent d'exécution, mais de niveau élevé. Pas un général, mais un colonel. »

Il eut un petit rire, satisfait de sa comparaison.

« Il est venu plusieurs fois dans la région, nous en sommes à peu près certains. Il diffuse des mots d'ordre hostiles à l'empereur et à la paix sociale.

Mais nous n'avons jamais pu l'attraper : nous manquons de moyens. Pas assez d'hommes. On rogne toujours sur les crédits. Vous savez ce que c'est... Bref, nous avions pensé qu'il tenterait de revoir cette fille, votre ancienne servante... »

Il hésitait, feuilletait à nouveau le petit carnet noir.

« Voilà : Maria Vandamme, femme Quaghebeur; un ancien fraudeur, d'après notre enquête, qu'elle a épousé à sa sortie de prison. Vous n'avez pas été bien inspiré d'engager cette servante, docteur. »

Il refermait le carnet.

« Nous l'avons fait surveiller pendant des mois, à Denain, espérant qu'il tenterait de la joindre, ce... Riboullet. Mais rien. Pas une lettre. Pas une visite. Rien. »

Jérôme n'écoutait plus. Denain. Maria vivait à Denain. Mariée. Il la revoyait à demi nue, près de Blaise, la nuit où il était monté leur dire que les gendarmes entouraient la maison. Il entendait à peine les interrogations du policier qui le pressait : Riboullet, à Lens, n'avait-il pas lâché les noms de quelques-uns de ses amis, d'un lieu où il pourrait chercher refuge? Bien sûr, le temps avait passé, mais le moindre renseignement serait précieux. Parfois, une enquête repartait à partir de rien, d'une information minuscule, et c'était le succès. Que le docteur fasse l'inventaire de ses souvenirs. « Nous sommes du même bord, n'est-ce pas? Nous avons les mêmes intérêts. Et à présent vous voyez quel homme c'était, qui ne méritait pas votre pitié. »

Jérôme revoyait Maria étendue sur la paillasse de la gendarmerie, tachée de sang.

Le policier reprenait son carnet, lisait quelques noms : « Cela ne vous dit rien, docteur? Vous ne les avez jamais entendus? »

Dehaynin faisait non, non, de la tête, absent. Il

finit par murmurer qu'il n'avait jamais parlé avec Riboullet, qu'il ne le connaissait pas, qu'il ne l'avait pas hébergé, c'était une invention des gendarmes de Lens. L'autre souriait, sceptique et moqueur :

« Vous pouvez bien l'avouer, maintenant, puisque je vous ai dit que nous avons décidé de passer l'éponge, de tout oublier. »

Jérôme imaginait Maria à Denain, mariée. Comment était cet Aloïs? Il tentait de se représenter l'ancien cocher de sa sœur, qu'il n'avait guère connu, dont il ne gardait que l'image d'une longue silhouette.

Il avait fini par repousser le policier vers la porte, répétant que non, il ne savait rien, tout ce que l'on avait raconté était calomnies et inventions. Il avait hâte d'être seul.

Il se sentait presque joyeux.

A Denain, le 21 mai 1867,
A Monsieur le Docteur Dehaynin.

Monsieur,
Monsieur le Chanoine Gobrecht, de la paroisse de Saint-André à Lille, m'a fait part de votre désir d'obtenir des renseignements sur les époux Quaghebeur habitant Denain.

Les époux Quaghebeur sont arrivés dans notre ville au début de l'année 1866, et monsieur Quaghebeur a été aussitôt engagé aux Forges. On le dit honnête ouvrier, ponctuel et sérieux. Madame Quaghebeur travaille depuis plusieurs mois, à la journée, dans une ferme de la ville. Ni l'un ni l'autre ne sont des paroissiens assidus. On les a vus cependant plusieurs fois à la messe du dimanche dans la chapelle des Sœurs de la Charité, qui est attachée aux Etablissements des Forges et Hauts Fourneaux. Leur conduite n'a jamais fait l'objet d'une mention particulière.

Espérant avoir eu l'honneur de vous êtes agréable, je vous prie de croire, Monsieur, en mes très religieux sentiments et en ma grande considération.

B. Flicot,
curé de Saint-Martin de Denain.

A Denain, le 25 mai 1867,
A Monsieur le Docteur Dehaynin.

Monsieur,

Je vous ferai porter la semaine prochaine par un ami qui doit se rendre à Lille l'argent que vous aviez eu la bonté de me faire parvenir. Madame Quaghebeur l'a en effet refusé.

La personne à qui j'avais confié cette somme et demandé de la lui donner m'a assuré qu'elle avait été très poliment reçue. Mais madame Quaghebeur a répondu qu'elle ne demandait pas la charité, que son mari gagnait de quoi les nourrir. La personne m'a dit que la maison des époux Quaghebeur est très pauvrement meublée, mais propre. Elle y a vu des livres, qui ne figurent pas tous parmi ceux que recommande l'Eglise. Elle a remarqué que madame Quaghebeur parlait mieux que la plupart des femmes de nos ouvriers.

Espérant avoir eu l'honneur de vous être agréable, je vous prie de croire, Monsieur, en mes très religieux sentiments et en ma grande considération.

B. Flicot,
curé de Saint-Martin de Denain.

A Denain, le 1er juin 1867,
A Monsieur le Docteur Dehaynin.

Monsieur,

Dès réception de votre lettre, je me suis rendu personnellement au domicile de madame Quaghebeur. Je lui ai expliqué, selon votre désir, que la personne que je lui avais envoyée la première fois n'avait pas *très bien compris vos instructions. Je lui ai dit que cet argent n'était pas une charité mais représentait une partie des gages que vous restiez lui devoir.*

Madame Quaghebeur m'a répondu que vous ne lui deviez rien. Elle a ajouté qu'elle reconnaissait bien là votre gentillesse : c'est le mot qu'elle a employé. Elle m'a demandé, en insistant beaucoup, de vous remercier.

Je puis vous confirmer ce qu'indiquaient mes précédentes correspondances, à savoir que le logement des époux Quaghebeur est très pauvre mais très propre et que madame Quaghebeur ne parle pas comme les femmes de sa condition. Je me suis permis de lui rappeler ses devoirs de chrétienne et de lui signaler qu'on ne la voyait pas chaque dimanche à la messe. Elle m'a répondu qu'elle croyait en Dieu, en Notre Seigneur Jésus-Christ et en la Vierge Marie, mais n'a rien voulu ajouter. Il m'a semblé que c'est une personne de caractère, peut-être un peu obstinée.

Comme je la quittais, elle m'a demandé si je vous connaissais personnellement. Elle a paru déçue par ma réponse négative, mais je ne saurais vous dire pour quelle raison.

En regrettant de n'avoir pu faire mieux, et en vous redisant combien votre confiance m'honore, je vous prie de croire, Monsieur, en mes très religieux sentiments.

> B. Flicot,
> curé de Saint-Martin de Denain.

Il avait fini par se rendre lui-même à Denain. Tremblant, cent fois près de rebrousser chemin.

Il avait frappé à la porte de la petite maison, vers le milieu de la matinée, bredouillant un prétexte, une hisotire qu'il se répétait à chaque heure depuis qu'il avait décidé ce voyage : voilà, c'était simple après tout, on l'avait demandé en consultation au chevet d'un directeur des Ateliers Cail atteint depuis quelques jours d'un mal mystérieux, peut-être le choléra; qu'on fasse appel à lui était logique, après ce qu'il avait connu à Lille pendant l'épidémie.

« Si Monsieur veut rentrer... »

Toujours les mots qui établissaient une barrière. Mais dits d'un ton presque joyeux. Il avait à peine vu la pièce aux murs blanchis à la chaux, seulement meublée d'une table et de deux bancs, tachée de rouge par le grand rideau qui cachait l'alcôve. Il regardait Maria. Les cheveux dorés qui lui faisaient une auréole, le rouge des joues, une sorte de douceur, presque de mollesse, qu'il ne lui avait pas connue. Plus épanouie. Encore sur ses gardes mais comme désarmée, livrée, par une impertinente mèche blonde échappée du chignon soigneusement tiré, et le sourire de l'œil.

Elle s'était appuyée contre le mur, le regardait, se

détourna enfin, s'affaira : « Je vais faire du café à Monsieur. Après ce voyage... Le train c'est rapide, mais fatigant quand même... L'autre jour Aloïs a dû aller à Lille, pour des papiers; quand il est revenu, il n'en pouvait plus. C'est le bruit, je crois. » Il pensa qu'elle accumulait les mots comme des pavés sur une barricade. Mais le curé de Denain avait raison qui jugeait qu'elle ne parlait pas comme les femmes de sa condition. Elle n'était pas faite pour vivre là. Elle méritait mieux. Et mieux que ce cocher, un rustre à coup sûr, incapable d'échanger avec elle trois idées.

Maria continuait d'entasser les mots, expliquait qu'ils parvenaient à joindre les deux bouts avec la paie d'Aloïs et les journées qu'elle faisait chez des paysans. Dans une ville comme Denain, on pouvait trouver du travail sans difficulté, à condition de se montrer courageux. Il y avait la mine – « et depuis plus longtemps qu'à Lens, depuis le roi Charles X » –, les forges, les sucreries, les distilleries, les brasseries, sans compter l'agriculture. Il l'imaginait lisant journaux et livres le soir, à la lumière jaune d'un quinquet, quand le mari était couché, assommé de travail et peut-être de bière.

« Je ne voudrais pas que Monsieur me fasse des reproches pour l'argent, disait Maria. Monsieur ne me devait rien, bien sûr, je le savais. J'ai bien compris que Monsieur souhaitait me faire une gentillesse, mais ce n'était pas nécessaire. »

Il reprenait ses esprits, et se reprochait d'être là. Il allait la compromettre. On l'avait sans doute vu. Tout se sait dans ces quartiers aux mentalités de villages. Les commères du voisinage s'interrogeraient, jaseraient. Et à quoi bon? La veille, et le matin même, dans le train, il s'était pourtant dit que si elle l'accueillait bien, il lui proposerait de revenir à Lille. Il les reprendrait tous les deux. Il pouvait se payer un cocher, après tout. Elle serait bien mieux chez lui, plus heureuse. A présent, il hésitait, saisi d'un scrupule : que cherchait-il ainsi, qu'était-il venu chercher à Denain? Il étendit la main vers son chapeau, comme pour s'en aller, fuir, et se ravisa. Il avait chaud.

Elle parlait toujours. Elle ne disait rien d'elle, de son mariage avec le cocher, de leur vie dans cette ville de boue et de poussière. Elle évoquait un vieil Anglais du voisinage qui ressemblait un peu à Baleine – « il y a beaucoup d'Anglais ici; les gens de Denain les appellent les Engliches; ils étaient venus travailler aux Forges, pour installer les machines; quelques-uns sont repartis bien sûr ». L'Anglais lui avait prêté un atlas sur lequel elle rêvait, doigt perdu à suivre des fleuves d'Amérique. « Et moi, je ne suis jamais allée plus loin qu'Hazebrouck et Denain. Et Lens aussi. » Elle en riait presque.

Il la revoyait la nuit de Lens, les cheveux dénoués qui lui faisaient deux guirlandes jusqu'à la ceinture, le tablier jeté sur la chemise de nuit, mal refermé.

Elle posait deux bols sur la table, approchait le café. Elle repartit, se dressa sur la pointe des pieds pour saisir la boîte de sucre sur le manteau de la cheminée, entre deux bougeoirs de fer émaillé. Ce mouvement tendit son corps, le dessina sous le tablier et la robe grise. Alors il se dressa, fut contre elle aussitôt. La serrer sous lui. Se perdre dans ces cheveux, fondre dans cette douceur, aspirer cette fraîcheur. En finir avec la solitude, les regrets, les désirs étouffés. Maria. Le bonheur simple.

Elle se dégagea, rapide, en femme habituée aux avances et aux attaques des hommes. Douce, pourtant. La boîte de sucre avait roulé à terre, et un bougeoir. Elle ramassait les morceaux, à demi agenouillée, mais lui faisait face.

Silencieuse.

Il dit « Maria... » Attendit un mot, un geste, qui ne vinrent pas. Recula jusqu'au mur pour s'y adosser. Il eût voulu disparaître. Il souhaita pleurer, tenta de prier. Il vit sa mère, la grande Flamande de Hondschoote : « Il y a des choses qui ne se font pas, Jérôme. »

Maria s'était redressée.

« Vous boirez bien votre café, tout de même. »
Elle avait dans l'œil une lueur fauve.

Il se laissa tomber sur le banc, avala d'un trait le café brûlant, se retrouva aussitôt près de la porte. Elle esquissa un sourire, craintive et douce; forte aussi.

« Je n'avais pas dit à Monsieur. Voilà... Je suis prise. C'est pour le mois de novembre, si j'ai bien compté. Aloïs est très heureux. Quand ce sera fait, je veux dire quand l'enfant sera né, je l'écrirai à Monsieur, bien sûr. »

Il s'échappa.

CHAPITRE XI

CETTE semaine semblait être une continuelle fête.

Alice, qui n'était jamais venue à Paris, voulait tout voir. Céleste ne la quittait pas.

Elles couraient les grands magasins à peine achevés, le Printemps, le Louvre, le Bon Marché. Elles admiraient les audaces des charpentes métalliques, les ors des colonnes et des frises, l'éclat des mosaïques et des vitraux. Elles piétinaient, ravies, devant des amoncellements de dentelles de Bruges, d'Alençon, de Malines, et de Valenciennes. Elles s'attardaient, éblouies, parmi des étalements de franfreluches, de chemises de batiste, de déshabillés troublants ou douillets, de bas jarretés de moire, de jupons de percale à volants brodés et de robes de chambre satinées. Elles rêvaient parmi des fouillis de mousselines, de gazes, de brocarts, de soies perlées et lamées, des alignements de coupons de velours, de faille, de cachemire, de serge au poil rêche et de vigogne au duvet pelucheux. Elles passaient des heures à ouvrir des ombrelles, à essayer des robes garnies de bouillonnés, de nœuds et de poufs, ou brodées de fleurs et d'oiseaux, et des chapeaux extravagants, des pelisses, des manteaux, des fourrures.

Elles descendaient en « mouche » – la dernière innovation parisienne mais qui venait de Lyon, ces petits bateaux à vapeur chaque jour pris d'assaut par une foule joyeuse – la Seine aux eaux vert sale qui coulait lentement entre des quais gris chargés de détritus, d'ordures et de ferraille.

Sans se lasser, elles parcouraient la ville, dans une cohue de voitures – des araignées aux roues immenses, des fiacres en ruine tirés par des rosses décaties, des victorias et des landaus superbes, des omnibus à impériales chargés de voyageurs – de Montmartre au Quartier latin, et de Notre-Dame à Saint-Sulpice, flânaient dans les boutiques de souvenirs qui proposaient aux touristes des colonnes Vendôme et des obélisques portant des thermomètre, acclamaient enfin aux Tuileries le défilé de la garde impériale.

Elles allaient applaudir *Cendrillon* au Châtelet et les acrobates du Cirque américain au Théâtre du Prince impérial. Elles assistèrent à l'ascension du ballon d'où Nadar photographiait Paris, et ne manquèrent aucun des feux d'artifice que tira Ruggieri ces soirs-là. Elles aimaient par-dessus tout le spectacle qu'offrait chaque nuit la ville. Céleste, qui n'était venue qu'une seule fois dans la capitale, accompagnant son mari dix ans plus tôt pour un rapide aller et retour, avait gardé le souvenir d'une vieille cité obscure, étroite, malodorante. Mais le préfet Georges Eugène Haussmann était passé par là, perçant des avenues, bousculant d'ignobles quartiers décrépits, faisant surgir une métropole illuminée par les flammes d'une fourmilière de becs de gaz, et parée d'une pluie d'étoiles.

Elles voulurent, un soir, aller au bal Mabille, établi allée des Veuves dans un jardin proche des Champs-Elysées, et dont la renommée faisait une étape indispensable pour les visiteurs de Paris. Jérôme Dehaynin dut les accompagner, par la longue galerie tapissée de plantes grimpantes, jusqu'à la piste de danse qu'éclairaient a giorno des globes lumineux pendant aux branches de curieux bananiers en zinc. Tandis qu'elles applaudissaient au spectacle de pétulantes cocodettes qui levaient la jambe au rythme d'un cancan allègre et sémillant, le docteur se demandait ce que voulait sa sœur. Il avait compris que Céleste souhaitait ce séjour à Paris, cette rupture brusque avec les habitudes de la famille, loin des usines et loin d'Arthur, pour mieux entreprendre sa fille et obtenir qu'elle renonce à ses projets. Mais elle semblait avoir tout à fait oublié ses raisons d'être là. Encore si elles s'étaient contentées de visiter l'Exposition! Bien sûr elles avaient arpenté dès les premiers jours, au Champ-de-Mars, le Palais de l'Industrie, énorme bâtisse en forme d'amphithéâtre où s'étaient donné rendez-vous tous les producteurs du monde. Céleste s'était attardée dans la zone du vêtement et dans celle des machines qui brodaient, cousaient, ourdissaient les fils, imprimaient. Alice préférait errer dans les bosquets qui entouraient le pavillon central, flâner de l'isba russe au chalet tyrolien, mais elle avait aussi visité les salles où des Allemands montraient comment ils fabriquaient la bière; et elle avait obtenu de déjeuner au restaurant autrichien Fanta, le plus couru, où des tziganes en dolman écarlate tressé d'or faisaient acclamer d'entraînantes *czardas*.

Plus que de l'Exposition, pourtant, c'était de Paris que les deux femmes s'enivraient. S'enivraient? Au soir de leur visite à Mabille, Jérôme Dehaynin, n'y tenant plus, avait interrogé sa sœur dès leur retour à l'hôtel, un établissement cossu de la rue de Richelieu, fréquenté par les bourgeois qui craignaient l'ostentation et la foule du tout proche Hôtel du Louvre, le plus important d'Europe avec ses huit cents chambres.

Alice, épuisée, était partie se coucher. Ils traînaient dans un salon avant de l'imiter. Aux premiers mots de son frère, Céleste s'était décomposée. Oui, elle avait entrepris Alice, dès le premier soir, à peine avaient-elles vidé leurs valises. C'était sans doute trop tôt, mais elle n'avait pu résister. La jeune fille s'était aussitôt rebiffée. « Ne me parle pas de cela, sinon je te laisse et je rentre directement à Lille. J'irai demander asile aux parents de Florimond. Ils me recevront. » Elle l'aurait fait, cela se devinait. Céleste avait imaginé le scandale, et s'était gardée d'insister, se jurant de guetter une autre occasion.

« Et c'est elle qui m'en a reparlé, figure-toi! C'est un caractère, cette fille. Je crois qu'elle ressemble à Père. »

Céleste Rousset ne pouvait dissimuler son admiration. Elle avait toujours préféré Alice : Léonie, une mollassonne qui s'était laissé mener toute sa jeunesse et avait, pour finir, accepté le premier prétendant qui se présentait; mais Alice, une battante, avait failli plusieurs fois se faire renvoyer du couvent, et semblait avoir décidé une fois pour toutes de n'en faire qu'à sa tête. Quant à la contraindre... Bien sûr, dans la plupart des grandes familles de Roubaix, Tourcoing ou de Lille on ne laissait guère aux filles le choix de leur époux; elles ne s'en portaient pas plus mal pour cela, et, quand leur mari n'était pas idéal, elles pouvaient trouver des consolations chez leurs enfants. Mais Céleste n'avait pas ces principes-là. D'ailleurs, pour obliger Alice à rompre, il eût fallu le concours d'Arthur – et celui-ci, justement, jugeait que sa fille n'avait pas tort.

« Figure-toi : nous étions au pavillon espagnol du Champ-de-Mars. Epuisées d'avoir marché. A tel point que pour finir la visite, nous avions loué des chaises roulantes. L'homme qui tirait la mienne était vieux, mais vieux! Il semblait presque aussi épuisé que moi. Bon, passons. Au pavillon espagnol, tout à coup, Alice me dit : « Et si nous parlions de mon mariage? » J'ai failli m'étouffer avec mon chocolat, d'autant que ces Espagnols le servent brûlant. C'était de la date et de l'organisation de la cérémonie qu'elle voulait me parler! Je lui ai quand même fait remarquer que les choses n'étaient pas aussi simples. Et là, pour une fois, elle ne s'est pas dérobée. Elle a accepté de m'entendre. Je lui ai tout dit : les vilenies de Berthe Van Meulen, leurs besoins d'argent, le caractère et la santé de Florimond, donc les risques que courraient leurs enfants, tout. »

Céleste s'arrêta un instant pour reprendre souffle. Elle avait parlé d'une voix basse et lasse, chuchoté plutôt, et Jérôme avait dû rapprocher son fauteuil pour l'entendre.

« Elle n'a pas fléchi... Un caractère! Quand même, elle s'est expliquée. Elle a beaucoup parlé, pour une fois. Et je vais te dire... Mais je crois bien que je ne le dirai à personne d'autre, et tu vas me jurer de ne pas le répéter. Eh bien... je crois que ce qui l'intéresse dans ce mariage, ce n'est pas... c'est... c'est l'usine, la brasserie. Elle voit loin. Un peu trop. »

La brasserie! Que pourrait-elle y faire? Et le beau-père? Et le mari, ce Florimond dont on disait tant de mal? Jérôme Dehaynin n'osait interroger sa sœur à demi brisée, presque vaincue. Il s'étonnait aussi de l'avoir vue, les jours précédents, joyeuse, animée, surexcitée parfois, comme si elle n'était habitée par aucune préoccupation, aucune angoisse. Essayait-elle d'oublier? Ou quoi? Décidément, il ne comprendrait jamais rien aux femmes.

Il tenta de l'encourager :

« Mais rien n'est perdu tout à fait. Tu peux

encore la convaincre. Elle ne peut se marier sans ton consentement, de toute façon. »

Elle eut un petit sourire grimaçant.

« Mon pauvre Jérôme... Non! Je sais bien que c'est fichu. Elle est comme ces petits cailloux blancs, tu vois, qu'ils ont mis dans les allées de l'Exposition, entre les bosquets. Ça paraît fragile et c'est incassable; ça semble transparent et pourtant tu ne parviens pas à voir l'intérieur. Et puis je ne sais plus. J'ai peut-être tort de m'obstiner. Ce mariage ne sera pas fatalement une catastrophe. »

Elle se levait pour regagner sa chambre, s'attardait pourtant, passait la main dans les cheveux de Jérôme, tendre, rêveuse. Puis :

« Tu vois : tout à l'heure, je te disais qu'Alice ressemble à Père. Je me trompais. C'est à Arthur qu'elle ressemble. Au début, je pensais qu'il fallait le pousser, le tirer. Et c'était sans doute vrai. Mais à présent il me dépasse, il va trop vite. Cette histoire m'a ouvert les yeux. En quelques jours, j'ai beaucoup appris. Quand on vit avec un homme, il y a des centaines de petites choses auxquelles on ne prend pas garde, des petits changements en lui qu'on voit à peine, et tout à coup – crac! – un événement survient qui éclaire tout, rassemble tout... »

Sa main jouait toujours avec les cheveux de Jérôme, distraite.

« Maintenant, dit-elle, j'ai peur. Alice et lui, ils me font peur. »

Il la regarda s'éloigner. Elle penchait la tête. Peut-être pleurait-elle.

Le temps du soir était lourd, et les femmes en grandes parures qui se pavanaient sur ce boulevard qu'on appelait « le clitoris de Paris », balayant le trottoir de leurs robes à volants, n'avaient passé ni manteaux ni tuniques sur leurs crinolines. Elles allaient de la Chaussée-d'Antin au carrefour Drouot, l'œil racoleur et le rire haut, quelques-unes dégrafées, éclaboussées par les lumières des grands cafés. Elles échangeaient clins d'yeux et petits saluts avec les garçons qui servaient aux terrasses, rêvaient de se faire inviter chez Riche, chez Tortoni ou à la Maison Dorée, guettaient les touristes venus à Paris s'en fourrer jusque-là, attendaient que la sortie des théâtres libère les clients, croisaient des couples élégants et des familles de curieux, offertes aux appétits des hommes.

Indifférent aux œillades et aux sollicitations, Jérôme Dehaynin se hâtait de rentrer à l'hôtel : pour sa dernière soirée parisienne, il était allé dîner chez un vieux prêtre, disciple d'Ozaman, qui habitait du côté de la Trinité. Il avait attendu beaucoup de cette rencontre. Depuis son départ de Lens, deux ans plus tôt, il s'interrogeait souvent : comment pouvait-on supporter, justifier, la misère des mineurs et des ouvriers du textile, le malheur de tout un peuple ? Il courait de prêtre en prêtre et s'irritait de ne pas trouver de réponse. Or, celui qu'il venait de rencontrer ne l'avait guère éclairé : il s'était contenté de lui citer les condamnations parallèles du socialisme et du libéralisme fulminées trois années plus tôt dans le *Syllabus* par Pie IX. Ce qui inquiétait surtout le vieux curé, c'étaient les ravages provoqués par la diffusion des œuvres de Renan sur la non-divinité de Jésus.

Jérôme Dehaynin s'en retournait donc déçu.

Il écarta un homme à gros favoris qui proposait des photos de l'impératrice et de la duchesse de Morny complètement nues – en réalité des photo-montages dont tout Paris s'amusait.

Une femme se colla à lui, précédée d'un fort parfum mêlé de sueur et de musc. La lumière crue d'un bec de gaz lui faisait un visage blanc, barré d'une bouche sanglante, éclairait une gorge presque nue où l'on pouvait distinguer les aréoles des seins. Il fut troublé, respira un instant cette promesse, la repoussa, s'excusa. Elle rit, lui cria quelque grossiè-reté qu'il entendit à peine. Des passants s'esclaffè-rent.

Il allait reprendre sa marche vers la rue de Richelieu quand on lui saisit le bras. Il tenta de se dégager, se tourna vers l'importun, un mauvais garçon sans doute qui, ayant flairé le provincial, voulait faire le faraud.

C'était Blaise Riboullet! Le maçon n'avait plus de barbe. Mais ses yeux brillaient du même éclat singulier. Habillé comme un bourgeois. Il souriait.

« Vous me remettez, docteur? »

Dehaynin bafouillait, regardait à droite et à gau-che.

« Venez », dit Blaise.

Il l'entraîna jusqu'à la terrasse d'un café très fréquenté où s'attablaient des couples qui sortaient des théâtres.

« Plus on est nombreux, et moins on peut écouter ce que disent les autres. Alors, ici, nous pourrons bavarder tranquillement, sans être espionnés par les argousins, s'il s'en trouve. »

Puis, très vite, à peine étaient-ils assis :

« Vous avez de ses nouvelles? Comment va-t-elle? »

Jérôme lui dit : Denain, le mariage avec Aloïs, l'enfant bientôt attendu. Mais il lui tut sa visite. Riboullet hochait la tête, silencieux. A la fin, il interrogea : « Elle est heureuse, au moins? » Et comme le docteur haussait les épaules, en signe d'ignorance, il expliqua : « Moi, de toute façon, hein, je ne pouvais pas. Nous – je veux dire : les gens qui font ce que je fais –, on doit être un peu comme les curés, je vous l'ai déjà dit. Alors il valait mieux que ça se termine comme cela. »

Un garçon arrivait, prenait la commande, repartait en chantonnant. Blaise poursuivit :

« Ici, je suis seulement de passage. Dans les Expositions comme celles-ci, les gouvernements envoient parfois des délégations d'ouvriers. C'est comme cela qu'à Londres, en 1862, les Français et les autres délégués ont pensé qu'il faudrait créer un jour l'Association internationale des travailleurs. Alors je suis ici pour voir... »

Il jetait un regard soupçonneux alentour. Mais personne ne se souciait d'eux. Des groupes chantaient, des couples s'embrassaient, des femmes discutaient dentelles et ombrelles. Blaise reprit :

« ... pour voir ce qu'on peut faire. C'est la première fois que je reviens à Paris. Ni vu, ni connu. En temps ordinaire : Londres, quelquefois la Belgique ou la Suisse. Le Nord aussi. Vous connaissez Londres? Non? »

Il hochait la tête, se taisait un instant, comme emporté par des souvenirs, repartait :

« Ah! C'est une ville... c'est la ville de l'argent, voilà! Des banques et encore des banques. J'ai même travaillé à en construire une, pas en brique comme chez vous dans le Nord : avec du granit et de la pierre de Portland. Remarquez : ils ne travaillent pas aussi dur que nous, les Anglais. Et les patrons sont plus coulants. C'est vrai : il y a beaucoup de misère aussi, mais les patrons sont plus coulants. »

Il n'avait rien perdu de sa faconde, de son désir, de sa manie d'expliquer. Il décrivait longuement la ville, racontait qu'il y avait retrouvé un ancien maçon creusois, un « pays » nommé Martin Nadaud, élu représentant du peuple en 1849, exilé après le coup d'Etat du 2 décembre, et qui vivotait en enseignant le français dans une école.

« Ça remue beaucoup, à Londres. Il y a là-bas des exilés de tous les pays. Ils se préparent, pour la révolution. Il y a des Italiens, des Allemands, et même des Russes. J'ai vu plusieurs fois un Allemand, qui s'appelle M. Marx, Karl Marx, c'est lui qui a lancé l'Internationale des travailleurs il y a trois ans avec un Français, un nommé Le Lubez, et d'autres aussi. Ce M. Marx, il a de l'instruction : il fait des livres, faut voir. Ce n'est pas un ouvrier, mais un bourgeois qui s'est mis du côté des ouvriers. Il a compris. Moi, bien sûr, je comprends pas tout ce qu'il dit. Quelquefois, il m'énerve. »

Jérôme Dehaynin écoutait à peine. Il ne voulait pas se laisser entraîner dans une discussion avec ce révolutionnaire. Tous les prêtres qu'il avait interrogés, ceux qui étaient les plus soucieux de la misère ouvrière (et qui se faisaient, pour cette raison, brocarder par leurs confrères et leurs paroissiens) lui répétaient que c'était la Révolution française, précisément, qui avait provoqué cette misère en détruisant l'ancien ordre des choses, les corporations professionnelles qui avaient le souci du bien-être de chacun de leurs membres. Une nouvelle révolution ne ferait que tout aggraver. Il fallait, au contraire, mettre en œuvre la contre-révolution. Et l'empereur, malheureusement, ne le comprenait pas.

Le garçon de café revenait enfin, apportant des bocks de pilzen, la bière autrichienne très appréciée. Blaise Riboullet s'interrompait, trempait sa moustache dans la mousse blonde, claquait la langue, comme satisfait.

« Elle est bonne, hein? Presque aussi bonne que chez vous là-haut. »

Il souriait enfin. Puis, à nouveau grave :

« Dites donc, à Roubaix, au mois de mars, ils n'y sont pas allés doucement, les compagnons! Hein? C'est bien ça. Moi je me disais toujours : c'est curieux, les gens du Nord, ils connaissent le pire, et ils acceptent tout, ils supportent tout. Et tout à coup : patatras! Ça explose. C'est bien, ça. C'est des hommes. »

Il hochait la tête, satisfait, reprenait son bock, observait autour d'eux la foule d'où montait une rumeur de chansons, revenait encore à Dehaynin, agressif soudain, comme si la vue de ces viveurs avait réveillé en lui une rancœur.

« Et vous? Pourquoi vous ne l'avez pas gardée avec vous, Maria? »

Jérôme ébaucha un geste du bras, pour éviter de répondre. Comment expliquer?

Blaise revenait à la charge :

« Moi, je pensais que vous l'auriez gardée. Vous auriez pu. Elle vous aimait bien, vous savez. »

Jérôme :

« C'est elle... elle qui n'a pas voulu. »

Il vit bien que Blaise ne le croyait pas. Il regretta de ne pas savoir mieux mentir. Il était heureux, en même temps, parce que les derniers mots de Blaise résonnaient encore en lui : « Elle vous aimait bien, vous savez. »

Il finit par se reprocher d'être faible et influençable, appela le garçon pour lui régler les deux bocks, se leva.

« Ah! dit Blaise, qui ne bougeait pas, si vous la voyez, dites-lui... Et puis, non. Rien... Ne lui dites rien. »

CHAPITRE XII

« Ce sera un garçon, disait la mère Evrard. Mon noyer a beaucoup donné cette année : on savait plus où mettre toutes les noix. Et on dit toujours que les années à noix sont des années à garçons. »

Les voisines riaient. Maria allait à pas lents de la cheminée, où l'on avait mis l'eau à bouillir dans un grand chaudron de fer, jusqu'à la maie de bois en forme d'auge où l'on coucherait tout à l'heure le bébé, si tout allait bien. Elle pensait qu'en marchant elle aiderait le travail du corps, et souffrirait moins. La mère Evrard, l'accoucheuse, qu'elle avait fait chercher dès les premières douleurs, ne s'y était pas opposée. « De toute façon, ça ne peut pas faire de mal. Mais quand le moment viendra, vous vous allongerez bien gentiment sur la table, madame Quaghebeur; il faudra être raisonnable. »

Les femmes bavardaient, heureuses de cette brèche dans la monotonie des jours, contentes d'être ensemble, entre elles – les hommes à l'usine ou à la mine, y compris Aloïs, qu'on n'avait pas encore prévenu. Elles se racontaient des histoires de naissances ou d'accouchements surprenants. Une grosse brune aux chairs flasques expliquait que son sixième garçon, né dans un village du côté de Valenciennes, s'était présenté par l'épaule, la pire des positions, alors que l'accoucheuse n'était pas arrivée : « Il avait même passé sa petite main par le trou, vous vous rendez compte ? Comme pour dire : tirez-moi de là bien vite. Et moi j'en pouvais plus. Je leur ai dit : si vous me laissez comme ça, avec ce bras entre les jambes, je vais mourir. Heureusement, ma sœur avait vu une fois comment faisait le médecin dans une affaire pareille. Il avait retourné l'enfant à l'intérieur du ventre pour le mettre dans la bonne position. Alors, mon Léonard et le voisin, ils m'ont pris les jambes et écarté les cuisses, autant qu'ils pouvaient. Et ma sœur, elle a élargi l'ouverture, elle a rentré le bras du gamin, et elle a passé son bras à elle, à l'intérieur. Elle s'était mis plein de saindoux autour, pour que ça glisse mieux. Je la sentais dans mon ventre, c'était drôle. « Pousse pas, qu'elle disait ma sœur, pousse pas : ça me fait sortir le bras. » Mais moi, je pouvais pas faire autrement. Et j'avais mal ! Tout ça dans mon ventre, vous pensez ! Après, elle m'a dit que je lui avais fait mal aussi, qu'à chaque contraction elle croyait que j'allais lui casser la main. Mais elle a réussi à retourner l'enfant. Il sortait juste quand l'accoucheuse est arrivée. Elle n'en revenait pas. Elle m'a attrapée, fallait voir ! Et le docteur ! Il disait que j'aurais pu mourir. Eh bien, croyez-le si vous voulez, le bras qu'il avait sorti d'abord, ce garnement, il est beaucoup plus fort que l'autre, et plus long aussi. Vous n'aurez qu'à regarder, la prochaine fois. C'est drôle, hein ? »

Les femmes s'esclaffaient, un peu effrayées quand même. La mère Evrard avait essayé d'interrompre la conteuse – « vous allez faire peur à Mme Quaghebeur » – mais Maria disait qu'on continue, que ces histoires la distrayaient. Chacune y allait donc de son couplet, renchérissait pour impressionner les autres, à croire qu'elles avaient toutes eu des accouchements hors du commun. Ou bien, c'était des histoires de matrones aux pratiques étranges : l'une laissait soigneusement pousser l'ongle de son pouce droit afin de pouvoir plus aisément déchirer le filet de la langue des nouveau-nés, ce qui facilitait, assurait-elle, la tétée; une autre faisait jeter sur la tête de l'enfant, dès la sortie, quelques gouttes de l'urine du père, assurant que c'était un gage de longue vie; beaucoup pétrissaient entre leurs mains, pour les arrondir, les crânes encore mous des tout-petits.

Au vrai, Maria n'écoutait guère. Elle laissait errer son esprit parmi ses souvenirs. Paisible en dépit des douleurs qui, régulièrement, lui sciaient les reins. Ou bien, elle songeait à sa mère inconnue, essayait de lui donner une apparence, de lui inventer une histoire. Jamais auparavant elle ne s'était interrogée à son propos. Jamais non plus, elle ne s'était demandé à qui pouvait ressembler son père. Et puis, une nuit, elle avait été réveillée par l'enfant qui bougeait dans son ventre. Aloïs dormait, écrasé par une journée de travail aux Forges. On n'entendait dans la ville que le halètement lointain et ininterrompu des machines à vapeur. L'enfant donnait des coups de coude, ou des coups de pied, vigoureux déjà. Que voulait-il lui dire? Elle l'avait caressé de la main, doucement, cherchant à deviner le corps à travers sa peau. Et le pied – c'était un pied – remuait lentement, comme pour se prêter à la caresse, et même la rechercher.

Dès lors, les jours n'avaient plus ressemblé aux jours. Même quand elle s'épuisait, pliée pendant des heures pour ramasser les pommes de terre ou les betteraves de Deleplace – un fermier dont les champs s'étalaient entre puits de mine et hauts fourneaux et qui employait les femmes d'ouvriers comme saisonnières –, même quand elle souffrait mille maux, reins creusés, dos cassé, ventre lourd, une joie profonde et tendre l'habitait. Il était toujours avec elle, l'enfant, chair de sa chair, vie de sa vie, adressant au monde où il allait bientôt venir des messages qu'elle seule pouvait entendre et comprendre. Et elle s'était étonnée : comment, après avoir vécu une telle intimité avec un être, pouvait-on le laisser sous le porche d'une église, dans la tour d'abandon d'un hospice ou d'un couvent et se condamner à désormais tout ignorer de lui? A quel fond du désespoir fallait-il être tombé pour se résoudre à un tel déchirement?

Il lui venait alors des envies folles de rechercher sa mère, de courir de Saint-Omer à Valenciennes et d'Arras à Dunkerque pour retrouver sa trace, la prendre dans ses bras simplement, la cajoler, la consoler. Aloïs lui demandait : « A quoi penses-tu? » Elle répondait : « A rien. » A quoi bon s'expliquer? Comment expliquer? Il n'insistait pas, sachant qu'une partie d'elle lui échapperait toujours, bien heureux du bonheur qu'elle lui donnait.

Elle ne lui avait rien caché, quand elle était allée l'accueillir à sa sortie de prison, des quinze mois vécus à Lens en compagnie de Blaise Riboullet. Il avait voulu s'effacer : « Vous ne m'aviez pas donné votre parole, Maria. Vous deviez me répondre seulement à Pâques, l'année où j'ai été arrêté. » Mais quel sourire libéré quand elle lui avait dit que rien ne devait changer dans leurs projets.

La prison ne l'avait pas transformé, lui. Des rides sur sa bouille ronde, oui! Il restait pourtant comme un enfant qui se laisse mener. Elle avait brusqué le mariage, un peu comme on se jette à l'eau. Non qu'elle fût désespérée. Mais avec le sentiment qu'il n'y avait pas d'autre issue, qu'elle agissait comme il le fallait. Proprement. Et avec la certitude de trouver au moins paix et tendresse auprès du grand Belge roux.

Blaise? L'image du maçon disparu dans cette grande malle, qui ressemblait tant à un cercueil, avait d'abord hanté ses jours et ses nuits. Mais elle n'avait plus rien su de lui. Baleine, quand il passait par Denain, apportant vieux journaux, almanachs et romans populaires à cette affamée de lecture, ne pouvait lui en dire plus. Il haussait les épaules : « Le Blaise? lui aussi il court après la baleine bleue. Et elle va l'entraîner loin, bien loin. Il ne faut plus y penser. » Le vieil homme la prenait dans ses bras, comme le matin où elle avait pour la première fois pleuré, chez Jérôme Dehaynin, et elle se laissait aller contre lui, rêvant qu'elle s'était enfin découvert un père. Il s'entendait bien avec Aloïs, lui racontait d'affriolantes histoires de femmes indigènes qui, du côté de la Nouvelle-Zélande, nageaient jusqu'aux bateaux aventurés près des côtes et s'offraient en échange de quelques biscuits. Quand les mots devenaient trop précis ou trop grossiers, il préférait s'exprimer en flamand, et les deux hommes s'esclaffaient en regardant Maria du coin de l'œil, comme si elle ne pouvait les comprendre.

Quelques mois après leur arrivée à Denain – c'était elle qui avait choisi cette ville, pour rompre avec ses souvenirs –, une grève avait éclaté dans la moitié des fosses. Maria n'avait pu s'empêcher d'imaginer que Blaise, peut-être, reviendrait, attiré par la lutte ouvrière. Et chaque jour (la grève avait duré une semaine) elle s'arrangeait pour passer près des puits dont les grandes roues avaient cessé de tourner, dans l'espoir fou de le rencontrer.

Plus tard, la paix au cœur quand même était venue. Ou son apparence. Maria se répétait quelques phrases des *Misérables*, dont Jules Baudry, l'instituteur communal de Denain, lui avait prêté peu à peu les dix volumes, les phrases qui commencent le récit du mariage de Cosette et Marius : « Réaliser son rêve. A qui cela est-il donné? Il doit y avoir des élections pour cela dans le ciel; nous sommes tous candidats à notre insu; les anges votent. Cosette et Marius avaient été élus. » Maria n'avait pas été élue, voilà tout. Cela ne l'empêcherait pas de se battre pour construire un petit bonheur. Avec l'enfant maintenant.

Comment aurait-elle pu l'oublier? Il voulait sortir. Les contractions se rapprochaient. La mère Evrard insistait pour que Maria se couche. « Trop rester debout, c'est pas bon quand même. Allongez-vous sur la table. Y a rien de tel, pour le travail. » Et comme Maria demandait à marcher encore : « Non, non, c'est pas bon. Vous devriez comprendre ça, instruite comme vous l'êtes, madame Quaghebeur. »

Dans ce quartier de petites maisons à une pièce – entre le canal de l'Escaut et la grande rue qui portait le nom du maréchal de Villars, jadis vainqueur à Denain – la réputation de Maria était faite depuis longtemps : elle ne ressemblait pas aux autres ménagères; on savait qu'elle allait parfois rendre visite à l'instituteur, dont l'école était installée dans la mairie, pour qu'il lui prête des livres ou lui explique le monde; on avait pris l'habitude de la solliciter pour qu'elle écrive des lettres ou remplisse des papiers; on venait lui demander des conseils.

« Alors, répétait la mère Evrard, si vous n'êtes pas sage, qui le sera? » Maria se laissait faire, contente de n'avoir pas, pour une fois, à se prendre elle-même en charge, de pouvoir se reposer sur autrui. Les femmes, autour d'elle, s'agitaient, comme si le grand moment était déjà là, remuaient des linges, repoussaient le banc, activaient le feu.

« Ecartez les jambes que je puisse voir, commandait l'accoucheuse. Ah! il n'y en a plus pour longtemps, c'est déjà bien ouvert, la poche des eaux va
pas tarder à craquer. Et après, vous verrez, c'est vous
qui aurez envie de pousser pour qu'il sorte, cet
amour d'enfant. Vous avez de la chance : pour une
première fois, ça a l'air d'aller vite. Je le dis toujours : y a pas une femme pareille à l'autre. Maintenant, il faudrait peut-être faire prévenir votre homme. Ce n'est pas qu'on aime les avoir dans les
jambes à ces moments-là. Mais enfin, on sait jamais,
il vaut mieux qu'il soit dans les parages. »

Louise Parisse, que le quartier appelait « l'aboyeu-
se » parce qu'elle parlait bizarrement, comme un
petit chien qui jappe, sortit de la pièce pour aller
prévenir Aloïs. Son mari travaillait aux Forges avec
lui, aux postes les plus durs, ceux du plancher de
coulée, là où s'enfuit du haut fourneau la fonte à
l'éclat aveuglant. Elle cheminait souvent avec Maria,
le midi, pour porter à l'usine le repas de leurs
époux, et parfois le partager avec eux sur le tas.
Curieuse de tout, elle aussi, elle l'accablait de questions – « dis-moi, Maria? » – tandis qu'elles traversaient la ville noire et enfumée, sautant les rails qui
couraient des puits d'extraction jusqu'à la gare
d'eau où attendaient les péniches, prenant garde
aux tintements des cloches qui annonçaient la descente d'un wagon chargé de charbon.

Louisette Parisse partie, les autres femmes
s'étaient lancées dans des plaisanteries à son propos. Mariée depuis trois ans, elle ne parvenait pas à
avoir d'enfant. « C'est la faute de c' peureux », disait
la brune aux chairs flasques. D'autres renchéris-
saient, s'esclaffaient : « La trouille lui a fermé le
tuyau! » Florimond Parisse, un mineur, travaillait à
la fosse Turenne, deux ans plus tôt, quand un coup
de grisou avait tué trente-neuf ouvriers à quatre

cent dix mètres sous terre : depuis il ne voulait plus entendre parler de la mine, ni au fond ni en surface, et avait réussi à se faire engager aux Forges où il se battait avec le feu des hauts fourneaux. On l'appelait « c' peureux ». Il en souffrait, et on avait dû plus d'une fois le retenir alors qu'il voulait en découdre avec ceux qui se moquaient en vidant des chopes de bière dans les estaminets de la Clef des Champs ou du Cœur Joyeux.

Maria fit taire les femmes. Les douleurs se rapprochaient encore, lui coupant la respiration. Elle entendit un bruit sourd dans son ventre; ses jambes, soudain, furent inondées, comme si elle se vidait de son sang.

« Ce n'est rien, disait la mère Evrard, c'est seulement les eaux. Ah! on peut dire que vous allez vite, vous. Voyez-moi ça comme c'est large. Maintenant, il va plus tarder. Je vais bien vous savonner pour qu'il arrive dans la propreté. »

Les femmes s'approchaient pour regarder, disaient qu'elles apercevaient les cheveux, se disputaient sur leur couleur. Maria poussait, poussait encore, d'une contraction de tout le corps, comme si les poumons appuyaient sur l'estomac, l'estomac sur les intestins, les intestins sur la matrice, tous faisant la chaîne pour contraindre l'enfant à sortir. Puis elle recommençait, traversée d'une onde douloureuse, le ventre éclatait, et chaque fois se refermait. Elle gémissait à petits coups, bien qu'elle se mordît les lèvres pour se l'interdire.

« Mais criez donc, ça vous fera du bien », s'emportait la mère Evrard. Les femmes s'étaient encore rapprochées, lui écartaient les jambes. Aloïs, qui arrivait, fut aussitôt renvoyé : ce n'était pas, ici, la place des hommes ; qu'il attende dehors, casse du bois ou nettoie son jardin pour tromper son impatience. De toute façon, ça ne tarderait plus. L'enfant était là. Ou presque. D'ailleurs, on allait préparer le café, auquel on mêleraît un jaune d'œuf, pour ravigoter la mère quand tout serait terminé.

Maria, haletante, rassemblait ses forces pour pousser encore, expulser ce bourgeon de chair, l'aider à se libérer. « Appuyez bien sur les talons, disait l'accoucheuse, appuyez. » Et Maria se soulevait presque, dans un long mouvement du corps qui semblait enfler en avançant. Et toutes les voisines, maintenant silencieuses, accompagnaient ce mouvement. Et c'était comme si elles dansaient, au rythme des gémissements de la jeune femme.

« Respirez bien, voilà la tête. La voilà! »

Elles avaient toutes crié. La tête venait d'apparaître, couverte de mucosités, sanglante, fripée, violette et verdâtre. La mère Evrard s'affairait, passait deux doigts entre la vulve et le cou de l'enfant : « Ah! c'est bien ce que je craignais : ce maudit cordon est autour du cou. Faut pas t'étrangler, mon gaillard. » Maria s'affolait. Une femme criait. On la jeta dehors.

« Poussez plus, si vous pouvez », recommandait la mère Evrard.

Mais une grande houle soulevait Maria tout entière, la prenait aux épaules et courait jusqu'aux talons, pour en finir.

« Poussez plus, mon Dieu, poussez plus. Va s'étrangler. »

L'accoucheuse s'escrimait, tentait de faire passer le cordon par-dessus la tête de l'enfant, s'énervait de n'y point parvenir.

« Poussez plus, ma petite dame, retenez-vous. »

Elle essayait encore, échouait encore. Maria bandait ses muscles, yeux fermés, ongles enfoncés dans les paumes, lèvres mordues, dans un impossible effort pour empêcher l'expulsion.

« Apportez-moi des ciseaux, commandait la mère

Evrard. Y va falloir que je coupe ce cordon à l'intérieur, s'il veut pas venir. »

Et tandis qu'une femme se hâtait, elle essayait encore.

« Ça y est! »

Elles avaient toutes hurlé d'une même voix. Maria se laissait aller, reprendre par la houle. Elle sentit à peine le glissement du petit corps entre ses cuisses sanglantes.

« C'est une belle petite fille », dit une femme.

Une autre se précipitait à l'extérieur, pour informer Aloïs.

« Cassez un œuf dans le café et ne ménagez point le sucre, recommandait l'accoucheuse qui, soulagée, faisait marcher ses ciseaux, coupait le cordon.

– Tu vas-t-y crier, petite? »

Elle secouait l'enfant par les pieds, doucement, la posait sur le ventre de sa mère, faisait couler de l'eau-de-vie sur la poitrine verdâtre et grise, collait sa bouche édentée contre la petite bouche encore inerte, aspirait, aspirait encore, se relevait enfin pour cracher des mucosités qui avaient encombré la gorge du bébé. On entendit un miaulement.

« Ça y est. Elle est débarrassée. Maintenant, ça ira. Hein, comme elle est belle! »

La mère Evrard avait soulevé l'enfant, la montrait à Maria.

« C'est ma quarante-deuxième fille, disait-elle. Et soixante-trois garçons. La prochaine, ou le prochain, il est attendu pour Noël au Coron Plat chez Mme Mousseron, la femme d'un mineur. Vous la connaissez, peut-être? »

On ne lui répondit pas. Aloïs entrait, félicité et moqué gentiment par les femmes : « Vous n'avez pas su finir le travail; il lui manque quelque chose entre les jambes, à cette enfant. Pour avoir un garçon, il vous faudra recommencer! » Il riait, répondait qu'il n'était pas pressé, que sa femme aurait assez à faire avec celle-là, se précipitait vers Maria, l'embrassait, fier, épanoui. Elle se laissait faire, regardait sa fille avec étonnement et vénération. On lui apportait un grand bol de café fumant.

Elle se laissa retomber, pleurant doucement. Elle venait de penser à Blaise Riboullet.

MARIA s'activait. Bientôt, la petite troupe rentrerait du baptême, car Aloïs ne permettrait pas qu'ils s'attardent, comme d'autres, dans tous les estaminets du parcours. Elle n'avait pu les accompagner : l'accoucheuse lui interdisait de sortir de chez elle. Mais elle imaginait bien la scène, Aloïs tout raide dans la redingote noire qu'on lui avait prêtée et dont elle avait dû précipitamment écarter les boutons pour qu'il puisse la refermer, la mère Evrard en long manteau de drap, Louisette Parisse portant le bébé engoncé dans une pèlerine de laine rose, et les voisins un peu ahuris et gauches de se trouver endimanchés.

Le baptême serait vivement expédié. Le clergé de l'église Saint-Martin, aujourd'hui, avait bien d'autres occupations. En effet, la fille de Maria et d'Aloïs était née un 25 novembre – ce pour quoi on l'avait prénommée Catherine – une petite semaine avant la Saint-Eloi, fête des métallurgistes. Et ce dimanche 1er décembre 1867, le curé et ses vicaires avaient célébré la messe en grande pompe devant les directeurs des Forges et des Ateliers Cail, une nombreuse assemblée aussi où se mêlaient ouvriers, cultivateurs et charrons – qui avaient déposé dans le chœur, pour les faire bénir, des pains qu'ils garderaient longtemps parce qu'un seul

290

morceau, disait-on, suffisait à guérir les enfants malades.

Elle imaginait sans peine aussi, pour avoir vu déjà ce spectacle, les gamins du quartier attendant la fin de la cérémonie devant le portail en jouant à la guiche. L'un d'eux ferait le guet tandis qu'ils placeraient en déséquilibre, sur une pierre, un petit bâton effilé aux deux bouts : le jeu consistait à le projeter en l'air à l'aide d'une baguette, et celui qui l'envoyait le plus loin était déclaré gagnant. Mais quand le guetteur crierait « les voilà », ils abandonneraient guiche et baguettes pour faire à la nouvelle chrétienne une escorte gambadante, quémandant : « Du chucre, parrain! Des dragées ou l'enfant va mourir! » Le parrain, un compagnon de travail d'Aloïs, se laisserait faire, rieur, distribuerait des dragées, et jetterait à la volée quelques piécettes de monnaie qui rouleraient sur les pavés.

Maria était satisfaite du repas qui mijotait. Bien sûr, elle ne pouvait plus composer, comme dans les derniers temps où elle servait chez les Rousset, des menus dignes de figurer à la carte des restaurants parisiens. Mais, la veille, Aloïs avait tué et dépiauté un lapin élevé depuis des mois pour l'occasion dans une caisse au fond de leur petit jardin. Elle l'avait accompagné de raisins de Corinthe. Une langue fumée du Valenciennois le précéderait, une tête de veau le suivrait, ainsi qu'un fromage de Maroilles et deux tartes au lait bouilli. Cela ferait un vrai repas de fête, qu'on n'oublierait pas de sitôt.

Elle s'était lancée dans ces préparatifs avec une sorte de rage. Il lui tardait de sortir enfin de ce lit où, entre deux tétées, elle n'avait rien d'autre à faire qu'à remuer souvenirs et remords.

« Profitez-en bien, disaient l'accoucheuse et les voisines, c'est le seul bon moment des femmes : entre l'accouchement et les relevailles. On le paie cher, alors on a bien le droit de se reposer, d'en profiter. »

En profiter ? Elle débordait de bonheur, c'est vrai, chaque fois qu'elle donnait le sein à la petite Catherine ou lorsqu'elle la regardait dormant, emmaillotée jusqu'aux aïssells, dans sa grande maie. Mais elle était aussi taraudée par le remords, depuis le soir de la naissance. Elle voulait de toutes ses forces être loyale à Aloïs et voilà qu'au moment même où elle lui donnait un enfant, alors qu'il l'embrassait, fier et amoureux comme un tout jeune homme, elle ne songeait qu'à Blaise Riboullet. Elle avait cru pouvoir oublier le maçon, elle s'était réjouie plusieurs mois auparavant de constater qu'elle était enceinte : un enfant, avait-elle pensé, la rapprocherait encore plus d'Aloïs, l'unirait définitivement à lui. Et c'était presque le contraire qui s'était produit.

Elle se jugeait mauvaise épouse, et, presque mauvaise mère. Elle tentait de se réconforter : le temps ferait son œuvre. Dans son lit, ces derniers jours, elle avait lu un roman de Balzac, *La Duchesse de Langeais*, prêté par l'instituteur. Le dénouement l'avait frappé : quand Armand de Montriveau vient sortir la femme qu'il aime du carmel où elle s'était retirée et la trouve morte, son ami lui dit : « C'était une femme, maintenant ce n'est rien. Attachons un boulet à chacun de ses pieds, jetons-la dans la mer, et n'y pense plus que comme nous pensons à un livre lu pendant notre enfance. »

Elle se répétait cette phrase, comme elle s'était répété les propos de Victor Hugo sur la chance de Marius et de Cosette pour qui les anges avaient voté. « N'y pense plus que comme nous pensons à un livre lu pendant notre enfance. » Oui, mais Blaise n'était pas mort. Et aussi, pourquoi les anges n'avaient-ils pas voté pour elle et pour lui ? Elle enrageait toujours de ne trouver personne qui puisse répondre à ses questions, lui expliquer vraiment le monde.

Le petit cortège du baptême arrivait, Aloïs en tête qui avait déniché Dieu sait où en ce 1er décembre un joli bouquet de fleurs. Elle leur sourit.

Eh ben, non, non
Saint Eloi n'est pas mort
Car i cante encore.

Des groupes descendaient la rue en chantant, pressés de s'entasser au Salon des Arts, le plus grand estaminet de Denain, où les Forges et les Ateliers Cail organisaient le bal de la Saint-Eloi. Les sociétés avaient décidé de faire les choses somptueusement. Les affaires marchaient bien. Jean-François Cail, invité par Napoléon III à un déjeuner en l'honneur du vice-roi d'Egypte venu visiter l'Exposition universelle, s'était même vu commander la construction de dix sucreries au bord du Nil. La ville s'étalait, poussée par l'industrie, débordait l'ancien village groupé autour de la vieille église.

Ce soir-là, elle appartenait aux hommes du fer, de la fonte, de l'acier. Mais quatre jours plus tard, pour la Sainte-Barbe, les hommes de la houille sortiraient des corons, envahiraient tout. Depuis deux semaines, afin de s'y préparer, ils abattaient du charbon comme jamais, ne laissant aucun répit à la pierre noire, dormant quatre heures, travaillant seize, oubliant les règles de sécurité pour gagner cinquante à soixante francs de plus, de quoi s'offrir une belle fête, et habiller les enfants.

« Ça nous aidait bien, avait expliqué pendant le repas du baptême Louisette Parisse. C'était comme si on avait eu une moitié de quinzaine en plus. » Mais elle avait avoué aussi qu'elle mourait de peur, les autres années, quand son mari repartait au petit matin pour le fond, à peine réveillé, épuisé, abruti. Alors, elle descendait dans sa cave allumer en secret une bougie dédiée à sainte Barbe pour la protection du mineur. « Et sainte Barbe, elle l'a protégée quand l' grisou a tout soufflé. » Les hommes avaient ricané pour jouer les esprits forts, bientôt houspillés par la mère Evrard qui s'était mise à raconter des histoires de protections miraculeuses.

A la fin de l'après-midi, ils étaient tous partis pour le bal entraînant Aloïs qui regrettait de laisser Maria, seule avec le bébé.

Elle avait pris la main de l'enfant qui dormait, paupières serrées : ainsi, c'était toi, la nuit... Que resterait-il de leur intimité? Déjà, sa fille était autre, lointaine. Elle la souleva pour mieux la contempler, la serra sur elle. Elle voulut lui donner le sein aussitôt, bien que l'heure ne fût pas venue. L'enfant grognait, s'agitait doucement, semblait près de retomber dans ses rêves. Mais ses lèvres reconnurent la source familière. Alors, dans un réflexe, elle se mit à sucer.

Maria eût voulu être bue tout entière. Elle songeait à la mère qu'elle n'avait pas eue, l'imaginait belle dame au salon, jolie femme en crinoline de velours et dentelle, élégante Lilloise qu'un cocher emmenait parader au Champ-de-Mars. Lui avait-elle une seule fois donné de son lait? Impossible : elle n'aurait pu ensuite s'en séparer. La vérité, c'est qu'on avait dès le premier jour séparé la mère et l'enfant. Des parents au cœur dur, sans doute, comme on en trouvait dans les romans : leur fille ayant fauté, ils avaient fait disparaître le fruit du péché aussitôt la naissance. Et la jeune femme ensuite, désespérée, cherchait partout son enfant.

Maria, au bord des larmes, s'inventait un passé,

dessinait à sa mère un visage transparent et irréel de Sainte Vierge. Elle comptait les années : cinquante ans. Cette douce et malheureuse femme à jamais privée de son enfant pouvait avoir aujourd'hui la cinquantaine, ou même un peu moins. Peut-être, en s'éveillant la nuit, songeait-elle parfois à la petite fille perdue, et se prenait-elle le sein comme pour le lui tendre.

L'enfant s'était endormie sur la gorge de Maria. Quelques gouttes de lait s'écoulaient encore, qui formaient sur sa jupe des ronds d'un blanc bleuâtre. Des groupes passaient dans la rue, criant et chantant, qu'elle n'entendait pas. Elle se prit à fredonner une berceuse que personne jamais n'avait dite pour elle, un refrain chargé de rêves qu'on se répétait dans les corons et les courées :

> *Dodo Mamour*
> *Des souliers de velours*
> *Des souliers de maroquin*
> *Pour fair' danser ce p'tit quinquin.*

« CES gens-là mangeaient des noix de coco, une sorte de gros fruit tout blanc à l'intérieur, et sucré. Des poissons aussi, des poissons qui ressemblent à des harengs et qu'ils élèvent dans de grands bacs remplis d'eau de mer : ils les nourrissent avec des noix de coco, comme eux; ça leur donne un drôle de goût, à ces poissons, un goût de mer et de sucre. Et ces gens-là vivent presque nus : ils attachent seulement des plantes de mer à une espèce de ceinture. Les femmes comme les hommes...

Baleine égrenait ses souvenirs, racontait pour la dixième fois comment les indigènes du Pacifique l'avaient sauvé quand *la Belle Bleue* s'était fracassée sur les récifs. Maria l'entendait à peine. Elle s'activait, un œil inquiet sur la maie où dormait l'enfant.

Elle faisait réchauffer pour le vieux colporteur ce qui restait de la tête de veau. Il avait tapé à la porte, un peu avant huit heures : « Bonjour. J' peux entrer? Je suis venu faire Saint-Eloi à Denain. J'ai pas à me plaindre : on a bien vendu. Y' avait un peu d'argent cette année. » Alors seulement, il avait remarqué la minceur de Maria, et le bébé dans la maie. Il s'était extasié comme un grand-père, de longues minutes, se faisant raconter l'accouchement, heureux, avant de chercher la chaleur du foyer. De là, il était reparti vers les mers du Sud.

Pas si lointain, pourtant. Il s'interrompit, observa Maria.

« Tu penses toujours à lui? »

Elle regardait ces yeux si clairs, si bons, qui l'avaient devinée. Elle aurait voulu se jeter sur le vieil homme, tomber dans ses bras, comme le jour où elle avait pleuré, chez le docteur, à Lens. Elle fit un petit oui, de la tête, qu'il pouvait à peine distinguer dans la pénombre. Des hommes ivres se disputaient dans la rue.

« Ah! dit-il, on ne peut pas toujours oublier. Quelquefois, on croit qu'on pourra. Et puis voilà. Moi... »

Il n'alla pas plus loin.

Un peu plus tard, après avoir dégusté la tête de veau, il se mit à raconter qu'il avait accouché une femme, vingt ans plus tôt, à Hobart. Une Anglaise reléguée dans ce bout du monde pour avoir assassiné son mari qui la battait. Elle avait débarqué quatre mois plus tôt du *James*, un navire chargé de déportées comme elle qui venaient de vivre des mois à fond de cale, demi-nues dans la chaleur et la crasse – et toutes les nuits les visites des hommes d'équipage auxquels elles ne pouvaient, ne voulaient, rien refuser. A l'arrivée, la plupart étaient enceintes.

Il parlait de plus en plus bas à mesure qu'avançait le récit. Maria crut comprendre qu'il avait vécu plusieurs mois avec cette femme. Elle ne voulait pas l'interroger. Bientôt, il se tut. Chacun se laissa emporter par ses rêves et ses peines.

CHAPITRE XIII

« HALTE, criait le gendarme. Arrêtez! »

Blaise courait, le petit Duveau derrière lui, qui n'avait pas lâché son seau de colle. Depuis la tombée de la nuit, ils apposaient dans les rues de Roubaix des affiches dont le texte, quand on les lui avait remises, avait fait sourire le maçon creusois : « Aux ouvriers : Vanjence, le pain à 2 sous la livre ou des coups de fusille. »

Mais quoi? Elles existaient ces affiches, et tous les ouvriers roubaisiens en comprendraient le sens, ils ne supportaient plus de payer toujours plus cher le pain de leurs enfants.

« Là, à droite! vite! » souffla Duveau.

Ils se jetèrent dans une sombre ruelle, si étroite que le gendarme aurait bien du mal à s'y glisser avec son cheval. Duveau courait devant, le seau toujours à la main. Blaise ne l'aurait pas cru si déterminé.

C'était parce que les camarades de Roubaix, Duveau le premier, se faisaient prier, peu désireux de s'engager à fond dans la lutte, qu'il s'était porté volontaire pour ce collage d'affiches. Afin de leur montrer que d'avoir vécu à Londres et à Bruxelles, fréquenté les gens de l'Association internationale des travailleurs, et prononcé des discours dans les congrès ne l'avait pas embourgeoisé, assoupi. Au contraire.

Ils débouchèrent dans une autre rue, où des usines dressaient d'interminables murs. Le gendarme à cheval avait dû renoncer. Ils s'arrêtèrent, pour reprendre haleine.

« Rue de la Fosse-aux-Chênes », souffla Duveau.

Quelques becs de gaz jetaient de loin en loin des lueurs verdâtres. La rue semblait déserte, seulement troublée par le roulement incessant des machines.

« On colle ? demanda Blaise.

— On colle, dit l'autre. C'est pas mauvais, ici. Y passe du monde. J' connais un contremaître qui travaille par là, plus loin, chez Dutilleul-Flament. Quand il verra ça, demain, il sera pas content. »

Il rit. Un rire étrange, comme un grondement. Ils étaient soulagés. Ils ne souffraient pas de la brume glacée où la rue, peu à peu, s'enfouissait. Ils se sentaient les maîtres de la ville.

Duveau attaquait les murs à grands coups de pinceau, sans ménager la colle. Mais quand Blaise y apposait les affiches, il les étendait avec douceur et traquait le moindre faux pli.

« Avec ça, ils comprendront peut-être que pour l'ouvrier c'est plus possible, murmurait Duveau. Et encore : on est bien heureux quand on peut travailler, même pour un salaire de misère. Tu te rends compte : chez nous, on est quatre frères. Il y en a un qui travaillait chez Baxter, une filature de jute, à Lille : fermée l'an dernier. Moi j'étais à la teinturerie chez Alfred Motte, et il nous a renvoyés juste avant Noël. Ça faisait déjà pas mal, non ? Et voilà qu'hier j'ai vu rappliquer mon plus jeune frère, celui qui est célibataire. Il était parti travailler à Dunkerque pour suivre une fille de là-bas. Il s'était fait embaucher dans une usine de lin. Chez Pauwels, ça s'appelait. Fermée aussi. Même, il y avait beaucoup d'ouvriers anglais dans cette fabrique, ils ont dû repartir chez eux. Et comme la fille ne voulait plus de lui, mon frère est revenu. Il croyait trouver du travail par ici : il rêvait, quoi. Y 'a que l'aîné qui a une bonne place, parce qu'il est instruit. Il a tout appris lui-même, et maintenant il fait les factures chez Verstraete. »

Il débitait paisiblement cette litanie de catastrophes. Les hommes du Nord surprendraient toujours Blaise. Leurs colères aussi, comme celle des ouvriers de Roubaix qui l'année précédente avaient cassé leurs machines. Et s'il était revenu en cet hiver 1868, c'était pour les pousser à aller plus loin, à mettre sur pied une association ouvrière. La colère n'arrangeait rien, un peu d'Organisation serait mieux.

Ils avançaient dans la rue de la Fosse-aux-Chênes, Duveau giflant de colle les murs des usines, avec rage, Blaise déroulant ses affiches dont le papier craquait.

« Tu sais, dit Duveau, j'ai honte quand je vois les enfants partir au bureau de bienfaisance, le matin, pour chercher la soupe et le pain. On peut pas comprendre ça quand on l'a pas vécu. On peut pas. Moi je dis, les spéculateurs, on devrait les pendre : couic! pendu! »

Son rire gronda de nouveau, dans la rue glacée.

Deux semaines plus tôt, à Bruxelles, dans une rue aussi froide et presque aussi sombre, le rire de Schirer : « On va gagner, Riboulette. » Il disait Riboulette, il avait un curieux accent, pas celui des autres Allemands que Blaise connaissait, et il levait les bras vers le ciel comme pour s'assurer la protection divine. « On va gagner, Riboulette. Pourtant, on n'est pas grand-chose, hein! En France, l'Internationale elle a – quoi? – mille ouvriers à Paris, cinq cents à Lyon et quelques dizaines ailleurs, pas grand-chose, hein? Mais le capitalisme, il est pourri, il s'effondre de lui-même, tout seul, Riboulette! » Oui, répondait Blaise, sceptique, « mais il faudra le pousser pour l'aider à tomber ».

De toutes parts, pourtant, arrivaient des rapports qui montraient la progression de la crise. L'Angleterre elle-même n'y échappait pas, bien qu'elle eût réussi à écouler des stocks de tissus en Chine et aux Indes. De Lille était parvenu un article du *Progrès du Nord*, journal de l'opposition républicaine, décrivant la situation en termes alarmistes : « Depuis cinquante ans, le Nord n'a pas éprouvé une crise aussi violente, aussi prolongée. Les jours si mauvais de 1848 sont atteints. » 1848! Vingt ans après, ce rappel avait frappé les têtes de l'Organisation, les décidant à envoyer Blaise sur place : « On va gagner, Riboulette! »

Duveau remâchait ses souvenirs :

« Au mois de mars, l'an dernier, tu aurais vu ça... On était je sais pas combien à manifester. Tiens : j'aurais jamais cru qu'y avait tant de monde à Roubaix. Et comme fous. Même y en avait qui exagéraient, ils pillaient les maisons des usiniers. Tu marchais dans les rues sur de la belle vaisselle, des couvertures, des toiles comme j'en avais jamais vu d'aussi fines. Tu te serais cru à la guerre. Les plus ardents pour jeter des pierres, c'étaient les Flamands. Ils étaient comme fous, je te dis. Moi, ils me faisaient peur. Trop, c'est trop. »

Dix fois depuis son arrivée, on avait raconté à Blaise les scènes de mars 1867, l'émeute, le pillage, le préfet Mousard-Censier accouru pour discuter avec les ouvriers et accueilli aux cris mille fois hurlés de « Nous voulons du travail! », la troupe enfin dispersant cette foule soûle de désespoir et de bière, arrêtant par dizaines des hommes qu'on envoyait vers Lille.

« Mais je recommencerai, dit Duveau. Il faudra bien... »

Ils étaient arrivés au coin d'une rue, hésitaient sur le parti à prendre – continuer tout droit, tourner à gauche. Ils parlaient plus bas, comme s'ils avaient deviné un mystérieux danger.

« Attention », chuchota Duveau.

On marchait près d'eux. Mais avec une telle brume, ils ne pouvaient rien voir.

Blaise eut le temps de penser : « Ils sont au moins deux. » Déjà, ils étaient là, trois hommes en redingote sombre et chapeau, des policiers en civil sans aucun doute, sur qui Duveau jeta sans attendre son seau de colle. Blaise et lui firent aussitôt demi-tour, s'enfuirent à toutes jambes par la rue de la Fosse-aux-Chênes, refusant d'entendre les injonctions des policiers.

Quand la balle heurta Blaise sous l'omoplate droite, il faillit tomber, se redressa dans une révolte de tout le corps, sans avoir bien compris. Mais, les jambes alourdies, il peina vite à suivre Duveau. Celui-ci s'en aperçut :

« Tu... Ils t'ont eu ?

– Oui... Laisse-moi. »

Ces quelques mètres de course l'avaient épuisé. Il allait se laisser tomber, là, et attendre que les policiers l'emmènent. Un autre coup de feu claqua, assez loin quand même.

« Viens, dit Duveau. Viens, on a besoin de toi. »

Il le tirait, le poussait, le traînait, le jetait enfin dans un creux de porte, collé contre lui pour l'empêcher de s'écrouler, haletant. Blaise grelottait. Un liquide chaud lui coulait dans le creux des reins : sueur ? sang ?

Les policiers passèrent presque aussitôt devant eux. Deux d'abord, puis un troisième qui claudiquait légèrement et tenait son chapeau comme s'il craignait de le voir s'envoler.

Bienheureuse brume.

Le troisième jour, Blaise se sentit mourir.

Il grelottait, crachait son sang et ses poumons, ne parvenait même plus à se redresser sur sa paillasse pour boire le bouillon que Mélanie Duveau lui apportait toutes les deux heures :

« Faut boire, ça vous redonnera des forces. »

Ses forces, au contraire, ne cessaient de baisser depuis que Duveau l'avait ramené sur son dos, trois nuits plus tôt, dégoulinant de sang, le côté droit ouvert. Le Roubaisien et sa femme avaient nettoyé la plaie comme ils pouvaient, avant de l'étendre sur la paillasse des enfants, envoyés dare-dare chez des voisins. Au petit matin, Duveau était allé chercher un ouvrier de brasserie, ancien de la guerre de Crimée qui, pour avoir porté les outils d'un chirurgien militaire à Inkerman, se flattait de connaissances médicales. L'homme avait bourré les plaies de charpie, recommandé que l'on donne au blessé beaucoup de bouillon, fait avec de la viande si l'on pouvait s'en payer, quelques rasades d'alcool aussi; ensuite, il n'y aurait qu'à invoquer sainte Hélène : dans son village du Boulonnais, Senlecques, on venait de partout la prier de faire marcher les enfants au plus vite, mais on connaissait bien des cas aussi où elle avait guéri des blessés, des paysans mal tombés de leur voiture, ou des soldats.

Duveau et Blaise ricanaient. Mélanie avait aussitôt brûlé un cierge. Si ça ne faisait pas de bien, ça ne ferait pas de mal. L'important était que l'homme n'aille rien raconter. Les voisins, eux, ne diraient rien : les occupants de ces petites maisons, hâtivement bâties autour de cours étroites quand la population de la ville avait commencé à se multiplier, formaient un bloc de silence.

D'ailleurs, ils ignoraient l'essentiel. Duveau racontait qu'un de ses frères, le Dunkerquois, était revenu de ce port avec une sale maladie, sans plus de précision; il fallait donc écarter les enfants la nuit. Pour le reste, sa femme s'efforçait de garder les apparences de la vie ordinaire.

Blaise, le premier jour, avait admiré l'énergie qu'elle dépensait à entretenir son taudis, balayant et frottant, lavant chaque jour au savon noir l'unique table du logis, et fourbissant une imposante batterie de casseroles de cuivre. C'était, expliquait-elle, tout ce qui lui restait de ses parents, de riches paysans de la région de Cassel qui possédaient une immense ferme bâtie en bois d'orme, encore couverte de chaume certes, mais dont les quatre pièces possédaient toutes un plancher. Elle gardait des joues rouges de Flamande qu'elle n'avait malheureusement pas transmises à ses enfants, des gamins pâles au visage creux. Pour eux, ces jours étaient comme une fête. Blaise, dès le premier matin, avait établi des règles : il paierait la viande du bouillon et la partagerait avec toute la famille; et les gamins, ébahis de trouver midi et soir du bœuf sur la table, avaient le sentiment d'aller de banquet en banquet.

Le maçon, lui, ne touchait plus à la viande et buvait à peine. Il avait cru, les deux premiers jours, pouvoir s'en tirer facilement : après tout, la balle, n'étant pas restée, ne pouvait infecter les chairs; et

Blaise tirait orgueil et confiance de sa taille et de son poids; on n'abat pas les chênes aussi aisément. Mais la dernière nuit avait été atroce. Une toux lui déchirait la poitrine, de longs frissons lui secouaient le corps, il gémissait dans un demi-sommeil tourmenté, se retrouvait dans la Creuse, attaqué par un taureau échappé alors qu'il partait pour son premier bal tout fier de son habit bleu et de son pantalon à sous-pieds, ou à Bruxelles dans une dispute orageuse avec Schirer, au cours d'une éprouvante réunion de l'Organisation.

« Méfie-toi, Riboulette! On ne roule pas les Prussiens comme ça! »

Au matin, ayant retrouvé un peu de calme, mais convaincu de mourir bientôt, il appela Duveau. Et lui donna deux consignes : partir pour Bruxelles, dès qu'il aurait rendu le dernier soupir, afin d'informer Schirer; mais, pour commencer, trouver la trace d'un docteur Dehaynin qui devait exercer quelque part aux alentours de Lille, et le lui amener. Avant la mort, si possible.

« Ça ne sera pas long », disait Jérôme Dehaynin.

Il appliquait sous le nez de Blaise une serviette imbibée de chloroforme, commandait à Duveau de tenir le blessé collé contre la table, s'appliquait, avec un bistouri, à couper les morceaux de chair infectée. On entendait Mélanie Duveau, à genoux devant le crucifix, qui priait sainte Hélène.

« Il a eu de la chance quand même, murmurait le docteur, la balle a glissé sur la côte, voyez, si bien qu'elle a à peine touché le poumon. »

Duveau se penchait pour regarder, opinait du chef, sans avoir rien distingué dans cette bouillie rouge. Jérôme sortait des chiffons d'une cuvette, pour éponger le sang.

« Tournez-le sur le côté, que je nettoie le devant. Et vous, venez aider votre mari. »

Duveau luttait pour maintenir le grand corps du maçon dans la meilleure position. Le docteur recommençait : bistouri, nettoyage à l'acide phénique, compresses. Et pansements pour finir. Blaise gémissait.

« Il est blanc comme la Vierge, chuchotait Mélanie, il n'a plus de sang.

– Il va s'en sortir ? » demandait Duveau.

Et Jérôme, se lavant les mains dans la cuvette d'eau bouillie :

« S'il s'était souvenu de moi trois jours plus tôt, il s'en sortait facilement. Mais là, je ne peux pas jurer. Heureusement, ça ne sent pas. Quand c'est une mauvaise gangrène, ça pue, une infection! Là, non. Alors... »

Mélanie proposait de faire du café, Duveau se dandinait, incertain. Jamais encore un bourgeois, même un médecin, n'était entré dans leur masure, et il avait honte de tant de misère. Il s'était étonné de voir le docteur le suivre si facilement, abandonnant à ses confrères ses malades de l'hôpital Saint-Sauveur, quand il lui avait appris que Blaise le demandait à Roubaix. Il s'interrogeait : un républicain? peut-être un socialiste? Impossible : un socialiste n'aurait pas fait un signe de croix avant de commencer à charcuter le blessé. Bah! Il le demanderait à Blaise, plus tard. A moins que...

Pour l'heure, le maçon commençait à s'agiter, bredouillait des mots inintelligibles, ouvrait enfin les yeux.

« Hé! Riboullet, criait le docteur. Hé! vous m'entendez? Vous m'entendez, Riboullet? »

En guise de réponse, un grognement. Le docteur plaçait un doigt sur la paume gauche du Creusois.

« Serrez-moi le doigt. »

La main se refermait. Duveau respirait, soulagé.

« Prenez-le par les jambes, lui disait Jérôme, je le soutiendrai sous les bras. On va le remettre sur sa paillasse, et votre épouse pourra nous donner du café. Nous l'avons bien mérité. »

Un peu plus tard, alors qu'ils étaient attablés, la voix de Blaise, fragile et suppliante, dans leur dos :

« Docteur... docteur... »

Jérôme aussitôt se précipita. Le blessé semblait

encore plus pâle, les yeux brûlants, le souffle saccadé.

« Je... je voudrais la vérité. Je suis bon pour le cimetière ? »

Dehaynin détourna les yeux, se reprochant aussitôt sa lâcheté; il regarda le maçon :

« Une chance sur deux. Moitié, moitié. »

Voilà. C'était dit. Il se sentit soulagé. Au tour de Blaise de détourner les yeux, d'accuser le choc. Puis, la voix plus forte soudain, mieux assurée :

« Alors, si je dois mourir, je voudrais que vous alliez la chercher. Vous... vous lui expliquerez. »

Jérôme Dehaynin opina du chef : oui, il préviendrait Maria. Il avait compris que si Blaise l'avait fait appeler, c'était d'abord pour disposer d'un messager, plus que d'un docteur.

Maria avait pris le train à la gare de Denain-Mines, la petite Catherine sur les bras, aussitôt reçu le message du docteur. Encombré de malades en cet hiver qui multipliait les congestions pulmonaires, les rougeoles et les scarlatines, il lui avait délégué sa propre servante, se réservant de l'amener de Lille à Roubaix. Et maintenant, dans la voiture de louage qui les conduisait vers Blaise Riboullet, il l'observait à la dérobée. Elle avait encore changé : les cheveux plus dorés si c'était possible, les joues plus rouges, mais surtout une beauté plus grave, sereine et fragile à la fois, une sorte de majesté douce.

Il n'osait l'interroger. En débarquant à la gare de Lille, elle l'avait questionné, anxieuse, sur la santé de Blaise, remercié aussi, avant de lui montrer le bébé enveloppé dans une couverture : « Je ne pouvais pas la laisser. Qui l'aurait nourrie ? »

Il était décontenancé, comme toujours avec elle. Des questions lui brûlant les lèvres, et pourtant silencieux. Mortifié au souvenir de son geste de Denain. Il s'était aussi reproché, les heures précédentes, d'avoir transmis le message de Blaise, contribuant ainsi à briser un couple. Il s'était même surpris à souhaiter la mort du maçon creusois : tout serait plus simple.

Elle n'avait emporté qu'un léger bagage, un sac de toile à peine suffisant pour les vêtements du bébé. Pensait-elle regagner Denain au plus vite? Ou bien s'était-elle enfuie sans réfléchir plus avant?

Elle berçait doucement l'enfant, l'œil sur les voitures qu'ils croisaient, les maisons qui s'alignaient, toujours plus serrées au bord de la route. Elle soupira, sans qu'il pût deviner pourquoi.

Le cocher, pressé, emballait son cheval, secouant la voiture. Le bébé s'éveilla, grogna, cria.

« Elle a faim, constata Maria avec un sourire d'orgueil. C'est une gloutonne. »

Le mot surprit le docteur. Se gavait-elle toujours autant de livres et de journaux?

Elle avait dégrafé sa robe, sorti un sein blanc, gonflé, sur lequel l'enfant se jeta. Jérôme Dehaynin, troublé, détourna le regard. Il était accoutumé, pourtant, aux nudités féminines, souvent désespérantes à l'hôpital.

Elle chantonnait. Un air flamand dont il ne comprenait que quelques mots, une mélopée triste qui s'interrompit à la fin de la tétée.

« C'est une chanson de la guerre, murmura-t-elle enfin. C'est l'histoire d'une femme qui pleure parce que son ami est mort. Ils devaient se marier, et il est mort dans une grande bataille. Vous pensez qu'il y aura la guerre? »

La guerre? Il était loin d'y songer. Il en avait entendu parler, parfois. Les Prussiens. Son beau-frère, Arthur Rousset, assurait que le conflit était désormais inévitable, s'alarmait pour ses entreprises car il ne croyait pas en la victoire de Napoléon III, mais se réjouissait d'avoir obtenu un marché de fournitures pour l'armée.

« Moi, dit-elle, moi je pense que Bismarck veut la guerre. Et l'empereur aussi. Je l'ai lu. Il est bien obligé, l'empereur. Tout va de plus en plus mal, alors... »

Elle était toujours aussi déconcertante. Il fut sur le point de lui crier que les gazettes ne disaient pas toujours la vérité, mais il n'en eut pas le loisir. Elle expliquait déjà que l'empereur avait eu tort de laisser la Prusse se jeter sur l'Autriche; maintenant, Bismarck était trop fort. Il l'admirait et s'agaçait à la fois. Elle en savait trop. Il se promit, puisqu'elle aimait tant lire, de lui donner de bons livres : l'éditeur Lefort, un Lillois justement, répandait dans toute la France les ouvrages de l'abbé de Saint-Vincent, des romans qui démontraient la nocivité des menées révolutionnaires.

Elle s'inquiétait à nouveau de Blaise.

« Il a perdu beaucoup de sang?

– Beaucoup. Mais il en a beaucoup. »

Elle remercia d'un petit sourire complice, qui le réchauffa. Il se sentit pardonné, pour Denain. Il eut envie de l'interroger sur ses intentions, sur sa vie avec Aloïs, bafouilla quelques mots, se tira d'affaire en se lançant dans des théories sur le sang et les fièvres. L'écoutait-elle? Il se tut bientôt sans qu'elle réagît.

Ils allaient arriver : la voiture, entrée dans Roubaix, avait déjà dépassé l'église Saint-Martin. Il songea, mélancolique, qu'on ne se dit jamais l'essentiel, osa enfin lancer sa question : rentrerait-elle à Denain, quoi qu'il arrive?

« Aloïs est mon mari. »

Il fut soulagé, un peu dépité aussi. Il ne voulut pas se l'avouer, tenta d'oublier cette déception en s'intéressant au bébé, qui dormait à nouveau.

On entendit crier le cocher, la voiture s'arrêtait. Maria s'était redressée, arrangeait d'une main ses vêtements, le visage grave, illuminé pourtant. Quand elle descendit sur le pavé, il songea qu'elle avait le port et l'allure d'une vraie dame.

« NE crains pas pour l'enfant, disait Blaise : puisque c'est ta fille, c'est la mienne. »

Elle se taisait.

« J'ai cru que je pouvais t'oublier, reprenait-il. Mais non. Tu étais avec moi à Londres, à Genève, à Bruxelles. Partout. Chaque jour. Et pourtant si loin. »

Elle s'écartait. Presque effrayée par la violence de cette passion. Bouleversée de bonheur aussi.

« Je n'aurais pas dû te faire prévenir, disait-il encore. Si je ne t'avais pas retrouvée, j'aurais réussi peut-être... Maintenant, je sais que je ne pourrai pas... »

Elle baissait la tête. Accablée. Ou bien elle se jetait sur lui.

En le revoyant, dès son arrivée, elle avait compris qu'elle ne pourrait plus le quitter qu'en se mutilant. A son entrée, il s'était redressé sur sa paillasse, hâve, la barbe sale, les yeux luisants de fièvre, mais transformé, ébloui. Elle avait confié l'enfant au docteur, pour s'abandonner dans ses bras. Oubliée la blessure, la plaie encore ouverte. Ignorés les autres, Jérôme Dehaynin et les Duveau qui se détournaient, embarrassés. Elle pleurait, elle riait, elle brûlait, elle n'existait plus que par lui. C'était cela, aimer. Tout ce qu'elle avait connu auparavant, même leurs journées et leurs nuits de Lens, n'était rien.

Le lendemain, ils avaient commencé à prendre des habitudes. Duveau disparaissait dès le matin, ayant retrouvé du travail : les usines embauchaient, les affaires repartaient, les habitants de la courée respiraient, soulagés; dans plusieurs tissages, les ouvriers s'étaient même mis en grève, réclamant des augmentations de salaires puisque la marchandise, à nouveau, se vendait.

Blaise restait avec les deux femmes. Dès le premier jour, une complicité s'était établie entre elles. Elles se racontaient, en flamand, des histoires de paysans de la région de Cassel, s'émerveillant de leurs connaissances communes. Il enrageait de ne pas les comprendre, mais ne se lassait pas de contempler Maria. Et quand Mélanie Duveau s'en allait, s'absentant chaque matin de longues heures sous d'obscurs prétextes, il prenait sa revanche, racontait à son amie ses années d'exil. Parfois, elle faisait mine de l'interrompre : bien qu'il se remît rapidement – « presque un miracle » avait dit le docteur –, il était encore faible, passait le plus clair de ses journées sur la paillasse. Mais il était repris par sa rage d'enseigner et d'expliquer. Il confessait aussi ses déceptions : l'Internationale trop divisée, l'Organisation aussi, les discussions interminables, les rivalités d'hommes, les appétits de pouvoir et les ambitions dévorantes qui se dissimulaient derrière les débats d'idées, la mollesse et la lâcheté de beaucoup. Tout ce qu'il avait tu depuis plus de deux ans, il trouvait enfin à qui le confier. Alors, elle le laissait parler, et même l'interrogeait sans fin sur les pays qu'il avait traversés, les gens qu'il avait connus, se faisait expliquer le commerce et l'industrie. Ou bien, c'étaient des embrassades qui n'en finissaient pas. Puis l'amour.

Les premiers temps, elle se détournait pour donner le sein à la petite Catherine, jugeant qu'il ne fallait pas éveiller de vains désirs chez un homme aussi affaibli. Mais un jour où elle reposait le bébé dans le panier prêté par les Duveau, elle avait senti le souffle de Blaise sur sa nuque, une main qui fouillait son corsage. Elle s'était abandonnée avec bonheur. Depuis, ils se retrouvaient chaque matin après le départ de Mélanie Duveau. Et bientôt, Blaise lui avait proposé de rester désormais avec lui : ils repartiraient ensemble dès qu'il serait vraiment valide. En France, il n'était qu'un proscrit, toujours obligé de se cacher. Mais il trouverait aisément du travail à Bruxelles ou à Genève – les bons maçons ne couraient pas les rues, et dans toute l'Europe on se hâtait de bâtir, comme à Paris. Il abandonnerait l'Internationale et l'Organisation, les camarades comprendraient, il avait assez payé de sa personne, beaucoup risqué et beaucoup donné. Il s'était fait exploiter, et ce n'était pas toujours au profit de la classe ouvrière. Il avait le droit de vivre, ils avaient droit au bonheur.

Dès qu'ils se trouvaient seuls, il insistait, la suppliait. La première fois, elle avait failli accepter aussitôt, crier qu'elle ne souhaitait qu'une chose au monde, vivre avec lui. Quelle force, en elle, le lui avait interdit ? Elle était incapable de dire les mots qui engagent, et il luttait désespérément pour les lui arracher. Alors, c'était elle qui le suppliait de ne plus la tourmenter, se jetait dans ses bras pour le faire taire, écraser les prières sur ses lèvres. La nuit, quand elle se réveillait dans l'unique pièce où ils reposaient tous – avec les Duveau, leurs enfants, la petite Catherine – elle devinait bien, à sa respiration, qu'il ne dormait pas. Elle se gardait de bouger, pour ne pas lui donner l'éveil. Commençaient de longues heures de fiévreuse insomnie, une agitation de rêves, de projets, d'arguments et de sentiments où elle se perdait. Cent fois, elle avait voulu se tourner vers lui pour lui proposer de partir aussitôt, afin d'accomplir l'irréversible. Cent fois, elle avait dû y renoncer. Et quand elle entendait la petite Catherine remuer dans son panier, elle se disait que c'était l'enfant d'Aloïs, qu'elle n'avait pas le droit de la lui prendre, et qu'elle ne pouvait non plus s'en séparer, car c'eût été se perdre elle-même.

Enfin, Duveau, qui rentrait chaque soir à moitié ivre – la joie d'avoir retrouvé du travail le poussait à vider force chopes de bière dans des estaminets –, s'était mis à lui faire des avances. Œillades appuyées que Blaise, au début, feignit de ne pas voir. Frôlements qui ne devaient rien au hasard. Plaisanteries douteuses. Un soir, même, alors qu'elle se déshabillait, il avait fait tomber – par accident, prétendait-il – la couverture qu'ils tendaient chaque nuit sur une ficelle, au milieu de la pièce, pour séparer les deux lits. Blaise avait grogné. Les deux femmes s'étaient interposées. Le maçon criait qu'il allait partir au plus vite : ça ne pouvait plus durer; il se sentait capable d'aller loin, maintenant; tant pis pour le docteur qui recommandait d'attendre, de prendre encore quelque repos.

Le lendemain, Maria lui annonça qu'elle rentrait à Denain sans tarder.

« Je le savais », dit simplement Blaise, dont le visage se défit comme celui d'un enfant.

Elle jeta dans son sac les langes du bébé et ses vêtements, se mordant les lèvres, évitant de le regarder. Il n'avait pas bougé. Mélanie Duveau s'était écartée, blanche soudain.

Maria prit l'enfant, sortit, courant à demi, blessée, anéantie, persuadée qu'elle perdrait toute force si elle le revoyait, si elle entendait un seul mot de lui.

A la sortie de la courée, elle s'autorisa enfin à pleurer, s'abattit sur l'épaule de Mélanie qui l'avait suivie.

« Pour être heureux, disait Baleine, il faut savoir pleurer. »

L'ORCHESTRE enlevait gaillardement les quadrilles et les valses, les varsoviennes et les scottishes. Des dizaines de couples tournoyaient dans un froissement de riches étoffes. On entendait à peine, près des buffets, les bruits de la vaisselle et de l'argenterie disposées par des valets de pied en grande livrée, aux cheveux poudrés. Pour le mariage d'Alice et de Florimond, les Rousset et les Van Meulen sortaient le grand jeu. Et le « gotha » de la région suivait.

Céleste Rousset, en longue robe de soie mauve garnie de satin paille, des diamants plantés dans son chignon frisé à la mode de Paris, vint s'asseoir près de Jérôme. Il avait cherché refuge dans un coin écarté où sautillaient des fillettes.

« Tu ne danses pas? » demanda-t-elle.

Il haussa les épaules. Elle savait bien que les fêtes ne l'amusaient guère.

« Et toi?

– J'ai dansé, j'ai fait mon devoir. »

Elle soupira.

« Arthur est heureux, reprit-elle. Tu te rends compte : avoir été élevé dans la maison d'un tisserand de Wattrelos et marier sa fille à un Van Meulen... »

Le ton de sa voix ne trompait guère. Elle s'était,

en fin de compte, résignée à ce mariage, mais le cœur n'y était toujours pas. Entre son mari et elle, une fracture s'était produite : comme si, après l'avoir longtemps poussé à plus d'ambition, elle lui en trouvait trop désormais, et le comprenait mal.

Jérôme alla lui chercher un verre de kummel, sa liqueur préférée. Elle sourit.

« Tu es un bon petit frère. Je t'aime bien. »

Cet accès de tendresse le surprit. Un couple passa près d'eux. La femme portait une robe de velours noire serrée à la taille par un cordon de soie rouge. Ils n'avaient pas remarqué Céleste, ne connaissaient pas Jérôme, parlaient des Van Meulen : « Il n'est pas guéri... l'autre jour à l'usine, on l'a vu cracher le sang. » Céleste saisit la main de son frère, la serra à l'écraser. Il la vit chercher du regard parmi les danseurs en habit noir et les danseuses décolletées jusqu'au milieu du dos, trouver enfin Alice, ravissante dans une robe blanche de cachemire de l'Inde garnie de cygne, qui tournait au bras de son mari.

« Tu sais, dit Céleste, je pense parfois qu'elle l'aime vraiment, quand même. »

Elle se lançait dans une longue explication. Le fracas des cuivres couvrit un instant sa voix. Il crut comprendre qu'elle se demandait si Alice eût aimé le fils Van Meulen sans la brasserie. La jeune fille, en tout cas, avait révélé dans les dernières semaines un vrai tempérament de femme d'affaires, exigeant de participer aux conférences que les deux pères avaient tenues avec les notaires pour établir les clauses du contrat, convoquant architecte, maçons et menuisiers pour abattre des cloisons et déplacer des portes dans la grande maison où elle avait choisi de vivre avec son mari, organisant dans tous leurs détails les cérémonies du mariage, et suscitant autour d'elle, par sa détermination, admiration et inquiétude.

« As-tu une réponse de Maria? » demanda soudain Céleste.

Quelques jours plus tôt, préoccupée de recruter sa domesticité, Alice s'était souvenue de Maria et d'Aloïs : une excellente cuisinière, un bon cocher; peu importaient, à ses yeux, leurs sentiments politiques, s'ils servaient fidèlement. Elle avait demandé à son oncle de leur écrire. Il s'était empressé.

« Maria? Ça ne marche pas. Elle refuse. Je n'ai pas bien compris pourquoi. Je pensais qu'elle accepterait, pour lui : travailler aux hauts fourneaux doit être très pénible... la chaleur... Mais elle prétend que c'est Aloïs qui ne veut pas. Un prétexte sans doute.

— Quel fichu caractère! Refuser une place comme celle-là! »

Il protesta, vaguement, se reprochant de toujours manquer de fermeté en face de sa sœur. Après tout, Aloïs et Maria avaient fort bien pu être blessés par l'attitude des Rousset lors de l'arrestation du cocher.

Un mois plus tôt, Maria s'était présentée chez lui, après avoir fui Roubaix, pour le remercier encore, et lui montrer la petite Catherine qui toussait depuis plusieurs jours. Il l'avait rassurée. Elle semblait bouleversée, nerfs brisés, haletante, comme il ne l'avait jamais vue. Tellement émouvante dans son désarroi. Repoussant toute obligation, il l'avait accompagnée jusqu'à la gare de Lille, balbutiant des banalités, des paroles d'espoir aussi. Quand le train s'était ébranlé qui la ramenait à Denain et à Aloïs, elle lui avait crié : « J'arriverai à être heureuse, vous verrez. On peut toujours être heureux. » Elle serrait le bébé contre elle avec emportement.

Depuis, il priait pour elle chaque jour.

« Quand même, dit Céleste, c'est un bon choix qu'Alice avait fait là. Elle sera déçue.

– Madame Rousset, je vous cherchais. »

L'épouse du banquier Desmazières, robe de soie feuille morte, se précipitait vers Céleste.

« Nos maris discutent affaires, bien entendu. Mais moi, je n'avais pas encore pu vous dire combien votre fille était ravissante. Et quelle soirée réussie! Tout le monde vous demande. »

Elle entraînait Céleste, laissant là Jérôme Dehaynin.

Il se leva à son tour, se mêla un instant à un groupe d'industriels qui se félicitaient de la reprise – les ventes de tissu se développaient, surtout vers l'Alsace et l'Allemagne – mais grognaient contre la concurrence des Anglais qui, pouvant se permettre des prix de revient très inférieurs, envahissaient Paris de leurs produits. Ah! si l'on fermait les frontières! Jérôme Dehaynin entendait le même refrain depuis huit ans, depuis qu'en 1860, l'empereur avait conclu avec l'Angleterre le traité de libre-échange. Il quitta le groupe, s'amusant soudain à la pensée que Maria, elle, serait restée, passionnée par de tels débats.

L'orchestre ne désarmait pas, entraînant les couples dans des courses échevelées et des tourbillons sans fin. Les valets de pied passaient des cigares et des liqueurs. Et, bien qu'on fût seulement en avril, il avait fallu ouvrir les fenêtres tant était surchauffée cette salle où se mêlaient mille parfums.

« Mon oncle, viens, mon oncle! »

On tirait Jérôme Dehaynin par le bras. C'était Alice, qu'il n'avait jamais vue aussi ravissante, les yeux bleus presque noirs et l'auréole blonde de sa chevelure surmontée d'un frémissement de plumes blanches, que retenaient des broches de brillants.

« Viens vite! »

Elle l'entraîna dans un petit cabinet situé derrière l'estrade de l'orchestre, où s'était réfugié son époux. Teint blafard, col dégrafé, mains crispées, Florimond Van Meulen était secoué de longues quintes de toux. Jérôme l'examina. Le jeune marié, entre deux quintes, expliquait que ce n'était rien, il avait seulement trop dansé, qu'on n'alerte surtout personne; d'ailleurs, il n'avait pas connu de telles crises depuis des mois, son médecin personnel pouvait le jurer; mais les dernières journées avaient été fatigantes au-delà de toute expression. Il lançait vers Alice des regards de noyé. Rien de la morgue du jeune patron qui, disait-on, s'appropriait souverainement toutes les jeunes ouvrières de la brasserie. Jérôme prononça quelques paroles rassurantes, recommanda du repos – les jeunes époux allaient en voyage de noces à Nice, cela ne pourrait être que bienfaisant – et conseilla, pour l'immédiat, de ne pas trop danser. Il était inquiet, pourtant, Florimond Van Meulen présentait tous les symptômes d'une tuberculose pulmonaire aiguë, une maladie qu'on connaissait mal et qu'on ne parvenait presque jamais à guérir.

Alice, qui avait raccompagné Jérôme jusqu'à la porte, derrière l'orchestre, guettait sur son visage le moindre signe.

« Tu n'as pas peur, n'est-ce pas? Tu n'as pas peur? »

Il souriait, s'efforçait de l'apaiser.

« C'est que je tiens à lui », dit-elle.

Elle lut une interrogation dans ses yeux.

« Tu crois que je ne l'aime pas? Ce n'est pas vrai. Je sais bien ce que pense maman : elle croit que je me suis mariée pour la brasserie. Ce n'est pas vrai. »

Elle parlait gravement, comme une femme chargée de famille, et d'énormes responsabilités. Il avait peine à le croire. Il observait le visage rond, éclatant de sensualité, et secret. Il plongea au fond des yeux bleu-noir comme pour y traquer la vérité.

Elle eut un petit sourire.

« Maman ne sait pas que je lui ressemble. »

Il se demandait où était le vrai. Alice elle-même, peut-être, eût été incapable de le dire. Il songeait à Maria, toute rigueur pourtant, qui balançait entre Blaise et Aloïs. Il revoyait son désarroi sur le quai de la gare. Et cette affirmation : « On peut toujours être heureux. » Il le répéta à sa nièce, sans réfléchir :

« On peut toujours être heureux. »

Elle le regarda, surprise.

« Quoi? »

L'orchestre, infatigable, attaquait un cancan.

CHAPITRE XIV

QUELQUES cavaliers traversaient les champs, faisant voler neige et boue glacée. Zoonekyndt grondait : « Tu crois qu'ils nous aideraient? S'en foutent. » Ou bien il se redressait, les apostrophait, sans illusion, alors qu'ils disparaissaient déjà, silhouettes emportées par le vent et la pluie : « Hé! là! Vous vous trompez : les Prussiens, c'est pas par là! De l'autre côté! » Puis, d'un revers de manche, il s'essuyait le visage avant de plier sa grande carcasse pour pousser le chariot de l'épaule, tandis qu'Aloïs, devant, harcelait les chevaux, les tirait, les fouettait. Qu'ils avancent, bon Dieu! Qu'on sorte de cette merde! Les bêtes se cambraient, gueules écumantes de bave et de sang, muscles saillants, à éclater; mais leurs sabots glissaient sur la terre glacée et elles retombaient, épuisées, frémissantes, affolées peut-être par le grondement de bataille, le souffle de guerre et de mort qui venait du sud, des faubourgs de Saint-Quentin.

Echapperaient-ils à cette terre gelée?

Les dernières voitures du convoi, chargées de munitions, avaient disparu depuis longtemps en direction de la ville d'où s'élevaient des fumées, guidées par un petit capitaine à monocle qui hurlait des invectives à tous les conducteurs. C'est lui qui avait choisi cette route, ce chemin plutôt, pour couper au plus court, en finir au plus vite : « Faudrait pas qu'ils manquent de mitraille, là devant! C'est la bataille décisive! Ceux de Paris vont sortir et l'armée du Nord les rejoindra! »

Le chemin, bientôt, était devenu ruban de glace. Impossible de s'en écarter : il était flanqué de fossés bien creusés. Les chevaux glissaient, se brisaient les jambes. Leurs conducteurs s'échinaient à les retenir, hurlaient, s'écroulaient eux aussi. Cinq voitures déjà étaient restées dans les fossés quand celle d'Aloïs et de Zoonekyndt s'était mise au travers du chemin et retrouvée dans un trou d'obus. Les deux hommes avaient jeté sous les roues les rares branchages qu'ils pouvaient rassembler dans cette plaine presque nue, tenté d'intéresser à leur sort des fantassins qui les avaient abandonnés après quelques coups d'épaule, et enfin épuisé leurs bêtes. En vain. Aloïs en aurait pleuré.

La nuit tomberait bientôt. De lourds nuages noirs couraient dans le ciel livide de janvier. Un vent glacé coupait le souffle. La canonnade, à chaque minute plus intense, semblait – malheur! – s'être rapprochée. Zoonekyndt et Aloïs se concertèrent, s'accordèrent vite. Ils n'allaient pas se laisser mourir là. Ils tenteraient un dernier effort, par acquit de conscience. Et s'ils échouaient, ils dételleraient les chevaux pour partir avec eux, à travers champs, laissant là le chariot et ses munitions. Mais le cœur n'y était plus. Les chevaux eux-mêmes semblaient avoir compris que les coups de fouet d'Aloïs étaient les derniers, et qu'on ne leur en voudrait pas s'ils ne parvenaient pas à arracher leur attelage à la terre gelée. Ils se cambrèrent pour la forme, agitèrent les jambes, baissèrent la tête comme des vaincus, attendant la délivrance.

Il ne restait qu'à les détacher, et aller à la rencontre de la guerre.

« Vingt dieux, dit Zoonekyndt, quand je pense qu'on a été volontaires, toi et moi! »

ALOÏS QUAGHEBEUR a quitté Denain, le 18 août 1870, engagé volontaire pour la durée de la guerre franco-allemande. Un mois déjà que l'on a hurlé « A Berlin! » dans les gares et sur les places. A présent, on lancerait plutôt le cri de toutes les défaites : « Trahison! » Car l'opinion, qui rêvait d'administrer une raclée aux Prussiens, commence à déchanter. Menées par un empereur égrotant, des maréchaux médiocres ou incapables, les armées françaises se laissant manœuvrer comme des troupeaux de moutons, tombent dans tous les pièges. Les Français se sont bien battus à Reichshoffen, où l'on a envoyé les cuirassiers s'empêtrer héroïquement dans des houblonnières : une boucherie et une défaite. Nancy est déjà perdue, et Metz en fâcheuse posture. Les clairons sonnent la retraite comme un refrain. Le gouvernement est tombé, l'Empire vacille. Mais on va se redresser, se regrouper, gagner, c'est promis, c'est juré. D'ailleurs on se renforce, on mobilise, on recrute. Des hommes. Il faut des hommes pour la guerre.

Alors, Aloïs s'y met. Depuis deux ans, pour lui, vivre signifie être heureux. Malgré la fournaise du haut fourneau, la fatigue des soirs, la pauvreté. Un bonheur qu'il ne croit pas mériter et dont chaque jour il s'émerveille. Quand Maria, dans l'hiver 1868, est partie rejoindre à Roubaix Blaise Riboullet mourant, il n'a rien dit, rien tenté : elle savait mieux que lui, elle a toujours su mieux que lui, où sont le bien, le vrai et le juste; donc elle reviendrait. Mais quelle allégresse, quelle paix radieuse à son retour! Il ne l'a pas interrogée, a refusé d'entendre ses explications. Elle était là, cela suffisait.

Vient la guerre. Discussions à l'usine et dans les quartiers. Des hommes sont appelés, d'autres s'engagent. Leurs femmes disent à Aloïs que bien sûr, puisqu'il est Belge, tout cela ne le concerne pas. Il traduit : « Tu as été bien content de trouver en France du travail et une femme, mais tu restes tranquillement chez toi au lieu d'aider le pays qui t'a tout donné. » Il supporte mal ce qu'il entend, ce qu'il croit deviner, ce qu'il imagine. Après tout, c'est vrai : La France lui a donné Maria.

Et Maria justement? Elle ne sait pas, elle ne sait plus. Parce que tous les journaux qu'elle lit ne cessent de le répéter, elle croit cette guerre juste et fatale. S'il lui arrive de douter, de s'interroger, elle enrage de ne trouver personne qui puisse l'éclairer, lui expliquer. Jules Baudry, l'instituteur, chez qui elle court tous les soirs aux nouvelles, lui démontre que la France mène là un combat pour le progrès et la civilisation. Si elle pouvait parler à Blaise. Mais où est Blaise?

Quand Aloïs lui fait part de son intention de s'engager, elle est partagée. Emue et inquiète à la fois. Il comprend qu'elle craint pour lui, mais la devine fière de son courage. Cessent les hésitations : il avait toujours pensé qu'en l'épousant elle était descendue jusqu'à lui; voilà l'occasion de se hisser jusqu'à elle. Ainsi pourra-t-elle, peut-être, oublier l'autre, ce Riboullet. Mais elle l'a compris, elle a découvert les raisons de sa détermination. Elle le supplie de renoncer. Qu'il ne parte pas pour elle :

son estime, son affection, sa tendrese, ne seront pas moins vives s'il reste. Elle ne sait pas mentir, elle ne dit pas, elle ne parvient pas à dire : son amour. Et c'est ce qui, en fin de compte, le décide. Il y a dans ce départ comme une rupture, une tentative de conquête aussi, un goût de suicide peut-être, le risque et la folie de l'amour sûrement.

Sedan, dont certains rescapés échouent dans le Nord, la République qui succède à l'Empire, et à la fin de l'été Paris assiégé : pendant ce temps Aloïs apprend à manœuvrer en ligne de bataille sur deux rangs et à manier le chassepot. La République manque de tout, de capotes pour les soldats, de pitance pour leurs chevaux, de cartouches pour les fusils et d'obus pour les canons. La République manque d'hommes : les réfractaires et les déserteurs qui passent en Belgique sont aussi nombreux, plus nombreux que les volontaires. La République manque de chefs : Gambetta se démène entre Tours et Bordeaux, les autres sont enfermés dans Paris, et quand au début de décembre les soldats de Bismarck atteignent la côte normande, le Nord est coupé de tout le monde : de Paris, de Tours et de Bordeaux. Faidherbe, un général lillois qui s'est distingué au Sénégal, réussit quand même à constituer une petite armée de cinquante-cinq mille hommes. Et en avant! On va chercher noise aux Prussiens, on va leur montrer ce qu'on sait faire, et si les Parisiens parviennent à percer, à foncer vers le Nord, on leur donnera la main, on gagnera la guerre. On n'en peut plus d'attendre, de traînasser dans des baraques, des casernes nues ou des usines désaffectées, une botte de paille en guise de lit et de couverture, et des gamelles presque toujours vides – mais il y a dans les estaminets du genièvre ou du trois-six. Il est temps de se battre, pour en finir. Si seulement on était armés aussi bien que ceux d'en face, et si on laissait moins de planqués derrière soi...

L'avant-veille de Noël, la petite troupe de Faidherbe fait face aux Prussiens, au nord d'Amiens, à Pont-Noyelles. Demi-victoire, demi-défaite. On s'est battu comme des fous : les fusiliers marins mais aussi les Lillois de la division Robin, et les artilleurs. On a beaucoup tué. On a lourdement payé : l'ennemi n'avait pas moins de quatre-vingts canons. Aloïs, affecté depuis des semaines à la conduite d'un chariot, ramène toute la journée vers les ambulances de l'arrière des dizaines de blessés sanglants et boueux. C'est ce jour-là qu'il fait la connaissance de Zoonekyndt, un géant des Flandres qui s'y connaît en chevaux mieux que personne et qui suscite l'étonnement, l'incompréhension de toute la troupe : deux ans plus tôt, ayant tiré un mauvais numéro et refusant de partir au service militaire, ce fils d'un gros paysan de Bailleul s'était acheté pour mille cinq cents francs un remplaçant; et voilà que la guerre déclarée, et peut-être déjà perdue, il s'est engagé !

Désormais, Aloïs et Zoonekyndt font équipe. Ils sont de toutes les tribulations des 22e et 23e corps – le nom officiel de l'armée du Nord. Elle guerroie entre Amiens, Péronne et Bapaume, se replie parfois jusqu'à Arras et Douai. Succès ici, défaite là. Partout le froid, la neige, le pain gelé, les guenilles et le sang. Jusqu'au jour où une dépêche annonce à Faidherbe que l'armée de Paris va tenter un suprême effort pour rompre l'encerclement, et l'engage à lancer en même temps une opération importante. Il se porte à marches forcées sur Saint-Quentin. Et quand il y arrive, le 19 janvier 1871, les Prussiens sont là. On se battra toute la journée. On perdra.

DE longues files d'hommes crottés se traînaient sur les bas-côtés de la route. Il fallait toujours avancer. Hier, pour attaquer l'ennemi, aujourd'hui pour lui échapper. Remonter vers le nord, Le Cateau, Cambrai. Rejoindre Valenciennes, Douai, Arras, Lille peut-être, pour souffler un peu, reprendre force. Et ensuite...

Et ensuite? Jérôme Dehaynin ne s'interrogeait même plus. La nuit précédente, tandis qu'il coupait chairs et os, fouillait les plaies pour en extraire balles ou éclats, redressait des membres fracturés, dans le hangar où s'était installée l'ambulance, un colonel au flanc ouvert lui avait rapporté une plainte de Faidherbe :

« Ce que nos hommes ont souffert, ceux qui ne l'ont pas vu ne pourront jamais l'imaginer. »

Des hurlements et des râles d'agonie déchiraient l'air glacé. Des infirmiers aux tabliers rouges de sang s'affairaient. Des femmes de la ville amenaient de la charpie ou roulaient des bandes. Des brancardiers tiraient blessés et morts à la lueur blafarde de rares lanternes; l'une d'elles, tombant sur les bottes de paille où l'on couchait les mourants, avait provoqué un début d'incendie, un commencement de panique.

Et chaque nouveau venu, chaque moribond hâtivement jeté d'un chariot, chaque blessé qui avait réussi à se traîner jusque-là, témoignait d'un recul de l'armée, de la débandade de certains bataillons, de l'épuisement ou de l'anéantissement des autres.

Alors, dans cet entassement de souffrance et de malheur, Jérôme Dehaynin avait compris que c'était fini. En octobre, quand il s'était porté volontaire pour l'armée du Nord qui, démunie de l'essentiel, manquait naturellement de médecins, tout semblait encore possible : en Touraine, D'Aurelle de Paladines formait une armée avec des mobiles, les zouaves pontificaux et quelques régiments hâtivement ramenés d'Algérie; ils attaqueraient au sud les Prussiens qui assiégeaient Paris; on les attaquerait au nord. Ils seraient pris en tenaille. On pouvait l'emporter.

La veille, Jérôme y croyait toujours. En dépit du froid, de la faim, des échecs et de la pénurie. Après tout, cette température sibérienne n'épargnait pas les Prussiens. Les premiers accrochages avaient laissé un filet d'espoir. Les hommes se battaient bien.

Mais voilà, à présent on déchantait. Epuisés par des jours de marche, les soldats de Faidherbe avaient dû reculer devant le flot de Prussiens et de Bavarois déversés par les trains arrivés à toute vapeur de Saint-Denis et de Chantilly. Saint-Quentin serait le nom d'une défaite. Il fallait faire retraite pour éviter qu'elle ne devienne déroute. Au petit matin, Jérôme avait reçu l'ordre de laisser mourants et blessés intransportables aux soins des médecins de la ville, et de suivre ce qui restait d'armée. Il s'était hissé, épuisé, sur un omnibus, une longue voiture chargée d'hommes hâves aux pansements rougis et aux vêtements déchirés. Depuis, assis près du conducteur, il somnolait à demi, cahoté par les ornières et les affaissements de la route.

Il se réveilla pendant la traversée d'un gros bourg : des habitants faisaient arrêter la voiture; une longue dame vêtue de noir et coiffée d'un immense chignon voulait, assistée du curé, distribuer du café aux blessés. Du café! Un rêve brûlant...

Ils avaient échangé quelques mots. Le prêtre gémissait sur les malheurs du temps. Le conducteur de l'omnibus, un grand roux, avait grommelé que le bon Dieu ne devrait pas permettre des choses pareilles, et que si elles existaient c'était peut-être, après tout, que Lui n'existait pas. Et comme le curé se détournait, embarrassé, bredouillait qu'il fallait payer pour les péchés du monde, Jérôme avait répondu que Dieu justement était contre le malheur, contre la souffrance, et avec les blessés qui geignaient là, dans l'omnibus. Le conducteur l'avait regardé longtemps, silencieux, avant de relancer ses chevaux : on ne pouvait pas traîner, avec les Prussiens aux trousses.

Le jour se levait à peine. Ils dépassaient des bandes d'hommes épuisés, des traînards grelottant dans des capotes en lambeaux, dos voûté, la plupart appuyés comme des vieillards sur des bâtons noueux, les mains enveloppées dans des morceaux d'étoffe. Ou bien, c'étaient des groupes conduits par un officier et quelques sergents, qui gardaient, en dépit de la fatigue, l'allure militaire. Alors, le conducteur de la voiture se redressait, encourageait plus vigoureusement ses chevaux, comme réconforté.

Venu d'un autre monde, un officier d'état-major en tunique bordée d'astrakan, lustré, impeccable, bombant le torse, remonta la colonne, au trot d'un alezan. Quelques fantassins boueux saluèrent de grognements et d'injures cette élégance. Les autres ne redressèrent même pas la tête, indifférents à tout ce qui n'était pas leur misère.

Ils furent bloqués à un carrefour par un long convoi – des fourgons de matériel, des prolonges d'artillerie – immobilisé parce que la voiture de tête, surchargée, avait rompu un essieu. Jérôme en profita pour réconforter des blessés qui gémissaient. Ils lui indiquèrent un homme, assis au fond de l'omnibus depuis le départ, un fusilier marin à la cuisse gonflée d'un gros pansement qui avait d'abord lancé d'énormes plaisanteries mais venait de s'affaler. Il était mort, brusquement, la bouche grimaçante. Jérôme et le conducteur le couchèrent sur le bord de la route. Le docteur assembla en croix deux morceaux de bois qu'il posa sur le cadavre. Le conducteur se signa.

Devant, le convoi était reparti, après qu'on eut poussé dans un fossé la voiture accidentée. Un cavalier passa, criant qu'on avance, bon Dieu, qu'on se dépêche parce qu'un fort parti de uhlans avait été signalé dans un village quelque part vers l'est, il ne savait trop où. Le conducteur haussait les épaules, fouettait les chevaux – « Hue, donc! Hue! » – et hurlait des ordres en flamand. Dehaynin regardait ce rouquin, au visage fermé, vaguement familier, qui n'avait rien de militaire.

« Vous avez toujours conduit des chevaux?

– Non... Mais souvent quand même. »

L'homme eut un vague sourire, le premier que Dehaynin lui eût vu.

« Ceux-là sont de belles bêtes, finit-il par dire. Si je les avais eus hier...

– Ce ne sont pas les vôtres? »

Il ne répondait pas, encourageait à nouveau les chevaux. Puis :

« Les miens, on me les a volés hier. Un capitaine!

Vous voyez cela? Je pouvais rien dire : un capitaine... »

Il avait presque crié d'abord. Maintenant, il chuchotait presque, répétant : « Un capitaine... Je pouvais rien faire. »

« Ceux-là, coupa Jérôme, d'où viennent-ils? Vous les avez pris? »

Le conducteur haussa encore les épaules. Nouveau sourire.

« Je sortais de l'église, là-bas vers la ville : on avait dormi un peu, on n'en pouvait plus. C'était plein de soldats. Y en a qui faisaient du feu avec les chaises, pour se réchauffer. Y racontaient la bataille, comment on avait été battus, tout ça. Et voilà : comme on sortait, y a un officier qui est passé en demandant des hommes pour conduire et soigner les chevaux. Alors, vu qu'on ne retrouvait pas notre bataillon, on s'est présentés volontaires, Zoonekyndt et moi.

– Qui?

– Zoonekyndt. C'est mon camarade. Il est par là, sans doute (il montrait le convoi, devant eux). Il s'y connaît bien. C'est un bon, pour les chevaux. »

Il lança quelques mots aux bêtes, en flamand, comme pour signifier que la conversation était terminée. Jérôme se serrait dans sa capote, luttait contre le sommeil, fouillait ses poches à la recherche de brins de tabac, laissait errer ses pensées. Il revoyait la dame en noir, à l'immense chignon, qui leur avait donné du café. Guère plus âgée que sa sœur Céleste. Et le même port de tête, altier, presque impérial. Céleste : toute vêtue de noir, elle aussi, la dernière fois qu'il l'avait vue, la veille de Noël, lors des obsèques du père Van Meulen. A la sortie du cimetière, tandis que s'écoulait une foule de notables et d'industriels, quelques-uns portant des uniformes qui ressemblaient à des déguisements, elle lui avait murmuré que le fils Van Meulen, Florimond, ne quittait plus le lit, où il crachait ce qui lui restait de poumons : « Alice s'est déjà installée à la brasserie. C'est elle qui commande maintenant. » Elle disait cela avec effroi, et quand même un fort accent d'orgueil, de fierté.

Des cris s'élevaient de la voiture. Des blessés s'agitaient, semblaient se battre. Le cocher arrêta ses chevaux. Devenu soudain furieux un grand diable à la tête empaquetée s'était attaqué à un mobile, lui faisant au ventre, d'un coup de sabre-baïonnette, une déchirure affreuse. Le cocher eut tôt fait de désarmer l'homme qui bavait, hurlait des invectives, et brusquement se calma, brisé. Jérôme s'occupa du mobile, qui devait avoir perdu beaucoup de sang la veille, sa main emportée par un obus. Il mourut bientôt, livide, dans un hoquet. Ils le portèrent jusqu'au bord de la route, pour l'y déposer comme le fusilier marin un peu plus tôt.

Quelques soldats, la plupart sans armes, couverture roulée sur la poitrine, les dépassaient et détournaient la tête en apercevant l'amas de corps sanglants dans l'omnibus.

Ils étaient presque seuls à présent. Le convoi avait disparu. La rumeur, la rumeur désespérée de la retraite, s'était presque tue.

Soudain, ils le virent :

« Un uhlan », dit le cocher, saisissant le bras de Jérôme.

C'était un uhlan, en effet, un colosse coiffé du casque à cimier carré, qui tenait bien droite sa lance à la flamme blanc et noir. Arrêté à l'entrée d'un chemin. Egaré, peut-être. Il les regardait, observait en même temps l'autre bout de la route.

« Mon fusil », dit le cocher, se précipitant vers la voiture.

Mais déjà l'autre, posément, avait fait demi-tour pour disparaître derrière un bouquet d'arbres.

« Sont pas loin », murmura le conducteur.

Ils repartirent. Les blessés, derrière, s'étaient presque tus, sans doute effrayés.

Ils passèrent devant un groupe de mobiles qui s'étaient assis au bord d'un fossé, épuisés et transis, et ne tentèrent même pas de s'accrocher à l'omnibus.

Quelques flocons de neige volaient dans l'air gris.

Le premier obus explosa sur leur droite alors qu'ils apercevaient, à trois cents mètres peut-être, les premières maisons d'un village. Aussitôt, un long hurlement, de dix voix mêlées, monta de la voiture. Le cocher cravacha ses chevaux. D'autres obus, une rafale, s'abattirent, fracassant des arbres devant eux. Et le cocher, qui avait d'abord poussé son attelage de l'avant, tentait maintenant de le retenir. Mais les chevaux, affolés, n'obéissaient plus, tiraient à hue et à dia, faisant bringuebaler la voiture en tous sens. Elle avançait cependant, cahotant, sautant des ornières, frôlant les fossés, zigzaguant d'un bord de la route à l'autre, bousculée par les explosions, prête à verser. Jérôme Dehaynin s'accrochait à une ridelle, de peur d'être précipité à terre, jeté sous les roues. Il avait fermé les yeux, d'instinct, attendant le choc final, la chute, la mort. Des images du passé plein la tête. Des bribes de prière aussi. Et la tentation de lâcher la ridelle, de se laisser tomber, pour en finir une bonne fois.

Quelques obus éclatèrent encore derrière eux, assez loin semblait-il. Les chevaux avaient ralenti, marchaient presque au pas maintenant. Jérôme rouvrit les yeux. Ils avaient atteint le village. Il se sentit soudain en sécurité, comme si ces maisons de torchis et de brique pouvaient les protéger. Il se tourna vers son compagnon.

Le cocher était tassé sur le siège, tête penchée, près de tomber. Il avait laissé échapper les rênes. Blessé. Mort, peut-être? Jérôme le redressa, l'étreignit, le secoua. L'autre laissait balancer sa tête, comme s'il dormait d'un profond sommeil. Aucune blessure apparente. C'était le choc d'une explosion, sans doute, qui l'avait assommé. Mais il se réveillerait, il reviendrait, il devait resurgir, revenir à la vie. Jérôme criait, le secouait, le giflait comme il l'avait fait, parfois, à des patientes évanouies.

Les chevaux avaient fini par s'arrêter d'eux-mêmes. Jérôme appelait à la rescousse, hurlait qu'on l'aide à descendre l'homme de son siège : à terre, il pourrait le soigner, et l'on repartirait, il n'y avait pas un instant à perdre, ces barbares pouvaient survenir à tout moment, ou recommencer à bombarder. Un villageois s'était approché, un paysan assez âgé, au visage d'un gris de pierre. Ils transportèrent le cocher sur le seuil d'une lourde maison aux volets clos. Il gémit doucement. Dehaynin lui glissa entre les lèvres une gourde de genièvre. L'homme parut se réveiller, bredouilla quelques mots flamands, souffla enfin, en français :

« J' vais mourir... »

Son visage s'était creusé d'un coup, ravagé. Une mousse sanglante envahit sa bouche. Le paysan montra à Jérôme un mince trou dans la capote : un éclat d'obus était entré près du cœur, traversant sans doute le poumon.

« J' vais mourir », répétait le cocher.

Jérôme s'affairait, essayait de le déshabiller, maladroit soudain, et désespéré.

« Laissez-moi, monsieur. »

L'homme parlait plus difficilement maintenant, entre deux crachats de sang.

« Vous préviendrez ma femme, hein? Vous lui direz?

– Oui, oui. »

Le docteur promettait, affligé, affolé, comme si c'eût été son premier agonisant, comme s'il n'eût jamais vu mourir un homme.

« Maria, elle s'appelle... Maria... A Denain, elle habite... »

Alors, Jérôme, illuminé, bouleversé :

« Aloïs... Vous êtes Aloïs Quaghebeur, c'est cela? Répondez? Aloïs Quaghebeur? Répondez! »

Il devina l'ébauche d'un oui sur les lèvres du cocher

« Je lui dirai, je lui dirai. »

Aloïs mourut étonné.

« Je lui dirai, je lui dirai », répétait Jérôme.

CHAPITRE XV

Succulente. Cette carbonade aux chicons était simplement succulente. Les morceaux de bœuf, saisis juste comme il faut, craquaient sous la dent avant de laisser couler dans la gorge la douceur chaude et un peu fade de leur sang; la sauce à la bière, sucrée, relevée, moelleuse, caressait le palais de cent parfums qui se mêlaient heureusement à l'amertume des endives.

Arthur Rousset s'en grisait. Il ne cessait de puiser dans le grand plat de faïence qu'on avait posé sans façon au milieu de la table. Et il promenait dans son assiette d'énormes morceaux de pain pour éponger cette liqueur jusqu'à la dernière goutte. Pourquoi se gêner, faire des manières? Seule, la famille était rassemblée là. Jérôme Dehaynin, libéré deux semaines plus tôt par la dissolution de l'armée du Nord, n'avait invité que les proches. Avec un cousin éloigné, un officier républicain dont on n'entendait plus parler depuis vingt ans et qu'il avait retrouvé aux côtés du général Faidherbe. Mais le militaire s'était décommandé à la dernière minute : la troupe était consignée, en état d'alerte, en raison des événements parisiens de la veille. La garde nationale, disait-on, s'était soulevée, et M. Thiers, le chef du gouvernement, avait aussitôt décidé de partir pour Versailles, emmenant ses ministres et l'armée régulière. On n'en savait pas plus. On ne savait pas très bien. A Lille, personne ne bougeait. Pas plus qu'à Arras, Roubaix, Valenciennes, ou Lens. La région était calme, la population plutôt inquiète. Dans quelle aventure les Parisiens allaient-ils encore entraîner le pays? C'était comme si ce terrible hiver de guerre ne voulait pas finir; alors qu'on se trouvait le 19 mars, à la veille du printemps.

Arthur Rousset pourtant ne s'affolait guère. Cette histoire ne pourrait se prolonger longtemps : les gens aspiraient trop à la paix. L'Assemblée nationale, qui siégeait à Versailles en attendant que Paris se calme, était bourrée d'hommes d'ordre et de tradition. La raison prévaudrait. En attendant, il était agréable de souffler un peu, de se retrouver tous devant un de ces repas comme Maria savait les réussir. Une riche idée qu'avait eue Jérôme de reprendre la jeune femme à son service après la mort d'Aloïs. Ce dimanche marquerait presque un retour aux temps heureux si le docteur ne s'était lancé, incorrigible, dans une discussion politique avec Florimond Van Meulen, sorti de son lit depuis quelques jours, mais aussi blanc qu'une boule de coton. Et voilà que Félix Douchy, le mari de Léonie, s'en mêlait, haussant le ton pour annoncer que la France ne serait jamais une grande nation industrielle parce qu'on y méprisait trop les ouvriers et le travail d'usine.

Où était-il allé pêcher une telle idée, celui-là? Un bon ingénieur, là-dessus il n'y avait rien à redire. Un bon mari aussi, bien qu'il eût fait à Léonie quatre enfants en six ans : il finirait par l'épuiser, déjà on la devinait lasse, la peau du visage – cette peau si fine, transparente, qui attendrissait naguère Arthur Rousset – légèrement ridée, presque flétrie. Et puis, il n'était guère doué pour les affaires, Félix. Bon pour les ateliers, zéro pour les clients, les banques et les comptes.

Il s'entêtait : « En Angleterre, au moins, on porte estime au travail industriel, et on traite mieux les ouvriers. Voyez le résultat : ils n'ont pas de révolutions tous les quatre matins, eux, et pour l'industrie ils nous dépassent. »

C'était donc le fin mot de l'affaire! Il songeait aux Anglais, comme toujours. Cela se comprenait, après les années passées là-bas. Arthur Rousset l'avait lui-même accompagné à Londres l'année précédente, juste avant le début de la guerre, pour examiner de nouvelles machines à tisser. Il en était revenu ébahi. Une ville de bruit et de fureur, deux fois plus peuplée que Paris, où tout était plus grand, les hôtels qui ressemblaient à des palais et la rivière qui formait un bras de mer, où tout allait plus vite, y compris le langage des hommes qui avalaient une phrase entière en un seul mot. Oui, les Anglais avaient réussi. Ce n'était pas une raison pour les imiter tout à fait. Trop différents des Français. Depuis deux ans, ils admettaient même les syndicats. Si on en faisait autant en France... Mais on ne pourrait pas. Français et Anglais, deux peuples trop différents.

Maria apportait des volailles rôties, à l'appétissant fumet, cernées de cresson vinaigré. Léonie priait les hommes d'interrompre un peu leurs discussions : d'abord elles étaient inutiles, et ensuite ils cassaient la tête de tout le monde; la politique n'avait jamais servi à rien, seulement à faire le malheur des gens. Céleste opinait de la tête, silencieuse, souriant vaguement, comme absente. Depuis quelques années – leur brouille de 1867, peut-être, à propos du mariage d'Alice –, Arthur la sentait moins proche. Toujours attentive, certes, et parfois gaillarde au lit bien qu'elle approchât la cinquantaine. Mais ce n'était plus, entre eux, la même complicité. Ils ne retrouvaient plus cette allégresse à échafauder ensemble d'audacieux projets. Elle passait chez Léonie une bonne partie de ses journées à s'occuper des petits-enfants, et en revenait avec des histoires de rougeole, de coqueluche et de fessées qui ennuyaient son mari. Il arrivait à Arthur d'en souffrir; il se consolait vite, jugeant normal qu'elle ne parvînt pas à suivre la marche des affaires : l'ère industrielle n'était pas faite pour les femmes, tout était devenu trop compliqué.

La conversation était repartie sur la politique : on n'en sortirait pas. Il était question de M. Thiers, ce Marseillais qu'on n'aimait guère et qu'on accusait même, en s'esbaudissant, d'avoir épousé sa propre fille, mais que Lille, deux ans plus tôt, avait voulu élire député contre le candidat officiel, Des Rotours : les ouvriers et les industriels avaient voté ensemble pour lui parce qu'il s'affirmait républicain et proposait de fermer les frontières aux produits étrangers.

Arthur écoutait à peine, ne jugeait pas utile de réclamer un peu de calme, rêvait à sa jeunesse pauvre en torturant une cuisse de poulet.

Alice, assise à sa droite et qui n'était guère intervenue depuis le début du repas, sauf pour s'inquiéter de l'état de fatigue de Florimond, interrompit ses rêves. La jeune patronne de la brasserie Van Meulen cherchait conseil : depuis l'armistice elle jugeait le moment venu, peut-être, d'étendre ses affaires; elle trouvait absurde d'acheter houblon et orge à des négociants qui prenaient leur bénéfice au passage; elle voulait désormais joindre à la fabrication de la bière le commerce des grains. Cela supposait des fonds dont elle ne disposait pas; et si elle ne voyait aucun inconvénient, contrairement à la plupart des industriels du cru, à demander le concours des banques, elle refusait de courir trop de risques.

« Vous comprenez, Père, ma belle-mère me laisse agir au nom de Florimond, parce qu'elle ne peut pas faire autrement : il le lui a imposé. Mais si les affaires tournaient mal, je ne crois pas que... »

Elle s'interrompit, comme si elle craignait d'en avoir trop dit.

Il ne répondit pas aussitôt. Il la regardait, abasourdi, heureux, inquiet. Quelle audace en elle, et quel jugement! Une toute jeune femme qui réussissait contre les pronostics des médecins à prolonger d'année en année son mari mourant et qui tenait à bout de bras l'une des plus grosses brasseries de la région! Si son frère Henri avait pu lui ressembler! Pour l'heure, le garçon, qui allait sur ses dix-huit ans, préparait le baccalauréat chez les jésuites. Un élève brillant, certes, mais qui préférait les poèmes aux usines. Bien sûr, cela ne signifiait rien : qui, cinq ans plus tôt, eût pu supposer qu'Alice?...

Arthur Rousset la rassura. Les affaires allaient reprendre. La région était sur la bonne pente. Depuis dix ans, le Nord était devenu le principal centre de filature de la laine, et aussi du lin. Il était en tête aussi pour le chanvre et le jute. Les étoffes mélangées et façonnées, genre Roubaix, se vendaient partout en France tandis que les industriels normands et bien d'autres faisaient grise mine. Quant au charbon, la production ne demandait qu'à repartir. Le dernier conseil d'administration de la Compagnie des mines de Lens, dont Arthur faisait partie depuis deux ans, avait entendu une cascade de chiffres plus réjouissants les uns que les autres. Un grand progrès serait réalisé si l'on approfondissait les canaux de la région des mines jusqu'à Dunkerque : il y faudrait le concours de l'Etat, qui avait eu d'autres soucis ces derniers mois. Mais à présent l'horizon se dégageait. A moins que les Parisiens...

Elle l'écoutait, attentive, tête baissée, faisant rouler sur la table, du bout de l'index, une boulette de pain. Peut-être rêvait-elle de bélandres chargées de grains croisant sur les canaux les péniches de charbon. Ou bien elle se répétait les arguments qu'elle irait le lendemain débiter à son banquier.

Ils furent interrompus par Maria qui annonçait un visiteur. C'était le cousin officier qu'on n'attendait plus. Il avait fui l'état-major pour une heure afin de saluer toute cette lointaine famille retrouvée.

Après les présentations, les embrassades, les exclamations, il donna de graves nouvelles. L'affaire de Paris semblait sérieuse. Les gardes nationaux qui s'étaient rebellés avaient obtenu le concours de la population et de soldats de l'armée régulière. Un comité central de la garde nationale dirigeait l'affaire, mais l'Internationale devait être derrière. Et surtout, surtout, des généraux avaient été tués, ou fusillés par leurs soldats. Bref, c'était la Révolution, la guerre civile.

Maria avait écouté, s'était arrêtée de desservir. Quand elle entendit évoquer l'Internationale, elle s'enfuit dans la cuisine.

« J'IRAI à Paris. Je le trouverai. Je l'empêcherai. J'ai perdu Aloïs. Je ne veux pas le perdre, lui. »

Elle chuchotait ces phrases, d'une petite voix triste. Assise, à demi effondrée plutôt, sur une chaise de cuisine, la tête enfouie dans les mains pour qu'il ne la vît pas pleurer.

Quand Maria s'était enfuie, Jérôme Dehaynin l'avait suivie, plantant là tous les Rousset. Entendant accuser l'Internationale d'avoir fomenté cette révolte parisienne, elle n'avait songé qu'à Blaise, bien sûr.

« Cela finira mal, je le sais. Il y a déjà eu trop de sang. »

Maria étreignait la petite Catherine, la fille d'Aloïs, qui pleurait avec elle, doucement, sans bruit. Comme le jour de Denain, quand il lui avait annoncé la mort du cocher sous les obus. Elle était restée un instant stupéfaite, suffoquée, le visage vide, avant de s'effondrer, cassée par les sanglots, la petite fille contre elle.

Depuis leur retour à Lille – elle avait accepté assez vite de revenir à son service, rien ne la rattachait à Denain –, ils n'avaient pas plus parlé de l'avenir que du passé. Elle s'était installée à la cuisine, laissant le soin du reste de la maison à la bonne qui servait le docteur depuis cinq ans, une

Picarde obèse. La petite fille s'y était tracé un territoire où elle cajolait une poupée de chiffons. Ils n'avaient pas échangé vingt phrases, sauf pour les questions de service. Pendant le trajet du retour, entre Denain et Lille, elle s'était fait conter par le menu les circonstances de la mort d'Aloïs, guère étonnée que le docteur eût rencontré son mari sur les routes de la guerre. Et puis elle s'était barricadée dans son chagrin, inaccessible. Il s'interrogeait, échafaudait des hypothèses : tenterait-elle de refaire sa vie, comme on dit, avec le maçon? Mais on ne savait plus rien de lui depuis leurs retrouvailles de Roubaix, trois ans plus tôt; ou bien déciderait-elle de se consacrer totalement à sa fille? Peut-être resterait-elle alors à son service, avec lui? Elle ne lui avait rien dit. Il n'avait pas osé la questionner.

« Il faut attendre, reprit-il. Il est trop tôt. On ne sait pas exactement ce qu'il en est à Paris. Partir tout de suite serait absurde. »

Elle ne répondit pas. On entendit, venant de la salle à manger, des exclamations.

Elle redressa la tête, les yeux noyés. Il ne l'avait jamais vue aussi belle, rêva de la serrer contre lui.

« Vous devez retourner avec eux, dit-elle. Ils vont se demander... »

Elle se leva, s'essuya les yeux, se saisit d'un plateau de fromage aux fortes odeurs, qu'elle avait préparé. La petite fille toujours accrochée à ses jupes.

Il se dandinait, hésitant.

« Rien ne dit que Riboullet est à Paris.

– S'il n'y est pas, il va y courir. Vous le connaissez! »

Il lui sembla qu'elle avait dit cela avec une sorte

de fierté. Il revoyait leurs journées de Lens, revivait les discussions avec le maçon caché dans la cave.

« Et vous pensez pouvoir... pouvoir l'empêcher de courir des risques ? Un homme comme celui-là ?

— Il faudra bien. »

Elle avait reposé le plateau de fromage, tournée vers la fenêtre qui découpait un coin de ciel d'un bleu printanier très tendre, fragile.

« Vous savez, dit-elle, j'ai revu Baleine, le lendemain de la Saint-Nicolas. Il était venu à Denain apporter cette poupée pour Catherine. Il m'a dit que c'était fini, qu'il ne passerait plus. La guerre l'a dégoûté de la vie, je crois. Alors, il a décidé de repartir dans son pays, là-bas, à Dunkerque. Il expliquait : « Je veux revoir la mer. Je ne peux pas « mourir sans l'avoir revue. Je veux mourir en face « de la mer. » Et un peu plus tard, il m'a dit : « J'irai « m'asseoir dans la dune, j'écouterai le vent. Avec « un peu de chance, s'il souffle bien, du bon côté, « j'entendrai peut-être le chant de la baleine bleue. » Il disait cela en riant tout doucement, mais je voyais bien qu'il le croyait un peu. Quand il est reparti, le soir, j'ai cru que je perdais mon père. Je ne vais quand même pas les perdre tous. »

Tandis qu'elle parlait, Jérôme s'était approché. Il avança vers elle une main qui lui effleura l'épaule, osa enfin s'y poser. Maria ne bougeait pas. Elle l'acceptait donc enfin ? A trente-cinq ans, il se sentait un cœur d'adolescent.

Mais elle se dégageait, lentement, reprenait son plateau.

« Si Monsieur le permet, dit-elle, je dois servir le fromage. »

« MON frère m'a prévenue... pour ce... pour Paris. »

Céleste Rousset cherchait ses mots, se troublait, semblait attendre de Maria, qui feignait d'être absorbée par le lavage de la vaisselle, un encouragement à poursuivre. Elle s'approcha de la jeune femme. Elle avait abandonné la table familiale où le repas s'éternisait de café en genièvre et de genièvre eń schiedam. Une impulsion, qu'elle n'aurait pu expliquer.

Elle répéta :

« Mon frère m'a dit ce que vous vouliez faire. »

Elle s'interrompit à nouveau. Elle se reprochait d'être dans cette cuisine, s'agaçait de son embarras, rêva de tourner les talons pour regagner la salle à manger d'où montait toujours un brouhaha de conversations et de rires. Que lui importait cette bonne, avec qui elle n'avait pas échangé trois mots depuis six ans, et qui la laissait patauger, y prenait peut-être un secret plaisir ? C'était sa maudite manie d'intervenir, de conseiller et de guider qui l'avait poussée là, pour y affronter cet humiliant silence.

« Je vous parle, ma fille. Vous pourriez me répondre. »

Les mots s'étaient échappés soudain, bien plus

rudes qu'elle ne l'aurait voulu. Elle les regretta aussitôt. Déjà Maria répliquait :

« Je suis aux ordres de Madame. Que puis-je faire pour Madame ? »

Fermée. Remettant chacune à sa place : maîtresse d'un côté, servante de l'autre, et une barrière entre elles. Incapable pourtant de maîtriser le tic qui tirait vers la droite ses lèvres, d'affermir sa voix.

Céleste entra dans son rôle. Soulagée peut-être.

« Vous allez m'arranger ma robe. Elle est toute froissée. »

Elle portait une robe de lainage mauve, longue et droite – les femmes avaient renoncé dès avant la guerre à la folle fantaisie des crinolines. Maria s'essuya les mains, rougies par l'eau chaude, s'approcha, tira sur quelques plis, fit tourner la ceinture. En huit ans, Céleste Rousset avait peu changé, à peine grossi; mais la tête s'était courbée, comme chargée d'un invisible fardeau.

« Madame voudrait sans doute se rendre dans le salon, ou dans la chambre de Monsieur, pour se regarder dans une glace. »

Céleste ne répondait pas. Elle ne voulait pas quitter ainsi la cuisine, vaincue, chassée. Elle observait la petite Catherine qui avait entrepris de coucher la poupée sur un lit de chiffons, et chantonnait maintenant.

« Quel âge a-t-elle ? Elle paraît bien éveillée déjà.

– Trois ans et demi bientôt. »

Céleste fut tentée de sourire. Elle avait peut-être trouvé la faille, le défaut de cette cuirasse. Elle s'y engouffra.

« Le deuxième garçon de Léonie, Théophile, a presque le même âge, mais je le trouve moins grand, moins éveillé aussi. Les garçons, c'est toujours un peu balourd. »

La petite fille, se sentant regardée, prenait des poses, chantonnait plus fort. Maria lui ordonna de faire silence, et tout de suite, sinon ce serait la fessée. L'enfant ouvrit des yeux immenses, parut hésiter, décida enfin de pleurer. Des sanglots si affectés et si peu convaincants que les deux femmes sourirent. Réunies, un instant.

« Laissez-la faire », murmura Céleste.

Elle tirait encore sa robe, faisait mine de s'en aller, se retournait enfin alors qu'elle atteignait la porte.

« Et que va devenir votre fille, si vous partez à Paris? »

Maria, trop surprise pour avoir le temps de dresser ses défenses :

« Je ne sais pas. Je trouverai bien quelqu'un... Il y a des gardes d'enfant. »

Céleste était revenue vers elle. Libérée de toute gêne à présent : comme son frère, elle expliquait qu'il était préférable d'attendre, que la révolte parisienne pouvait très bien se terminer le lendemain, aussi brusquement qu'elle avait éclaté : M. Thiers ne laisserait pas une telle pagaille se prolonger. Et puis, Maria, qui ne connaissait pas Paris, se perdrait dans cette fourmilière. Comment pouvait-elle espérer y retrouver ce... cet... ce Riboullet? Ou bien la révolution ferait couler le sang, et alors qui pouvait être assuré d'en réchapper? A Paris, le pis était toujours possible. Une mère ne devrait pas s'exposer à de tels risques. Sans compter que Jérôme Dehaynin serait contraint de la remplacer; à coup sûr elle perdrait son emploi, un emploi où elle était estimée, pour aller où? à l'usine?

Maria qui l'avait laissée parler et semblait même écouter avec attention, tête baissée, se redressa soudain, fouettée par la menace, l'interrompit.

Sèche. Que Madame se rassure, elle savait ce qu'elle devait faire, elle ne prendrait aucun risque inutile. Si M. Dehaynin ne voulait plus d'elle, elle trouverait bien du travail, elle avait deux bras, une tête et du courage. Et elle s'informerait avant de partir. Elle irait consulter les chefs républicains de Lille, Achille Testelin, Pierre Legrand, ou bien Mazure : ils devaient savoir, eux, ce qui se tramait. Et s'ils ignoraient tout, ou refusaient de la recevoir – c'étaient des bourgeois, quand même – elle pourrait toujours interroger Losson, l'homme du Comité populaire qui disait parfois des vérités dans son nouveau journal *Le Franc-parleur* : un socialiste aussi important était certainement au courant de toute l'affaire.

Céleste Rousset faillit lui crier qu'elle lisait trop, pour une femme et pour une servante, qu'elle devrait se défier de ces feuilles qui lui mettaient dans la tête des idées malsaines – ces idées qui n'avaient fait que son malheur depuis dix ans. Elle se retint pourtant, laissa la jeune femme retourner à sa vaisselle, s'apprêta à quitter la cuisine.

Se retournant une dernière fois :

« Vous souvenez-vous, Maria ? Un jour, il y a bien longtemps, je vous ai dit que vous étiez trop armée, que vous aviez trop de défense. Vous vous souvenez ? »

Maria ne répondait ni oui ni non, comme absente, affairée à ses assiettes et prête, d'évidence, à éclater en sanglots.

« Eh bien, ce n'est plus vrai. Vous avez changé, Maria. Vous n'êtes plus aussi armée. Vous comprenez ce que je veux dire ? »

Elle n'attendit pas de réponse, partit en claquant la porte. Dépitée, s'adressant cent reproches.

Elle s'arrêta un instant au milieu du couloir,

tendit l'oreille vers la cuisine, fut tentée d'y retourner pour dire à Maria qu'en fin de compte elle l'approuvait tout à fait, se traita de folle et de gamine pour avoir eu une telle pensée, courut enfin chercher refuge auprès de ses petits-enfants, les bébés de Léonie.

CHAPITRE XVI

MARIA avait cru débarquer dans une ville en fièvre, folle de feu et de sang, ivre de cris et de rêves, enflammée de discours et d'ardeurs. Mais quoi? Une révolution pouvait être si paisible? Ce Paris où l'on entrait comme on voulait, où les omnibus continuaient de bringuebaler, les écoles d'enseigner, les gandins et les filles de courir le boulevard, les commerçants de commercer, c'était donc la ville qui effrayait tant la plupart des gens qu'elle avait rencontrés à Lille!

Avant son départ, elle avait couru d'un notable républicain à l'autre, le plus souvent éconduite, parfois reçue. Ceux qui daignaient lui accorder trois minutes lui tenaient tous le même discours : gagner en ce printemps la capitale révoltée serait aventure pour un homme, folie pour une femme. Excédé par ses supplications, Achille Testelin lui avait quand même abandonné un mot de recommandation pour Charles Delescluze, ex-journaliste à Valenciennes, ex-déporté politique à Cayenne, vétéran de toutes les révoltes et qui figurait, disait-on, aux premiers rangs de celle-là. Losson, qui venait de transformer son *Franc-parleur* en *Travailleur du Nord* et terminait chaque éditorial par un vibrant « Vive la Commune! », lui avait conseillé d'interroger Eugène Varlin, un ouvrier relieur dirigeant de l'Internationale qui avait vécu en exil à Bruxelles, était même venu à Lille quelques mois avant la guerre et, à coup sûr, connaissait Blaise Riboullet.

Elle était arrivée à Paris le 28 mars, un mardi. Un jour de fête pourtant. Les révoltés du 18 avaient précipité les élections le 26 et la Commune fraîchement élue s'installait, se célébrait, s'acclamait. Des nuées de fédérés, comme on appelait ses soldats, encombrés de femmes et d'enfants en habits de fête, et noyés dans un océan d'oriflammes rouges, avaient convergé de Montmartre, de Belleville et de Bercy, de la Butte-aux-Cailles ou de Vaugirard vers le vieil Hôtel de Ville, la place de Grève. Passy, Auteuil, Chaillot – les quartiers bourgeois – pouvaient bien bouder : oubliés, ignorés. Le soleil lui-même, qui illuminait les baïonnettes, avait décidé de faire la nique à M. Thiers, réfugié à Versailles depuis dix jours avec ministres et fonctionnaires, et qui fulminait des condamnations.

Maria avait suivi la foule, incertaine de ses pas, se disant que, par miracle, elle trouverait peut-être Blaise parmi les dirigeants empanachés, ceints d'écharpes rouges à franges d'or et enveloppés dans des manteaux écarlates, qui trônaient sur la place. Ou plutôt, parce que cette vanité du costume et du décor devait déplaire au maçon creusois, parmi les civils en redingote qui les entouraient, plus discrets. Ou encore parmi les cinquante mille hommes qui défilaient en képi et pantalon bleu, brandissant leurs fusils devant la tribune officielle en hurlant « Vive la Commune! ». Mais non. Les tambours battaient, les clairons sonnaient, les fanfares fanfaronnaient, les canons tonnaient, cent mille voix chantaient *La Marseillaise* et *Le Chant du départ*, les bataillons des fédérés paradaient pour se venger des malheurs du siège, oublier la guerre perdue, braver les généraux battus et les ministres défaits qui prétendaient encore gouverner la France, affirmer enfin qu'eux, les artisans de la Bastille et des Gobelins, les portefaix des Halles, les ouvriers de Belleville et les journaliers de la porte d'Italie, ils étaient le Peuple, ils ne voulaient plus souffrir et ne supporteraient plus d'être humiliés.

Mais toujours pas de Blaise. Comment espérer le trouver dans cette fourmilière rouge et bleu?

Le soir, elle avait traîné au long des rues joyeuses, exploré les cafés bruyants et les bastringues pleins de musiques, de danses et de chansons. Ecartant mille sollicitations. Se disant qu'elle n'avait guère de chance de rencontrer en ces lieux le maçon qui devait avoir en tête, s'il se trouvait à Paris, bien d'autres soucis que la fête. Mais elle était soucieuse de ne rien négliger. Curieuse de tout aussi, avide de voir et de comprendre; or Paris aujourd'hui ne voulait montrer que sa joie de vivre. Demain... Demain, elle irait trouver ce Delescluze et ce Varlin. Ils lui diraient comment trouver Blaise, et ce qu'il était devenu depuis trois ans. Elle ne l'imaginait pas un instant compagnon d'une autre, mort au combat ou encore prisonnier de Bismarck quelque part en Allemagne. Elle le devinait, elle le voulait à Paris.

Le lendemain, elle avait dû déchanter. Varlin et Delescluze couraient de réunions en comités et en conciliabules. A croire que la Commune n'était qu'un immense congrès aux dimensions d'une ville, une foire aux idées.

« Repassez! » disaient les factionnaires avachis, les secrétaires débordés, les arrivistes et les importants qui arpentaient les couloirs de l'Hôtel de Ville, les mairies des arrondissements et les états-majors. « Repassez! » Elle avait adressé des lettres aux deux hommes, se recommandant de Testelin et de Losson. Pas de réponse. Les avaient-ils seulement reçues et lues? Partout, elle répétait sa question.

Connaissait-on Blaise Riboullet, un dirigeant de l'Internationale, un homme important en somme? Comment dites-vous? Riboullet? On ne connaissait pas.

Elle s'était précipitée aussi rue de la Tissanderie, rue des Envierges, rue Saint-Antoine, dans les cabarets où se réunissaient les maçons limousins. Riboullet? Oui, on l'avait connu. Quelques-uns, les plus anciens, s'en souvenaient. Un gaillard qui n'avait pas de rivaux pour monter des murs en moellons. Mais on l'avait perdu de vue depuis belle lurette. Il était parti sur un chantier dans le Nord, et puis plus de nouvelles. A ce qu'on disait, il n'était même jamais retourné au pays.

Le soir, elle courait les clubs. Aux Folies-Bergère, au bal Favié de Belleville, au salon de Mars à Grenelle, et même à la Maison-Dieu de Montrouge. Elle écoutait les orateurs célébrer 93 et Robespierre, opposer les idées de Marx à celles de P.-J. Proudhon ou de Bakounine, regretter l'absence du grand Blanqui, toujours prisonnier de M. Thiers, appeler de leurs vœux l'apparition d'un Marat ou prêcher la modération, discuter interminablement des moyens d'établir la Sociale. Mais elle n'y voyait jamais Blaise.

Elle sortait de la salle Favié quand elle rencontra le Chercheur d'or. La foule s'écoulait lentement, soûlée de discours. Des hommes en uniforme de fédérés, couvertures roulées et pains embrochés, partaient veiller aux remparts – la routine, depuis le siège prussien. Des groupes chantaient : « Devant toi, misère sauvage, l'insurgé se dresse, le fusil chargé! » Quelques garçons, comme chaque soir, la harcelaient, qu'elle repoussait sans tapage, en femme qui en a vu d'autres. Devant elle, pris dans une bousculade, un homme était tombé. Un vieillard couvert d'une longue cape, qu'elle avait remarqué dans la salle, déjà, parce qu'il lui rappelait Baleine. Elle se précipita pour l'aider.

De près, la ressemblance était plus frappante encore. A cause des yeux sans doute, blancs, comme décolorés eux aussi.

Elle avait raccompagné à son hôtel, proche des Boulevards, le vieil homme – un Irlandais au nom imprononçable, au français hésitant – qui boitait, après sa chute. Au vrai, lui avait-il confié, si ses yeux étaient si clairs, c'est qu'ils refusaient chaque jour un peu plus d'accomplir leur office. Voilà pourquoi il se trouvait à Paris : il avait traversé les mers pour voir la ville des villes, emporter dans sa nuit cette dernière vision. Un rêve nourri depuis des années et toujours repoussé. Une histoire qu'elle avait peine à croire.

L'Irlandais avait appartenu à l'immense cohorte de prospecteurs, d'aventuriers et de gueux qui s'étaient abattus sur la colonie de Colombie britannique – très loin, de l'autre côté de l'Amérique – une douzaine d'années plus tôt, quand on y avait découvert de l'or dans les eaux d'un fleuve. Il avait connu là un Français, un certain Malamon qui se disait ancien violoniste de l'Opéra de Paris et s'entendait rudement bien, c'est vrai, à racler les cordes pour faire danser les mineurs et les filles, le soir dans les saloons, quand on ne peut plus chercher parce que la nuit est si noire qu'on ne distinguerait pas une pépite d'un caillou. Malamon lui avait tellement chanté les beautés des rues, des monuments et des femmes de Paris qu'ils s'étaient juré de s'y rendre ensemble quand ils auraient trouvé le filon. L'Irlandais l'avait découvert : un ruisseau d'or. La fortune. Trop tard pour Malamon, écrasé par un rocher. Tant pis. L'Irlandais traverserait la moitié du monde, mais il irait quand même à Paris. Avec, dans ses bagages, le cadavre de Malamon, enfermé dans trois cercueils de plomb.

Il s'était embarqué sans attendre. D'autant que les médecins de Vancouver, consultés parce qu'un brouillard, certains soirs, lui colorait bizarrement la vue, avaient annoncé qu'une cécité totale le guettait. Il avait navigué des semaines, priant chaque soir que le brouillard ne devienne pas nuit le lendemain, mais s'était trouvé contraint de piétiner des mois à Londres, maudissant Bismarck dont les troupes encerclaient Paris, interdisant qu'on y pénètre.

Il avait pu y entrer, enfin. Le 1er mars, au son des tambours et des fifres prussiens. Voilà sa première vision de la ville des villes : l'armée des vainqueurs défilant, s'offrant une unique parade, dans une capitale muette et morte, les soldats tournant autour de l'Arc de Triomphe cerné d'une muraille de sacs à terre et descendant les Champs-Elysées déserts aux volets clos. Lui, l'Irlandais, il était allé plus loin, franchissant les barricades qui, du côté de la Concorde aux statues voilées, séparaient cette masse bleue de la foule parisienne. Et les premières femmes de Paris qu'il avait vues de ses yeux brouillés étaient quelques malheureuses qu'on déshabillait pour les fouetter parce qu'elles avaient osé parler ou sourire aux hommes de Bismarck.

Il ne regrettait pas, pourtant, d'être venu. Peu après son arrivée, il avait, précédé d'une troupe de dix violonistes, conduit en grande pompe au Père-Lachaise le cadavre de Malamon. Depuis, il allait de l'Opéra aux Tuileries, se faisait mener en calèche de Montparnasse à Montmartre, s'était laissé dérober quelques jaunets en sortant d'un gueuleton chez Brébant, et lutinait volontiers les filles, plus nombreuses que jamais à courir l'amour et l'argent sur le Boulevard.

La Commune le passionnait et l'émouvait avec

ses coups de cœur et ses coups de tête. Il traînait dans les clubs et les comités, ne comprenant qu'à moitié – mais une moitié suffisait – leurs palabres confus. Oui, Malamon ne l'avait pas trompé : aucune autre ville au monde ne pouvait offrir à la fois tant de luxe et de misère, tant de plaisir et de bravoure, relevés par les mille parfums de l'aventure. Il mourrait là, c'était décidé. Restait à voir Versailles, la ville des rois après celle du peuple, et dès que possible, avant que la nuit ne lui cache tout. Il comptait s'y rendre quand sa boiterie aurait cessé, dans les deux ou trois jours – c'était toujours possible en faisant le détour par les positions prussiennes au nord de la ville, du côté de Saint-Denis. Si Maria voulait l'accompagner, il lui donnerait même quelques francs. L'incident de ce soir avait bien montré qu'il ne pouvait plus se promener seul. Ses yeux l'abandonnaient.

Elle ne lui promit rien. Elle ne pensait qu'à Blaise. Elle regagna le galetas qu'elle avait loué près de la gare du Nord.

LE jour n'allait plus tarder. Les portes de la ville s'ouvriraient. Cette cohue d'hommes et de chevaux s'ordonnerait. On marcherait en masse sur Versailles. A quarante mille, cinquante mille peut-être, qui pourrait nous arrêter? On était le peuple de Paris. Comme celui qui avait envahi en 1789 le château de Louis Capet et l'avait ramené avec femme et enfants, vaincu. L'Histoire recommençait. Le 3 avril 1871 succéderait au 6 octobre 1789.

A condition de réussir. Blaise avait beau s'efforcer de chasser le doute, celui-ci toujours revenait. Il était heureux d'agir, mêlé à cette masse de compagnons anonymes, loin des dirigeants, de leurs débats et de leurs illusions. Mais l'affaire lui semblait mal engagée, improvisée, conduite dans la pagaille.

Il referma sur lui les pans de sa capote. La brume glacée de ce petit matin le mordait.

Quatre soldats, près des faisceaux, avaient allumé un feu de bois et de papier auquel ils réchauffaient leurs mains. D'autres battaient la semelle, se partageaient du tabac. Un groupe traversa la rue à grand bruit, qui venait de Belleville : des hommes qui avaient refusé de passer la nuit là, préféré coucher chez eux, et qui maintenant cherchaient leur bataillon. Ils criaient, riaient, guère déconfits, semblait-il, d'être ainsi égarés au moment décisif. Plusieurs avaient négligé le képi pour la casquette, d'autres, dépourvus de la vareuse réglementaire (mais plus rien n'était réglementaire), portaient blouses ou redingotes.

Blaise se détourna, grognon. Il avait beau songer que les soldats de l'an II, dont il avait dix fois lu les exploits durant ses années d'exil, n'étaient ni plus disciplinés ni mieux équipés, ce désordre le faisait pester. On avait bien vu ce qu'il en coûtait durant le siège que menaient les Prussiens. Ses hommes à lui – ils l'avaient élu capitaine en octobre à peine s'était-il, retour de Belgique, enrôlé dans la Garde nationale – savaient bien qu'il ne badinait pas avec la discipline, qu'il estimait l'organisation et la prévision autant que le courage. Mais beaucoup, pour cette raison justement, avaient cherché refuge dans d'autres unités, dont les chefs se montraient plus tolérants.

Un grand remue-ménage s'entendait devant. Les portes des remparts sans doute, qu'on ouvrait. Cette masse allait couler sur Versailles. On partirait en trois colonnes : par Asnières et Neuilly, par Issy et Chaville, par Châtillon et Meudon. Puisqu'on pouvait choisir sa colonne et son chef, Blaise avait agrégé sa troupe à celle de Flourens, qui passait par Asnières, parce qu'il admirait ce jeune professeur au Collège de France, courageux et patriote. Le savant spécialiste des races humaines n'avait rien d'un général, certes. Mais les vrais généraux étaient en face. Et pas tellement meilleurs : tout étoilés qu'ils fussent de leurs succès contre les moricauds d'Algérie, les indiens du Mexique ou les cosaques de Crimée, ils n'avaient pas fait belle figure devant les Prussiens.

Quelques ordres claquèrent, mollement exécutés. La colonne s'ébranla, les rangées de fédérés s'étendant en désordre sur toute la largeur de la rue, quelques-uns criant « A Versailles! » comme si les innombrables espions de M. Thiers n'avaient pas été suffisamment avertis de ce qui se tramait. Cela tenait plus de la manifestation spontanée que de l'opération militaire. Blaise maugréait en songeant que ces hommes, mal commandés, gaspillaient comme toujours leur courage. Le peuple aurait mérité de meilleurs chefs.

Des fenêtres, quelques applaudissements avaient salué le départ de cette cohorte. Rares : on n'était pas, ici, dans des quartiers très favorables à la Commune. Mais bientôt, l'on dépassait les fortifications, où les camarades de garde souhaitaient bonne chance, offraient quelques rasades de vin, et demandaient qu'on leur ramenât M. Thiers, Foutriquet en personne, ficelé sur un cheval.

Au-delà du pont d'Asnières, c'était presque la campagne. Et pas un versaillais à l'horizon, bien que la veille ils se fussent jetés sur Courbevoie et Puteaux. D'où la sortie en masse de ce 3 avril : pour en terminer avec le danger qui pesait sur la Commune.

Le jour tardait à se lever. Les hommes chantonnaient. Heureux. Evoquant des souvenirs de promenades à travers ces prairies, ces boqueteaux et ces rues campagnardes. Cherchant des chemins pour couper au plus court, vers Courbevoie justement où l'on devait rejoindre le gros de la troupe, qui partirait bientôt de Neuilly, et bousculer les versaillais.

Quelques soldats s'étaient glissés dans une venelle. Des tire-au-flanc?

« Hé! là, où allez-vous? Qu'est-ce que vous faites?

– On suit Manceaux, camarade, il connaît une route. Sa femme, elle est de Courbevoie, alors... »

Blaise leur courait après, sortait son sabre, les ramenait dans la colonne, gueulait, pestait un peu plus contre l'indiscipline, songeait à ses discussions avec Varlin, à Bruxelles, lorsque le dirigeant de l'Internationale était rentré d'un séjour clandestin de deux mois à Lille. C'était au mois de juin – il n'y avait pas un an, et cela semblait si loin. On n'avait vu aucun délégué lillois aux congrès qu'avait tenus l'Internationale en Belgique ou en Suisse. Et si elle se targuait maintenant de regrouper deux cent mille adhérents français, dont soixante-dix mille à Paris, les Lillois n'étaient qu'une poignée. Rien, comparés aux Marseillais, aux Lyonnais et même aux Rouennais. D'où les accusations contre Blaise que les dirigeants jugeaient trop négligent, ou sectaire, ou trop occupé à des histoires de femme.

« C'est étonnant, disait Varlin, en deux mois, j'ai réussi à rassembler des hommes qui vont former une section de l'Internationale. Et toi, Riboullet, pendant des années... » Blaise répondait qu'on allait trop vite, qu'il avait essayé, lui, de travailler en profondeur au lieu de multiplier le nombre des adhérents, que ces dizaines de milliers d'hommes dont on se targuait ici et là existaient bien sûr, mais qu'ils ne constituaient pas une organisation solide, qu'ils n'étaient pas des socialistes sérieux, qu'ils se débanderaient le moment venu. On finirait, hélas! par s'en apercevoir.

On voyait. La Commune de Paris avait trouvé peu d'échos. Des insurrections avaient bien éclaté à Saint-Etienne et au Creusot, à Lyon et à Marseille, à Toulon aussi, comme des incendies locaux vite étouffés, vite réprimés. Les sympathisants ne manquaient pas, certes, qui promenaient des drapeaux rouges, à Thiers, à Limoges, et même à Rochefort, ou faisaient adopter par les municipalités de quelques villes des motions favorables. Mais aucune coordination, aucune organisation, pas d'élan véritable. Exactement comme la marche à l'aveugle d'aujourd'hui, avec des cafouilleux débordant de bonne volonté.

Blaise buta contre un groupe d'hommes qui s'étaient affalés les uns sur les autres, bousculés par un parti de cavaliers, des agents de liaison sans doute qui galopaient vers l'avant et faisaient les importants, s'amusaient à serrer de près les fantassins. On entendait une grande rumeur vers le sud, du côté du pont de Neuilly où s'ébranlait le gros de la troupe commandé par Bergeret. Les versaillais ne seraient pas pris par surprise.

Maintenant, l'aube. Un soleil d'hiver qui peinait à percer la brume. On avançait toujours. Et toujours pas un coup de feu. Une promenade en somme, qui enchantait les hommes. N'ose pas se montrer, M. Thiers. N'a qu'à apparaître, Foutriquet, on lui frottera les fesses, on lui bottera le cul et on le promènera sur un âne dans Paris avant de le fusiller, comme il a ordonné hier de fusiller des camarades faits prisonniers à Puteaux. Foutus, ils sont, les versaillais, parce que rien ne résiste au peuple.

Blaise lui-même commençait à espérer, à se dire qu'il s'était trompé, qu'il se laissait égarer par son scepticisme. L'Allemand Schirer à Bruxelles, quatre ans plus tôt, criant dans les rues : « On va gagner, Riboullette. Le capitalisme, il est pourri, il s'effondre tout seul. Tu veux pas me croire ? Tu as tort. Tu es trop xeptique, Riboullette, trop xeptique pour faire un bon socialiste. » Il disait : xeptique comme il disait : Riboullette, et il riait en levant les bras vers le ciel. Il avait quitté l'Internationale avec éclat quand, en septembre, elle avait appelé tous les peuples à la guerre pour défendre, en la personne de la France, la République universelle. Blaise, lui, était rentré au pays dès qu'il avait pu, après la chute de l'Empire, pour se battre contre les Prussiens. Il s'était demandé d'où lui venait tant de ferveur patriotique, peut-être du grand-père qui lui apprenait à lire dans les *Bulletins de la Grande Armée*? La République anémique et lâche de Jules Favre et de Trochu, les peureux qui murmuraient : « Plutôt Bismarck que Blanqui », l'avaient écœuré. Et voilà que la Commune le décevait à son tour. Il avait cru qu'elle mobiliserait contre l'Allemand. Mais dès le 21 mars, le Comité central des fédérés, qui menait le jeu, s'était déclaré « résolu à respecter les préliminaires de paix », c'est-à-dire le honteux armistice conclu avec Bismarck. Et le lendemain le Comité remettait ça, écrivait encore au général prussien Von Schlotheim : « La révolution accomplie dans Paris, ayant un caractère essentiellement municipal, n'est aucunement agressive à l'égard des autorités allemandes. »

Le soir même, Blaise disait son écœurement à Varlin qui le pressait d'entrer dans des comités, de participer au jeu politique, de devenir un des dirigeants de la Commune. Non, merci. Il en avait assez. Déjà, depuis le Congrès de l'Internationale à Bâle, il était las du conflit entre Marx et Bakounine qui dominait tout, qui paralysait tout, qui trouvait des échos jusqu'au sein de l'Organisation. Ici, il ne pouvait admettre que blanquistes, jacobins, proudhoniens et internationalistes fissent déjà passer leurs querelles avant le succès de la Commune, à peine âgée de deux jours. Non merci, il en avait assez. Il préférait rester dans la troupe, lutter avec elle. Il ne changerait pas de camp, défendrait la Commune parce qu'elle était le peuple des gueux, ses frères, mais il n'aspirait pas à la diriger.

Varlin l'avait laissé partir, silencieux, presque abattu, déjà épuisé au deuxième jour de la révolution. Mais l'un de ses assistants avait crié : « Renégat! » Il avait fallu retenir Blaise, qui voulait aussitôt l'assommer.

Une rage le prenait encore à ce souvenir. Il donna un violent coup de pied, un peu bête, dans une bouteille qu'un soldat avait jetée sur la route. La colonne Flourens avait continué d'avancer, dépassé Bois-Colombes et passait au nord de Courbevoie, marchant maintenant sur Rueil. On avait entendu quelques tirs de chassepots vers l'avant. Mais toujours pas de vraie résistance. La troupe se défaisait à chaque minute un peu plus, des hommes s'arrêtaient pour casser la croûte, d'autres s'écartaient pour faire leurs besoins au milieu d'un champ ou contre une maison, des groupes chantaient : « Buvons à l'indépendance du monde. » Le soleil, plus haut à présent, luisait sur le mont Valérien dominé par la masse noire de son fort dont la garnison versaillaise, chuchotait-on, avait juré de ne pas intervenir, de laisser faire et de laisser passer.

Alors, le premier obus. Lointain. Ils avaient tous sursauté, guère effrayés : le bruit leur était familier depuis le siège. Plutôt surpris, comme si cette explosion détournait le cours naturel des choses, mettait un terme à la promenade.

Mais, après tout, on était partis pour se battre, on se battrait. Avec un ricanement amer à la pensée de tous les tire-au-cul, les poltrons qui avaient trahi la Commune, les malins qui se faisaient enrôler dans plusieurs bataillons à la fois pour toucher plusieurs soldes et trouvaient encore le moyen de rester chez eux le jour où il fallait en découdre. On se battrait. On en finirait avec Thiers, et avec le malheur.

Les hommes, presque ragaillardis par ce coup de semonce, s'étaient remis à fredonner : « Tremblez argousins et gendarmes. » Blaise reconnaissait la voix aigrelette de Blondit, un chanteur de bastringue enrôlé avec lui depuis septembre, un courageux qui avait failli dix fois se faire tuer pendant le siège. Il chantonna avec eux.

Le fort tirait à nouveau. Sur Neuilly, semblait-il. Mais toujours rien de ce côté. On pouvait continuer la promenade entre les haies et les boqueteaux qui se paraient de vert. Les bourgeons des taillis éclataient. Les lilas semblaient pressés de fleurir. Blaise rêvait à l'éveil du printemps dans la campagne creusoise. Cinq ans, six ans peut-être qu'il n'avait pas revu les siens. Et trois ans depuis sa dernière rencontre avec Maria.

Il avait essayé d'obtenir des nouvelles de la jeune femme, au printemps précédent, par un clandestin de l'Organisation envoyé à Denain pour ranimer l'esprit revendicatif des mineurs. Mais la guerre avait éclaté avant le retour de l'homme à Bruxelles. Et puis, quoi? Il fallait oublier, laisser mourir ce passé, aimer ailleurs si possible. Mais c'était trop vite dit : le souvenir de Maria lui brûlait le cœur, chaque jour un peu plus.

Quelques obus encore, loin derrière : à peine si on entendait les explosions. Et une rumeur de combat, bien plus loin, sur la gauche, du côté de Meudon peut-être. Blaise s'interrogeait sur le sens de ces bruits et les développements de la manœuvre, mais tentait de se rassurer : on ne comprend jamais rien aux batailles quand on y participe.

Les hommes se passaient des bidons de vin, sortaient de leurs musettes fromages et saucissons, grognaient qu'on pourrait bien s'arrêter pour souffler un peu. Ils étaient tous surchargés de provisions, avaient passé la nuit entourés de femmes et d'enfants qui ne cessaient de les embrasser que pour emplir leurs sacs – « Tiens, prends encore » –, les cajolaient et les acclamaient déjà comme des vainqueurs. Une grande brune, aux

fortes lèvres et au menton carré, couvait Blondit, le
chanteur, et l'avait même enveloppé dans un grand
châle pour le protéger du froid de la nuit. Blaise
s'était senti très seul.

Devant eux, la colonne s'arrêta enfin. Flourens,
tout pressé qu'il fût de tomber sur le paletot des
hommes de Versailles, avait sans doute compris
qu'à mener ainsi sans répit sa troupe, il l'aurait
épuisée avant le combat. Ou bien, il s'était décidé à
attendre les autres. Mais on ne voyait rien venir. On
restait seuls entre Nanterre et la Seine, avec le
mont Valérien à gauche qui crachait toujours ses
obus. Les quelques habitants du lieu qui osaient se
montrer ne savaient rien, n'avaient vu personne.
Même pas les versaillais? Si, les « pantalons rouges » avaient cantonné là la veille; une petite troupe,
toute petite, était aussi passée le matin, qui allait
vers Chatou; puis plus rien.

Une vieille femme, vêtue de noir, avait sorti une
bonbonne de mauvais cidre qu'elle offrait à tous les
soldats. Elle expliquait que son fils était mort à
Sedan, se lamentait : « Et maintenant, on se bat
entre Français. » Les hommes hochaient la tête,
tentaient de la consoler, s'expliquaient : elle avait
raison, bien sûr; d'ailleurs, ils n'avaient pas voulu se
battre, eux, mais se donner un peu de bonheur;
seulement, la veille, le 2 avril, les versaillais avaient
attaqué les braves fédérés qui ne leur faisaient rien,
et même fusillé les prisonniers. Un dimanche des
Rameaux! Alors, on allait les corriger, dare-dare, en
finir avant Pâques. Pour qu'il n'y ait plus de guerre,
justement. Plus jamais.

La vieille écoutait, traçait dans l'air des signes de
croix comme pour bénir, reprenait sa bonbonne,
annonçait qu'elle allait revenir avec d'autre cidre, et
du jambon s'ils aimaient le jambon. Blaise l'aurait
embrassée.

Il fallut repartir. Des cavaliers arrivèrent qui cherchaient Flourens, expliquaient que les tirs du mont Valérien avaient arrêté la colonne Bergeret au beau milieu de Neuilly. D'autres disaient qu'elle était passée, au contraire, qu'elle avait atteint Bois-Colombes, et amenait des canons. Une seule chose était sûre : on avançait toujours, on approchait de Versailles, on dépassait la Malmaison en débusquant quelques chasseurs, on atteignait Bougival en acclamant un camarade occupé à hisser un drapeau rouge sur le clocher.

Alors que Blaise et sa troupe sortaient du village, une fusillade éclata brusquement sur leur gauche. Très proche. Et nourrie. Un tonnerre. Les pantalons rouges! Abrités derrière le mur d'un parc, ils tiraient les communards comme des moineaux. Ils avaient laissé avancer les premiers bataillons, avant de prendre la colonne de flanc.

Blaise se retrouva allongé dans un fossé avec un soldat qu'il connaissait à peine, un ébéniste du faubourg Saint-Antoine qui avait rejoint le bataillon quelques jours plus tôt. L'homme tirait sans hâte, visant longuement les képis rouges qui dépassaient le mur du parc, et criant « Vlan! » chaque fois qu'il appuyait sur la détente. D'autres avaient cherché abri derrière des bornes, une charrette abandonnée, et les cadavres des premières victimes. Quelques-uns s'étaient bien lancés à l'assaut sans attendre, mais la fusillade les avait fixés au sol où ils s'aplatissaient, profitant des moindres saillies. Derrière eux, de la colonne brutalement arrêtée, montaient des cris, des hurlements. On tiraillait de tous côtés. Et maintenant, dans leur dos, une, deux, trois, quatre explosions. Cette fois, le mont Valérien les cherchait.

« Trahison! » Qui avait poussé ce cri? Blaise frissonna. Au Bourget, le 29 octobre, alors que le

commandant hurlait à ses hommes de tenir encore
une heure, encore un quart d'heure, encore cinq
minutes, alors qu'on résistait depuis trois jours aux
régiments prussiens qui avaient attaqué musique en
tête et drapeau déployé, alors qu'on se brûlait les
mains aux chassepots, ce même cri, ce mot de la
fin... On n'allait pas recommencer? Toujours battus,
toujours humiliés? Il se redressa, tirant, criant :
« Vive la Commune! » Alors, dix voix, cent voix,
mille autour de lui : « Vive la Commune! » Et
l'ébéniste : « Vlan! »

Les plus agiles de ses hommes avaient déjà atteint
le mur du parc. On ne voyait plus les képis rouges
des versaillais qui se repliaient à travers le bois.
Quelques fédérés entreprirent de les poursuivre, en
dépit des ordres de Blaise qui tentait de regrouper
sa troupe.

L'affaire avait été chaude. Une dizaine de morts
faisaient, sur la route et sur le champ, des taches
sombres et bleues. Des blessés gémissaient ou se
traînaient vers le village. Mais, poussée par ceux qui
venaient derrière, et fuyant les rafales d'obus qui
s'abattaient désormais sans trêve, la colonne avait
repris sa route. On criait encore : « A Versailles! »;
quelques-uns chantaient, mille bruits couraient. On
disait que Flourens était arrivé à Chatou, que
l'avant-garde de Bergeret avait rejoint à Rueil, que
Meudon était aux mains de la Commune, et aussi le
Petit-Clamart. Bref, la victoire! Ou sa promesse.

Un officier en uniforme de chasseur à cheval, que
les fédérés prirent d'abord pour un versaillais,
passa, suivi de trois canons. C'était un militaire
rallié à la Commune depuis le premier jour, un ami
de Flourens qui l'employait à toutes les tâches. Il
ordonna à Blaise de s'écarter de la colonne avec ses
hommes, pour suivre un bataillon voisin : on ne
pouvait pas courir le risque d'une nouvelle embus-

cade comme celle-ci; il fallait couvrir la colonne sur la gauche.

Ils s'enfoncèrent à travers bois et champs, observant des fumées d'incendie qui montaient de l'autre côté de la Seine, vers Chatou peut-être. Blaise s'inquiétait. Il avait envoyé à l'avant plusieurs éclaireurs mais ne parvenait pas à trouver le contact avec le bataillon qu'on lui avait ordonné de suivre. Les hommes, visages serrés, silencieux, ne lambinaient pas, bien qu'ils eussent les jambes cassées de fatigue, à marcher depuis la nuit.

Ils avaient traversé un petit bois, abordaient un chemin pierreux qui menait vers une grande villa grise entourée de hauts murs, quand ils entendirent le grondement d'une galopade sur leur droite. Un parti de chasseurs à cheval les chargeait, sabres levés. Et bientôt abattus, fendant des épaules et des crânes. C'était un tourbillon, une tempête. Blaise avait tenté de ramener ses hommes sous les arbres, mais les chasseurs, baudrier blanc déjà maculé de sang, les écartaient, les rejetaient vers la villa, tentaient de les acculer à ses murs. Quelques fédérés s'enfuyaient, jetant fusils et sacs, bientôt abattus par les cavaliers soucieux de ne rien laisser échapper de ce gibier et qui lançaient de grands cris pour presser leurs montures. Les autres, la plupart, avaient formé une sorte de carré aux baïonnettes hérissées, qui faisait fléchir l'assaut des chasseurs. Harcelés par une grêle de plomb, gênés par des chevaux tués qui barraient le terrain, ceux-ci se repliaient pour reprendre leur élan et se regrouper, revenaient à la charge dans un hourvari de clameurs et de hennissements, couchés sur l'encolure, sabres luisant au soleil. Tout sombra. Le sang, le feu, l'odeur fauve des bêtes, les cris d'agonie, la canonnade qui avait repris, plus violente. La mort.

C'était un grand cheval noir, superbe. Blaise eut le temps de fixer ses yeux immenses et vides, d'observer sa bouche sanglante ourlée d'un étrange rictus, de songer que tout était très rapide et très lent à la fois. Il fut projeté en arrière, si loin et si fort qu'il se crut brisé.

Quand il se redressa enfin, d'instinct, haletant, la gorge en feu, la poitrine dans un étau, un chasseur le regardait. Un tout jeune, au visage rose barré d'une longue moustache noire, qui tenait haut son sabre dégouttant de sang.

La fusillade avait cessé. Quelques gémissements troublaient à peine le silence soudain.

Le cavalier leva un peu plus haut son sabre, les yeux dans les yeux de Blaise.

Maria, je vais mourir. Maria!

« Avance! » dit le soldat.

« Riboullet? » L'homme avait haussé les épaules, esquissé une grimace d'écœurement, comme prêt à vomir. Oui, on avait vu Riboullet. Il avait même eu plusieurs discussions avec Varlin dans les premiers jours. Puis plus rien. Envolé, disparu. « Un renégat. Il s'est mis contre la Commune. Il a dû filer à Versailles. Il est sûrement chez Foutriquet. C'est fatal. Toutes les révolutions ont connu ça : il y a des traîtres partout. »

Maria recevait chaque phrase comme un crachat. Blaise, un renégat. Le policier, au matin de Lens : « Il parle, Riboullet. Dès qu'on l'a pris, il nous a donné le nom de son complice. » Et maintenant l'adjoint de Varlin : « Un renégat. A Versailles. » Elle avait donc franchi tous ces obstacles, frappé à tant de portes, trouvé enfin quelqu'un qui connaissait Blaise et l'avait vu deux semaines plus tôt, pour s'entendre dire qu'il avait trahi ses amis et son camp. Incroyable. Impossible. Pas plus vrai que les accusations du policier à Lens.

Le soir même, pourtant, elle laissait un message à l'hôtel de l'Irlandais chercheur d'or : s'il projetait toujours d'aller à Versailles, elle était disposée à l'accompagner. On ne sait jamais. Il fallait tout vérifier. Puisqu'elle ne le trouvait décidément pas à

Paris, Blaise pouvait aussi bien avoir été entraîné là-bas contre son gré.

Ils n'avaient pas trop peiné pour rejoindre Versailles. L'itinéraire était connu, très fréquenté : sortir de Paris par le nord, franchir les remparts du côté de La Chapelle ou de Clignancourt, affronter à Saint-Denis quelques Prussiens goguenards, prendre l'omnibus ou louer une calèche. Ce dimanche des Rameaux, le prix du voyage était seulement un peu plus élevé : des rumeurs de combat venaient de Courbevoie et les cochers en profitaient, arguant du danger pour justifier une brutale hausse de tarifs.

Le plus rude, malgré les jaunets de l'Irlandais, avait été le logement. Versailles étouffait, envahi depuis quinze jours par de gros bataillons de politiciens, de fonctionnaires, d'arrivistes et d'intrigants de tout poil. Les ministères s'étaient égaillés à la pousse-toi-de-là-que-je-m'y-mette dans les salles du château. Les responsables travaillaient dans les boudoirs, dormaient dans les couloirs. Les députés campaient dans la galerie des Glaces transformée en immense dortoir. Tout ce monde jouant des coudes pour se montrer à M. Thiers ou obtenir, après mille courbettes, une chaise boiteuse dans un restaurant ou chez un marchand de vin. Maria et l'Irlandais avaient quand même déniché deux paillasses, tirées sous un escalier, dans une vieille auberge à la sortie de la ville, sur la route de Saint-Cyr.

Le dimanche soir, à leur arrivée, un petit air de fête régnait sur cette cohue : l'armée de Versailles, après quinze jours de regroupement et de reprise en main, avait lancé une mince troupe en reconnaissance en direction de Courbevoie et l'affaire avait magnifiquement tourné, bien qu'un bataillon de lignards se fût débandé au cri de « Vive la Commune ». Les fédérés, bousculés jusqu'à Neuilly, pouvaient compter par dizaines et par centaines leurs morts et leurs blessés. Presque pas une égratignure chez les gens de Versailles.

Le lendemain, changement de tableau. A peine revenus, dès les premières heures, au centre de la ville, Maria et l'Irlandais avaient trouvé un climat de panique. On s'affairait à charger des voitures devant les maisons et dans les cours des immeubles; des familles s'empilaient dans des carrioles, des cavaliers aux gueules tragiques filaient vers le château. Dans le matin froid, les rues se peuplaient d'ombres anxieuses qui propageaient la rumeur : les communeux attaquaient; ils avaient pris Neuilly, ils étaient à Rueil et à Meudon, les premiers seraient là dans deux heures, trois au plus. Les habiles et les ambitieux se demandaient si un tel délai suffirait pour retourner leur veste. Les autres établissaient leur itinéraire pour Tours, peut-être Bordeaux. Toute la ville, transie de peur, tendait l'oreille vers le canon.

Maria enrageait. Elle avait songé à entreprendre le siège des ministères, comme elle avait fait à Paris celui des dirigeants de la Commune. Mais des factionnaires barraient le chemin à tous les solliciteurs, des dizaines de personnages en habit noir s'affairaient derrière les grilles, chargés de dossiers qu'ils entassaient sur de lourds chariots. Elle s'était résignée à guider les pas de l'Irlandais qui, à défaut du château, voulait voir la ville et s'extasiait à chaque coin de rue. Un agréable compagnon que, pour tromper son inquiétude, ruser avec son impatience, elle ne cessait d'interroger sur ses aventures américaines – « dites-moi, monsieur O'Do? Expliquez-moi, monsieur O'Do? » (Elle avait renoncé à comprendre les autres syllabes de son nom qui en comportait sept ou huit.) Etonné de trouver tant de curiosité et de connaissances chez une jeune femme aux vêtements de pauvresse, il répondait avec complaisance, dans un sabir qui la faisait parfois sourire. Il se faisait aussi expliquer le spectacle de la rue et les enseignes des magasins, applaudissait les bataillons de lignards en pantalon rouge qui marchaient au canon, tandis qu'elle scrutait chaque visage, anxieuse de découvrir Blaise dans cette masse, se traitant de folle en même temps parce que mille raisons raisonnables interdisaient au maçon creusois de se trouver parmi les débris d'armée que M. Thiers avait hâtivement rassemblés.

Elle eut l'idée d'interroger Clemenceau. Elle savait le jeune maire de Montmartre tiraillé entre Versailles et Paris, cherchant d'impossibles conciliations, courant de Thiers à la Commune pour éviter le sang, rabroué de partout, mais inlassable et entêté républicain. Blaise pouvait bien être de ce bord-là. Hélas! Impossible de trouver Clemenceau. Il était passé par ici, il devait repasser là. Quelqu'un avait cru le voir dans la cuisine d'un restaurant, apostrophant des marmitons pour obtenir l'aumône d'un repas. D'autres le disaient en conférence avec M. Thiers lui-même, ou parti avec un drapeau blanc à la rencontre des communeux pour conclure un armistice. Comment savoir? Chacun se demandait, dans cette ville effrayée, si les bruits les plus fous n'étaient pas vrais.

Et puis, au milieu de l'après-midi, un frémissement, une rumeur, un cri enfin : la victoire! Les Parisiens s'étaient débandés, ils n'avaient jamais pris Meudon, ils décampaient à Neuilly, ils se faisaient étriper à Bougival et à Chatou. La victoire! Versailles n'en revenait pas. Toutes les conversations avaient monté d'un ton, les cochers dételaient les calèches, les valets vidaient les voitures, les fonctionnaires reprenaient leurs dossiers, les femmes des ministres et des généraux ordonnaient qu'on défît leurs malles.

D'autres nouvelles couraient rues, salons et bureaux : Flourens et sa troupe étaient coupés de Paris; puis il avait été tué par un gendarme – Flourens? Oui, Flourens, ce savant qui voulait jouer au général, celui qui le 31 octobre, à l'Hôtel de Ville, debout sur la table du gouvernement, écrasant de ses bottes papiers et encriers, s'était cru le temps d'un discours et d'une émeute le nouveau chef de la France républicaine. Flourens, mort! D'autres encore! Des dizaines d'autres dont on se répétait les noms comme une litanie. Alors, on allait pouvoir regagner Paris, abandonner cette petite ville malcommode et laide, accrochée à son château comme une tumeur grise, retrouver les Boulevards et l'Opéra, les Tuileries et les Champs-Elysées.

Là-dessus, une autre rumeur : les prisonniers! Quoi, les prisonniers? Les fédérés prisonniers; ils allaient arriver, ils approchaient en longues colonnes, ils seraient là avant la nuit. Un spectacle à ne pas manquer pour qui voulait se venger de sa peur.

Tout Versailles aussitôt s'était répandu dans la rue : « Où vont-ils? Par où vont-ils passer? On va les fusiller j'espère. » Un flot de messieurs en redingote et de dames en toilette s'était mêlé à des domestiques et à des cocottes, à des palefreniers et à des filles, à des camelots et à des paysans, à des officiers aussi, submergés de galons, qui haussaient le col et jouaient les bravaches pour qu'on ne leur demande pas ce qu'ils faisaient là alors que le canon, quand même, grondait toujours.

Dans ce tourbillon, Maria et l'Irlandais. Pressés, repoussés, bousculés. Maria soudain ivre d'espoir, de désespoir et d'amour, comme si elle pressentait que le destin lui avait fixé rendez-vous ce jour et en ce lieu. Maria qui faisait courir le vieux chercheur d'or, le traînait aux premiers rangs pour être assurée de mieux voir, de ne pas manquer un visage.

Les prisonniers tardaient. La nuit allait venir. La foule piétinait, enrageait, craignait d'être privée de son spectacle, finissait par crier que c'était trop bête de faire des prisonniers; ces partageux, ces communistes, ces assassins méritaient seulement la mort, ne valaient pas le plomb qu'on dépenserait pour les fusiller; car on allait les fusiller bien sûr, on gaverait les cimetières afin d'en terminer une fois pour toutes avec les folies ouvrières, Paris serait maté pour longtemps.

« Les voilà! »

Des gendarmes à cheval ouvraient la marche, raides, l'œil arrogant, le sabre luisant au soleil couchant. Les vainqueurs.

Derrière : pas un troupeau, une troupe. Des hommes de tous âges, vieux quarante-huitards et jeunes communards. Uniformes souillés et déchirés. Blessures à vif étalées entre les lambeaux des capotes boueuses et des pantalons bleus. Visages noirs, yeux rouges de fièvre et de fatigue. Mais raides, mais dignes, presque insolents d'indifférence. Comme insensibles aux coups de gueule des cavaliers qui caracolaient tout autour, agitant sabres et revolvers. Figés dans leur désespoir et leurs certitudes.

La foule s'était tue. Immobile. Stupéfaite. Qui a, soudain, libéré sa haine? Une femme, dira-t-on plus tard, qui a cassé son parapluie sur la tête d'un vétéran de 48 en le traitant de bandit. Alors, mille cris, la huée et la ruée. Chacun, chacune voulait le sien. Pour lui déchirer la face, lui crever les yeux, lui aplatir le nez, lui arracher le poil, parce que ce n'était qu'une ordure, un assassin, un ennemi de l'ordre, parce qu'on avait eu trop peur, parce qu'on était prêt ce matin à changer de camp quand on pensait – folie – que ces gens-là seraient les maîtres.

Les gendarmes laissaient faire, souriants, arrêtaient même la colonne une fois, deux fois, trois fois, pour que chaque vaincu eût son compte de coups de canne, de coups de poing, de coups de griffes et de coups de gueule. Des vieillards s'acharnaient sur des femmes faites prisonnières avec les fédérés, des vivandières ou des passionnées dont ils soulevaient ou déchiraient les robes, et empoignaient les seins sous prétexte de les battre. Des gamins se vidaient la gorge à cracher au visage des vieux artisans de Ménilmontant et des Gobelins, dont les gendarmes fendaient la tête s'ils s'avisaient de protester. Des femmes hurlaient des infamies. Des officiers jouaient du sabre.

Maria courait d'un groupe à l'autre, tirant l'Irlandais. Pourvu que Blaise ne soit pas là! Mon Dieu, faites qu'il ne soit pas là! Sainte Vierge, qu'il ne soit pas dans cette bande de vaincus, d'humiliés, de crucifiés! Les hurlements, les coups, le sang, la ruée, la cohue. Sainte Vierge, qu'il ne soit pas là! Les râles, les insultes, les hennissements des chevaux affolés, les corps qui tombent. Sainte Vierge, qu'il n'y soit pas. Et celui-là qui crie « Vive la Commune » et sur lequel un officier décharge son revolver. Et celui-là dont une belle dame vient d'arracher l'oreille. Et ce vieillard qui n'a plus de nez. Et cet autre qui n'est qu'une loque sanglante secouée par deux monoclards. Et ce...

Blaise! Il était tombé à terre. Affalé contre une borne. Comme cassé. Mort? Elle s'était jetée sur lui, l'embrassait. Sainte Vierge! Il ouvrait des yeux fous, épouvantés, puis stupéfaits, incrédules. Il bredouillait, tentait de se redresser, glissait encore, désarticulé. Elle le serrait sur elle, sous elle, le protégeait de son corps. « Mon petit, mon Blaise, mon amour! » Le cœur brisé de douleur et de bonheur. Indifférente aux bousculades et aux coups. Elle n'existait plus que par lui et pour lui. Elle mourrait avec lui. Ou le sauverait. Le sauver, Sainte Vierge, le sauver.

Elle sentit qu'on la tirait par l'épaule. L'Irlandais! Il lui criait des mots qu'elle n'entendait pas, dans ce tumulte. Il s'agenouillait et agitait le poing devant le nez de Blaise comme s'il lui martelait le visage. Elle devinait enfin : si elle voulait échapper aux soupçons, préserver la moindre chance de sauver l'homme qu'elle aimait, il fallait faire mine de l'assommer. Elle se mit à crier, comme les femmes autour d'elle. Voyou! Mon amour. Assassin! Je t'aime. A mort! Je veux te sauver. Salaud! Je te sauverai. Bandit! Je t'aime, je t'aime, je t'aime. Elle pleurait.

L'Irlandais saisit Blaise par le col et le redressa, brusquement. Comme s'il se préparait à lui assener un dernier coup qui l'étendrait à jamais. Il avait laissé glisser à terre sa longue cape. Autour d'eux, la foule vociférait, s'acharnait sur quelques blessés, se disputait des femmes échevelées et dépoitraillées, tandis que les gendarmes s'efforçaient mollement de regrouper leur monde.

Vite. La cape. La jeter sur Blaise. Déjà, l'Irlandais lui enfonçait sur la tête un chapeau, le tirait, le portait, tentait de se glisser avec lui hors de la mêlée.

Une seule chance. Une toute petite chance.

Maria avait saisi le bras de Blaise, le serrait à le briser. Une seule chance, infime. Il ne marchait pas, ses pieds raclaient le sol. Il manquait tomber à chaque instant.

Un gendarme, une fille, virent passer ce vieillard immense et cette femme en pleurs qui traînaient un pantin déguisé. Ils comprirent, détournèrent les yeux. La foule peu à peu s'apaisait, repue de haine, saisie peut-être de pitié.

L'Irlandais continuait d'avancer, droit, impassible, écartant du bras gauche les curieux, portant Blaise à bout de bras droit.

Il y avait à dix mètres une ruelle, un petit chemin plutôt qui courait entre une grande maison et des jardins. « Par ici, chuchotait Maria. Par ici. » Des gendarmes, dans leur dos, hurlaient des ordres.

Comme ils atteignaient l'entrée du chemin, il lui sembla que Blaise se redressait, posait le pied à terre, tentait de marcher.

Un peu plus loin, il murmura : « Maria! »

Ils allaient vivre.

DU MÊME AUTEUR

Romans :

La Grande Triche, Grasset, 1977.
(Le Livre de Poche, 1980).
Une voix la nuit, Grasset, 1979.
La Rumeur de la ville, Grasset, 1981.
Alice Van Meulen, 1985.

IMPRIMÉ EN FRANCE PAR BRODARD ET TAUPIN
Usine de La Flèche (Sarthe).
LIBRAIRIE GÉNÉRALE FRANÇAISE - 6, rue Pierre-Sarrazin - 75006 Paris.

ISBN : 2 - 253 - 03615 - 3   ✠ 30/6021/7